New York, 1968. Die 16-jährige Yuki Oyama ist gefangen zwischen zwei Kulturen. Sie fühlt sich nicht als Japanerin, nicht als Amerikanerin. Ihre Eltern gehen zurück in ihre Heimat. Doch sie möchte New York nicht verlassen. Sie will bleiben, die richtigen Worte finden, Freundschaften schließen, eigenständig werden, lieben und ihre Kunst leben.
Berlin, 2016. Galeriebesitzer Jay ist gerade Vater geworden. Dies nimmt er zum Anlass, seine Mutter, seine Vergangenheit, seine Wurzeln zu suchen. Er weiß nichts von ihr, außer dass sie ihn verließ, als er erst zwei Jahre alt war. Und dass ihr Name Yuki Oyama ist.

ROWAN HISAYO BUCHANAN ist eine japanisch-britisch-chinesisch-amerikanische Schriftstellerin. »In ihrer Erinnerung war Japan eine Mischung aus Rosa und Grün« ist ihr Debütroman. Derzeit arbeitet sie an ihrer Doktorarbeit an der University of East Anglia in Norwich, England.

Rowan Hisayo Buchanan

In ihrer Erinnerung war Japan eine Mischung aus Rosa und Grün

Roman

*Aus dem Englischen
von Astrid Mania*

btb

Die englische Originalausgabe erschien 2016
unter dem Titel »Harmless like you« bei Sceptre,
einem Imprint von Hodder & Stoughton, London.

Sollte diese Publikation Links auf Webseiten Dritter enthalten,
so übernehmen wir für deren Inhalte keine Haftung,
da wir uns diese nicht zu eigen machen, sondern lediglich auf
deren Stand zum Zeitpunkt der Erstveröffentlichung verweisen.

Das Zitat von Ezra Pound auf Seite 327 entstammt folgender Ausgabe:
Ezra Pound, Canto LXXX, aus: Ders., Pisaner Cantos ©
der deutschen Ausgabe: 1956, 1969, 1985, 2002
by Arche Literatur Verlag AG, Zürich–Hamburg.
Abdruck mit freundlicher Genehmigung des Verlags.

Verlagsgruppe Random House FSC® N001967

1. Auflage
Deutsche Erstveröffentlichung September 2018
Copyright © 2016 by Rowan Hisayo Buchanan
Copyright © der deutschsprachigen Ausgabe 2018 by btb Verlag
in der Verlagsgruppe Random House GmbH,
Neumarkter Str. 28, 81673 München
Covergestaltung: Semper Smile
Covermotiv: © Pauly Pholwises/Trevillion Images;
Shutterstock/Vector Tradition SM
Satz: Uhl + Massopust, Aalen
Druck und Bindung: GGP Media GmbH, Pößneck
AH · Herstellung: sc
Printed in Germany
ISBN 978-3-442-71673-9

www.btb-verlag.de
www.facebook.com/btbverlag

Meiner Mutter und allen, die bleiben.

Prolog, Berlin

Das kleine, weibliche Oval stand im Schatten der Haustür. Dort, wo ich stand, bestrich das Sonnenlicht den Bürgersteig mit einem Buttergelb; die Frau jedoch war winterlich gekleidet. Gleich drei Schals schlangen sich um ihren Hals – in Rostrot, Kardinalrot und in Weiß, mit scharlachrotem Rentiermuster.

»Guten Morgen.« Es war das erste Mal, dass ein japanischer Mund vor meinen Augen deutsche Konsonanten formte. Meine Deutschkenntnisse waren zu schlecht, ich konnte nicht sagen, ob in ihrem Akzent noch ein Rest Connecticut lag. Strömte der Saugatuck River durch ihre Vokale? Oder sprach sie, als ob sie immer schon inmitten Berlins unruhiger Historie gelebt hätte?

»Yukiko Oyama?« Meine halb erhobene Hand sank zurück an ihren Platz. »Wir sind verabredet. Ich komme in der Erbangelegenheit Ihres Ehemanns.«

»Kommen Sie herein«, sagte meine Mutter. Ihr war nicht anzusehen, ob sie mein Gesicht erkannt hatte. Sie ging langsam, hielt sich am Geländer fest, und mir drängte sich die abwegige Frage auf, wie eine derart zierliche Person meine Mutter sein konnte. Die kleine Hand, die den eisernen Handlauf umklammerte, war von kindlicher Unschuld. Aber der Körper schwillt ja nicht von Missetaten an. Impulsiv streckte ich den Arm aus. Ihr Kopf war von mir fortgewandt. Einen Augenblick nur erlaubte ich meinen Fingerspitzen, an die nachsichtige Wolle ihres Rentierschals zu fassen. Sie war so weich. Eilig wich die Hand zurück.

An der Wohnungstür zog meine Mutter ihre Hausschuhe aus und entblößte mehrere Lagen Socken. Sie wirkte älter als ihre sechzig Jahre. Ausgezehrt. Das Haar, das sich durch ihre Schals hindurchwebte, war weiß gesträhnt. Ich hatte mich früher oft gefragt, wie mein Leben verlaufen wäre, hätte sie mich mitgenommen. Auf ihrem Tisch, dort, wo der Platz für einen Blumenstrauß gewesen wäre, stand ein Glas mit Teppichmessern. Die Möbel waren voller Farbflecken. Ein Heizkörper pochte.

»Tee – wie wäre es mit einem Tee?«

Ich nickte. In einem großen Spülbecken aus Keramik stapelten sich leere Tassen. Sie stellte einen Topf auf eine Heizplatte. Sie hustete; eine Hand drückte unten an den Hals, die andere legte sich auf ihren Mund. Eine ganze Minute lang knisterte es, als ob jemand in trockenes Laub gesprungen wäre. »Krank. Sprechen fällt schwer. Verzeihung.« Ihre Stimme klang aufgeraut, die Worte endeten in einem Kratzen.

Als ich mich setzte, ächzte der Plastik-Klappstuhl unter mir. Sie reichte mir eine Tasse. Ich schloss die Hände darum. Sie hatte grünen Tee gemacht, im Beutel, eine von den billigen Sorten, die immer etwas bitter schmeckten. Trotzdem war mir die Wärme, die der Tee in dieser Kälte bot, sehr willkommen. Dafür hatte uns meine Mutter also verlassen. Für diese schäbige Behausung?

»Wie bereits erwähnt, ich bin in der Erbangelegenheit von Mr Eaves hier.«

Sie blickte nach unten; in ihren Augen klebten gelbe Schlafkörnchen. Ihre Finger zupften an den Schals, als wäre sie ein Schulmädchen, das eine Strafpredigt über sich ergehen lassen muss.

»Sie waren mit ihm verheiratet. Richtig? Er ist kürzlich verstorben.«

Ich wartete auf die Frage, woran. Sie hob die Tasse und rieb sie über ihre Wange. Um sich zu wärmen, nahm ich an.

»Er hat Ihnen das Haus hinterlassen, in dem Sie früher gelebt haben.« Ich zog die Papiere hervor und schob sie über den farbbefleckten Tisch. »Sie müssen nur den Eintrag ins Grundbuch unterschreiben. Haben Sie einen Stift? Erbschaftssteuer fällt natürlich auch an.« Das hatte ich mit dem Rechtsanwalt aus dem Büro meines Vaters besprochen. »Aber die können Sie aus dem Verkauf des Hauses begleichen. Wenn Sie also hier und hier unterzeichnen würden.«

Sie griff in ihre Jackentasche, und hervor kam ein schwarzer Wachspastellstift. Sie richtete die Papiere aus und musterte das Kleingedruckte. Langsam schrieb sie ihren Namen. Ihre Signatur war gerade, kantig, säuberlich. Sie gab mir das erste Papier zurück und unterschrieb das zweite, dann hielt sie inne; der Stift drückte sich noch in das Blatt. Sie sah auf ihren Namen.

»Und mein Sohn?«

Ja. Ja. Ja.

»Wo ist er?«

YUKI

1968, Chinacridongold

Ein warmes Gelb, das für die Automobilindustrie entwickelt wurde. Es ist die Farbe von Straßenlicht, das sich bei Nacht in Pfützen spiegelt, von eingelegtem gelben Rettich und von Entenschnäbeln.

Der Exhibitionist hockte auf seinem angestammten Platz und biss in einen Hotdog. Yuki wechselte die Straßenseite nicht, und auch ihren Schritt beschleunigte sie nicht. Sie blieb stehen und verfolgte, wie er sich den Senf von den Händen leckte, wie sich eine dicke Zunge zwischen plumpe Finger schob. Von ihrem Platz aus konnte Yuki sogar sehen, wie die Zwiebelringe unter einem Windstoß zitterten. Mit seinem Hut und dünnem Regenmantel, beides beige, wirkte der Exhibitionist wie ein Detektiv aus einem Comic. Sein Mantel war geschlossen, doch seine nackten Waden zeigten ihre schwarze Spinnenbeinbehaarung.

Yuki schnitt der Ranzen in die Schulter. Das Gewicht der vielen Hefte mit den leeren Seiten drückte sie – noch ein Jahr. Was tat der Exhibitionist, wenn er sich nicht entblößte? War auch er zwischen den eisernen Beinen eines Pults gefangen? Er summte die ersten Takte von *Revolution*. Sein schmatzendes Kauen mischte sich in die Melodie. Eine spätsommerliche Sonne blich den Gehweg aus. Yuki lehnte sich an das warme Glas eines Schaufensters und musterte den Mann. Kleine Fältchen hatten sich rings um seine Augen gegraben, sein Ärmel hatte Fettflecken.

Eine junge Büroangestellte stöckelte eilig mit zwei dampfenden Pappbechern vorüber. Der Exhibitionist schob sich den Rest des Hotdogs zwischen seine Zähne, riss den Mantel auf und sang aus voller Kehle, laut und schief. Das Mädchen ging unbeeindruckt weiter, nicht einmal ihr Blick wanderte in seine Richtung. Yuki staunte, dass der Kaffee nicht überschwappte. Der Exhibitionist wurde von der Frau mit dem Chignon ignoriert, und sie, Yuki, war unsichtbar für einen Mann, der der Welt an diesem ersten kalten Herbsttag seinen violetten Stummelpenis präsentierte.

Sie wandte sich zum Schaufenster. Schatten fraßen sich in ihr Spiegelbild, sie ließen einen Zopf und eine Wange. Yuki schaute näher hin, doch je näher sie trat, umso schwächer wurde ihr Bild.

Sie war sechzehn. Das ganze Jahr lang hatte sich der Kummer unter ihrer Haut gestaut. Er war so zäh, er hätte ihr in Form von Pickeln aus den Poren dringen müssen, und doch war ihr Gesicht so zart wie vor zehn Jahren, wie an jenem Tag, an dem sie aus dem Flugzeug ausgestiegen war. Sie blinzelte, bis das schattige Mädchen im Schaufenster verschwand und Lacklederstiefel erschienen. Im Weiß des *Weißen Albums* von den Beatles. Yuki trat mit dem linken Schuh gegen die Ziegelwand. Ihre Mary Janes waren schon sechs Mal neu besohlt worden und hatten trotz aller Politur Runzeln an den Zehen. Wer solches Schuhwerk trug, wusste, dass seine Füße so unsichtbar waren wie sein Gesicht.

Als sie die Ladentür aufstieß, erklang ein Windspiel. Im Innern roch es nach Räucherstäbchen, kräftiger und bläulicher als die, die auf ihrem Familienaltar brannten. Unter der Theke kam eine Männerstimme hervor. »Kann ich helfen?«

»Nein, ich schau mich nur um.« Dann: »Was kosten die Stiefel? Die weißen, im Fenster.«

Vor ihr entfaltete sich ein junger Mann und wischte sich den Staub von der Jeans. »Die da? Dreißig Dollar.« Yuki erhielt von ihrer Mutter in der Woche fünf Dollar, für das Schulessen.

Sie wandte sich zum Gehen. Ihre Hand lag schon auf dem

Türgriff. Das Metall war kühl, im Vergleich zu ihrer heißen Beschämung.

»Welche Größe hast du?«, rief ihr der Junge nach.

»Fünfunddreißig.«

»Tut mir leid, etwas Kleineres als sechsunddreißig haben wir nicht.«

Ihre Hand verkrampfte sich. Natürlich gab es diese Stiefel nicht in einer Größe, die ihr gepasst hätte.

»Jetzt guck nicht so. Wie wär's mit einer Sonnenbrille?« Der Verkäufer lächelte. »Einheitsgröße.« Er nahm eine Brille von einem Drehgestell und hielt sie ihr entgegen. »Sommerschlussverkauf. Zwei Dollar.« Die Sonne flog bereits gen Süden, über Winter. Yuki brauchte keine Sonnenbrille. Sie setzte sie auf. Sie passte nicht – der Brillensteg war viel zu breit für ihre Nase, und hinter dem Rahmen verlor sich ihr Gesicht, doch durch das Tropicana-Orange der Brillengläser strahlte eine Welt in Gold. In Yukis Portemonnaie befanden sich genau zwei Dollar, für das Mittagessen am Donnerstag und Freitag. Sie kaufte die Brille.

Draußen schillerte die Welt. Von Kotflügeln strahlte goldenes Licht und floss über das lange Haar der Mädchen von der NYU. Der Exhibitionist war fort, nur sein leerer Hotdog-Karton lag noch auf dem Hocker. Die Ketchup-Reste sahen jetzt weniger wie Flecken, sondern eher wie Küsse aus. Yukis steifer grauer Rock tanzte einen Shimmy durch den Wind. Sie drehte sich, damit er sich entfalten konnte. Ihre Brille hüpfte auf und ab. Alles funkelte.

Als sie über eine ausgeweidete Ratte trat, wohl die Hinterlassenschaft einer Straßenkatze, schenkten ihr die Fenster ihrer Wohnung ein rosarotes Zwinkern. Yuki lebte am Rand von Greenwich Village, im Süden Chinatown und im Norden die Nutten. Ihre Eltern hätten sich eine bessere Gegend leisten können – ihr Vater gehörte zum Management der Ostküsten-Niederlassung von Japans größter Automarke –, doch für sie bedeutete

Amerika kaum mehr als eine Unterbrechung ihres Tokioter Lebens. Einmal hatte Yuki ihre Mutter gefragt: Warum ist Daddy eigentlich nicht allein nach Amerika gegangen? Ihre Mom hatte sich vor sie gekniet und auf Englisch geantwortet: »Daddy braucht uns«, so als ob es ein Verrat gewesen wäre, eine solche Schwäche auf Japanisch einzugestehen. Yuki hatte zwei Drittel ihres Lebens in New York verbracht – ihr Japan war der Geruch der Teeschachteln, die ihre Großmutter zu Neujahr schickte. Die meisten Kollegen ihres Vaters gingen allein in die Staaten und kehrten nach ein, zwei Jahren nach Japan und zu ihren Familien zurück. Angeblich aber brauchte sein Arbeitgeber ihren Vater in New York, aufgrund seiner exzellenten Sprachkenntnisse und Einblicke in die amerikanische Kultur – doch mit jedem Jahr hatte er sich weiter abgeschottet. Dieses war das letzte.

Sie stellte ihre Halbschuhe in das Regal, neben die Pumps ihrer Mutter und unter die Hausschuhe ihres Vaters, in deren Tatamisohlen sich die Form seiner Füße eingegraben hatte. Ihr Vater hatte mit Entsetzen geschildert, dass die Westler in ihren Schlafzimmern Schuhe trügen, doch ob das stimmte, wusste Yuki nicht – sie war noch immer nie in einem amerikanischen Schlafzimmer gewesen. Sie schlüpfte in ihre Flanellpantoffeln und steckte die Sonnenbrille in ihren Ranzen.

»*Tadaima*«, rief Yuki, *Ich bin zu Hause*, dabei hatte ihre Mutter längst das Türknarren und das Getrappel auf den Holzdielen gehört.

Ihre Mutter stand in der winzigen Küche und schaute ratlos auf einen feinen Haufen Hackfleisch, im gleichen Rosa wie der Kühlschrank, der Toaster und die Handschuhe, in denen sie ihre Finger krümmte.

»Was sagst du zu Hütten-Chīzu?«, fragte sie auf Englisch. Yuki ärgerte sich jedes Mal, wenn ihre Mom Wörter, die es auf Englisch gab, japanisierte. Warum sagte sie *chīzu*, wo sie ganz genau wusste, dass es *Käse* hieß?

»Zu Hüttenkäse sag ich gar nichts«, erwiderte Yuki.

»Ich mache *chīzubāgā*. Und im Kochbuch steht, dass man dazu *chedāchīzu* nehmen soll.« Es dauerte einen Augenblick, bis Yuki begriff, dass ihre Mutter Cheddar meinte. »Aber dein Vater bekommt von *chedāchīzu* Magenschmerzen.«

»Und warum machst du ihm dann Cheeseburger?« Ihre Mutter sah erstaunt und betroffen aus. Was erstaunte sie daran? Käse bekam Yukis Vater nicht. Amerika bekam ihm nicht. Im Spätsommer verlangte es ihn nach Aal, in Zedernholzfässern gemästet und über Holzkohle gegrillt. Doch er war ein loyaler Angestellter seiner Firma. Und die hatte ihn an diesen Außenposten versetzt. Nun aber, endlich, nahte das Ende des Exils.

»Mom, niemand macht Burger nach dem Kochbuch.«

Ihre Mutter hatte sich, kurz vor der Heimreise, noch entschlossen, ihre Familie zu amerikanisieren. In einem halben Jahr war Aufbruch – Ende März. Die Pflaumenbäume würden dann in voller Blüte stehen, und der Frühlingsregen würde fallen, zumindest hatte ihr Vater das behauptet. Yuki kannte Pflaumen nur aus dem Supermarkt, wo die dunklen Früchte statt Blättern einzig den Aufkleber des Zwischenhändlers trugen. Einmal nur hatte Yuki ihre Großeltern besucht. Sie hatte sich mit dem Hund angefreundet, den Menschen hatte sie nichts recht machen können. In wie vielen Sprachen gab es für den Satz *Ich heiße Yukiko* vier Konjugationen, eine für jede Höflichkeitsform? Woher sollte man überhaupt wissen, dass es vier Höflichkeitsformen gab? Und woher, dass ein zu respektvolles Verhalten auch als unhöflich verstanden werden konnte? Yuki war wie *chīzubāgā* – für Japaner unverträglich, aber wirklich amerikanisch auch nicht.

»Ich gehe in mein Zimmer.«

Yuki setzte sich die neue Sonnenbrille auf, doch im Dunkel ihres Zimmers wirkte alles braun. Sie hätte so gern jemanden gefragt: *Wie sehe ich damit aus?* Im Fernsehen gab es immer eine beliebte und eine unbeliebte Clique. Das war Yuki unbegreiflich. Wie konnte man unbeliebt sein, wenn man in einer Clique war? Die Mädchen in der Grundschule hatten sie Spucki-Yuki genannt, doch inzwischen ließen sie sich gar nicht mehr dazu herab, überhaupt mit ihr zu sprechen. Wenn sie die richtigen Worte, den Zugangscode gekannt hätte, hätte sie vielleicht auch dazugehören können. Der Dicken Carol hatten sie in der vierten Klasse Käfer in die Bluse gesteckt, doch nun hatte sie einen Freund, der in einer Band spielte. Und die neue Stiefmutter der Stinkenden Alice hatte ihr eine Flasche YSL Rive Gauche gekauft. Yuki aber hatte das Gefühl, dass sie mit jedem Jahr mehr zu Spucki-Yuki wurde. Und sie ging nun in die elfte Klasse.

Sie holte die Schulbücher aus dem Ranzen und legte sie auf ihren Schreibtisch. Ihre Mutter schlug die Bücher in braunes Papier ein, um die Ecken zu schützen. Eines war so farblos wie das andere. Yuki schrieb ihren Namen in das Geometriebuch. Ihr Vater drillte sie zwar an den Wochenenden – in den Matheklausuren aber zappelten die Zahlen wie sterbende Fische vor ihren Augen herum. Sechsen drehten sich zu Neunen, Dreien wanden sich in Achten. Yuki konnte es ihrem Vater nicht verübeln, dass er beim Blick auf ihre Noten ein Gesicht zog, als hätte man ihm verdorbenen Lachs aufgetischt. Sie konnte ihm nicht vermitteln, dass ihr die Zahlen, die sich daheim so gut benahmen, im Panikraum einer Klausur entglitten.

Vielleicht würde es mit Geometrie ja anders, besser. Sie schrieb ihren Namen in lateinischen Buchstaben in das Buch. Und in Kanji. Beide Male wirkte er so kläglich wie eine zerquetschte Fliege. Yuki konnte sich nicht vorstellen, dass sie in Tokio weniger einsam sein sollte, nur weil ihr Gesicht dort wie das der Masse aussah.

Sie schaute auf die Postkarte, die sie mit vier roten Nadeln an die Wand geheftet hatte, mit Nadeln, mit denen Menschen in Filmen ihren Ort auf Landkarten markierten. Yuki war bei einem Klassenausflug ins Guggenheim Museum auf diese Hausansicht gestoßen, das Gemälde eines Wiener Malers. Die Fenster waren geborsten, doch um die Balkone rankten sich Strümpfe und Hemden in leuchtenden Farben zu einem Bild der Erhabenheit. Yuki fuhr mit dem Fingernagel an einem Fenster entlang und fragte sich, wie ihr Name in der Sprache dieses Ortes klingen würde. In Kunst hatte sie ein »sehr gut«, doch das war ihrem Vater gleichgültig.

Am nächsten Tag ging Yuki nicht in die Schulkantine – sie hatte ihr Essensgeld für die Brille mit den Zitrin-Gläsern ausgegeben. In der fünften Etage führte das Fenster der Mädchentoilette auf die Feuertreppe; das hatte Yuki im Vorjahr entdeckt, als sie wieder einmal bei einer Matheklausur versagt hatte. Das eiserne Gestänge hatte sie verschwommen hinter Mattglas und Tränen angeschaut und ihr die Flucht regelrecht befohlen. Auch nun war sie auf seine Hilfe angewiesen.

Der einzige Weg hinaus führte durch das Fenster. Yuki kletterte auf das Waschbecken, verkeilte die Füße zwischen den Wasserhähnen und rüttelte an dem schweren Rahmen. Er öffnete sich vierzig Zentimeter weit, dann klemmte er. Wenn es zu einem Feuer käme, würden alle verbrennen. Diesem Bild gab sie sich bei besonders einsamen Mittagessen hin, wenn sie am Ende des Tischs, in der Nähe der Abfalleimer saß. Sie schob den Oberkörper seitwärts in den blauen Himmel und schlüpfte hinaus auf die rostbefleckten Streben.

Yuki setzte die orangefarbene Brille auf. Die Gläser dämpften das Stechen in ihrem Magen. Bernstein legte sich vor ihre Augen. Yuki erschuf sich eine Fantasie, in der sich der goldgelbe Stein über den Schulhof ergoss, tratschende Lippen lähmte, Nagellackiererinnen Einhalt gebot, Zigaretten auslöschte und bis zum Lehrerzimmer aufstieg und die Rotstifte in ihren Korrekturen hemmte. Doch dann erhoben sich Tauben in die goldene Luft und zerstörten ihre Illusion. Als Yuki ihrer Flugbahn folgte, entdeckte sie, einige Stufen über sich, ein Mädchen.

Sie trug ein avocadogrünes Kleid mit spitzem weißen Kragen, und sie war so dünn, dass die Wangenknochen wie gemeißelt wirkten. Über dem weißen Gipfel ihrer Stirn erhob sich ein Kumulonimbus aus blondem Haar. Das Mädchen hob die linke Hand zum Gruß, der rechte Arm war um die dürren Knie gewunden. Yuki schob die Brille hoch, und da glänzte das Haar sogar noch heller, so als ob es jeden einzelnen Tropfen Gold aus der Brille in sich aufgesogen hätte. Yuki konnte die Worte, die in ihrer Kehle steckten, nicht hervorscheuchen, nicht einmal ein »Hi«. Yuki spiegelte die Geste und hob ebenfalls die Hand, das jedoch so eilig, als ob sie aufgerufen werden wollte. Sie senkte rasch die Hand und schob sie zwischen die Knie. Außer ihr war noch nie jemand hier gewesen.

Yuki und das andere Mädchen saßen einsam und schweigsam auf den Streben aus Metall, bis die Glocke läutete und Yuki heraushustete: »Ich bin Yuki. Elfte Klasse.«

»Odile. Zwölfte. Ist mein erster Tag.« Sie warf die Hände in die Luft, als ob sie sagen wollte: Was soll ich tun?

Yuki war noch nie auf jemanden getroffen, der Odile hieß. »Cooler Name.« Die Mädchen in der Schule hießen Kathy, Lucy oder Amy, allenfalls noch Rachel, selbst die aus den ärmeren Familien, die ein Stipendium benötigten.

»Ich weiß. Hab ich mir selbst ausgesucht.« Auf dem Schulhof unter ihnen strudelten die Körper Richtung Tür, Seifenlauge, die in einen Ausguss fließt.

»Wir müssen wieder rein«, sagte Yuki und steckte einen Fuß durch das Fenster. Das andere Mädchen rührte sich nicht vom Fleck.

Im Kunstunterricht gelang es Yuki nicht, sich auf das ordentliche Gebinde der künstlichen Blumen zu konzentrieren; sie ringelte Wolken aus Haar über die Seiten ihres Skizzenbuchs.

Miss Shahn spähte hinein: »Sehr Alfons Mucha, aber wir wollen doch nach dem Modell zeichnen. Nach der Seide, um genau zu sein.« Die Lehrerin schob ihre runde Brille hoch. »Mir gefällt, wie du das Kinn geneigt hast, und auch das Lächeln, das ist gut. Mach weiter so, nur die Augen sind zu groß – in einem richtigen Gesicht wären sie so riesig wie Grapefruits. Du hast ein gutes Gespür, aber du solltest erst einmal beobachten und nach dem Vorbild zeichnen, ehe du etwas erfindest.«

Yuki war sich beinahe sicher, dass Odile real war. Das Rätsel löste sich während des Mathematik-Unterrichts, als die karobejackte Schulsekretärin in die Gleichungssysteme platzte. »Hat irgendjemand Jane Graychild gesehen?«

Yuki war dankbar für die Unterbrechung. »Wen?«, fragte Mr Schwinger, der Mathelehrer.

»Groß, dünn, blond, sieht ein bisschen wie diese Sticky aus? Twiglet?«, erwiderte die Sekretärin. »Sie sollte in der Förderstunde sein, aber sie hat sich wohl verlaufen.«

Yuki legte den Stift beiseite, der Spiralen um ihr x+2y gekritzelt hatte. Sie selbst war dem Förderunterricht nur knapp entgangen; sie hatte wochenlang Abend für Abend gelernt und so ihre Drei minus in eine Drei plus verwandelt. Monate für einen vertikalen Strich, noch dazu einen bedeutungslosen, nun, da sie fortgehen würde. Die Neue war also in der Förderklasse. Yukis Vater hätte gesagt, dass Unwissenheit ein schwaches Band sei, doch was wusste er schon? Yuki hatte ihn noch nie mit einem Freund erlebt.

»Twiggy«, belehrte Kathy B die Sekretärin.

»Ich glaub, ich weiß, wen Sie meinen«, sagte Kathy M. »Mir hat sie gesagt, dass sie Odale heißt, oder O-Irgendwie.«

»Ist das eine Irin?«, fragte Amy H.

»Französin«, sagte Kathy B., die Alleswisserin. »Sie kommt von einer Ballettschule. Ich hab gehört, dass sie da rausgeflogen ist, weil sie mit ihrem Lehrer rumgemacht hat.«

»Und ich hab gehört, sie hätte sich geweigert, es mit ihm zu treiben«, warf Amy H. ein.

Kathy B. sah verärgert aus. »Woher weißt du das?«

»Ruhe«, sagte Mr Schwinger. »Alle miteinander.«

Als Yuki nach Hause kam, war ihre Mutter in der Küche und hatte salzbesprenkelte Fritten auf einem Bogen Krepppapier verteilt. Die leere Faust in Yukis Magen ballte sich.

Ihre Mutter wies auf den Hausaltar. Yuki griff zu den langen Kochstäben und steckte sie in zwei helle Fritten.

»Mom?«

»Ja?«

»Wer ist deine beste Freundin?«

»Meine beste Freundin? Meine *shinyū*? Hmm...«

»*Shinyū?*« Das Wort war Yuki neu. Das war das Problem – Dinge, über die ihre Eltern nicht sprachen, existierten für Yuki auf Japanisch nicht.

»*Shinyū* heißt so viel wie Freund. Ein sehr naher Freund.« Ihre Mutter ließ die Fritten in eine blaue Schale gleiten. »Nakamura Machiko. Sie war furchtbar lustig. Sie hatte immer tolle Geschichten.« Yuki versuchte, sich ihre Mutter mit einer Freundin vorzustellen. Wie sie einer anderen ein Geheimnis anvertraut. Wie sie nicht ihre Mutter war.

»Was ist mit ihr passiert?«

»Was soll passiert sein? Sie ist meine Freundin.« Yukis Mutter schnitt Schinken und legte ihn auf den Teller für die Ahnen.

»Aber ihr seht euch nie.« Yuki hatte auch ihre Mutter noch nie mit einer Freundin erlebt. Ihr Vater hatte immerhin Kollegen, mit denen er abends etwas trinken ging. Aber ihre Mutter? Kein Wunder, dass Yuki nicht wusste, was sie zu anderen Menschen sagen sollte. »Du hast sie noch nie erwähnt. Nicht ein einziges Mal.« Fühlst du dich nicht auch manchmal einsam? Reicht dir die Umarmung deiner rosa Schürze?

»Bring das zum Altar«, scheuchte ihre Mutter, noch immer lächelnd, Yuki ins Wohnzimmer.

Die Ahnen aßen zuerst. Vor jeder Mahlzeit wurde ihnen eine kleine Portion an den Altar gebracht, dann klatschte Yukis Mutter drei Mal mit den Händen und rief die Toten zum Mahl. »Da wir in Amerika leben, können die Ahnen ruhig etwas Neues kosten«, hatte sie Yuki erklärt. Sie opferte gebratenes Corned Beef, Hühnerpastete, Zuckerkekse oder Fritten.

Der Altar stand auf dem Klavier. Yuki stellte den Teller auf die weiße Serviette, vor das Räucherstäbchen. Dort waren, neben der silbernen Keksdose mit der Asche eines seidenweichen Zwerghamsters, die Fotografien all der Verwandten aufgereiht, deren sterbliche Überreste auf der anderen Kontinentalplatte ruhten. Ihre Eltern schworen, dass Yuki sie alle kennengelernt habe, doch Yuki hatte sich keine Berührung eingeprägt. Die Tante in dem teegrünen Kimono war ihr so fremd wie Gauguins tahitianische Frauen im Metropolitan Museum. Auch Blumen, die hinauf zu den Vorfahren gelangen sollten, waren auf dem Klavier: Päonien, Chrysanthemen, gelbe Rosen, selbst die sonderbaren rotblättrigen Weihnachtspflanzen. In Yukis Vorstellung wogte ein ektoplasmischer Ozean aus Blütenblättern durch das Reich des Jenseits.

Ihre Mutter klapperte noch in der Küche; die Fritten leuchteten noch ungeopfert. Was konnten die Ahnen schon tun, um ihre Gabe zu beschützen?

Yuki nahm eine Fritte; sie brannte heiß an ihren Lippen, sie forderte die Toten zum Eingreifen auf.

Dann erst klatschte Yuki in die Hände, um die Ahnen zu Tisch zu rufen. Eins. Zwei. Drei.

Als Yuki am Freitag durch das Fenster kletterte, wandte sich Odile ihr zu. Ihre großen, durchschimmernd grünen Augen waren von Mascara-Tüpfelchen umrahmt. Sie sagte: »Willst du einen Kaugummi?«

Der Kaugummi war so grün wie ihre Augen. Yuki bog sich ihm entgegen, vergaß jedoch, im Strahlen dieses Augenblicks auch Ja zu sagen. Odile zog das Päckchen zurück.

»Kluge Entscheidung. Erst geht's einem damit besser, aber später hat man noch mehr Hunger. Mägen sind wie Männer. Ein Happen, und schon sabbern sie. Und, warum bist du nicht beim Essen? Ich dachte immer, Chinesinnen wären von Natur aus dünn.«

»Ich bin Japanerin.«

»Meine Familie stammt aus Osteuropa – wir sind halbe Kartoffeln. Ich nehm schon zu, wenn ich eine Fritte nur anseh.«

Yuki hätte sich und ihrem Magen so gern ein Glas Milch eingeschenkt.

Odile fuhr fort. »Und dann dieser Mist, den es da unten gibt, da könnt ich kotzen. Spaghetti mit FLEISCHsauce. FLEISCHbällchen. Die wissen nicht einmal, von welchem Tier es stammt. Es ist alles immer FLEISCH.«

Yuki nickte. Der Leiter ihrer Schule war ein ehemaliger Pastor. Die meisten Kinder brachten sich das Mittagessen mit, doch es gab auch eine günstige Verpflegung für all die, deren Eltern keine Zeit zu kochen hatten. Es waren aber nur die armen Kinder, die das Schulessen in Anspruch nahmen. Für Yuki jedoch, das hatte sie vor langer Zeit begriffen, war es besser, kein Essen von zu Hause mitzunehmen. Ihre Mutter übertrieb es und versiegelte noch dazu alles in kleinen Tupperdosen: Kartoffelkroketten, Maiskolben, Würstchen. Es war total peinlich. In der Schlange hinter den Kindern, deren Mütter tot waren oder den ganzen Tag lang arbeiten mussten, konnte Yuki wenigstens so tun, als würde sie dazugehören. Außerdem mochte sie den süßlichen Geschmack der Fleischsauce.

Odile beugte sich über das Geländer. Am Himmel zogen Tauben vorüber. Das Mädchen war wirklich schön. Wäre Yuki als Junge geboren worden, hätte sie ihre Finger um den schmalen

Kopf gewunden und Odile geküsst. So aber hoffte Yuki, dass ihr in ihren letzten amerikanischen Stunden eine Freundin gesandt worden war. Eine Freundin mit mintgrünen Augen. Doch ihre Hände oder Lippen kannten keine Geste, um diesem Wunsch Ausdruck zu verleihen.

Also sagte Yuki: »Meine Mutter trägt immer so dämliche Hauskleider, als wären wir noch in den Fünfzigern.« Ihre Mutter nähte sich die Kleider selbst. Sie war derart zierlich, dass die Konfektionsware aus dem Laden bei ihr immer falsch saß. Sie war ein Kriegskind und seit dem Tag, an dem ihr Elternhaus unter Flammen erzittert war, nicht mehr gewachsen. Yuki selbst war nur einen Meter sechzig groß und überragte ihre Mutter dennoch um fünfzehn Zentimeter.

»Ich weiß, was du meinst. Meine Mutter hat drei Kleider in Heinz-Tomaten-Ketchup-Rot.« Odile zog eine Grimasse.

»Wenigstens darfst du anziehen, was du willst.«

»Wenn es nach Lillian gehen würde, würde ich diese puffärmeligen Scheußlichkeiten tragen, die mir meine Großmutter immer zum Geburtstag schickt.« Odile richtete ihr Kleid. »Damit Lillian mehr Geld für ihre rosa Zigaretten hat.«

»Lillian?«

»Meine Mom.«

»Aber wie machst du das? Ich meine, dein Kleid ist – es ist wie das Innere einer Banane. Im guten Sinn. Es ist so cremig.« Yuki hatte das reizend-leere Geplapper so vieler Mädchen gehört, und doch versagte sie bei den simpelsten Banalitäten. »Wenn deine Mom dir keine schönen Kleider kauft...« Yuki spielte an ihrer Sonnenbrille.

»Ich stehle sie«, grinste Odile.

»Aber wie?« Ein Kleid war schließlich kein Lippenstift, der in der Hand verschwinden konnte. Und an Odiles Leib war schon gar kein Platz, an dem sich etwas Großes verstauen ließ.

»Bist du denn gar nicht schockiert?«

Yuki hatte sich derart in die mögliche Taktik dieser zierlichen Diebin vertieft, dass sie die moralische Frage ganz außer Acht gelassen hatte.

»Wie kannst du nur?«, erwiderte sie, so ausdruckslos, als ob sie einen Witz gemacht hätte. Odile lachte.

»Wenn du willst, zeig ich's dir am Samstag.«

»Geht nicht, samstags muss ich in die japanische Schule.« Sie hasste die japanische Schule. Anfangs hatte sie dort Freundinnen gehabt, kleine Mädchen, die Reiko, Jun und Nana hießen, doch sie alle waren ihren Vätern in die Heimat zurückgefolgt. Nun wurde Yuki schon bei den einfachsten Zeichen von Sechsjährigen an den Rand kalligrafiert: 女女女女女. Das karierte Papier war wie ein Käfig, und die Satzzeichen waren ihr so fremd wie das Land, aus dem sie stammten – ihre Striche verformten sich zu Kritzeleien. Wenn ihr Pinsel durch die horizontalen und vertikalen Balken schnitt, dann entflossen ihm Vögel, Augen oder Flügel.

»Dann nach der Schule?«, schlug Odile vor. Die Glocke heulte. »Treffen wir uns draußen?«

Mr Schwinger – er unterrichtete Mathematik, Naturwissenschaften und Baseball – stand an der Tafel und zeichnete einen Querschnitt durch die Erde. »Im Verhältnis ist die Erdkruste nicht einmal so dick wie diese Linie. Wir stehen auf einem Tupfen Kreide, der auf geschmolzenem Gestein treibt.« Yuki fühlte sich selbst wie feuchter Teer: klebrig, stinkend. Doch sie wollte nicht verhärten, sie wollte endlich aufbrechen, damit ihr Herz schmelzen und sein Feuer ausgießen konnte. »Schön, jetzt kommt Stoff für die Klausur, also schreibt alle mit ...«

Yuki mochte die gewundene Anatomie von Wolken und die Herzen der Planeten, doch die Physik presste alles in Konvektion und Konduktion, Strahlung und unendliche Zahlenketten.

Odile wartete an einen Baum gelehnt. Generationen von Schülerinnen hatten ihren Namen in den Stamm geritzt, doch

Yuki würde fortgehen, ohne ihren Namen einmal auch nur zu schreiben.

»So kann ich dich nicht mitnehmen.« Odile zerfurchte eine Augenbraue. »Du musst erst mal mit zu mir kommen.«

Yukis Eltern hätten ihr niemals erlaubt, eine Amerikanerin nach Hause einzuladen. Zuhause: Zimmer, in denen man Distanz zu anderen hält. Yuki berührte ihren steifen Rock und fuhr über die strengen, säuberlichen Stiche seines Saums. Es war der Rock einer Jungsekretärin. Eindeutig nicht für Raubzüge geeignet. »Muss ich mich verkleiden?«

»Ich klau die Sachen nicht direkt. Ich befreie Kröten, Geld, Cash von seinen Eigentümern.« Odile grinste schief.

Einen Augenblick lang sah Yuki ihre neue Freundin, die Hände um eine Waffe mit Elfenbein geklammert, auf dem Weg in eine Bank, sie hörte das harte Klicken ihrer Absätze, sah, wie Odile mit süffisant geschürzten Lippen einem verstaubten Angestellten das Kommando gab, die Kasse auszuleeren.

»...von Männern, die gern trinken und hübsche Mädchen kennenlernen.«

Aus der Bank wurden die Frauen, die Yuki aus ihrem Viertel kannte, Frauen, die vor ihren Häusern saßen und immer übermüdet wirkten und Laufmaschen in ihren Strümpfen hatten. Frauen, von denen sich ihr Vater abwandte.

»Du verkaufst dich?« Die Worte klangen so steif und altmodisch, als wären sie aus dem Mund ihres Vaters gekommen.

»Große Güte, nein, ich leih mir hier und da ein Portemonnaie. Und dann, nichts wie ab zur U-Bahn.« Odile schlug die Füße zusammen und machte den Road Runner nach. »Meep meep.«

»Oh.«

»Weißt du, was Männer in ihren Portemonnaies haben? Fotos von ihren Freundinnen und Hunden. Die treuen Gefährten. Und, bist du dabei?«

Yuki blieb nie lang nach der Schule fort, und sie sprach auch nicht mit fremden Männern. Sie fügte sich nahtlos in das Ziegelwerk der pflichtbewussten, braven Bürger ein. Doch sie hatte etwas erblickt, das sie so unbedingt stehlen wollte, dass ihr die Finger danach juckten: das Sonnenscheinhaar von Odile.

»Ja«, sagte sie. »Das wäre toll.«

Das Bett war von einem Berg aus Kleidern besetzt. Nylonhüften wölbten sich, Paisleyschenkel setzten an zum Sprung. An die Fensterrahmen klammerten sich Blusen. Es war, als enthielte dieses Zimmer jede Spielart, die ein Mädchen sein konnte. Yuki verschränkte die Hände hinter dem Rücken. Irgendetwas zu berühren erschien ihr zu intim.

»Das hier müsste passen.« Odile pflückte etwas Weißes aus dem Haufen und warf es in die Luft. Es flog zu Yuki, landete an ihrer Brust und glitt durch ihre Hände. Sie bückte sich und schüttelte es aus. Es war ein Kleid im Landmädchenstil, der Saum war mit Vergissmeinnicht bestickt. Als Landmädchen zu gehen erschien ihr passend. Japanische Märchen unterschieden sich kaum von amerikanischen: Da geht man als bescheidene Bauersfrau seinem bescheidenen bäuerlichen Tagwerk nach, und dann, eines Tages, gerät man unversehens in eine Zauberwelt.

Odile selbst wählte etwas Strenges, Kurzes aus.

»Nun mach schon«, drängte sie. »Ich guck nicht hin.«

Das Aufknöpfen war mühevolle Arbeit, Yukis gestärkte Bluse war für einen Striptease nicht gedacht. Odile schaute aus dem Fenster; die tief stehende Sonne malte ihr einen goldenen Streifen auf die Wange. Yuki, im Schatten, sah an sich hinab, auf die unförmige Baumwollunterhose. Das Gummiband hatte an Bauch und Beinen Striemen hinterlassen.

An der Tür hing ein Spiegel voller Schlieren, halb von einem Paisley-Kleid verdeckt. Yuki verzog das Gesicht. Ihre Augen standen zu dicht beieinander. Das Mädchen im Spiegel wirkte dümmlich und gemein. Seine Knie waren zu knochig. Seine Brust reichte nicht für einen Büstenhalter. Über einer eingezogenen Brustwarze rollte sich ein schwarzes Haar. Seit wann schon war sie derart hässlich?

»Fertig?«

»Beinahe.« Das Kleid hing müde über ihrer Haut. »Fertig.« Sie bewegte sich, damit der Rock besser fiel. Stoff schwappte rings um ihre Füße.

Yuki fasste an den Zopf, den ihre Mutter ihr geflochten hatte. Sie war versucht, ihn aufzulösen, doch sie war nur sie selbst in einem übergroßen Kleid; daran hätte auch das offene Haar nichts geändert. Als sie ihre goldene Brille aufsetzte, sagte Odile: »Die kannst du nicht einfach tragen. Die musst du TRAGEN.« Odile kommunizierte über Wortwahl und Betonung. Ihre langen Finger zogen Yuki die Brille von der Nase und setzten sie ihr ins Haar.

»Perfekt«, sagte Odile. »Jetzt noch die da.« Sie wies auf ein Paar silberner Sandalen. Sie waren zu groß. Als Yuki die Füße anhob, klatschte das Leder gegen ihre Sohlen. Dann griff ihre Fee unter das Bett und zauberte ein Paar glatt geleckter weißer Stiefel hervor.

»Woher hast du die denn?«, fragte Yuki. Es war, als wären sie aus ihren Träumen in die Wirklichkeit versetzt.

»Hab ich vergessen.« Odile schlüpfte geschmeidig in die Stiefel. »Trinkst du?«

Yuki betrachtete die kleinen Fältchen in dem Lackleder.

»Nein, natürlich nicht. Heute musst du. Wenn man nicht mittrinkt, kommen sich die anderen komisch vor.«

»Äh, kann ich euer Telefon benutzen?«

»Wieso?«

Was sollte sie zu diesem Mädchen sagen? Na ja, es ist so, dass ich der einzige Teenager in ganz Amerika bin, der keine Freundin hat. Ich bin weder im Debattierklub noch im Schachklub noch in irgendeinem anderen Klub, weil ich zu viel Angst habe zu fragen, ob ich mitmachen darf, und mich, bis heute, noch niemand zu irgendetwas eingeladen hat, und darum komme ich auch niemals spät nach Hause, und darum werden sich meine Eltern sicher Sorgen machen. Aber Yuki sagte nur: »Egal. Ich bin fertig.«

»Nein, bist du nicht. Mit deinem Gesicht habe ich noch nicht mal angefangen.«

Der Weg zur Bar führte durch den Washington Square Park, einen der vielen Orte, die Yuki meiden sollte. Ihrem Vater missfielen die Schachbretter, die Mädchen in ihren gebatikten Bikinis, die schwarzen Jungs mit ihren Gitarren, die weißen Jungs mit ihren Gitarren, die Junkies in ihren indischen Gewändern.

»Ist es hier sicher?«, fragte Yuki, als sie durch den für das kleine Fleckchen Grün unverhältnismäßig großen Triumphbogen gingen.

»Du musst dich nur von dunklen Ecken fernhalten.«

Vor einer Bar blieben sie stehen. Die niedrige Sonne traf auf den Schmutz der Fensterscheiben, sodass sie nicht hineinschauen konnten.

Happy Hour 17 – 19 Uhr, verkündete eine Tafel an der Hauswand. Es war halb sieben. Ein Kreide-Smiley bleckte seine rechteckigen Zähne. Vor dem gelben Grinsen fragte Yuki sich, was geschehen wäre, wenn Aschenputtel zum Ball gekommen wäre und eingesehen hätte, dass sie eine Dienstmagd war, die nicht tanzen konnte. Doch in dem weißen Kleid fühlte sie sich ohnehin weniger wie Aschenputtel als wie eines jener Mädchen, die an Drachen verfüttert oder an Klippen gefesselt wurden.

»Kommst du?« Odile hielt die Tür auf.

»Ja. Klar.«

Der Raum war schmal. Die Wände waren in wogendem Wassermelonenrosa und Senfgelb gestrichen. Die Theke war eindeutig älteren Datums als die Wandmalereien und starrte mit ihren dunklen Astlöchern auf die saloppen Psychedelia. Yuki hob, als sie die Bar betrat, das Kleid an.

An der Theke standen vier junge Männer und umringten einen Korb mit gegrilltem Hähnchenfleisch. Sie waren schon betrunken; Speichel schimmerte in ihren Mündern.

»Was soll ich bestellen?«, flüsterte Yuki.

Doch Odile trat einen Schritt zurück und rempelte einen aus der Gruppe an.

»Hey!« Er schaute wütend auf.

»Oh, tut mir leid, ich hab dich nicht gesehen.«

Seine Miene löste sich, als er Odile sah, und verzog sich dann zu einem Grinsen.

»Was wollt ihr trinken?«

»Zwei Bier«, sagte Odile. Yuki trat vor, um zumindest nicht mehr hinter Odile zu stehen. Rein größentechnisch überragte sie Yuki ohnehin schon um fünfzehn Zentimeter, inklusive der hohen Stiefel, wohingegen Yuki lediglich flache Sandalen trug.

»Für uns geht's bald los«, sagte ein anderer aus der Gruppe. Alle trugen enge T-Shirts, und ihre Hälse wirkten viel zu dünn. Ein Junge, der eine Jacke im Sgt.-Pepper-Stil trug, reichte dem Barkeeper einige Geldscheine.

»Bitte sehr, die Damen.«

Odile drückte Yuki eine goldene Bierflasche in die Hand. Die Knöpfe an der Sgt.-Pepper-Jacke schimmerten. Dem Jungen floss das Haar wie Ahornsirup um die Ohren. Als er seine dünne Lederbörse auf einen Barhocker legte, neigte Odile den Kopf in Richtung Yuki. Ihr goldenes Haar schien sich vor Lachen zu kringeln. Yuki bewegte sich auf den Hocker zu, doch Odile schüttelte den Kopf. *Nein.*

Die Jungen trugen sämtlich Namen wie Patrick, Fergus oder Colin.

»Odial?«

»Odiel«, korrigierte ihn Odile. »Hab ich mir selbst ausgesucht.«

So was sagt man also, dachte Yuki.

»Und das ist Yuki. Ju-Kie.«

»Mann, könnt ihr zwei nicht Alice oder Mary heißen, damit man euch nicht erst mal buchstabieren muss?«

»So vergesst ihr uns aber nicht. Oder verwechselt uns mit irgend so einem Mädchen aus Brooklyn.«

Yuki hätte sich liebend gern als Alice oder Mary vorgestellt. Die Mädchen an der japanischen Schule suchten sich alle einen amerikanischen Namen für die Zeit im Ausland aus, doch das hatte Yukis Vater ihr verboten. In der Verwirrung über ihren eigenen Namen war Yuki entfallen, welcher Junge wer war. Oder ob wirklich ein Patrick darunter war. Sie hatte nur verschwommen etwas Irisches und amerikanisch genäselte Vornamen gehört. Yuki vergaß oft, dass ihre Familie nicht als einzige fern der Heimat war.

Der Sgt.-Pepper-Junge sprach über Brooklyn und den Krieg und davon, dass er lernen würde, ein Flugzeug zu steuern. Mit jedem Schwellen seines Halses hob sich eine Silberkette an, an der ein silbernes Kreuz hing und an dem silbernen Kreuz ein silberner Mann. Jesu Füße waren spitz wie die einer Ballerina.

»Gefällt es dir?«, fragte er. »Ist Mas Kruzifix. Das hat sie mir gegeben, als ich mich verpflichtet hab.« An der Schule wurde getuschelt, dass es zu einer Einberufung kommen würde, doch von den fraglichen Brüdern oder Freunden hatte keiner vor, auch nur einen Moment vorher die Deckung von Colleges, Konzerthallen, Hot-Dog-Ständen oder Büchereien zu verlassen.

Yuki schaute zu Odile; hätten sie doch vorher eingeübt, was sie sagen sollte! Stattdessen war ihr nur befohlen worden, »nicht so zu zucken«, als Odile Wimpern aus Nylon an Yukis Lid befestigt hatte. Yuki zwinkerte unter der neuen Last. Odile dirigierte die anderen drei. Jede Geste, jeder Finger war unsichtbar mit einem Kinn verbunden. Ein Zucken mit dem Fingernagel, schon folgte ein Nicken. Die Abendsonne schnitt durch Zigarettenqualm und traf auf einen Boden voller Bierflecken auf. Ein Kind kreischte, draußen, über die Musik hinweg.

»Bist du katholisch?«, fragte Yuki.

»Jungs, Jungs. Bin ich katholisch?«

Alle lachten. Yuki wurde rot. Dass alle Iren Katholiken waren, wusste sie. Sie hatte fragen wollen, ob er an den Zauber des winzigen Silbermanns glaubte. Doch ihr Mund war unbeholfen.

»Jetzt mach nicht so'n Gesicht«, sagte er. »Häng es dir mal um, wenn du willst.«

Er kam sehr nah und legte ihr die Kette um den Hals. Schweißsterne malten sich auf seinem T-Shirt ab. Warum, fragte sich Yuki, ließ er seine Jacke an? Die Finger, die ihren Nacken streiften, waren warm. Sommersprossen, groß wie Münzen, schimmerten an seinem Hals. Vielleicht war ja ihr Glückspfennig darunter.

»Tut mir leid, der Verschluss klemmt ein bisschen.«

Ein Schwarm neuer Gäste kam durch die Tür und drängte sich vorbei. Yuki neigte sich auf die Spitzen der Sandalen.

»So, jetzt haben wir's«, sagte er.

Er schob Yuki vor, damit die anderen es sahen, drehte sie herum, zeigte sie aus jedem Winkel. Bei Yuki vergingen häufig ganze Tage, ganze Wochen ohne eine einzige Berührung. Ihre Mutter umarmte sie nur in schmerzhaften Momenten, wenn ein entfernter Verwandter gestorben oder Yuki in einer Prüfung durchgefallen war, nie jedoch aus reiner Freude an der Nähe. Yuki griff nach einem Hocker. Sie musste sich setzen. Ihr war von der Aufmerksamkeit nicht minder schwindelig als von der Drehung.

»Nun braucht sie nur noch einen Rosenkranz«, sagte einer der Jungen. »Und schon ist sie das gute Mädchen aus Donegal.«

»Wenn du ein irisches Mädchen willst«, sagte ein anderer, »solltest du in Brooklyn bleiben.«

»Einen Toast«, sagte der dritte, »auf die Mädchen von anderswo.«

Yuki hatte noch nicht von ihrem Bier getrunken. Odile lächelte ihr zu, und Yuki lächelte zurück und zeigte dabei sämtliche Zähne. Odile hatte ihren kleinen Finger in die Hosentasche eines Jungen eingehakt.

»Also«, fragte Yukis Junge, »woher kommst du?«

»Aus Greenwich Village. Oh. Meine Familie«, sagte sie. »Aus Japan.« Und würde sie dort dann sagen, aus Amerika?

»So wie Yoko Ono?«

Im Sommer hatte Cynthia Lennon ihren Mann wegen Ehebruch mit Yoko Ono verklagt. Yukis Vater hatte die Stirn gerunzelt und gesagt: »Warum macht Ono-san so etwas? Sie stammt doch aus einer guten Familie. Einer der besten.« Die Mädchen in der Schule hatten Yuki vorübergehend etwas mehr beachtet; die Blicke hatten sich gefragt, ob sich unter den Perlmuttknöpfen ihrer Bluse nicht doch eine Verführerin verbarg.

Wieder legte Yuki die Finger an das winzige Kreuz. Sie hatte seit Kindertagen ihren Toten Essen dargebracht und an die Seelen von Felsen geglaubt. Was sie so verwirrte, war die Allmacht dieses Gottes. Ihr erschien das Leben wie das planlose Gekritzel unzähliger Namen auf der Wand einer Toilette und nicht wie ein einziges riesiges Gemälde.

»Und das wird dich beschützen?«

»Das sagt meine Ma.«

Er streckte den Arm zur Theke aus und nahm einen langen Schluck aus einer Bierflasche. Yuki war sich ziemlich sicher, dass es ihre Flasche war.

Er schloss die Hand um ihren Zopf. Sie spürte seine Faust an ihrem Hinterkopf. Seine Lippen waren weich, und ihr Mund versank darin. Es war ein unangenehmes Gefühl, so als hätte sie sich bei der Tiefe eines Tümpels verschätzt. Während der gesamten Dauer des Kusses fragte sie sich unentwegt: Ist es so richtig oder so oder so? Als der Kuss vorüber war, wusste sie noch immer keine Antwort.

»Jetzt hab ich doppelt Schutz«, sagte er, zwinkerte und berührte ihre Nase und das Silber an ihrem Hals.

Seine Freunde johlten und erhoben ihre Flaschen. Zigaretten wirbelten, und Asche tanzte.

»Achte nicht auf die«, sagte er. Wenn Yuki nur gewusst hätte, wie er hieß.

»Pass mit meinem Mädchen auf«, sagte Odile. »Sie ist sehr empfindlich.«

Yuki legte sich die Hände vors Gesicht, wie ein Kind, das Verstecken spielt. Ihr junger Begleiter sagte: »Das sind doch alles Idioten. Was hältst du davon, wenn wir zwei rüber in den Park gehen, eine rauchen und uns den Mond ansehen?«

Odile nahm ihre Hand. Sie war weich. Yuki umklammerte sie fest.

»Und ich soll hierbleiben?«, fragte Odile. »Mit diesen Hohlköpfen?«

Die Hohlköpfe spielten die Beleidigten.

»Na schön«, sagte Sgt. Pepper. »Dann seh'n wir uns eben alle den Mond an.«

Sie stießen an und leerten ihre Flaschen. Welches auch immer Yukis Bier gewesen war, es war in andere Hände gewandert.

Die Sonne war untergegangen, nur ein goldener Rand säumte noch den Himmel. Eine silberne Sommersprosse war der Mond. Der Junge nahm Yukis Hand, und sie ließ es zu. Sein Griff war heiß und klebrig.

Es war acht Uhr. Vermutlich war Yukis Vater gerade nach Hause gekommen, und ihre Mutter kochte das Abendessen und hörte Schallplatten von Chiemi Eri. Angeblich sah Chiemi wie Yukis Mutter in dem Frühling aus, in dem ihre Eltern geheiratet hatten. Yuki hatte Mühe, sich ihren Vater als Verehrer vorzustellen, als Mann, der in den dunklen Nachkriegsjahren jeden Sonntag zum Markt gegangen war, um seiner schwangeren Frau Pfirsiche zu kaufen. Als Mann, der die Früchte jeden Morgen gedreht hatte, damit sie von allen Seiten gleich viel Licht bekamen.

Der Küsser hielt Yuki zurück. Odiles schimmerndes Haar pendelte vor ihren Augen von einem Begleiter zum anderen.

»Warum wolltest du in die Armee?«, fragte Yuki. Das Leben ihrer Familie beruhte auf dem Versuch, den Krieg zu vergessen. Laut ihrem Vater war das einzig Gute, das die Amerikaner für Japan je getan hatten, das Verbot einer Armee. Wer brauchte Panzer, wenn man eine mittelgroße Limousine mit Radio besaß?

»Die zahlen gut«, sagte er. »Mein Dad hat auf den Docks gearbeitet, aber damit is' ja Schluss. Außerdem werde ich die Welt sehen. Die ganze Welt.« Er legte einen Arm um Yuki. »Vielleicht sag ich Japan von dir Hallo. Und kauf mir einen Kimono.«

Er sagte: *Kiemonno*. Yuki stellte sich vor, wie seine behaarten Arme aus der Seide herausschauen würden, und lachte. Das kühle Kruzifix baumelte an ihrem Hals.

»Nimm es lieber zurück«, sagte sie. »Schließlich hat dir deine Mutter das zu deinem Schutz mitgegeben.«

Wieder schlangen sich seine Arme um ihren Hals, bewegten sich die Finger rasch und selbstbewusst. Er kämpfte mit dem Verschluss. Die anderen waren vorausgegangen. Seine Pupillen waren groß wie Münzen. Dann legte er sich die Kette wieder um.

»Wir sollten uns beeilen«, sagte Yuki. Odile und die Brooklyn Boys hatten bereits den Park erreicht.

»Wenn es sein muss.«

Sie setzten sich ein wenig abseits auf eine Bank. Wieder schloss er ihre Hand in seine.

»Als Kind bin ich immer runter zum Red Hook gegangen

und hab zwischen den Frachtern Anhalter gespielt.« Er streckte einen Daumen hoch, so als ob Yuki ein Schiff wäre und ihn fortbringen könnte. »Warum wollen bloß alle nach New York? So toll ist das hier doch gar nicht. Nur Diners und Dreck.«

Yuki versuchte, exotisch auszusehen, wusste aber nicht, wie sie das anstellen sollte. Die übrigen drei umringten Odile. In der Abendluft wurden sie zu Männern, ihre Schultern breiter. Odile saß am Rand des Brunnens. Im Mondlicht hatte sie das fahle Gesicht eines Kaninchens. Yukis Mutter erzählte häufig die Geschichte des Kaninchens, das sich dem Buddha als Nahrung angeboten hatte. Zum Dank hatte ihm der Buddha ein Leben auf dem Mond geschenkt. Auf Yuki hatte der Mond immer einsam gewirkt.

»Woran denkst du?«

»Nichts.«

Ein Arm zog sie derart nah zu dem Jungen hin, dass sich die Knöpfe seiner Jacke in ihre Seite bohrten. Über ihr rechtes Knie strich eine Hand. Es war so lang her, dass ihr Bein berührt worden war – an ihrem ersten Tag an der amerikanischen Schule. Sie hatte gerippte weiße Kniestrümpfe getragen. An der letzten Straßenecke war ihre Mutter stehen geblieben und hatte jede einzelne Baumwollrippe linealgerade ausgerichtet, doch dann war Yuki mit Diagonalen heimgekommen.

Durch die schwache Parkbeleuchtung wirkte sein Gesicht länger, unter seinem Brauenwulst sammelten sich Schatten – ein Gesicht wie eine Gasse. Was in der Helligkeit von halb sieben anziehend gewirkt hatte, war nun unheimlich. Yuki bewegte ihre Finger auf ihr linkes Knie zu und versuchte zu fühlen, was er fühlte. Das Knie war wie immer. Kalt, knochig, glatt.

Odile hielt drei Zigaretten in der Hand, zwischen jedem Finger eine. Sie fütterte ihre Verehrer, schob ihnen die Kippen sanft in den Mund. Sie lachten. Aus anderen Ecken des Parks kam das Gelächter anderer Fremder. Ein namenloses Scheppern.

Seine Hand wanderte ihr Bein hinauf. Der dünne Musselin bot nur wenig Schutz. Ihr steifer Schulrock hätte protestiert.

»Wenn du hingehen könntest, wo du wolltest«, fragte der Junge, »wohin auf der Welt würdest du gehen?«

Nach Hause, dachte sie, zu der Tischdecke aus grünem Gingan, die ihre Mutter genäht hatte. Nach Hause, wo ihre Mutter vermutlich gerade versuchte, eine käsefreie Pizza zu backen. Nach Hause, wo sie ihre Lippen spitzen und den Kuss in Zeitlupe nachspielen würde. Mit sich allein würde sie womöglich beginnen zu verstehen.

»Vielleicht nach Europa«, sagte sie. Sie dachte an die Postkarte über ihrem Schreibtisch. An die Häuser mit den zersprungenen Fensterscheiben und der fröhlichen Wäsche. Der Künstler stammte aus Österreich, hatte ihre Lehrerin gesagt.

»Asien und Afrika sind die Neuen Welten. Amerika ist die neue Alte Welt«, sagte er. »Warum willst du in die alte Alte Welt? Die ist doch tot.«

»Kann sein.«

Eine Hand hatte sich zwischen ihre Oberschenkel gedrängt, die andere machte irgendetwas an ihrem Kleid – hob es an? Sie sprachen über das Verreisen, und doch hatte Yuki das Gefühl, als hätte sie ein riesiger Kaugummi an ihren Sitz geklebt.

Der Junge hatte offenbar etwas entschieden. Die Hand löste sich von ihren Beinen und legte sich auf ihre Schulter, die andere folgte. Dann zog der Junge Yuki an sich, beugte sich nach vorne und legte seine Stirn an ihre. Yuki holte Luft. Der überwältigende Gestank des New Yorker Sommers überdeckte jeden Eigengeruch. Seine Augen verschmolzen und verschwommen ineinander. Sie spürte seine Finger an ihren Schulterblättern. Yuki konzentrierte sich, der Reihe nach, auf jeden einzelnen Druckpunkt und bestimmte die genaue Stelle. Sein Mund und ihr Mund waren nur Zentimeter entfernt. Sein Atem war warm, oder war es ihr Atem, der ihr von seinen Zähnen entgegenschlug?

Sie sah Odile nicht mehr. Sie versuchte zu erkennen, welches Lachen von ihrer Freundin stammte.

»Langsam«, sagte sie, an das Schicksal ebenso wie an den Mann gerichtet. Ihr Leben war seinen einsamen Gang gegangen. An diesem Abend aber war es losgerannt und stolperte nun über die eigenen Füße.

»Hey, ganz locker. Keine Sorge, ich hab dich.« Er berührte ihre Wange.

Er beugte sich nach vorn. Yuki lehnte sich zurück. Er schob sich weiter vor. Sie sank nach hinten, bis sich ihre Schultern in das Holz der Bank drückten. Sein Gesicht verschattete den Mond.

In *Naomi*, dem Roman Jun'ichirō Tanizakis, der im Regal ihres Vaters stand, wurde die Titelheldin – mit fünfzehn ein Jahr jünger noch als Yuki – von einem älteren Liebhaber in die Freuden der Lust eingeführt. Naomi war ebenso wissbegierig wie biegsam. Etwas in den Rouge-roten Zeichen auf dem Cover hatte Yuki gereizt. Die komplizierten Striche in 愛, Liebe. Die Art und Weise, wie der Wortstamm 爪, Kralle, in 心, das Herz, stach. Fiel diese linguistische Merkwürdigkeit richtigen Japanern auch auf, oder lag es nur daran, dass sie als halbe Ausländerin so langsam las? Sie hatte den Roman voller Verwunderung darüber, dass ihr Vater ein derart verrufenes Buch besaß, zu Ende gelesen.

Natürlich war die Geschichte eine politische Allegorie und kein Lehrbuch für heranwachsende Mädchen. Und doch hatte Naomi mit ihren jungen weißen Fingern die reife männliche Lust gehütet, und Yuki konnte nicht einmal einen Jungen bremsen. Lächerlich. Wie war sie in die Horizontale gelangt? Er hatte ein markantes Kinn. Er hatte Sommersprossen. Beides war gut. Er küsste sie erneut; seine Schneidezähne schabten über ihre Lippe. Vor ihrem geistigen Auge erschien das grinsende Gesicht auf dem Happy-Hour-Schild vor der Bar, das so forsch seinen Platz behauptete. Das ist nicht mein Platz, dachte sie. Ihre Wimpern mühten sich wie Scheibenwischer über Eis. Sie sah das dreckige Fenster der Bar. Sie war in Odiles Zimmer und schloss den silbernen Riemen einer Sandale um ihre Fessel. Sie war bei ihrer Mutter und hörte mit ihr gemeinsam einen Song von Chiemi. Sie saß auf der Feuertreppe und sah, wie die Welt die Farbe wechselte. Sie wurde nicht von einem schweren männlichen Gewicht auf eine Bank gedrückt. Sie lag nicht mit hochgeschobenem Kleid auf dem Rücken. Jesu Silberzehen bohrten sich nicht in ihr Schlüsselbein. Hände wanderten nicht über ihre Schenkel, hin zum weißen Gurt an ihrer Unterwäsche.

»Odile«, sagte sie. Es klang wie ein verschrecktes »Zu viel«.

Ein Finger, männlich und direkt, hakte sich in das Gummiband ihrer Unterhose ein. Ein Finger am Abzug. Vor Yukis geistigem Auge flackerte die Zeitung auf, die ihr Vater las, das Foto von der Erschießung eines jungen Vietcong: ein leichter Wind hatte sein weiches schwarzes Haar gehoben, sein lockeres Hemd war am Hals aufgeknöpft. Zentimeter nur von seiner Schläfe entfernt hatte die Waffe ihr Werk verrichtet. Schwarzes Blut und grauer Zeitungsdruck. Immer mehr Finger bohrten und forschten.

Der Stiefel blitzte direkt über Yukis Augen auf. Der Kopf wurde fortgestoßen, über Yuki schwärzte sich der Himmel. Das Gewicht löste sich. Etwas Feuchtes, Spucke oder Blut, traf auf ihre Wange. Yuki rutschte von der Bank und schlug sich auf dem harten Pflaster das Knie auf.

»Hoch«, befahl Odile. »Sofort.«

Yuki griff nach ihrer Hand. Der Junge stand nur da und fasste sich an die Nase. Dann wurde Yukis Arm gedehnt. Odile half ihr auf die Beine. Odile rannte los. Die Silbersandalen klatschten gegen Yukis Fersen. Sie warf sie von sich. Ihre nackten Füße trafen auf den Bürgersteig. Klatsch, klatsch, wie Applaus oder ein Taktschlag. Das Licht der Straßenlaternen färbte ihre Füße ein. Die wässrige Angst, die sich in ihre Lunge angesammelt hatte, floss davon. Als sich Odiles Haar zu einem hellen Vlies kräuselte, löste sich auch Yukis Zopf und blähte sich zu einem schwarzen Umhang auf. In einem anderen Leben wären sie Superheldinnen gewesen und wären durch die dunkle Nacht gejagt. Doch es war dieses Leben. Hinter Yukis Ohren sammelte sich Schweiß. Die Sonnenbrille fiel zu Boden. Glas schnitt ihr in den Fuß.

Als sie wieder bei Odile waren, zog sich Yuki mit der Pinzette einen großen dreieckigen Splitter aus dem Fuß. Ihr Blut hatte abendrote Streifen auf das Brillenglas gemalt. Odile saß auf dem Bett und zählte das Geld – etwa dreißig Dollar. Eine der Banknoten war gerissen und sorgfältig wieder zusammengeklebt worden, der durchsichtige Film verlief sehr glatt auf beiden Seiten. Wer von den Jungen hatte das getan, oder wanderte diese Verletzung von Transaktion zu Transaktion? Odile teilte das Geld in zwei ordentliche Haufen.

»Dein Anteil«, sagte sie.

Yuki nahm die Scheine und fragte sich, was sich in New York zu kaufen lohnte. Odile steckte ihre Scheine in die Tasche eines sonnenverblichenen Kleids, das im Fensterrahmen hing.

»Versteckt vor aller Augen«, sagte sie und zwinkerte, wie man es in alten Filmen sah.

»Kommt es oft vor...«, fragte Yuki.

»Ich geh sonst nicht mit denen aus der Bar raus.«

»Aber manchmal schon?«

»Ich hatte eine Freundin, an meiner alten Schule, wir sind zusammen losgezogen. Uns ist nie etwas passiert.«

Also war es Yukis Schuld. Unter den Bahnen aus Farbe suchte sie nach den Larven ihrer Kleider. Sie fühlte sich wie ein Insekt, das in seine alte Haut schlüpfte.

»Du kannst das Kleid behalten, wenn du willst.«

»Dann müsste ich meinen Eltern erklären, woher ich es habe.«

Sie zog sich rasch um. Das also war die Folge, wenn man wahrgenommen wurde: ein galliges Gefühl im Magen.

»Er hat doch nichts getan?«, fragte Odile. »Oder? Sobald ich gesehen hab, dass er auf dir war, war ich da.«

Die ledernen Panzer ihrer Schnallenschuhe lagen in der Ecke. Yuki zog sie an.

»Ich glaube nicht.« Dinge, die eine Minute dauerten: sich die Zähne putzen, geröstete Gerste in einer Teekanne aufbrühen, eine Fliege in einem Glas fangen, die Hoffnung verlieren. Vor zwei Tagen noch war sie beleidigt gewesen, weil der Exhibitionist nicht mit seinem kümmerlichen Schwanz vor ihr herumwedeln wollte. Nun sieh, wie sie gerannt war. Dabei hatten die Finger nach dem trockenen Purpur nur gegriffen. Die Nägel das Äußere ihrer Schenkel nur gekratzt. Es hätten ebenso die Zweige an den Büschen sein können, durch die sie als Kind im Central Park geklettert war.

»Gut. Vergiss dein Geld nicht.« Odile drückte ihr die Scheine in die Hand und schloss Yukis Daumen um das verletzte Antlitz Alexander Hamiltons.

Auf dem Heimweg versuchte Yuki, keinen Druck auf den verletzten Fuß auszuüben. Jeder Schritt schmerzte, ihre Füße schlurften matt. Greenwich Village funkelte unter dem Glück von jungen Paaren, Gelächter erhob sich in die Luft. Yuki zog das Geld aus ihrer Tasche und hielt es in den Wind. Als sie die Finger löste, rauschte ein Auto vorbei. Die Scheine flatterten wie das erste Laub im Herbst davon. Sie wellten sich und tanzten von ihr fort. Es gab nichts, was sie kaufen wollte.

Yuki stellte ihre Schuhe ins Regal. Die Wärme stach. Sie schaute auf die Uhr: halb zehn. Es kam ihr später vor, dunkler.

»Yuki-chan, es ist spät. Wo warst du?« Yukis Mutter machte, mit dem Rücken zur Küchentür, den Abwasch. Seifenblasen platzten durch die Stille des Apartments.

»Bei einer Freundin.«

Yukis Mutter trocknete sich die Hände ab, drehte sich um, ließ das Handtuch in das volle Spülbecken fallen und eilte auf ihre Tochter zu. »Geht es dir gut? Was ist passiert?«

»Nichts. Mir geht's gut.«

»Dein Haar«, sagte ihre Mutter.

Yuki befühlte ihr strähniges Haar. Es war durchnässt von Schweiß, vom Laufen, von der Hitze, von der Angst.

»Was ist passiert? Ist alles in Ordnung?«, fragte ihr Vater. Er hatte an seinem Füller gesogen. Auf seiner Unterlippe blühten schwarze Tintenblumen.

»Ich bin hingefallen.« Yuki brach in Tränen aus. Sie wusste nicht, ob die Tränen wegen der blutigen Scherben der orangefarbenen Gläser fielen, der Hände des Jungen, ihres aufgelösten Zopfs oder der hübschen, blau gestreiften Reisschale, die ihre Mutter für sie stehen lassen hatte. Jedes Korn war prall von Wohligkeit. »Und niemand hat mir aufgeholfen.«

Ihr Vater zog sie in seine Arme, wo es nach Wolle und rosa Radiergummi roch. Sein Bauch und seine Hände waren warm, und das taube Gefühl in Yukis Schläfen schmolz. Sie und ihr Vater waren gleich groß. Sein Gesicht wärmte ihren Nacken. Wenn er zur Arbeit ging, legte die Pomade sein Haar flach und glatt an den Schädel an. An diesem Abend aber war es – da er bereits geduscht hatte – schön weich.

»Wir sind bald zu Hause«, sagte er. »Endlich zu Hause.«

»Oh, Daddy«, sagte sie. Yuki sah sich und Sgt. Pepper je in einem anderen Flugzeug über dem Pazifik. Sie hatte nicht das Gefühl zu entkommen.

Sie schob die Hände in die steifen Taschen ihres Rocks. Sie stieß auf etwas Scharfes, Hartes. Glas. Wann hatte sie es dort hineingesteckt? Als sie in ihrem Zimmer war, zog sie das gelbliche Dreieck heraus. Das Blut war abgebröckelt. Yuki öffnete das Fenster weit. Sie wollte das wertlose Glas bereits ins Dunkel werfen, doch im Licht der Straßenlaterne glühten seine Ränder. Unter ihrem Fenster grölten junge Männer und Frauen ihr trunkenes Vergnügen in die Welt. Yuki beschloss, ihr zerbrochenes Stückchen Freude zu bewahren. Sie hielt es an ein Auge und malte sich den Mond in Gold.

JAY

1.

New York, Juni 2016

Meine Frau schlief. Ihr Gesicht war angeschwollen, ihre Lippen waren bläulich angelaufen. Sie hatte keine natürliche Geburt gewollt. Doch erst als sie wirklich nicht mehr konnte, hatten sie ihr endlich »die verdammten Schmerzkiller« gegeben. Ihr auf Braun gebleichtes Haar stand stachelig und schweißig ab.

Ich schaute auf das Klemmbrett. Der blasenübersähte Kunststoff war so hässlich wie alles andere auf der Station. Wie vielen neuen Vätern hatte man das Brett schon in die verschwitzten Hände gedrückt? Machte es seine Runde durch das ganze Krankenhaus, klemmten dort der Reihe nach der Tod, das Leben und die banale Niedrigkeit in Form von Rechnungen und Kosten? Das Formular war maschinenleserlich: ein Quadrat je Buchstabe, bitte alles in Blockschrift. Wie ein Prüfungsformular. Unter Elternteil 1 schrieb ich ihren Namen: MIRANDA LIANG. Meine Hand schmerzte. In den Handflächen waren wimpernzarte Kerben, dort hatten sich die Nägel meiner Frau eingegraben. Ich textete Dad, um ihm zu sagen, dass seine Enkelin gesund sei. Hübsch war sie nicht: spärliches Haar über einer roten Stirn. Doch sie besaß sämtliche zu erwartende Gliedmaßen.

Ich wandte mich dem Formular wieder zu. Elternteil 2. Ja, Elternteil 2, das war ich, Miranda Liang Elternteil 1. Mimi hatte zu den Schwangeren gehört, die Streifenblusen trugen und ihre Kugel damit optisch noch vergrößerten. Ihre Freundinnen hatten gesagt, dass sie geleuchtet habe. Mir fiel der Stift aus der Hand. Ich rutschte unter das Bett. Auf allen vieren nahm ich die Verfolgung auf. Ein künstlicher Orangenduft stach mir in die Nase.

Unter dem Bett unseres überteuerten Privatzimmers hielt ich bäuchlings inne. Ich zog die Füße an. Einen Augenblick lang lag ich da und atmete. Das Dunkel war so angenehm im Vergleich zu der antiseptischen Krankenhausbeleuchtung. Durch den Spalt zwischen Bett und Boden sah ich meine Reisetasche. Sie hing an der Tür. Zahnbürste, ein Hemd zum Wechseln und alles weitere Nötige hatte ich gepackt. Die Tasche war für eine Flucht bereit.

Wenn ich jetzt gehen würde, müsste ich meinen Namen nicht in das Formular eintragen. Keine Ahnung, warum sich meine Hand so fürchtete. Meine eigene Geburtsurkunde hatte ich oft genug gesehen. Auch den Namen meiner Mutter, Yukiko Eaves, mit Schreibmaschine, darunter ihre Unterschrift. Die Namen bildeten ein Rechteck, eins über dem anderen. Die Unterschrift hatte sie nicht davon abgehalten, der Mutterschaft zu entsagen. Mimi beulte die Matratze aus. Ich berührte die Rundung meiner Frau, wie ich da so unter ihrem Bett lag.

Plötzlich tapsten Krankenschwesternfüße, und die Tür schwang auf. Ich wand mich unter dem Bett hervor, richtete mich auf und wischte mir den Schmutz ab.

»Ich, äh, hab den Stift fallen lassen.« Ich hielt ihn zum Beweis empor und säuberte mir ostentativ in dem kleinen Waschbecken die Hände.

Die Schwester hielt meine Tochter im Arm. Sie war gerade zum ersten Mal gebadet worden und so glitschig-glatt wie eine Schnecke. Die Schwester hielt sie mir entgegen. »Wie du deinem Daddy ähnelst«, sagte sie. Das Baby ähnelte mir nicht, auch nicht meiner Frau oder irgendjemand mir Bekanntem. Es wirkte wie ein Adernbeutel. Dieses schlagende Stück Herz trug ich nun in meinen Armen. »Sie hat Ihre Augen.« Ich hatte die Augen meiner Mutter. War auch das genetisch, dieses Zucken meiner Hände, das Verlangen, einfach loszulassen?

2.

Connecticut, September 2016

»Wer zur Hölle hat eigentlich Krabben-Wan-Tans erfunden?«, fragte ich. Sie kamen aus der Tiefkühltruhe und waren voller Pusteln. Ich löste Zucker, Fett und Käse mit der Zunge von den Backenzähnen. »Wer hätte gedacht, dass die mit Rahmkäse so köstlich sind? Das muss echt ein Scheißgenie gewesen sein.« Ich leckte mir die Finger und hielt mir ein fremdes Glas, das nicht geleert worden war, an den Hals. Im Anschluss an die Beerdigung hatten wir Dads besten Champagner geöffnet, zur Feier des Lebens oder so ein Mist. Ich wollte bloß, dass die Bestände ausgetrunken wurden. Ich wollte mir nicht noch jahrelang etwas einverleiben, was seins hätte sein sollen.

Dad war auf dem Weg zu seiner Enkelin einem Reh ausgewichen. Mein Vater hatte sich geopfert, damit so ein verdammtes Bambi seine Mutter nicht verlor. Ich hatte ihn fragen wollen, wie man ein Kind liebt. Es in den Arm nimmt. Was sein Geschrei bedeutet. Und das eigene.

»Aber saure Sahne, ganz im Ernst, seit wann gibt es in China saure Sahne?«

»Keine Ahnung, Jay. Google es«, erwiderte Mimi. Sie mochte es nicht, wenn ich trank. Doch es wäre eine Schande gewesen, all die süße Ethanol-Sonne einfach in den Ausguss zu kippen. Wir hatten den Empfang in seinem Haus abgehalten. Jetzt herrschte Chaos. Überall Pappteller und Becher. Sämtliche Stühle am Esstisch waren hervorgezogen. Zu seinen Lebzeiten hatte es so nie ausgesehen. Meistens waren wir zwei allein gewesen.

»Hab klebrige Hände«, entgegnete ich. Meine Tante hatte die Wan Tans mitgebracht. Mittlerweile waren alle fort, auch meine Tante. Sie war seine ältere Schwester, mit vom Alter verwitterten Wangen. Ich wusste nicht, ob ich mich freuen oder bedauern sollte, dass ich Dad nie als hinfälligen alten Mann erleben würde. Bei dem Gedanken wurde der Champagner in meinem Magen schal.

»Außerdem ist Dad tot, vielleicht könntest du ein bisschen weniger zickig sein?« Als wir ihn beerdigt hatten, hatte an seinem rechten Daumen ein Pflaster geklebt. Ich wusste nicht einmal, woher diese kleine Wunde stammte. Ich schob meinen Daumen in den Mund, fühlte Zahn auf Nagel und Zahn auf Haut und versuchte, diesen kleinen Schmerz zu verstehen. »Mir hat er noch erzählt, dass er sich diesen blöden SUV gekauft hat, weil er ein Auto wollte, das ordentlich was aushält.« Das Auto war nicht einmal ein Jahr alt gewesen. Er hatte es an dem Tag gekauft, an dem ich ihm gesagt hatte, dass Mimi schwanger sei. »Ehrlich, ich kann es grade wirklich, wirklich nicht ertragen, wenn du rumzickst.«

Mimi fuhr sich mit den Händen durch das Haar. Ihr Pony blähte sich wie ein Pompadourbeutel auf. »Du bekommst keinen Sonderurlaub, damit du das Arschloch spielen kannst«, sagte sie. Oben kreischte das Baby. »Aber es tut mir leid, dass dein Dad gestorben ist«, fügte sie hinzu. »Das ist Scheiße. Das weiß ich.« Das wusste sie wirklich. Mimis Eltern waren gestorben, als sie noch auf dem College gewesen war. Ihr Erbe war in die Anschubfinanzierung für die Galerie geflossen. Sie blieb stehen, die Beine schon in Richtung Treppe, das Gesicht noch mir zugewandt. Etwas flackerte unter ihren Augen. »Ich liebe dich.«

Ich griff nach ihrer Hand, doch sie zog sie fort. »Tut mir leid, dass ich gesagt hab, du wärst zickig.«

Eliot schrie.

»Schon gut. Na ja, eigentlich nicht, doch ich bin viel zu müde, um darüber nachzudenken.« Mimi drehte sich um und ging zur Treppe. »Ich gehe nicht davon aus, dass du dich um deine Tochter kümmern wirst?«

»Wie sollte ich das tun?«, erwiderte ich. »Habe ich vielleicht Brüste?« Doch Mimi hatte das Zimmer schon verlassen.

Dad konnte gut mit Kindern umgehen. Er war mit mir gut umgegangen und hätte mir das Vokabular der Vaterschaft oder zumindest die wesentlichen Sätze beibringen können. Reiseführer wissen, dass man die Sprache seines Gastlands nicht versteht, doch sie helfen dem Reisenden, sich durchzuschlagen. Ich brauchte einen *Lonely Planet* für die Vaterschaft.

Jedes Gespräch wurde durch Geheul gestört. Wir schliefen nie. Gevögelt hatten wir auch seit dem vierten Monat schon nicht mehr. Ich hatte nie davon geträumt, meine Frau zu verlassen, bis dieses Wesen in unser Leben gekommen war. Als Kind hatte ich meinen Dad so oft gefragt: Bin ich schuld, dass Mommy fort ist? Er hatte immer erwidert, dass sie mit sich selbst unglücklich gewesen sei. Meine frühere Psychiaterin hatte gesagt, es sei grotesk, mein zweijähriges Selbst dafür verantwortlich zu machen. Ich hatte ihr geglaubt. Dann bekam ich selbst ein Baby.

War ich »mit mir selbst unglücklich«? Mein Dad war tot, meine Frau verachtete mich. Also, gut fühlte ich mich nicht. Aber würde ein Außenstehender von mir behaupten: »Dieser Typ da, der ist mit sich selbst nicht glücklich«?

Ich öffnete ein Fenster und steckte Kopf und Schultern in die Abendluft. Als Kind hatte ich den Geruch der Kiefern gar nicht wahrgenommen, er war mir so vertraut wie mein eigener Schweiß gewesen. Das obere Fenster stand offen. Mimi sang dem Baby etwas vor. Sie sang nicht gut, und ihr Repertoire bestand aus den Top 40 unserer Teenagerjahre, also ging es bei den meisten Songs ums Vögeln oder Töten. Angeblich macht Mozart-Musik das Gehirn eines Babys für Mathematik empfänglich. Folgerichtig dürfte aus Eliot dann mal der CEO eines Drogenkartells werden.

Ich wurde mehrmals sanft ans Knie gestupst. Ich zog den Oberkörper wieder ins Zimmer und kniete mich zu meiner Katze. Celeste war kahl. Als sie ihre Zunge um meine Finger wand, um die letzten Fettreste abzulecken, zeichnete sich jede einzelne Sehne an ihrem Hals ab. Sie schnurrte langsam ihren Atem aus. Zu Beginn des sechsten Schwangerschaftsmonats hatte Mimi die Katze aus unserem Apartment verbannt. Seither hatte sich mein Vater um Celeste gekümmert.

»Äh-äh, nicht, mein Kätzchen, keine Krabben. Die kotzt du doch nur aus.« Meiner Katze wurde von fast allem übel. Es war noch ein Rest Bio-Katzenfutter da, das ich im vorigen Monat mitgebracht hatte. Ich fand den Dosenöffner nicht, also nahm ich ein Brotmesser und meine Faust.

Der Teller meines Vaters stand noch im Geschirrkorb. Während meiner Kindheit hatten Dad und ich immer dieselben zwei Teller, Gläser, Messer und Gabeln benutzt. Wir hatten sie immer im Geschirrkorb trocknen lassen und niemals weggeräumt, weil die nächste Mahlzeit ohnehin bald angestanden hatte. Ich nahm den Teller in die Hand. Es war falsch, ihn aus diesem Kreislauf zu entfernen. Der Goldrand war abgerieben, doch der Teller selbst hatte nicht den kleinsten Sprung. Ich konnte mich nicht erinnern, dass Dad jemals etwas hatte fallen lassen. Wie hatte ich diese kleine Superkraft übersehen können?

Ich kippte das Katzenfutter auf den Teller und stellte ihn auf den Boden. Celeste fraß rasch, die Augen zugekniffen. Ich streichelte ihr den unbehaarten Rücken. Sie war siebzehn Jahre alt, doch runzelig war sie schon als Katzenkind gewesen. Ich versuchte, sie so zu sehen, wie Mimi sie sah, wie die meisten Menschen sie sahen: als Kreuzung aus Echse und Säugling. Celeste hörte kurz zu fressen auf und schabte mit der Zunge über meine Knöchel. Ich nahm sie hoch. Sie roch nach Rost und Talkumpuder. Ihr Puls schlug einen steten, gleichmäßigen Takt. Ich fuhr mit dem Daumen über ihre Pfoten, doch sie waren unversehrt. Keine Splitter.

Als wir einander zugeteilt worden waren, war Celeste noch ein kleines Kätzchen gewesen, ein blaugrauer Hautsack. Meine Psychiaterin hatte uns zusammengeführt, zu Celestes wie zu meinem Wohl. Ihr früherer Besitzer hatte, gleich nachdem er sie erworben hatte, Selbstmord begangen. Die Psycho-Ärztin hatte gesagt, das klinge schlimmer, als es sei. Ich war damals im letzten Jahr der Highschool und eine Therapie-Katze das Allerletzte, was ich wollte. Ich hatte mich sogar geweigert, ihr einen Namen zu geben. Als sie in unserer Küche Staub gejagt hatte, hatte Dad seinen Kaffee abgestellt und gesagt: »Celeste. Wir sollten sie Celeste nennen.« Celestes große Ohren zuckten an einem viel zu kleinen Kopf. Mit ihrer gräulichen Haut wirkte sie wie ein Mini-Elefant. Früher hatte mir mein Vater oft die französischsprachigen Abenteuer von Babar vorgelesen, die meine Großmutter in Québec mir schickte. Mit den Augen von heute betrachtet, offenbaren die Geschichten über einen Elefanten, den man in französische Sitten eingewöhnt hatte, eine sonderbare kolonialistische Fantasie. Doch als Kind hatte ich Babar in seinem grünen Anzug geliebt. Für mich war der Anzug aus demselben Kord wie Dads Freizeithosen, die nach Sauerteig und Mulch gerochen hatten. Celeste aber, die Elefantenkönigin, hatte ich missachtet. Nach Frauen oder Müttern hatte es mich nicht verlangt.

Ich hörte nicht, dass Mimi wieder nach unten gekommen war. Plötzlich sagte sie: »Dieses Tier kommt nicht zu uns zurück.«

Sanft setzte ich Celeste auf den Boden, zu ihrem Abendessen. »Wo soll sie denn hin?«

»Ich hab es dir gesagt, ich will sie nicht im gleichen Haus wie unser Baby haben.«

Celeste kaute in das Schweigen. Jeder Bissen knirschte und

wurde laut geschluckt. Mimi verschränkte die Arme. Sie hatte sich eins meiner alten Sweatshirts aus dem College angezogen. Die Ärmel hatten Löcher, dort hatte sie ihre Daumen hindurchgesteckt. So musste sie als Teenager ausgesehen haben: verschmierte Wimperntusche, wildes Haar, der Mund ein Ausdruck von Widerwillen.

Ich wich zurück. Mein Fuß traf auf etwas Schleimiges und Hartes. Es knackte, dann schabten Katzenkrallen über Eichendielen. Ich war auf den Teller getreten. In dem weißen Porzellan klaffte ein langer Riss, den der Fleischsaft dunkel färbte. Ich fuhr mit dem Finger darüber. *Sieht so ein Knochen aus, wenn er bricht? Ähnelte das den Rissen, die durch meinen Vater verlaufen waren?* Als ich das Gewicht verlagerte, stupste mich das Handy in der Hosentasche an. Im Zeitalter von Google liegt im Tod keinerlei Geheimnis mehr. Meine noch immer dreckigen Finger griffen nach dem Display und wollten schon den Suchbegriff eintippen – als ob ich irgendeine Antwort darin finden würde, wenn ich wüsste, ob es eine Ähnlichkeit zwischen meinem Vater und Porzellan mit Goldrand gab. Mein Sichtfeld verschwamm, das Display war nur noch weißes Glühen, so weiß wie die Himmelstür in Filmen. Im Kino ist der Tod entweder schwarz oder weiß, so als ob mit dem Leichnam auch sämtliche Farbe beerdigt würde. Ich ließ das Handy fallen. Es schlug gegen den Teller.

Mimi war gleich bei mir. Sie wischte das Handy ab, brachte den Teller fort und warf ihn in den Müll, der unter dieser Last leise ächzte.

»Ist alles okay?« Sie legte eine Hand an meine Wange.

»Nein.« Ich wollte ihre Hand nicht in meinem Gesicht spüren. Meine Zähne wurden zu Krallen. »Also versuch bitte nicht, meine Katze zu vertreiben.«

YUKI

1969, Seladon

Ein blasses Blaugrün. Lange wurde geglaubt, dass Teller mit einer Seladon-Glasur bei Kontakt mit einem Gift zerbrechen würden. Dem ist nicht so, dennoch waren derartige Teller hochgeschätzt.

Yuki räkelte sich auf Odiles Bett und las die *Paper* vom 15. Januar. Die Zeitung war drei Tage alt – bei Odile und Lillian lagen immer alte Ausgaben herum. Angeblich verdankte sie ihren Namen einem Scherz von Andy Warhol. Yuki blätterte über den Super Bowl in Los Angeles hinweg. Sie war auf der Suche nach dem Krieg.

»Hör auf.« Odile zerrte an der Zeitung, sie riss an einer Ecke ein. »Im Ernst, du bist total besessen.«

»Bin ich nicht.«

»Bist du wohl«, sagte sie. »Das war ein Kerl, und er hat's bei dir versucht. So läuft das bei denen.«

»Er hat mich geküsst. Mein erster Kuss.« Das klang wie ein Song aus dem Radio, und außerdem hatte sie das nicht gemeint. Seit jenem Abend hatte sie das ständige Gefühl, als seien ihre Füße bloß. Sie wollte, dass er tot war und auch nicht – er hatte aus ihr eine defekte Ampel gemacht, die gleichzeitig auf Rot und Grün schaltete.

Verrückt. Er war doch nur ein Junge, der etwas von ihr gewollt hatte. Das geschah immer und überall, und außerdem würde sie bald nach Tokio gehen, wo sie von japanischen jungen Männern umgeben wäre.

»Ich will nur wissen, ob er lebt.«

»Und falls ja?«, fragte Odile. »Hast du vor, auf ihn zu warten?«

* * *

Ihr Freundschaftsband war aus jener Nacht der Angst und des Straßenlichts gewebt. Sie stahlen sich die Nachmittage und schwänzten gemeinsam die Schule. *Der Scharlachrote Buchstabe*, Robert E. Lee oder Ulysses S. Grant interessierten Yuki nicht. In Japan benutzte niemand die Initiale des zweiten Vornamens. Auf Odile kamen die Männer auf dem Bahnsteig einer U-Bahn und in Diners zu, in denen die beiden Mädchen bei schwarzem Kaffee saßen, der dort unbegrenzt nachgeschenkt wurde. Doch wenn Yuki nach ihr griff, hielt Odile ihre Hand so fest, als würden sie gemeinsam eine Straße überqueren. Yuki hatte ihr gesagt, dass sich ihre Mutter zu sehr sorgen würde, wenn sie spät nach Hause käme, und wundersamerweise hatte Odile nur erwidert: »Das muss schön sein«, ohne Yuki weiter zu drängen. Im zweiten Schulhalbjahr musste Yuki nicht mehr nach Odile greifen, sie wusste, dass die Hand mit den scharfen Nägeln da war.

Odile brachte ihr bei, zu den Rolling Stones zu tanzen, die Schulter an ein Ohr zu ziehen, auf der Lippe zu kauen und dabei die Augen zu schließen, so als ob die Musik mit ihren Fingern an Yukis Rippen entlangfahren würde. Odile brachte ihr bei, dass es ein taumelndes, trunkenes Gefühl war, wenn man nichts mehr aß. Odile sagte, es sei, als ob man seinen Körper verlassen würde, so wie die Sufis, obwohl sie beide nie einem Sufi begegnet waren.

Freitags aber ging Yuki weiterhin in die Schule, zum Kunstunterricht. Licht und Schatten brauchten keine Übersetzung, und wenn die Kohle über das Papier flüsterte, vergaß sie sich.

Am ersten Februar standen sie zitternd auf dem Dach des Reihenhauses, in dem Odile mit ihrer Mutter wohnte. Die Regenrinne war von Schnee verstopft, das einzige Grün stammte von einer Weinflasche, die zerbrochen auf der Straße lag. Ihre Zähne klapperten metallisch, als ob der Wind Münzen vor sich hertreiben würde. Odile stellte die Nikon ihrer Mutter auf, die, schwarz und voller Knöpfe, wie eine Gerätschaft für den Krieg und nicht für Kunst wirkte. Odile steckte Yuki den Pony zurecht. Sie hatten sich das Haar zu großen Locken gekringelt, doch ein achtloser Wind zerrte daran und riss die Klammern schneller aus dem Haar, als Odile sie festmachen konnte.

»Du musst dir die Wangen reiben, so als ob du Silber polieren würdest«, sagte Odile.

»Du hast doch noch nie Silber poliert.«

»Früher wohl – Lillians Schmuck.«

Sie standen Seite an Seite im Schnee. Yuki versteckte den Auslöser hinter ihrem Rücken, doch das dicke Kabel, das den Auslöser mit der Kamera verband, ließ sich nicht verbergen.

Odile sagte: »Noch eins.« Und im nächsten Augenblick: »Und noch eins.«

Yuki spürte das Klicken und fragte sich, ob die Kamera auch ihren Silberatem sah. Zeigte sich der Schmerz in ihren Augen? Sie wünschte sich, die Kamera würde sie mit ihrer Freundin dort im Schnee fixieren. Sie wünschte sich, dass das Mädchen auf dem Foto Dach und Land verlassen müsste. Sie nutzten alle 36 Bilder. Ihre Knie färbten sich so zinnoberrot wie die Red-Delicious-Äpfel, die unverzehrt in der Küche standen. Sie hatten vor, die Fotos aufzuteilen. Als Andenken. Sie klappten das Stativ zusammen. Odile hielt es oben fest, Yuki beugte sich in den Schnee und löste die Verriegelung. Den Blick zum Boden, die Nase von der Kälte triefend, sagte sie: »Ich will nicht weg.« Sie hatte ein Jahrzehnt gebraucht, um diese eine Freundin zu finden. Sie war noch nicht bereit, sie wieder zu verlieren.

»Bleib doch«, sagte Odile.

»Das würden meine Eltern nie erlauben. Und außerdem, wo sollte ich denn wohnen?«

»Bei mir. Wo sonst?«

Odile lebte bei ihrer Mutter: der Autorin Lillian Graychild, die man vom Softcover diverser Liebesromane kannte. An ihren Vater hatte Odile keine Erinnerung, und sie legte keinen Wert darauf, diesem Trottel zu begegnen.

»Und das würde deiner Mom nichts ausmachen?«

»Was glaubst du?«

Die Feuerleiter sang unter ihren Füßen. Wieso waren Yuki die vielen Treppengerippe niemals aufgefallen? Es gab sie nicht nur in der Schule. Es waren die illegitimen Wege durch New York. Yuki und Odile kletterten durch das Fenster und schüttelten sich den Schnee von den Kleidern. Die Flocken malten nasse Spuren auf den Boden, wie von einem Mäusetanz.

Lillian schaute auf.

»Na, amüsiert ihr euch, Mädchen?« Sie saß am Küchentisch hinter ihrer Schreibmaschine, in rotem Kleid und roten Pumps. Odile hatte Yuki erklärt, dass ihre Mutter es wichtig fand, schön zu sein, wenn man um die Gunst der Götter buhlte. Doch hinten an den Absätzen zogen sich lange Kratzer durch das Leder, bis hinunter auf das fahle Holz. Die Knitterfalten an Lillians ungebügeltem Kleid waren ebenso markant wie die Klebespuren an den Tassen. Yuki sah im Geist, wie ihre Mutter die Bilderrahmen polierte, aus denen ihre unfrohen Vorfahren schauten. War Perfektion besser?

»Kann Yuki das nächste Jahr bei uns bleiben?«

»Ich wüsste nicht, was dagegenspricht. Ihr esst ja beide nicht gerade viel.« Lillian wirkte so unbeeindruckt, als ob Odile gefragt hätte, ob Yuki zum Abendessen bleiben dürfe.

Yuki, die in Gegenwart der fremden Frau noch immer schüchtern war, fragte: »Sind Sie sicher?«

Es bestand der kleinste Hauch einer Chance, da Yukis Vater amerikanischer Staatsbürger war. Er war in einem Krankenhaus in Kalifornien geboren und in der Bay Area aufgewachsen. Sein

Vater war Arzt gewesen, Augenarzt. Seine Mutter einfach seine Mutter. Es waren glückliche Tage gewesen.

»Natürlich. Ich wollte immer mehr Kinder haben.«

Odile sah ihre Mutter skeptisch an.

Mit sechs Jahren hatte Yukis Vater den Zug in Richtung des Internierungslagers bestiegen, in dem er die folgenden vier Jahre verbringen sollte. *Wir mussten die Flagge grüßen und die Präsidenten nennen und jeden Tag beweisen, dass wir Amerikaner sind. Aber wenn wir wirklich Amerikaner wären, hätten sie uns dann in ein Lager gesteckt?*

»Ehrlich. Die ersten Kinder sind wie die ersten Bücher zu schreiben. Man glaubt, dass sie ein Bruchstück deiner Seele sind. Man denkt zu viel über sie nach. Später wird man lässiger, aber oft auch besser.«

»Als ich zwei war, hast du mich in der U-Bahn verloren«, sagte Odile. »Hast du da über mich nachgedacht?«

»Hemingway hat alle seine Geschichten in einem Zug verloren, und überhaupt, erste Kinder, erste Bücher, das klingt gut. Ich glaube, das sollte ich irgendwo verwenden.« Sie zündete sich eine Zigarette an, und die rosig-pinke Spitze glühte golden auf, ehe sie braun und danach schwarz wurde.

»Bevor oder nachdem die Prinzessin geschändet wird?«

Als der Krieg vorüber war, war Yukis Vater mit seinen Eltern nach Japan zurückgekehrt, wo sich niemand die Extravaganz eines Augenarztes leisten konnte. Sein Vater war zu einem Hustenstiller degradiert worden. Seine Mutter hatte sich die Augen mit Näharbeiten für die Ehefrauen der amerikanischen Offiziere ruiniert, die ihr gutes Englisch schätzten.

»Das hebe ich mir für meine Memoiren auf.« Lillian wandte sich erneut der Schreibmaschine zu. »Sei ein Schatz und mach mir eine Tasse Instant-Kaffee.«

»Ich mache das.« Yuki wusste zwar nicht, wie sie sich in die messerscharfe Ironie stürzen sollte, doch sie wusste sich nützlich zu machen – darin hatte ihre Mutter sie trainiert. Yuki kannte sich bei Lillian mittlerweile aus, sie wusste, dass die gesprungenen Tassen hinter den dreckigen Gläsern standen. Die Küche war klein, sie bot immer nur Platz für eine Person. Yuki waren die Beine eingeschlafen, und als der Kessel kochte, hüpfte sie auf und ab, damit das Blut in ihre Zehen floss. In ihren Füßen tanzten Nadelstiche.

In Japan hatte Yukis Vater seinen amerikanischen Akzent genutzt, um auf eine Top-Universität und danach an einen Job bei einer Top-Firma zu gelangen. Er war immer weiter aufgestiegen, bis man ihn erneut nach Amerika geschickt hatte. Und so waren sie alle drei amerikanische Staatsbürger mit mattblauem amerikanischen Pass, amerikanischer Sozialversicherungsnummer und einer Spüle, unter der Reis von kalifornischen Feldern stand. In Odiles Küche gab es keinen Reis, doch Yuki konnte ohne Reis leben.

Für ihren Vater war Amerika ein Strick. Bei jedem Fahneneid, den er sprach, zog sich die Schlinge fester zu, doch nun würde er sich endlich befreien. Yuki wollte ihm nicht wehtun. Doch sie wollte nicht in ein Land der Opfer an die Toten gehen.

Odile hatte sich in ihr Zimmer zurückgezogen und lackierte sich die Zehennägel taxigelb.

»Das ginge wirklich«, sagte Odile und wischte über einen verirrten Farbfleck. »Dass du bleibst, meine ich. Lillian wird jetzt keinen Rückzieher mehr machen. Das passt nicht zu ihr.« Odile begann mit dem nächsten Nagel. »Man weiß nie, vielleicht kommst du sogar in ihren Memoiren vor.«

Es war Sonntagmorgen. Yukis Mom hatte zum Frühstück weiche Lachsfilets gekocht, die auf frischem Reis lagen. Yuki formte ihren Reis zu einem Stern, einem Kreuz, einem Kaninchen. Missmutig zerstörte sie jedes Motiv. Selbst der Teller war hässlich, ein angeschlagenes braunes Porzellan. Ihre Mutter hatte

Geschirr, Deko-Objekte und Bilderrahmen gründlich untersucht. Was eine Delle oder einen Riss hatte, kam wieder ins Regal. Die perfekten Dinge wurden in die Kisten Richtung Japan gepackt. Sie lebten mit dem Ausschuss. Der eklig kaffeebraune Teller durfte bleiben, sie hingegen nicht.

Ihr Vater hatte sich die Zeitung auf den Schoß gelegt und aß, ohne aufzusehen. Yuki spürte einen heißen Druck an ihrer Schläfe, als er die rosa Fischstückchen in seinen Mund beförderte. Fisch zum Frühstück? Es war lächerlich. Er erwartete, dass ihre Mutter Lachs dünstete, Reis kochte und Sauce in eine kleine Schale goss. Es wäre ihm nie in den Sinn gekommen, dass er fordernd war.

Es war nutzlos, um etwas zu bitten, was sie nie bekommen würde, aber Yuki fragte trotzdem. »Ich möchte bleiben. Ich meine hier, in Amerika. Ich habe in Japan doch niemanden.« Von ihrem Platz aus sah Yuki, wie ihre Mutter in der Küche erstarrte. Das Spülwasser hörte auf zu schwappen, nur das leise Platzen der Seifenblasen war zu hören. »Nein. Ich meine, ich weiß, dass ich Familie habe, aber ich bin nicht von dort. Ich würde dort nicht hingehören.« Es hatte so viele Jahre gedauert, bis sie sich endlich ein wenig zu New York gehörig fühlte. »Du weißt doch, wie sich das anfühlt, oder? Ja? An einem Ort zu sein, an den man nicht gehört.« Weder die Wutausbrüche ihres Vaters gegen die Amerikaner noch das obsessive Hausaltar-Polieren ihrer Mutter waren je ausdrücklich als Heimweh benannt worden.

Ihr Vater faltete die Zeitung auf dem Schoß zusammen. »Verstehe. Und wo wolltest du leben?«

»Odiles Mom hat gesagt, dass ich bei ihr bleiben kann.«

Er runzelte die Stirn. Odile hatte ihrem Vater nicht gefallen, als er sie auf dem Weihnachtskonzert gesehen hatte. Yuki und Odile hatten ganz hinten gestanden und die Lippen zu Liedern bewegt, die sie nicht auswendig gelernt hatten. Er traute ihren blassen Augen nicht, mit ihrem Frisch-aus-der-Tüte-Salatkopf-Grün. »Ein amerikanisches Mädchen, das weich wirkt, ist in Wahrheit hart. Das ist nicht die Art Freundin, die ich mir für dich gewünscht hätte.«

Doch nun schob er Yuki eine Strähne hinter das Ohr, wie er es bei ihr als Kind getan hatte. »Meine Kollegen haben mir schon gesagt, dass deine Chancen auf ein Studium in Japan wohl sehr schlecht wären. Es ist nicht wie damals, als ich jung war. Du schreibst wie ein Kind. Aber du bist nicht alt genug, um allein zu leben.«

Sie wechselte ins Japanische, und ihre Stimme wurde gleich ein wenig höher. »Ich wäre doch nicht allein. Ich würde bei Odile und ihrer Mutter wohnen«, hörte sie sich flehen.

Auf eine Verhandlung war sie gar nicht vorbereitet, doch ihr Vater wirkte zugänglich. Wenn sie bliebe, könnte sie auf eine gute Schule gehen und mit einem eindrucksvollen amerikanischen Abschluss nach Tokio zurückkehren. Ihr Vater hörte ihr zu und nickte sogar gelegentlich.

»Und du bist sicher, dass du das willst?« Er aß das silberne Band der Lachshaut, ein Genuss, den er sich immer bis zum Schluss aufsparte. »Ich werde wohl mit dieser Ms Graychild sprechen müssen.«

Ihre Eltern luden Odile und Lillian zum Essen ein. Yukis Eltern luden nie in ihre Wohnung ein. Das war ihr privater Raum, der nicht für die Augen von Amerikanern bestimmt war. Ihr Vater reservierte einen Tisch in einem französischen Restaurant. Die französische Küche war ihrem Vater zuwider, doch die Rechnung würde für das Niveau des Restaurants sprechen, und das allein zählte. Niemand würde auf die Oyamas herabsehen.

Die Graychilds kamen spät. Als sie ins Restaurant hetzten, stand Yukis Vater auf, um ihnen die Hand zu schütteln. Odile hatte ihr Cremetörtchen-Haar zu einem Knoten gebändigt, und ihr Tweedrock war beinahe bieder. Sie begrüßte Yukis Vater mit einem professionellen »Ich freue mich, Ihre Bekanntschaft zu machen«.

»Mr Oyama!« Lillian küsste ihn zur Begrüßung auf die Wange. Der Wangenmuskel zuckte. Yuki wrang frustriert ihre Serviette. Das Abendessen war vergebens.

»Ich freue mich, Sie kennenzulernen«, sagte ihr Vater.

Es war früh am Abend und das Restaurant halb leer. Ihre Bestellungen wurden bald gebracht. Odile schnitt ihre Salatblätter in ordentliche Rechtecke. Lillians Wachtel, mit Entenleber gefüllt, knackte, als die Messerspitze in den Rücken stach. An Lillians weißem Hals hing eine Kette aus noch weißeren Perlen, die Yuki für unecht hielt.

»Sie leben allein?«, fragte Yukis Vater.

»Oh, ja, ziemlich allein.«

Odile hatte Yuki erzählt, dass es einen Freund gab, einen Journalisten, und dazu die Augen verdreht, um ihr zu bedeuten, was für ein dämlicher Beruf das war.

Ihr Vater hatte ein stumpfes Steakmesser erhalten. Er machte zwischen seinen Fragen kleine Pausen, um durch das Fleisch und dessen rotes Inneres zu sägen. Trotz seiner perfekten Manieren wirkte Yukis Vater an dem Tisch mit den weißen Rosen und den drei Garnituren Besteck fehl am Platz. Da sie zu fünft waren, war ein Stuhl unbesetzt geblieben, und so saß Yukis Mutter Lillians scharlachroter Lederhandtasche gegenüber.

»Ihr Ehemann ist dahingegangen?«, fragte Yukis Mutter, den Blick auf die Handtasche gerichtet.

»So etwas in der Art. Gegangen trifft es besser. Neues Glück und so.«

Ihr Vater nickte. »Ihr Angebot ist ausgesprochen freundlich.«

»Oh, Yuki ist die reine Freude.«

Lillian spießte einen dünnen Schenkel auf und nagte ihn bis auf den grauen Knochen ab. Sie hatte das teuerste Gericht bestellt. Yuki hatte Lillian noch niemals so viel essen sehen. Sie wartete darauf, dass Lillian zu einer ihrer Reden anhob, doch sie sagte nur: »Natürlich werde ich als Schriftstellerin nicht in der Lage sein, Yuki so zu versorgen, wie sie es gewöhnt ist.«

Yukis Vater lief rot an. In Japan wurde bei Angelegenheiten zwischen sozial Gleichgestellten niemals über Geld gesprochen. So etwas wurde über *Geschenke* geregelt, die im Grunde zwar Bezahlungen waren, jedoch in hübscheren Umschlägen überreicht wurden. Jetzt ist es gelaufen, dachte Yuki, doch ihr Vater wütete nicht gegen die amerikanischen Sitten. Er betupfte sich lediglich mit der dicken Serviette die Stirn. Hatte das unbezwingbare Fleisch seinen Geist gebrochen? Oder vielleicht, nur vielleicht, hatte er Verständnis dafür, dass seine Tochter nicht bereit war, noch einmal in einem neuen Land die andere zu sein.

»Wir würden sie selbstverständlich unterstützen.« Und dann, noch leiser: »Und die Belastung schmälern, die sie für Ihren Haushalt darstellen würde.« Yuki versuchte, ihm in die Augen zu sehen, doch er blickte nach unten auf sein Steak.

Auf dem Heimweg sprach er voller Bewunderung über Lillian. »Sie ist Schriftstellerin. Sie kann dir bei deinen Schulaufsätzen helfen. In Mathematik bist du nicht gut, aber vielleicht kommst du trotzdem zurecht.«

Doch als sie ihre Schuhe in die vertraute ordentliche Reihe stellten, sagte Yukis Mutter – die normalerweise alles Amerikanische gelassen hinnahm: »Habt ihr das gesehen? Als dieses Mädchen seine Serviette fallen lassen hat, hat es gewartet, dass der Kellner sie vom Boden hebt.«

»So sind die Amerikaner, faul und bequem. Ich dachte, das wüsstest du inzwischen«, erwiderte Yukis Vater. »Aber Yuki ist ein großes Mädchen. Sie wird nicht vergessen, was es heißt, Japanerin zu sein.«

»Das werde ich nicht. Versprochen.«

»Bist du sicher?« Die Stimme ihrer Mutter war von Sorge

schwer. Die Hand, die Yukis Kinn berührte, schien etwas anderes zu fragen. »Du wirst es nicht vergessen?«

»Natürlich nicht.«

»Warte kurz.« Ihr Vater ging in sein Arbeitszimmer. Ihre Mom senkte die Stimme und sagte: »Du kannst zurückkommen, wenn du einsam bist. Das ist völlig okay. Ich war auch nicht auf der Universität.«

Yuki wusste nicht, wie sie äußern sollte, dass sie selbst in dem Moment, als sie neben ihrer Mutter stand, einsam war, dass ihre Hände vor Einsamkeit ganz taub waren. Wer außer ihr musste sich zwischen seiner Familie und seiner Heimat entscheiden? Sie wollte nicht wie ihre Mutter sein und einem traurigen Mann um die halbe Welt folgen. Doch da kam der traurige Mann mit Scheckbuch in der einen, Füllfederhalter in der anderen Hand zurück. Er stellte zwei Schecks aus, den einen sollte Yuki ihrem Schuldirektor geben, den anderen Odiles Mutter. Er steckte die Schecks je in einen Umschlag, auf den er mit der dicken Tinte seines Füllfederhalters den Namen des Empfängers schrieb. Seine Handschrift war gleichmäßig und flüssig, die beiden »i« in »Lillian« neigten sich wie zwei Bäume in derselben Brise. Yuki umarmte ihn, sehr fest. Der Füller, noch in seiner Hand, tropfte Tintenpunkte auf den Tisch, doch Yukis Vater sagte nichts. Mit der anderen, freien Hand strich er ihr über das Haar.

Sie packte rasch. Sie hatten verabredet, dass sie sofort zur Probe bei den Graychilds einzog, bevor ihre Eltern das Flugzeug nach Japan bestiegen. Falls eine Seite zurücktrat, würde eine andere Lösung gefunden. Lillian nahm den Scheck entgegen, ohne den Betrag zu kommentieren, obwohl Yuki annahm, dass ihr Vater seiner Art entsprechend großzügig gewesen war.

In der Wohnung gab es kein Gästezimmer.

»Du wohnst bei mir«, sagte Odile.

»Wohin damit?« Yuki wies auf ihren Koffer und das übervolle Zimmer.

»Unters Bett.« Odile warf mehrere Schuhe auf die andere Seite des Zimmers und machte Platz für Yukis kleines Leben.

Yuki nahm das Foto aus ihrem Portemonnaie und steckte es an den Spiegel. »Das muss ich nicht mehr mitnehmen, denn jetzt bin ich ja hier.« Es war Yukis Abzug von dem Foto, das sie aufgenommen hatten, als ihnen Schnee über das Haupt geflossen war, ein Totem ihrer Freundschaft. Odile hatte auf dem Bild die Augen geschlossen, Yukis Blick ging in die Welt. Ihr schwarzes und ihr blondes Haar verflocht sich im Wind.

»Du bist schräg.« Odile lachte.

Seit jenem ersten Rausch ihrer Freundschaft war Yuki beinahe jeden Tag nach der Schule mit zu Odile gegangen. Sie wusste, dass man in der Toilette zweimal spülen musste und es in Ordnung war, die Schuhe in der Wohnung anzulassen. Dennoch musste sie sich an manches noch gewöhnen.

Lillian und Odile ersetzten Frühstück und Mittagessen durch Kaffee und Grapefruits, die so sauer waren, dass der Geschmack alles andere zerfraß. Die Heizungen seufzten, und die Fenster klapperten. An manchen Stellen war die Farbe bis auf die bräunliche Grundierung abgerieben. An anderen Stellen barg sie einzelne Borsten eines Pinsels, der sein Werk vor langer Zeit verrichtet hatte.

Yuki lernte Lou, Lillians »Liebhaber«, erst nach einer Woche im Haus der Graychilds kennen. Odile nannte ihn nur »diesen Scheißmann«. Sie sprach das Wort mit solcher Wut aus, dass es mehr wie »Scheißmom« klang.

Er erschien am Freitag zum Abendessen. Yuki sah erstaunt von ihren Hausaufgaben auf; sie waren seit einer Woche überfällig. Sie plagte sich mit ihrem schlechten Gewissen und den pythagoreischen Gleichungen.

»Lou«, sagte er. Yuki begriff erst mit Verzögerung, dass er sich ihr so vorgestellt hatte. Beim Essen sprach er die ganze Zeit über die Zeitung, für die er arbeitete, *The Paper*. Yuki war begeistert, dass er Journalist war, doch dann erwähnte er, dass er Sportreporter war. Über die Seiten mit den endlosen Abfolgen von Männern und Muskeln blätterte sie stets hinweg. Offenbar hatte das Spiel, welches auch immer, lang gedauert. Yuki wusste nicht, ob das gut oder schlecht war. Sie musterte seine großen Hände, deren Muskeln sich der Reihe nach verbanden, wenn er in das trockene Hühnerfleisch stach. Lillian war beinahe stumm, und Yuki hatte auch noch nie erlebt, dass ihre Augen derart groß und weich wurden. Nach dem Essen zog er Lillian zu sich auf den Schoß. Er war klein, sie groß. Ihr Kinn ruhte auf seinem roten Haar.

»Wir gehen in mein Zimmer«, sagte Odile, als Yuki begann, die Teller abzuräumen.

Odile senkte die Stimme hinter der dünnen, jeden Luftzug durchlassenden Tür nicht. »Bäh. Der ist so ekelhaft.«

»Ekelhaft?« Attraktiv war er nicht – klein, rothaarig, die Arme mit grünen Venen überzogen –, doch das Wort ekelhaft klang allzu eitertriefend.

»Der hat so was Wieselartiges.« Yuki hatte noch nie ein Wiesel gesehen. Sie erinnerte er an eine Katze. Während des Essens hatte er die Blicke so seltsam katzengleich über den Tisch wandern lassen, ohne mit dem Kinn zu zucken, so als ob er eine Maus verfolgt hätte, die nichtsahnend über den Boden huscht. Es war komisch, einen erwachsenen Mann mit einer Katze zu vergleichen. Das tat man nur mit jungen Mädchen, oder? Doch da waren die knochigen Kater, die aus ihrer Mülltonne sprangen und mit scharfen Krallen über den Asphalt kratzten.

»Und, was will der überhaupt von meiner Mutter? Sie ist zehn Jahre älter.« Yuki taxierte ihn damit auf Mitte dreißig. Doch in ihren Augen passten sie gut zusammen, die Schriftstellerin, deren Lack beinahe buchstäblich abgekratzt war, und der Journalist mit dem krallenbewehrten Lächeln.

»Ja, vermutlich. Keine Ahnung.«

Odile runzelte die Stirn. Yuki ging ihr auf die Nerven.

»Na, ich mein, besser als meine Eltern. Die sind so langweilig... Das mit den beiden ist, das ist...« Das richtige Wort steckte zwischen ihren Zähnen fest. »Künstlerisch.«

»Ja, klar.« Dennoch war Odile offenbar besänftigt.

»Das passt zu euch.«

Lou blieb über Nacht, und am Samstagmorgen lag er auf dem Bauch, die Füße in der Luft, wie ein kleiner Junge über seinem Malbuch. Vor ihm befanden sich Lillians maschinenbeschriebene Seiten voller Zaren und Prinzessinnen. Sie hatte sich auf Russen spezialisiert. Lou attackierte den Text mit drei verschiedenfarbigen Stiften. Lillian saß auf dem Küchentisch und schaute mit baumelnden Beinen zu. Sie goss sich einen kleinen Whiskey in den Kaffee.

»Irisches Frühstück, Mädchen?«

»Nein, danke«, sagte Yuki.

Lou summte mit dem Plattenspieler mit. Orangefarbene Haare umschlangen seine Arme, Finger und die Oberlippe wie ein Pilz, der allmählich einen sterbenden Baum auffrisst. Bleistiftspäne sprenkelten die dunklen Dielen.

Lou sagte: »›Alexi setzte Ola auf sein Pferd.‹ Ein bisschen fad, oder?«

»Hob?«, schlug Lillian vor.

Lou zog eine Grimasse. Lillian stellte ihren Irish Coffee ab und schloss die Augen. Sie streckte die Arme zu den Seiten aus und schloss Daumen und Zeigefinger zu einem Kreis. Ein sonderbarer Buddha. Odile, auf der Sofalehne, verdrehte die Augen.

»›Alexi hob sie zu sich, und ihr Atem flatterte so zart wie Sperlingsflügel.‹«

Yuki stellte sich vor, dass sich die Prinzessin an den Federn verschluckte.

»Lieber Tauben- als Sperlingsflügel«, warf Lou ein.

Während sich Lou und Lillian gegenseitig die Formulierungen zuspielten, rollte sich Yuki auf der Couch zusammen. Mit dem dunklen Holzrahmen und den steifen Samtkissen wirkte sie wie ein geschundener Geflüchteter aus Lillians Romanwelt. Yuki blätterte durch die Broschüre der Rhode Island Fachhochschule für Design, die Miss Shahn nur für sie angefordert hatte. Ihre Lehrerin hatte sie nach dem Unterricht zurückgehalten und gesagt: »Ich war an keinem anderen Ort so glücklich.« Yuki blickte auf die Seite mit den Studiengebühren. Es war ganz und gar unmöglich. Ein Kunststudium hätte ihr Vater niemals finanziert. Er hoffte gegen allen Anschein, dass sie nach Radcliffe gehen würde, wie sein jüngerer Cousin. Dass sie dort einen Promovierten aus Harvard kennenlernen und heiraten oder sogar selbst promovieren würde. Viele Mädchen aus gutem Haus promovierten neuerdings.

Kein noch so großer Hunger hätte die Gebühren zahlen können.

Klatsch – ein Geräusch, als ob eine Fliege totgeschlagen würde. Ehe Yuki aufsehen konnte, noch ein Schlag. Lillian kreischte, dann das schwere Fallen eines Körpers. Leder zischte über Holz. Als Yuki den Blick endlich fokussierte, saß Lillian auf dem Boden und fasste sich ans Kinn. Yuki sprang auf, vom absurden Adrenalin eines Menschen getrieben, der auf ein Feuer zuläuft. Die Tür knallte zu, und Lou war fort. Odile seufzte und verließ das Zimmer.

Lillian ging zu dem großen Spiegel und richtete sich das Haar. Ihre hochhackigen Schuhe waren an die entgegengesetzten Seiten des Zimmers geschlittert. Yuki hob sie auf. Sie waren leicht, sie hatte etwas Schwereres erwartet.

»Bist du …« Yuki hielt ihr die Schuhe hin, doch Lillians gebieterische Haltung wies jede Form der Fürsorge ab.

»Halt das mal kurz, Liebes.« Lillian wedelte mit der Bürste. Yuki legte Lillian die Schuhe zu Füßen und schloss die Faust um den Griff. Auf diesem häuslichen Kriegsschauplatz war alles eine potenzielle Waffe, doch außer Yuki hatte das wohl niemand bemerkt. Die Blumen standen noch immer in ihrer Vase auf dem Tisch. Die Becher waren nicht zersprungen, innen hielten sich reglos kleine Bläschen fest. Lillian stieg in ihre Schuhe, nahm Yuki die Bürste ab und strich sich dann wieder über das Haar. Ihre Hände waren zu einem dunklen Rot angelaufen.

Das Apartment war eine Nation mit ihren eigenen Barbareien. Yuki redete sich ein, dass umgekehrt auch Odile bei ihr verloren wäre, doch das stimmte nicht. Wenn du in Rom bist, mach es wie die Römer. An jedem anderen Ort hatten die Römer längst dafür gesorgt, dass es die Bevölkerung wie die Römer hielt. Odile verdrehte die Welt nach ihrem Willen.

Yuki zog sich in Odiles Zimmer zurück.

»Warum macht er das?« Lou war klein und hatte schwache Gelenke. Er wirkte nicht, als hätte er ein Talent für Gewalt.

»Sie schlagen?«, erwiderte Odile. »Hast du dazu nicht auch manchmal Lust?« Odile ordnete ihre Schallplatten nach den Farben ihrer Cover.

»Eigentlich nicht.«

»Du solltest dich beeilen, sonst kommst du zu spät zu deinem lieben Papi.« Odile musterte ein psychedelisches Quadrat, offenbar überlegte sie, ob sie es zu Grün oder Rosa stellen sollte. Yuki fühlte sich entlassen.

Beim Mittagessen mit ihren Eltern erwähnte sie den Vorfall nicht. Sie brachte den Ahnen das Opfer, ohne ihnen einen Bissen zu stehlen. Der gesamte Sonntag hatte die Melancholie eines Schauspiels, bei dem sie ihr früheres Leben imitierten.

Anfang März schloss Lillian ihr Buch ab – sie schrieb jedes halbe Jahr eins. Sie zog die Schuhe aus und tanzte. Lou gesellte sich dazu. Hinter ihnen am Fenster glühten Eiszapfen wie Stalaktiten reinen Lichts. Lou ging zum Pizzaladen und kehrte mit einem

Rad Margherita zurück. Odile aß am schnellsten auf. Der Teig bäumte sich, als sie ihn in ihren Mund schob, Fett färbte ihre Hände orange. Jeder wusste, dass sie sich im Badezimmer übergeben würde. Yuki hatte es selbst einmal versucht, doch obwohl sich ihr Körper gebogen und gewunden hatte, war das Essen unten geblieben. Sie hatte nur Spucke hochgehustet, und am Ende war ihr Hals so wund gewesen, dass rote Farbe in ihrem Speichel wirbelte.

Doch in dem Moment waren alle glücklich, sogar Yuki. Öl lief über jedes Kinn. Yuki zog Käsefäden zwischen ihren Fingern lang und begriff, dass sie bei den Graychilds scheitern konnte. Sie könnte den ganzen Morgen schlafen und nicht in die Schule gehen. Sie würde nicht mehr erleben als die Heizung, die gescholten wurde, wenn sie hustete, oder das Kühlschranklicht, wenn es ausging. Sie könnte malen, und ihr würde niemand sagen, dass sie stattdessen Mathematik oder Kanji üben sollte. Die Graychilds würden nicht über ihre Arbeit urteilen, weil sie sie nicht ansehen würden. Und wo war der Unterschied zum freien Flug, wenn sie fallen, immer tiefer fallen, aber niemals auf den Boden treffen würde?

Der März zog vorüber, und das Abreisedatum ihrer Eltern nahte. Yuki wartete mit ihnen vor dem Haus auf den Wagen, der sie zum Flughafen bringen sollte – sie war seit anderthalb Monaten fort, und sie empfand ihr Zuhause nicht mehr als Zuhause. Bald wäre es das auch nicht mehr. Yuki saß auf der Stufe und fragte sich, wann sie jemals wieder dort sitzen würde. Wann hatte sie zuletzt dort gesessen? Ihr Vater gab ihr eine Liste mit Telefonnummern für Notfälle und zwölf Umschläge mit Bargeld, auf denen der jeweilige Monat in ordentlicher Handschrift stand.

»Taschengeld«, sagte er. »Falls du irgendetwas brauchst.«

Ihre Mutter bat sie zu schreiben und gab ihr eine Tüte.

»Was ist das?«, fragte Yuki.

»Mach auf und sieh nach«, erwiderte ihre Mutter.

Es war Essen, Dose über Dose, die kostbare Tupperware ihrer Mutter. Sie hatte bestimmt die ganze Nacht gekocht.

Durch den schwarzen Bob ihrer Mutter wanden sich zwei weiße Haare. Wann waren die gewachsen? Yukis Vater war für die Reise angekleidet. Er gab ihr einen Kuss auf die Stirn. Rasierwasser maskierte seinen üblichen Geruch.

Dann waren sie fort.

Yuki blieb mit den Umschlägen und einem Beutel voller Vorräte zurück. Die weißen Kunststoffgriffe dehnten sich durch das Gewicht. Yuki musste wie bei einem Baby die Arme um die Tüte legen. Die Last drückte gegen ihre Brust und ihren Hals, doch das war nicht die Quelle ihrer Schmerzen. Ihre Mutter hatte ihr das Mittagessen für ein ganzes Jahr eingepackt. Wann hatte sie das getan, ganz allein in ihrer Küche? Von nun an musste ihre Mutter immer ganz allein kochen. Wenn ihre Mutter die Wahl gehabt hätte, wäre sie geblieben? Für diese Frage war es jetzt zu spät.

Yuki machte sich auf den Rückweg zu Odile. Sie umklammerte die Tüte, obwohl sie die Vorräte nicht mitnehmen konnte. Kurz vor der Wohnung leerte sie den Beutel am Straßenrand in einer Mülltonne aus. Sie sagte sich, dass es keinen Unterschied machte, ob das Essen in ihrem Magen oder im Müll zersetzt wurde.

Yuki steckte den Schlüssel in das Schlüsselloch von Lillians Haus, zog ihn wieder heraus und lief zu der Mülltonne zurück, um einen letzten Blick auf die Trümmer aus Tupperware zu werfen. Durch den durchsichtigen Kunststoff schaute ihr ein brauner Streifen Aal entgegen. Sie erinnerte sich kaum an den Geschmack, der von einer fernen Reise stammte. Ihr Vater hatte selbst in dem einen japanischen Restaurant, das ihm als authentisch galt, niemals Aal bestellt. Er ließe sich nicht mit Kanda-Aal vergleichen. Die Dose lag zwischen Bananenschalen und noch

Schlimmerem. Eine Fliege ließ sich auf dem Kunststoff nieder. Yuki holte die Dose aus dem Müll und nahm den Deckel ab. Das Fleisch war süßlich, gummiartig und doch unglaublich gut. Yuki bewahrte den letzten Bissen in ihrem Mund. Sie hatte diesen Geschmack für ein neues Leben und eine neue Freundin eingetauscht. Sie nahm sich selbst das Versprechen ab, dass ihr hier etwas Schönes gelingen und ihre Mutter sehen würde, dass es das wert gewesen war.

Den ganzen Tag lang suchte sie nach Flugzeugen am Himmel, doch sie sah kein einziges. Der Himmel lag so flach und ruhig wie das Wasser einer Badewanne da. Die Stadt kam ihr ohne ihre Eltern eigenartig leer vor. Yuki war so benommen, als ob sie den ganzen Tag lang nichts gegessen hätte.

1969, Goethit

Mit Goethit wurde in prähistorischen Zeiten der gelbbraune Rücken des Jagdwilds dargestellt. Im Jahr 2010 sollte das Mineral, aus dem die Farbe gewonnen wird, auch auf dem Mars gefunden werden. Abhängig von seiner Konzentration hat es die Farbe von trockenem Laub, Wüsten, alten Münzen oder Trenchcoats.

Gräserne Finger schlüpften unter ihre Bluse. Yuki lag auf dem Bauch, Schulter an Schulter mit Odile, deren Haar sich um Yukis Kragen wand. Kleine Kanada-Gänschen pfiffen nach dem Brot, das Yuki über ihre Köpfe warf. Der schale Brotlaib war mit Mohn gesprenkelt, der sich unter ihre Fingernägel setzte, als sie die steife Kruste zerriss. Sie löste die Körnchen mit Zähnen und Zunge heraus. Das Salz schmeckte gut. Yuki hatte nicht gefrühstückt. Selbst der Schweiß an ihren Fingern schmeckte gut. Sie leckte einen nach dem anderen ab.

Gab es ein größeres Glaubensbekenntnis als das Hungern? War es nicht das Tun der Heiligen? Hatte nicht der Buddha während seiner Meditation dem Essen entsagt? Odile hatte das gesamte Gesicht vor Ekel verzogen, als Kathy Y. klebrige Makkaroni auf ihre Gabel aufgespießt hatte. Wenn das nötig war, um Odile zu beweisen, dass sie einander gleich waren, war es einfach.

Sie schwänzten Odiles Schulabschlussfeier, um im sonnigen Limonadenlicht des Central Parks zu liegen. Odile hatte bislang weder von einem Studium, einem Job noch einem Mann gesprochen. Offenbar genügte es ihr, in der Sonne zu liegen und auf die Zukunft zu warten.

»Bleibst du noch eine Weile bei Lillian?«, fragte Yuki, was hieß: Bleibst du hier, bei mir?

Odile zuckte mit den Schultern und reckte sich. Ein fahler Schatten wanderte über ihre ausgestreckten Zehen. Ein Mann im Trenchcoat. Der Mantel war geschlossen. Der Mann kniete sich vor die Mädchen. Zwar war es ein ungewöhnlich kühler Juni, doch er war der Einzige im Park, der einen Mantel trug. Er nahm Yuki die Sicht auf den Teich. Sie hätte ihm am liebsten das Brot ins Gesicht geschleudert. Sie hatte sich zwar daran gewöhnt, dass Odile von Fans umlagert wurde, es gefiel ihr dennoch nicht.

Hinter dem Mann stand ein zweiter, in einem flatternden rostroten Hemd über einem weißen T-Shirt. Er hielt sich zurück, am Rand. Sein Haar war dünn, seine Lippen und die Haut rings um seine Augen wirkten weich. Ein College-Student? Trenchcoat war breiter, robuster – älter. Um seinen Hals hing eine Kamera. Sie stammte von einem anderen Hersteller als Lillians und war aus Chrom, mit schwarzem, geriffeltem Gehäuse. In der oberen Ecke war ein roter Punkt, der Yuki an Nagellack oder auch an Blut erinnerte.

Trenchcoat fragte: »Dürfen wir ein Bild von euch machen?«

Die beiden Mädchen sahen einander an. Yuki fragte: »Wieso?« Odile streckte die Beine aus und spitzte die Zehen.

»Weil ihr perfekt ausseht.«

Odile zog die perfekten Zehen an. »Na schön, aber ihr müsst dafür bezahlen.«

»Und die Erlaubnis kostet?«

»Das habe ich noch nicht entschieden«, erwiderte Odile.

»Wie wäre es, wenn ich euch zu einem Drink ins Plaza einlade.«

Zu Yukis zwölftem Geburtstag hatte ihr Vater sie und ihre Mutter zum Tee in das Plaza ausgeführt. Es hatte kleine Kuchen auf kleinen Gestellen gegeben und Tassen aus edlem Porzellan.

»Na gut«, sagte Odile.

»Okay, bewegt euch nicht. Ich will euch ganz genau so.«

Zehn Klicks später ließen sie den schlaffen Brotbeutel wehen, wohin der Wind ihn trug, und folgten den Männern zum Ausgang des Parks. Sie gingen nicht in den Palm Court, wo Yuki mit ihren damals offiziell erwachsenen Zähnen, die immer noch zu groß für ihren Mund gewesen waren, Meringues zerkaut hatte. Trenchcoat führte sie in eine Bar mit Holztäfelung.

Es war seltsam, dass ein und dasselbe kurze Wort sowohl diesen Raum mit seinem schweren Bienenwachsgeruch als auch jenen Ort mit seiner Happy Hour und dem blitzend lächelnden Soldaten meinte: Bar – so als ob es allein auf die Getränke ankäme. Hinter Yuki wurde gekichert. Sie fuhr zusammen, doch es waren nur zwei perlenbehangene Damen, die ein diskretes Häppchen teilten.

Trenchcoat bestellte vier Mimosas. Odile hatte Yuki beigebracht, wie man trank, indem sie die Lippen um den Hals der Bourbonflasche geschlossen hatten, die Lillian gleich neben der Pastasauce aufbewahrte. Yuki wusste, dass der Mimosa ihr das Blut in die Wangen treiben würde. Außerdem mochte sie keinen Orangensaft. Ihr wurde davon übel. Sie nippte zögernd am Rand der Champagnerflöte und schlug das Glas an ihre Zähne.

Odile fragte: »Also, seid ihr Brüder oder Freunde oder was?«

Der Jüngere lief katzenpfotenrosa an. Yuki hätte ihn beinahe angelächelt, doch dann kam ihr der Junge in den Sinn, der fortgeflogen war, um Soldat zu werden. Auch er hatte zarte Wimpern und kleine Hände gehabt.

»Freunde«, sagte Trenchcoat. »Er kommt aus Montreal und ist hier zu Besuch. Und was seid ihr, Schwestern?«

Odile lachte, doch Yuki fuhr sich mit der Zunge über die trockenen Lippen. Das Leben wäre leichter gewesen, wenn sie eine Schwester gehabt, es jemanden gegeben hätte, mit dem das Leben nicht ein ständiger Übersetzungsakt gewesen wäre.

Sie saßen auf Barhockern: die Mädchen in der Mitte, Trenchcoat neben Odile, der Freund an Yukis rechter Seite. Yuki beobachtete, wie Trenchcoat einen langen Arm um Odiles Rückenlehne schlang. Wie sich die Hand vom Hocker hinauf zu Odiles Schulter bewegte. Ob sie es bemerkte oder nicht – sie sagte nichts. Selbst als seine linke Hand gestikulierte, blieb die rechte gänzlich reglos liegen und behielt Odile im Griff.

Ein Barmann mit seiner Uniform aus weißem Frack und schwarzer Fliege fragte, ob er noch etwas bringen dürfe. Trenchcoat bestellte eine zweite Runde. Yuki behielt ihr halb volles Glas zwischen den Fingern und spürte sein Gewicht.

Trenchcoat sagte, er sei Modefotograf.

»Ihr kennt ja Twiggy, natürlich, na, jedenfalls war sie neulich bei einem meiner Shootings, und irgendwann sagt sie, dass sie eine Pause braucht. Weil sie hungrig ist. Eine Assistentin läuft also runter zum Automaten, Twiggy isst eine ganze Schachtel Fritten und versaut ein Tausend-Dollar-Kleid mit Fettflecken. Ein weniger berühmtes Mädchen hätte nie mehr einen Job bekommen, aber Twiggy kichert nur. Die Macht der Stars.«

Odile fragte ihn aus: Kannte er Twiggy wirklich? Viele Kerle sagten, sie seien in der Modebranche, um Möchtegern-Models ins Bett zu bekommen.

»Du musst mir nicht glauben. Aber wir können hier und jetzt zu einem Kiosk gehen. Mein Name steht in der *Harper's Bazaar*. Ich kaufe dir ein Heft.«

»Gut. Gehen wir.« Odile neigte den Kopf in seine Richtung, provozierend und intim zugleich. Yuki war mit Odiles bissigem Charme vertraut. Lillian hatte ihrer Tochter nicht beigebracht, was man sagen durfte und was nicht. Odile erzürnte ihre Lehrer, die Männer aber bewunderten ihren Charme nicht minder als die wilde Aureole aus goldenem Haar oder das Grün ihrer Augen. Yuki tat es ebenfalls. Ihr fielen nie die richtigen Worte ein, erst recht nicht die richtigen falschen.

Odile rutschte von ihrem Hocker. Trenchcoat sagte: »Ihr zwei bleibt hier. Wir sind gleich zurück.«

»Aber...« Du darfst mich nicht verlassen, dachte Yuki.

»Bin gleich wieder da«, sagte Odile im Gehen. »Versprochen.«

Die beiden Frauen in ihrem Rücken unterhielten sich in einer zwitschernden Sprache, die Yuki für Französisch hielt. Sie musste zugeben, dass dies vermutlich der sicherste Ort in ganz New York war.

»So, du bist also auf dem College«, versuchte sie es.

»Ich mache meinen Master. Na ja, im September«, sagte der Jüngling. »Im Moment besuche ich einen Kunstkurs in Manhattan. New York ist echt ein Trip. Da, wo ich herstamme, gibt es mehr Schafe als Menschen. Wir sagen zwar immer, dass wir in Montreal leben, dabei sind es fünf Stunden mit dem Auto bis dahin.«

»Ich habe nie woanders gelebt.« Irgendwie stimmte das: Dies war der einzige Ort, der von Bedeutung war.

»Du solltest reisen. Die Welt ist riesig.«

Sie konnte ihm nicht sagen, dass sie sich so schon klein genug fühlte, also nuckelte sie an ihrem zweiten Mimosa. Waren alle jungen Männer vom Reisen besessen? Oder dachten sie nur an ferne Länder, wenn sie mit ihr sprachen?

»Ich habe deinen Namen vergessen«, sagte sie beinahe vorwurfsvoll.

»Edison«, sagte er. »Wie der Mann, der das Licht in Flaschen abgefüllt hat. Du kannst mich aber gerne Eddie nennen, wie der Junge, der immer das Falsche zu den Mädchen sagt.«

»Edison gefällt mir besser.« Sie nahm einen raschen Schluck, der in ihrem Rachen kitzelte.

»Und, was willst du später einmal werden?«, fragte er. »Gott, ich klinge ja wie die alte, unverheiratete Tante.«

»Weiß nich.« Am liebsten wäre Yuki im Kunstraum ihrer Schule geblieben und hätte wieder und wieder die Birnen abgemalt, bis ihr die Flecken und Stoßstellen einer jeden Frucht in die Hand übergangen wären und sie sich dieses kleine Stück vom Universum ganz und gar angeeignet hätte. Doch der Wunsch, Künstlerin zu werden, war, als ob man Ballerina oder Astronautin werden wollte: ein Kindergartentraum. Ihr Begleiter wartete auf eine Antwort. Yuki trank den Mimosa aus.

»Ich selbst, aber kleiner«, sagte sie.

»Kleiner?«, fragte er. Sie hatte »größer« sagen wollen, doch das Wort hatte sich in ihrem Mund verdreht.

»Kleiner. Immer kleiner.« Sie blieb dabei. »Mit sechzig bin ich dann so klein wie ein Däumling. Mein Dad hat mir früher immer eine Geschichte erzählt, von einem daumengroßen Samurai.« Das Glas in ihrer Hand fühlte sich zittrig an. Es malte Regenbögen über das polierte Holz. »Er wird von allen unterschätzt, selbst von dem Dämon, der ihn verschluckt. Doch der Samurai bahnt sich mit der Spitze seines Nadelschwerts einen Weg durch das Gedärm des Oni. Überraschung!« Sie griff sich an den flachen Bauch. Dann fiel ihr ein, dass Issun Bôshi am Ende der Geschichte zu seiner vollen Größe herangewachsen war. Niemand will auf ewig winzig sein.

Staub fing sich in dem schrägen Licht. Irgendjemand hatte ihr gesagt, dass Staub aus Hautschuppen bestünde. Edison berührte sie sanft.

»Hey, du bist ja plötzlich so rot wie mein Hemd.« Er hielt ihr den Stoff an die Wange, der so weich wie der Unterbauch eines jungen Tiers war. Die Ventilatoren peitschten durch die Luft. Yuki fror. Sie wollte Edison schon bitten, ihr sein Hemd zu geben. Doch da trappelten Odile und Trenchcoat in die Bar.

Odile war so angespannt wie ein nervöser Windhund, zuckte mit den Schultern, ruckte mit dem Hals, zog die Nase kraus und wieder glatt.

»Seh ich gut aus?«

»Ja, das hab ich dir doch schon gesagt«, entgegnete Yuki.

Trenchcoat hatte angerufen, er kenne einen Agenten, der nach neuen Mädchen suche. Trenchcoat selbst wollte die Aufnahmen für Odiles Mappe machen. Das Studio lag im zweiten Stock, über einem Lebensmittelladen. Die blaue Tür, die zu den Apartments führte, verschwand hinter Trauben, Erdbeeren und Pfirsichen.

»Klingel du für mich«, sagte Odile. Seit sie Trenchcoats Namen in einem Impressum gesehen hatte, waren Hochmut und Selbstvertrauen dahin. »Das ist ein echter Fotograf. Ein richtig echter.«

Ach, echt?, dachte Yuki. Doch sie drückte so fest und lang auf den Kunststoffnippel, bis sie hörten, wie jemand die Treppe herunterkam. Er wirkte verstimmt, als er die Tür öffnete.

»Kein Publikum«, sagte er. »Ich muss mich bei einem Shooting konzentrieren.«

»Yuki sieht doch ganz okay aus«, sagte Odile. »Kannst du sie nicht auch gebrauchen?« Yuki drückte Odile dankbar die Hand. Wenn Odile den Ärger des richtig echten Fotografen riskierte, bekam sie sicher Lust auf Milchkaffee, ihr größtes Laster.

»Orientalische Models sind gerade nicht gefragt«, sagte er. »Außerdem hat sie nicht die richtige Größe. Und ihr Gesicht ist viel zu flach, das würde auf einem Foto gar nicht rüberkommen.«

»Ich will sowieso nicht modeln«, sagte Yuki. »Ich kann draußen warten.« Nach dem Erlebnis mit dem jungen Soldaten war sie froh, dass sie so viele Männer für keines Blickes würdig hielten. Obwohl ein kleines Fünkchen in ihr gehofft hatte, auf Edison zu treffen. Doch wieso sollte er dort sein?

»Geh nach Hause.« Trenchcoat legte Odile eine Hand auf die Schulter. »Ich fahr sie heim.« Er wies auf ein funkelnagelneues Auto vor dem Haus, auf dessen Grapefruit-Lack man noch jeden Schmutzfleck sah. Odile ging, ohne einen Blick zurück, nach oben. Yuki drückte eine Hand gegen das Holz. Es war warm wie Haut.

In den oberen Zimmern waren die Jalousien vorgezogen, und Yuki hatte das Gefühl, dass sie Odile nie mehr wiedersehen würde. Was natürlich verrückt war. In der Nähe war ein Künstlerbedarf. Dort ging Yuki hin. Sie war noch nicht bereit, zu Lillian zurückzukehren.

Die Farbtuben waren kalendergleich gerastert. Die gesamte obere Reihe bestand aus Nuancen in Gelb, Gold und Ocker. Ein goldener Nachmittag. Eine schwarze Woche. Ein Tag, der rot angestrichen war. Aus Farbe ließ sich eine Chronik machen. In ihrer Erinnerung war Japan eine Mischung aus Rosa und Grün. So stellte sie sich ihre Mutter vor: in rosiges und grünes Licht getaucht. Die Jahre danach waren gelblich weiß wie der Kalk in einem Wasserkessel. Yuki nahm eine Tube aus dem Regal und drückte sie. Was Odile wohl gerade tat? Die Tube, weich wie Fleisch, gab nach. Odile hätte sie gestohlen, doch Odile war nicht da, und außerdem besaß Yuki keine Pinsel, sondern nur kurze Stifte, die sie unbeholfen mit einem Schablonenmesser angespitzt hatte. Sie schob die Farbe in das falsche Loch.

Lillian trug bereits ihre Lockenwickler, sämtliche Neonschilder in der Straße strahlten, da erst polterte Odile ins Haus. Sie ging direkt, wortlos, in die Dusche.

»Wie war es?«, fragte Yuki, als Odile wiederauftauchte. Das Haar klebte ihr am Kopf. Sie wirkte wie eins der zarten Geschöpfe aus Lillians Romanen, bis hin zu den feinen weißen Wimpern, die wie Eiszapfen unter ihren Augen hingen. Yuki hätte ihr gern etwas gereicht, einen Bademantel oder Tee. Doch in dem Apartment gab es nichts, was sie mit Fug und Recht hätte geben können.

»Warum bist du nur so hässlich«, sagte Odile mit einer Stimme, die so glatt wie Seife war.

»Was?«

»Vergiss es.«

»Geht es dir gut?«, fragte Yuki. Vulgär war Odile häufig, aber selten grob.

»Alles bestens. War dein Gesicht schon immer so, oder hat dich deine Mom da drauf fallen lassen?«

Es war ein kindischer Spott, doch von sengender Feindseligkeit.

»Ich leg mich schlafen.« Yuki hatte die Seite im Bett, die von der Wand entfernt war. Sie rückte bis an den Rand, bis der linke Arm und das linke Bein den Boden berührten.

Eine Schindel schieferblauen Morgengrauens wanderte über den Boden. Yuki zwinkerte. Über Nacht hatte Odiles Arm den Weg um ihre Schulter gefunden. Yuki drehte sich zur Seite.

»Hey.« Sie war Odiles Gesicht ganz nah. »Was ist gestern passiert?« Dunkle Schlafkörnchen saßen in Odiles nun offenen Augen.

»Nichts. Nichts ist passiert.« Odile zog sich das dünne Laken über den Kopf.

Das Nichts nistete sich zwischen ihnen ein. Yuki spürte, wie es mit ihnen erwachte und ihnen durch die Wohnung folgte. Odile sah den ganzen Tag lang in das Nichts. Yuki schien sie gar nicht zu bemerken.

Die Graychilds hatten ein Telefon. Es war schwer, aus rotem Kunststoff, und Lillian sorgte dafür, dass es meist zwischen ihrer Schreibmaschine und ihrem Aschenbecher stand. Oft saß sie da, tippte nur mit einer Hand und sprach mit dem Hörer am Ohr mit einem Herausgeber oder Odiles Großmutter – der Frau, die für die Schulrechnungen, die Kleider mit den Prinzessinnen-Ärmeln und, wie Yuki durch die dünnen Wände erfuhr, oft auch die Telefonrechnung selbst verantwortlich war. Das Telefon hatte eine lange Schnur, und wenn Lou anrief, zerrte Lillian es in ihr Schlafzimmer. Wenn Yukis Mutter anrief, saß Yuki am Tisch und bohrte ihre Nägel in das Holz.

»Geht es dir gut? Wie läuft es in der Schule? Was hast du so gemacht? Hast du mit diesem Mädchen etwas Schönes unternommen?«

»Mir geht es gut. Alles gut. Nicht wirklich. Ja. Nichts.« Yuki pulte kleine Splitter aus dem Holz. »Mom, als du in meinem Alter warst, was hast du da mit deinen Freundinnen gemacht?«

Ihre Mutter wartete kurz. »Na ja, nach dem Krieg haben wir gemeinsam Gemüse verkauft, und ich habe immer die besten Preise erzielt. Naoko-chan hatte kein Rückgrat, das Mädchen hat am Ende immer alles verschenkt, und Midori-san, na ja, sie hat den Leuten Angst gemacht, aber mich mochten die Kunden. Ich habe mich gut geschlagen.« Sie hörte das Lächeln ihrer Mutter quer über den Pazifik. »Warum fragst du?«

»Nur so.«

»Ich muss aufhören, aber Yuki-chan – ich liebe dich. Werde glücklich.«

»Lieb dich auch, Mom. またね。«

»バイバイ。« Bai, bai, Bye-bye. Yuki presste Daumen und Zeigefinger derart fest auf einen Holzsplitter, dass ein wenig Blut floss.

In diesem Sommer jedoch waren die meisten Anrufe für Odile. Wie eine dünnere Lillian zerrte auch sie das Telefon in ihr Schlafzimmer. Yuki floh ins Bad.

»Ist das dein Ernst? Ehrlich?« Durch die Badezimmertür hindurch klang Odiles Gekicher wie eine schrille Lachkonserve.

Trenchcoat hatte die Frequenz seiner Anrufe beständig erhöht. Als die Luft beißend kalt wurde, kamen sie schon jeden Abend. Lillian überhitzte das Apartment, doch in dem kalten Badewasser merkte Yuki nicht, dass sie schwitzte. Draußen war es kühl, Yuki aber hatte an den Herbstabenden kein Ziel, und selbst wenn sie ausgegangen wäre, hätte sie doch nur das Nichts begleitet.

Von der Badewanne aus hörte sie: »Wirklich, wirklich? Bist du ganz sicher?« Odile klang schrill und aufgewühlt. Gewöhnlich lauschte Yuki nicht, sie träumte lieber von der Kunsthochschule, doch der neue Tonfall erregte ihre Aufmerksamkeit. »Versprich es mir. Du musst es mir unbedingt versprechen.«

Yuki blickte auf die scharfen Kanten ihrer Hüftknochen. Das Wasser verzerrte die Konturen. Yuki sah die Broschüre der Hochschule vor sich. Aufnahmevoraussetzung war, dass man ein Fahrrad zeichnen konnte. Sie hatte hin und her überlegt, wie sie es angehen sollte. Eine akkurate Zeichnung, jede Speiche dort, wo sie hingehörte. Oder ein verwischtes Etwas in Rot und Grau. Aber die erste Idee war langweilig, und die zweite hätte womöglich als Täuschungsversuch gegolten.

In dem Moment flog die Tür auf und schlug gegen die Badewanne. Yuki setzte sich auf und zog die Knie an ihr Gesicht. Ihre schmalen Beine boten wenig Schutz. Selbst mit zusammengepressten Knien blieb ein pfeildünner Schlitz. Zur Deckung ließ sie das Haar herunterhängen.

»Ich werde Model. Ein richtiges Model. Eins der Mädchen hat diese Woche ein Shooting abgesagt. Und da hat er denen mein Bild gezeigt. Ich komme in ein Modeheft!« Ihr Gesicht war ein Freudensturm.

Yuki fragte durch die Knie hindurch: »Wieso?«

»Wieso was?«

»Wieso bedeutet dir das so viel?« Odile war beinahe hysterisch. Durch ihr Lächeln keuchte der Atem.

»Weil das bedeutet, dass ich schön bin.«

Odile hielt die Hände vor das diffuse Licht des Badezimmerfensters. Sie drehte sie hin und her, betrachtete sie von allen Seiten, als wären sie ein Kleidungsstück.

»Willst du mit ans Set kommen?« Odiles Gürtelschnalle hatte die Form eines Kaninchenkopfs. In ihrem Freudentanz wand er sich nach rechts und links.

»Ich würde doch nur stören, oder?« Wer brauchte schon eine plattgesichtige Freundin? Odile hatte sich nicht die Mühe gemacht, sich zu entschuldigen – es war, als ob sie ihren Streit vergessen hätte. Er so nichtig für sie war.

»Du bist ja bloß neidisch.« Odile schmollte und schaute Yuki zum ersten Mal direkt an. Hässlich, dachte Yuki, in derselben Tonlage hast du hässlich gesagt. Nichts stimmte mehr, seit das Nichts in das Apartment eingezogen war.

»Wenn du willst, komm ich mit. Aber letztes Mal hast du mich auch nicht gebraucht.« Yuki wollte wirklich nicht vor der Kamera stehen. Damals, im Winter, waren es nur sie zwei gewesen, eingehüllt in Schnee und Wind. Doch nun war da diese neue Welt, und in der war sie ein hinderliches Plattgesicht.

Odile spielte mit einem Lippenstift herum. Sie wirkte, als ob sie eine finale Bemerkung machen wollte, doch dann ging sie und schlug nicht einmal die Tür hinter sich zu. Yuki sank wieder ins Wasser.

Odile tat ihre Neuigkeit beim Abendessen kund. Lillian, gewöhnlich ein Schriftsatz mütterlicher Autorität im Stil von: »Lass dir nie von einem Mann Nelken schenken. Denn dann ist er für Rosen entweder zu geizig oder zu arm«, oder: »Wenn dein Liebhaber schon mit einer anderen schläft, sollte er wenigstens so viel Respekt vor dir haben, dass er es vor dir verbirgt«, war so beeindruckt, dass es ihr vorübergehend die Sprache verschlug.

»Er hat gesagt, ich hätte eine einzigartige Aura.«

Lou erwiderte: »Ist ja prima, Mädchen.« Er grinste Yuki an und ließ den Blick verschwörerisch zur Seite wandern. Es war nur ein Moment, da und sogleich wieder fort, ein Lichtschein nur, der über seine Iris wanderte. Als Yukis Gesicht ein Lächeln der Erwiderung gebildet hatte, tunkte Lou schon ein Stückchen Brot in seine Tomatensuppe und wandte sich an Lillian. »Lil, du weißt doch, dass ich Campbell-Suppen mag. Die hier ist nicht von Campbell.«

Odiles Hand schloss eine Faust um den Löffel. Yuki fragte sich, welche Farbe ihre Aura wohl gerade annahm. So übel war Lou wirklich nicht. Selbst das ständige Gezanke gehörte irgendwie zu Lillians Ich-bin-eine-große-Autorin-Pose. Es stand kein Leben auf dem Spiel. Wenn überhaupt, dann lag die Tragik in der Pose. Die freigiebige Verantwortungslosigkeit, die Odile so attraktiv machte, machte die ältere Lillian nur bedauernswert. Lillian hatte Falten um den Mund. Wie lang es wohl noch dauerte, bis auch Odile so aussah?

Yuki nahm sich ein Brötchen und schlug die Zähne in die Kruste. Das Brot krachte. Sie lächelte. Odile wandte den Blick ab.

Am Ende der Mahlzeit reichte Lou eine braune Papiertüte mit Donuts herum. Lillian lächelte und schüttelte den Kopf. Odile tat so, als würde sie die Tüte gar nicht sehen. Yuki griff zu. Als sie probeweise auf den Donut drückte, sagte Lou: »Odile sagt, du bist Künstlerin.« Yuki sah verwirrt zu Odile. Sie hatte über sie gesprochen, mit Lou, hinter ihrem Rücken? Und dann das. So hatte sie das nie gesagt, nur, dass sie vielleicht mal zeichnen wollte.

»Ja. Vermutlich. Ich meine. Nicht wirklich. Vielleicht.«

Lou nickte und machte sich über einen zweiten Donut her.

Am Tag von Odiles Shooting drückte sich Lou im Apartment herum. Das Spiel, über das er schreiben sollte, fand erst abends statt. Lillian hackte auf ihre Schreibmaschine ein. Odile umkreiste sie in nervösen Achten.

Sie hielt sich verschiedene Kleider vor die Brust. »Das hier?«

»Schatz, die bezahlen dich für deinen Körper, nicht für deinen Geist«, sagte Lillian. »Die werden dir schon was anziehen, wenn du da bist.«

Yuki blätterte durch einen Liebesroman aus Lillians Feder. Soeben wurde die junge Heldin verführt. Yuki fiel belustigt auf, dass das Mieder genauso detailliert geschildert wurde wie die Haut.

»Ich nehm das Mädchen mit«, sagte Lou.

»Ich werde abgeholt«, sagte Odile.

»Nicht du. Die andere.« Er musste doch inzwischen ihren Namen wissen?

»Wieso?«, fragte Lillian. Die Schreibmaschine machte eine Pause.

»Das Mädchen will doch Künstlerin werden. Ich geh mit ihr ins Whitney.«

»Wohin?«, fragte Yuki.

»Künftige Künstlerin und kennt nicht mal das Whitney? Die Jugend von heute.« Er schüttelte grinsend den Kopf. »Die Jungs im Layout hören gar nicht mehr auf, von dieser Ausstellung zu reden. Offenbar ist sie am besten, wenn man high ist. Aber das wäre deinen Eltern wohl nicht recht.« Yuki betrachtete ihre Eltern schon lange nicht mehr als Referenzpunkt für die Dinge ihres Lebens.

»Sie ist noch ein Kind«, sagte Lillian. Mit scharfer Stimme.

»Ich weiß. Ich finde nur, irgendjemand sollte ihr was beibringen. Deine Vorstellung von Erziehung kennen wir ja.«

Niemand machte Anstalten, Yuki zu fragen, ob sie etwas anderes vorhatte. Das war nicht der Fall, doch dass niemand auf die Idee kam, sie selbst zu fragen, war beschämend.

»Ich warte unten.« Odile hatte sich für das erste Kleid und zwei Schichten Lippenstift entschieden. »Bis später, Freaks.«

Als sie in der U-Bahn saßen, las Lou wieder eine Zeitung.

»Warum machst du das?« Er hatte sich noch nie für sie interessiert, und auch jetzt machte sein Verhalten nicht den Eindruck. Um Lillian zu ärgern?

»Hab ich doch gesagt. Wenn du Künstlerin werden willst, musst du dir Kunst ansehen. Ich bin Journalist. Ich lese Zeitungen.« Und dann ignorierte er sie wieder. Eindeutig, um Lillian zu ärgern, entschied Yuki.

Das Museum war ein Kasten aus Granit, der sich in die architektonische Pracht der Upper East Side zwängte. Das Innere bestand aus weißen Wänden und fensterlosen Räumen. Auf einer Wand der Lobby stand mit dicker schwarzer Farbe: »Anti-Illusion: Procedures/Materials«.

Yuki war bewusst, dass Kunst nicht nur aus Gemälden von Königen und grasenden Kühen bestand. Dass manche Kunst nicht einmal aus Gemälden selbst bestand. Von daher konnte das, was als Nächstes geschehen sollte, nicht ihrer Unwissenheit angelastet werden.

Das Gefühl erschien im ersten Raum. Nein, es war immer da gewesen. Ein Leben lang. Sie war damit geboren worden. Doch dort, im ersten Raum, zeigte es sich ihr.

Im siebten Raum pulsierte ihr Gehirn. Ihre Zunge lag schleimig in ihrem Mund. Yuki biss darauf und spürte den spitzen Halbmond ihrer Zähne. In der Mitte des Raums ragte ein Erdhaufen auf. Yuki trat näher. Die Erde war mit trockenem Laub bedeckt. Würmer glühten unter dem Museumslicht. Keine Schnur aus Samt zeigte an, wo der Haufen endete. Er löste sich einfach an den Rändern auf. Die Würmer waren keine Regenwürmer, sondern Maden, in der Farbe der Augäpfel von Rauchern: gelblich weiß, ein Schimmer kränklicher Lebendigkeit.

Sie war durch Räume gegangen, in denen Eisstücke schmolzen, Neonröhren Leinwände aus Licht auf den Boden malten und sich Blut mit Farbe mischte. Doch vor dem Erdhaufen sperrten sich ihre Knie. Sie hätte sich auf die Finger beißen mögen. Sie hörte schon, wie sie knackend brachen, wie ein Minzbonbon.

»Alles okay?«, fragte Lou.

Sie nickte.

Lou ging in den nächsten Raum, doch Yuki konnte ihm nicht folgen. Sie zitterte. Warme Tränen liefen ihr über die Wangen und in den Mund. Sie schluckte sie; ihr war, als ob das Salz in ihrem Innern absorbiert und zurück zu ihren Augen fließen würde. Das hell weiße Museumslicht funkelte und verschwamm wie Sterne. Es war, als ob jemand die trockene äußere Schicht ihrer Haut abgezogen hätte und sie die ganze Welt schmerzlich glühend spürte. Endlich hatte sich ihre Traurigkeit aus ihrem verkrampften Körper befreit. Und die Traurigkeit war lebendig und so strahlend wie die Freude selbst. Als sich Yuki später fragte, was dort eigentlich geschehen war, ergab das alles keinen Sinn. Wie konnte Trauer leben, wie Yuki fühlen, dass ihr Schmerz die Museumsluft eingesogen hatte?

Zwei Frauen in ihrer Nähe schüttelten beim Anblick des Erdhaufens den Kopf.

»Ich verstehe das nicht. Du etwa?«

»Ich glaube nicht, dass es da irgendetwas zu verstehen gibt.«

Yuki verspürte den dringenden Wunsch, sie zu schlagen. Doch noch dringender war der Wunsch, selbst die Künstlerin zu sein, die Erde aufzuhäufen und das Seidige der Madenhaut zu spüren. Der Wunsch, ihren Namen in einem weißen Rechteck an der Wand zu sehen. Dieser Wunsch war derart dringend, dass sie sich beinahe erbrochen hätte. Es war, als ob alle ihre Sehnsüchte, nach einem Jungen, Freundschaft, Frieden, dort vor ihr auf dem Boden lagen. War das, was andere als ihren Lebenstraum bezeichneten?

Es gab keine Kordel, nichts war zwischen ihr und ihm. Yuki kauerte sich, ihre Turnschuhe quietschten. Sie beugte sich vor, ihre Finger strichen über Erdkrümel. Lou packte sie. Es war anders, als wenn ihr Vater sie in seinen Armen hielt. Vor ihren feuchten Augen schimmerten und blitzten seine Bartstoppeln. Yuki schlürfte Tränen. Sie hatte keine Worte mehr, nur den einen Satz der Fremden: »Ich versteh das nicht. Ich versteh das nicht. Ich versteh es einfach nicht.«

Lou roch nach getrockneter Pasta. Gut. Ob er spürte, dass sie an ihm roch? Ob er spürte, ob er hörte, wie sie Luft holte? Ihre Nase war an seinem Ohr. Seine Ohren waren ihr noch niemals aufgefallen. Yuki zwinkerte und versuchte, deren Windungen zu sehen. Sie hatte einmal gelesen, dass Ohrabdrücke so einzigartig wie Fingerabdrücke waren.

Durch die Flut in ihren Augen sah sie deren Publikum. Es hatte sich zu einem Kreis versammelt. Die Frauen standen Schulter an Schulter. Ein eleganter Herr mit britischem Akzent erklärte, in diesem Werk ginge es um den Krieg. Er sprach zu einem kleinen Mädchen in einem Tupfenrock, das die Lippen aneinanderrieb und Yuki anstarrte.

Lou flüsterte ihr »Psch, psch« ins Ohr.

Yuki bemühte sich zu hören, was der Mann zu dem getupften Mädchen sagte.

»Es plädiert für einen anderen Ausgang. Der Westen öffnet sich für den verheerten Osten.« Er schnaufte. »Als ob damit die Säure und die Bomben aus der Welt wären, die Kinder, deren Münder es zerrissen hat.«

Yukis Augen waren verklebt, ihr Atem ging noch immer rasch und heftig. Doch ihr Empfinden hatte sich in diesem winzigen Moment in sich selbst gedreht. Die Beglückung war genauso heftig wie der Schmerz. Ihr Wunsch hatte sich erfüllt. Es hatte sie keine Jahre, nicht einmal Anstrengung gekostet. Sie hatte ein Werk schaffen wollen, das in diesem Raum gezeigt wurde, und das wurde es. Es war ganz einfach. Es war so einfach wie ein Schrei. Sie hatte es gewollt, und es war geworden. Ihre Traurigkeit hatte all diese Menschen zu ihr gezogen, und in dieser einen Minute hatten sie nur ihr gehört. Sie konnten nicht an ihr vorübergehen.

Als sie zu lachen begann, nahm Lou sie am Ellbogen und führte sie aus dem Museum.

Lou nahm Yuki nicht mehr in ein anderes Museum mit.

Odile aber wurde von Shooting zu Shooting gerufen. Sie kaufte und nummerierte die Hefte, in denen sie erschien, sehr sorgfältig. Sie war immer nur ein Mädchen unter vielen: einen

Nachmittag das Mitglied eines Harems, am nächsten der Höfling im Hintergrund. Sie schnitt sich verschiedenfarbige Bänder zurecht, um die Seiten zu markieren, je nach ihrer Position auf dem Bild. Schwarz für die hintere, blau für die mittlere und rot für die vordere Reihe.

Auch Yuki hatte Akten und Ordner. Die Fahrradzeichnungen rieben aneinander, verschmierten und zerstörten sich. Yukis Vater hätte nie dafür bezahlt. Es war ein Traum. Unter ein Portrait von Odile hatte Yuki mit kindlichen Großbuchstaben FAHRRAD geschrieben. Sie arbeitete nach den gemeinsamen Fotos, mit einem feinen Bleistift, mit dem sie jede Wimper einzeln in das Blatt grub und die Schatten um die Augen kratzte.

1969, Rohe Umbra

Umbra stammt aus Umbrien, aus der rohen Erde der italienischen Berge. Es ist die Farbe eines kaum getragenen Pelzmantels, der Eichenbar im Plaza, von Kaffee, der am Grund einer Tasse angetrocknet ist.

Am letzten Samstag vor den Weihnachtsferien lag Yuki auf dem Boden und zeichnete Lous Füße. Er trug geriffelte schwarze Socken. Die Wolle war von Bleicheflecken übersät, sein rechter großer Zeh stach durch ein Loch. Die Knochen malten Schatten und Furchen in die Wolle.

»Hör auf«, sagte er.

»Womit?«

»Mich zu zeichnen, ich kann mich nicht konzentrieren.« Er las eine angesehenere Zeitung als die, für die er schrieb. Yuki hatte die Lektüre aufgegeben. In ihrer Erinnerung war das Gesicht des jungen Soldaten zu einer Zeitungsseite verschwommen, die im Regen nass geworden war. Spaßeshalber hatte sie einmal eine alte Ausgabe der *Paper* durchgeblättert, weil sie sehen wollte, wie Lou schrieb, doch die Bedeutung all der Zahlen war ihr fremd. Sollte sie sich freuen, dass die Giants 10 erreicht hatten? Auf seinen Knien lag die *New York Times*, die großen Seiten flossen über seinen Schoß. Yuki hatte mit dem Gedanken gespielt, die Zeitung abzuzeichnen, doch der Buchstabenstrom hatte sie entmutigt.

»Gleich fertig.«

»Hast du nichts Besseres zu tun?«

»Nicht wirklich.«

»In deinem Alter solltest du einen Job haben.«

»Ich gehe auf die Highschool.« Die Verkürzung am linken Fuß war ihr misslungen; sie musste die Stelle ausradieren und neu beginnen.

»Hat mich nie gehindert.«

Sie hatte noch nie gearbeitet. Ihre Eltern hatten immer gesagt, ihr Job sei es, gute Noten zu bekommen. Doch sogar darin hatte sie versagt. Sie ging nur in die Schule, weil sie in dem Apartment unter Einsamkeit und Missachtung litt. Und trotzdem jagte ihr das Nichts bis ins Klassenzimmer nach und legte ihr seine betäubenden Hände auf die Ohren. Zum ersten Mal hatte sie ein Fach nicht bestanden. Genau genommen zwei Fächer: Mathematik und Biologie. Sie hatte nicht gewagt, es ihrem Vater zu erzählen.

Lou sah auf sie herab. Dann sagte er mit der Stimme männlicher Überlegenheit: »Ich könnte dir einen besorgen. Dann hättest du ein bisschen Taschengeld zu Weihnachten.« Es war zwar erst November, doch die Schule gab ihnen einen Monat frei. Zum Teil, weil die Schule konfessionsgebunden war. Aber auch, so das Gerücht, weil der Direktor im Winter gern nach Michigan zum Eisfischen fuhr.

»Klar.« Odiles lakonischen Tonfall beherrschte sie inzwischen gut – es war der einzige Tonfall, in dem Odile dieser Tage mit ihr sprach. Es war dumm, Lou zu provozieren. Doch seit Mai kam Yuki beinahe alles dumm vor.

»Wenn du so reagierst...«

Nichts konnte schlimmer sein, als in dem Apartment zu hocken und darauf zu warten, dass Odile von einem Shooting oder einer Party kam. Das Nichts hatte seine kalten Finger tief in Yukis Hals gesteckt, und selbst wenn Odile das Apartment mit ihrer Gegenwart beehrte, wusste Yuki nichts zu ihr zu sagen.

»Nein, tut mir leid, erzähl mir von dem Job.«

»Na schön. Aber lass meine Socken in Ruhe.«

Ein Job jedoch, ein Job war etwas Neues. Yuki dachte vage an die Zeitungsjungen, die sie aus dem Fernsehen, aus Vorstadtserien kannte. In New York kam die Zeitung mit der Post. Die Fahrräder im Fernsehen waren schwarz und weiß, in ihrer Vorstellung aber waren sie rot. Der Junge sah immer gleich aus: Hintern in der Luft, das Haar im Wind. Die Zeitungen landeten mit identischem Plumps auf identischen Schwellen und erklärten identischen Familien, wie sie sich die Welt zu deuten hatten.

* * *

Yuki betupfte ihre Oberlippe mit Odiles Wildorange-Lippenstift. Ein Strich über jede Wange diente ihr als Rouge. Um ihren Haarknoten schlang sie Lillians blaues Seidentuch. Wenigstens musste sie nicht um einen Kostümrock bitten. Ihre Mutter hatte sie immer schon in Arbeitsuniformen gesteckt.

Das Büro der *Paper* lag in Greenwich Village. Der Empfangstresen war gewaltig, samt ölschwarzem Telefon mit elfenbeinfarbenen Tasten. Maude, die Sekretärin des Chefredakteurs, erklärte ihr: »Ihr Job besteht darin, die Journalisten darüber zu informieren, wer auf sie wartet. In der Schublade liegt ein Telefonbuch mit den Durchwahlen. Oh, und wenn Sie ans Telefon gehen, drücken Sie erst hier und dann, wenn Sie jemanden durchstellen müssen, hier. Aber denken Sie daran, lassen Sie sich immer zuerst den Namen des Anrufers geben. Eine gewisse Emileen wird nicht durchgestellt – sie verlangt immer nach dem Chefredakteur.« Bei diesen Worten blickte Maude an die Decke. »Sagen Sie ihr – sagen Sie ihr, dass er in einem Termin ist und nicht gestört werden darf. Und dann ist da noch der Farn, der Farn muss jeden Tag gegossen werden. Vergessen Sie das bloß nicht. Wenn die Farne eingehen, werden Ihnen die neuen von Ihrem Gehaltsscheck abgezogen.«

Yuki nickte so heftig, dass ihr Haar in der Verankerung erbebte. Sie hatte noch niemals einen Gehaltsscheck bekommen.

Männer mit Notizblöcken, billigen Aktentaschen und Kaffeetassen stürmten durch die Doppeltür in das Redaktionsbüro.

»An den Feiertagen bekommen Sie das Doppelte.« Yuki wusste nicht einmal mehr, wie hoch der reguläre Lohn war. Maude spitzte ihre Fuchsia-bemalten Lippen. »Ihr Freund hat einige Strippen ziehen müssen, damit Sie diesen Job bekommen. Diesen Posten wollen viele Mädchen. Aber er hat Sie hier reingebracht. Lassen Sie uns ja nicht hängen.« Yuki staunte, dass dieser Mann, der nur zwei Krawatten besaß, über Strippen verfügte, an denen er ziehen konnte.

Mittags verließen die Mädchen aus dem Korrektorat das Büro und holten sich Thunfisch-Sandwiches, die sie auf den weißen Heizungsbänken in der Lobby aßen.

»Hi.«

Sie wurde ignoriert. Gegen Feierabend erschienen mehrere junge Männer im Wartebereich und holten ab: Alice, Maybel, Claire, Wanda und die Übrigen. Yuki rief im Korrektorat an, um mitzuteilen, dass die Freunde eingetroffen seien. Ein Mädchen nach dem anderen stolzierte Richtung Tür und winkte nicht. Weil sie so jung war? Japanerin? Yuki war versucht zu kündigen.

Jedes Mädchen, jede Frau hatte doch bestimmt dieselben empfindlichen Stellen, unter den Schulterblättern, dem Brustbein, direkt über den Ohren. Und vermutlich schmerzten auch ihnen die Augen, wenn sie müde waren und allein in einem Café voller Paare saßen. Warum war es dann so schwer zu reden, irgendetwas von Substanz zu sagen? In ihren Herzen musste doch das gleiche Lied spielen, nur in einer anderen Frequenz, wenn ihre Brust vor Freude oder Angst vibrierte. Der Gedanke machte ihr das Sprechen nicht gerade leichter.

Sie nahm sich vor, es am nächsten Tag erneut zu versuchen, doch bevor sie dazu kam, »Heute ist es aber wirklich kalt« oder »Was für schöne Schuhe« oder einfach nur »Ich heiße Yuki« zu sagen, beugte sich Lou über den Tresen und fragte, ob sie schon zu Mittag gegessen habe. »Solange du kein heißes Roggen-Pastrami an meinem Lieblingsstand gegessen hast, hattest du kein Leben.«

»Ich kann hier nicht weg«, sagte sie. Doch sie stand schon auf. Dankbarkeit durchströmte sie mit der Wärme eines Sandwich-Grills.

»Was, willst du hier verhungern? Das gäbe ein tolles Foto für die Titelseite. Rezeptionistin TOTmüde. Um die Mittagszeit kommt sowieso niemand. Ich zeig dir meine Bank.«

Die Bank war alt und stand an einer Kreuzung. Es war kalt, Lous Atem war bei jedem Bissen sichtbar. Er behielt seine roten Wollhandschuhe an. Yuki zog ihr Paar hingegen aus, weil sie das heiße Sandwich durch das Papier hindurch fühlen wollte. Das Pastrami war okay. Die Tomatenscheibe matschig, der Käse triefend nass wie Eiter. Dennoch aß sie es. Sie hätte Lou gern gefragt, warum er so nett zu ihr war, doch derart persönliche Fragen waren unhöflich. Also sagte sie nur: »Die anderen Mädchen hassen mich.«

»Rezeptionistin ist ein prima Job. Da schreibt man sich nicht die Finger wund. Die anderen denken vermutlich, dass da eine von ihnen sitzen sollte. Und wenn sie jetzt noch hier sind, heißt das auch, dass sie nicht heim zu ihrer Mom nach Ohio fliegen.«

»Oh, danke«, sagte Yuki. Die anderen Mädchen waren neidisch. Maude hatte nicht übertrieben. Lou hatte ihr wirklich ein Geschenk gemacht – doch wieso?

»Wofür?«

»Den Job.« Yuki lief das Fett über das Kinn. Sie wischte es sich mit dem Handrücken sauber. »Aber was soll ich tun?«

»Weswegen?«

»Damit sie mich mögen?«

»Warum sollten sie dich mögen? Mädchen, scheiß auf die. Im Januar bist du doch weg.«

Die Wintersonne fiel auf das helle Haar, das sich unter seinen hochgerollten Hemdsärmeln ringelte. Das Kopfhaar trug er kurz wie Katzenfell. Die jüngeren Männer bei der *Paper* hatten eine Matte bis zu den Ohrläppchen, so wie die Beatles. Yuki hätte Lou gern den Kopf gestreichelt.

Odiles Trenchcoat-Fotograf war der rassige, südländische Typ. Lou das Gegenteil. Yuki sah ihn wieder an. Zwischen seinen Zähnen saßen kleine rote Fleischstückchen. War sie in ihn verknallt? Odile verstreute überall im Badezimmer leere Pillenpackungen. Yuki konnte sich nicht einmal vorstellen, mit diesem Mann Händchen zu halten. Für eine Vaterfigur war er zu jung, für alles andere zu alt. Und doch behandelte Lou sie wie eine wirkliche Person, fragte sie, wie es ihr ging und ob sie aß. Sie fühlte sich gesehen, als sie neben ihm auf der Bank saß und Pastrami aß, und wünschte sich, sie könnten bleiben, bis die ganze Stadt unter ihren Neonsternen strahlte.

In jener Nacht träumte sie von Lou, doch als Odile ins Zimmer stolperte, verschwand der Traum. Odile trug ein glattes rotes Kleid.

»Edison hat nach dir gefragt.«

»Wer?«

»Der Junge aus der Bar, du erinnerst dich?«

Yuki zog die Laken hoch an ihr Gesicht. »Er lebt?«

»Nein, nicht der Idiot aus der Bar. Der aus dem Plaza. Der Freund. Er war auch auf der Party.« Ach, ja, der Freund von Trenchcoat. Der Schlaf hatte ihre Erinnerung an beide getrübt. Beide waren groß und dünn, einer hatte Sommersprossen, und der andere? Der andere hatte Hände, die weich wirkten, oder sie hatte sich das eingebildet.

»Und, was hast du ihm gesagt?«

»Dass du total öde bist und dein Zimmer nie verlässt.«

Odile zog ihr Kleid nicht aus, sondern fiel in großer Pose auf das Bett. Ihre grünen Schuhe traten gegen Yuki. Odile war gemein. Und wenn schon. Yuki ging es auch ohne einen der beiden Jungen gut. Sie hatte einen Job. Sie würde am nächsten Tag erneut mit Lou zu Mittag essen. Sie schlief ein und träumte von Alligatoren.

Nach zwei Tagen hatte Yuki mühelos in einen Rhythmus gefunden. Selbst Emileens Anruf um halb vier wurde zur Routine. Emileen bat darum, durchgestellt zu werden, Yuki lehnte ab, hörte, wie Emileen Atem holte und ihn in Tränenwellen ausstieß, zehn Minuten vergingen, dann legte Emileen auf. Irgendjemand dekorierte das Büro mit roten und grünen Lichtern. Zwei Journalisten trugen einen Baum herein. Er wurde in eine Ecke des Empfangs gestellt, neben eine lädierte Menora. Yuki fragte sich, ob sie Lillian ein Geschenk kaufen musste.

Am folgenden Montag war Lou beim Mittagessen voll des Triumphs, weil er einen Kommentar geschrieben hatte, der es vom Sportteil auf die redaktionellen Seiten geschafft hatte. Über einen Boxer, der nicht für sein Land kämpfen wollte.

»Warum kämpfst du eigentlich nicht?«

»Ich? Plattfüße, schlechte Augen, Bluthochdruck, Asthma, Linkshänder. Die Krüppel brauchen doch auch jemanden, auf dem sie nach ihrer Heimkehr rumhacken können.« Sein schiefes Grinsen bezog sie in seine Allianz der Schwachen ein. Die Kruste ihres Sandwichs war löchrig und die Mayonnaise in das Brot gesickert.

»Trotzdem bezeichnest du ihn als Feigling?« Sie meinte den Boxer. »Und ist die *Paper* nicht eigentlich gegen den Krieg?«

»Eine Seite voller Wut verkauft sich besser als eine Seite voller Lob. Oder, wie Lillian sagen würde, Beifallsstürme halten eine Minute an, ein Aufruhr vierzehn Tage.«

»Warum redet sie nicht wie ein normaler Mensch?«

»Das ist kompliziert.« Klar, alles war kompliziert. Lou beugte sich vor und legte ihr die Finger unter das Kinn. Er roch nach

Knoblauch und Haaröl. »Wenn du mich nach meiner ehrlichen Meinung fragst, dann sind die wahren Feiglinge die da drüben, die so harmlose kleine Mädchen wie dich töten.«

Yuki berührte ihr Kinn. So harmlose kleine Mädchen wie mich. Sie dachte an die Unteroffiziere mit ihren Messingknöpfen, die kamen, um ihr Lebewohl zu sagen.

»Sie töten Zivilisten. Sie töten Mädchen mit solchem Haar und solchen Augen.« Er fuhr ihr mit dem Zeigefinger über das rechte Augenlid. Er malte einen trägen Bogen über ihre kalte Haut. Ihr Kinn neigte sich der Wärme zu. »Feiglinge.«

»Ich muss zurück.« Yuki stand rasch auf. Plötzlich war sie benommen.

In der Folge achtete sie verstärkt auf die jungen Männer, die kamen und sich auf die orangefarbenen Plastikstühle in der Lobby setzten. Die Jüngeren mit dem Namensschild an ihrer neuen Uniform, die Älteren im Rang eines Captain, die Matrosen mit der Lässigkeit von Leinwandhelden, die Ärzte, deren Miene sagte, dass es trotzdem Tote geben würde, die Sanitäter, die Studenten, die sich in ihre Doktorarbeit hüllten. Alle Arten von Männern kamen, um ihre Mädchen zu einer Weihnachtsfeier zu begleiten.

Manche flirteten beim Warten. Sie fragten Yuki, wie ein so junges Ding an einen Job kam. Den Hippies, Ärzten und Studenten gab sie Antwort. Die Soldaten brachten sie zum Stottern. Sie grübelte über Waffen und vietnamesische Frauen nach, die sich verkauften. Sie las die Kriegsberichte, nicht wegen des jungen Soldaten, dessen Hände an ihren Beinen hinaufgewandert waren, sondern wegen der »kleinen Mädchen«. Auf dem Altar ihrer Eltern hatten die Fotos ihrer Tanten, Großmütter und Großtanten gestanden. Yuki sah, wie ihre Gesichter rissen und verbrannten und sich der Feuerschein in den Augen der vielen Camel rauchenden, Cola trinkenden, Kaugummi kauenden Soldaten spiegelte. Mit den Materialbeständen der *Paper* zeichnete

Yuki die Soldaten, unter ihrem Tresen. Sie versuchte, die Falten der Mützen und die glühenden Punkte ihrer Augen einzufangen. Am Ende eines jeden Tages jedoch warf sie ihren Bleistiftplatoon in den Müll.

Abends, im Apartment, nahm sie ein heißes Bad und versuchte, ihre Knochen aufzuweichen. Und nach zwei Mal Blinzeln war auch die zwölfstündige Nacht vorbei. Yuki fiel um sieben auf das Bett und schlug ein erstes Mal die Augen auf, wenn Odile um Mitternacht neben ihr landete. Die Straßenlaternen verwandelten ihre Waden in goldene Rauten. Dann schlug Yuki die Augen rechtzeitig zur Arbeit wieder auf.

Nach drei Wochen wurde sie zum Chefredakteur gerufen. Sie hatte noch nie mehr zu ihm gesagt als: X ist da. Y hat sich gemeldet und bittet um Rückruf.

In allen vier Ecken seines Büros bleckte ein elektrisches Heizgerät sein orangeglühendes Gitter. Die Fenster waren mit Vogeldreck verschmiert. Der niedrige Schreibtisch verschwand unter einem Berg aus Artikeln. Das war nicht die *Times*. Bei der *Paper* gab es Mahagoni und grünen Filz nicht einmal in einem Umkreis von zehn Metern.

Der Chefredakteur war füllig, seine Haut so gräulich weiß wie das Zeitungspapier. Yuki war versucht, Emileen zu sagen, dass er es nicht wert sei. Doch mit welchem Recht? Sie dachte an die weißen Kalziumkometen auf Lous rosa Fingernägeln und die traurig-schöne Lillian. New York war ein Mahlstrom aus stillem Hass und stiller Liebe. Yuki wusste, was es hieß, allein zu sein, und sie konnte Emileen nicht vorwerfen, dass sie sich auf jede nur erdenkliche Weise an das klammerte, was ihres war.

»Wieso bin ich bloß in die Staaten gegangen?« Der Redakteur stammte aus Großbritannien. »Grade haben wir diesen verdammten Sommer überstanden, und jetzt das.« Er übertrieb ein Schaudern und rollte seine breiten Schultern. »Emileen kommt nicht zurück«, sagte er.

»Emileen ...« Es war keine Frage, doch er fasste es so auf.

»Das Mädchen, das vor Ihnen am Empfang gesessen hat.«

»Geht es ihr gut? Ist ihr etwas passiert?«

»Natürlich. Sie hat einen Arzt geheiratet und zieht jetzt nach Connecticut, legt sich einen Garten und einen dicken Bauch zu.«

»Oh.« Das ergab keinen Sinn, doch Yuki rief sich ins Gedächtnis, dass der Redakteur Journalist und somit Schönfärber war.

»Sie können also bleiben.«

»Ich muss wieder in die Schule.«

Er sah sie an, mit einem Blick, mit dem er vermutlich seine Informanten bemaß. Seine Pupillen weiteten sich bis zum Augenrand. Er zog den Kopf in den Hals, dessen Haut sich speckig faltete. Er wirkte wie ein Mops. Wie ein hungriger Mops, der überlegte, ob er das Risiko eingehen und eine große Traube verschlingen sollte. In Yuki stieg ein Lachen auf, es kitzelte am Grund des Magens. Sie hüstelte und blickte nach unten, auf ihre Schuhe. Die Sohlen waren abgelaufen.

»Wieso? Ich bin auch mit sechzehn abgegangen. Aber ich hab Marilyn Monroe noch vor ihrem Tod getroffen. Sie hat *mir* einen Drink ausgegeben. Glauben Sie, dass man so was in der Schule erlebt?« Dann setzte er nach: »Marilyn ist auch mit sechzehn abgegangen.« Yuki war siebzehn.

»Aber ich will keine Reporterin werden. Und auch keine Schauspielerin.«

»Was wollen Sie denn werden?«

»Künstlerin.« Das war ihr so herausgerutscht, denn natürlich wusste sie, dass das nie geschehen würde. Sie würde auf ein College gehen, nach Harvard sicher nicht, doch auf irgendeins, dann nach Japan zurückkehren und einen netten Jungen heiraten – es war alles vorgeplant. Dennoch war es schön, so zu tun, als hätte sie die Wahl.

»Und das lernen Sie da?«

»Nein. Nicht wirklich.« Yuki liebte ihre Kunstlehrerin. Doch sie malten immer nur Blumen, Glasflaschen und Lebensmittel-Stillleben aus Äpfeln und Zwiebeln. Die Kunst aber hatte mehr zu bieten.

»Dann setzen Sie sich an meinen Empfang, gehen Sie ans Telefon und sagen Sie den Besuchern, dass der Redakteur gleich kommt. Noch dazu erhöhe ich Ihren Lohn. Das ist doch sicher besser als das, was Ihnen diese Debilen eintrichtern.«

»Darf ich darüber nachdenken?«

»Sagen Sie mir bis Weihnachten Bescheid.« Der erste Weihnachtstag war der einzige Tag, den sich die Journalisten freinahmen. »Na los, raus hier. Husch!«

Yuki saß am Empfang und ließ sich die Sache durch den Kopf gehen. Warum hatte sie um Bedenkzeit gebeten? Die anderen Mädchen schnitten sie, warum also bleiben? Ihr Vater hätte das nie erlaubt. Ihre Eltern riefen nach wie vor jeden Samstag an, doch Ferngespräche waren teuer, und so verliefen die Telefonate im Telegrafenstil. Und trotzdem gingen ihr die Themen aus. Ihre Eltern würden nicht verstehen, warum sie bei der *Paper* bleiben wollte. Ob sie sich mit Odile beraten sollte?

Als der Samstag kam, hatte Yuki noch immer nicht mit Odile gesprochen. Doch wie hätte sie mit jemandem reden sollen, der früh um drei seine goldenen Schuhe auszog? Ich muss mich entscheiden, ob ich weiter auf der Highschool oder lieber in meinem Job unsichtbar sein will? Früher hätte Yuki so etwas gesagt, doch das Nichts hatte sich verändert. Sein langer schwarzer Schatten war verschwunden, nun glänzte es und war so transparent wie eine Schaufensterscheibe. Odile schimmerte, unerreichbar, durch dieses neue Nichts hindurch. Sie behandelte Yuki wie all ihre Lakaien. Am Samstag drückte sie ihr die Polaroid-Kamera in die Hand.

»Ich muss wissen, welche Outfits vor der Kamera funktionieren«, sagte sie, so als ob sie eine Unterhaltung fortsetzen würde und dies nicht die ersten Worte wären, die sie in dieser Woche überhaupt an Yuki richtete.

Yuki riss die Fenster auf. Sie brauchten Licht, und die Scheiben waren grau vor Schmutz.

»Grün steht mir. Na ja, einige Grüns. Das Grün hier: Oliv. Waldgrün nicht. Waldgrün macht mich farblos.« Odile hielt sich den Saum ihres Kleids an die Wangen. Yuki sah ihre Unterwäsche und die Krater in den Strümpfen.

»Wie findest du …?« Yuki hielt ein Polaroid hoch.

Odile sah es sich an. »Oh, nein.«

Yuki hatte die Polaroids auf dem Tisch ausgebreitet. Odile schien nach rechts hin zu verblassen, obwohl sie sich in Wirklichkeit entwickelte. Auf manchen Bildern war sie unscharf, ein verwischtes Grün und Gold und Schwarz und Blau. Ein menschlicher Bluterguss.

»Ich finde, dass du damit gut aussiehst.«

»Ich bring es am Montag zurück.«

Das olivgrüne war das letzte Kleid. Yuki und Odile hatten die Kleider auf dem Boden verstreut. Ein Haufen würde umgetauscht, der andere behalten Der Behalten-Haufen reichte Yuki bis ans Knie.

»Kannst du dir die überhaupt leisten?«, fragte Yuki.

»Schau mal in meine Tasche, nicht die, die andere. Findest du mein Portemonnaie?«

Yuki zog es heraus.

»Dann mach mal auf.«

Yuki sah auf den Scheck. Die Summe war höher als das, was sie in zwei Wochen am Telefon verdiente.

»Und außerdem hilft er mir, wenn ich was extra zahlen muss. Er will ja, dass ich gut aussehe. Das ist wichtig für meine Karriere.«

Yuki wusste, wer *er* war und dass Odile sich glücklich schätzen konnte, dass *er* sie entdeckt hatte. Odiles Gehorsam aber machte ihr Angst. Damals, auf der Feuertreppe, hatte Odile so selbstbewusst gewirkt. Hinterher, zu Hause, hatte Yuki geübt, das eigene Kinn so stolz zu tragen. Und nun hatte Odile gelernt, sich auf den Rücken zu rollen und zu betteln. Alles steckte in dem Wort *entdeckt*, so als ob Odile ein einsamer, streunender Hund gewesen wäre, den dieser Mann von der Straße aufgelesen hätte.

»Hey«, setzte Yuki an.

»Selber hey.«

»Was würdest du tun, wenn du nicht Model wärst?«

»Oh, keine Ahnung. Vermutlich reisen. Eine Zeit lang einer Band folgen.«

»Ich meinte eigentlich – mit deinem Leben?«

Odile zuckte elegant mit den Schultern, bis das Kleid nach unten rutschte.

»Ich überlege, ob ich mit der Schule aufhören soll...« Odile ging nicht aufs College. Yukis Mutter war nicht aufs College gegangen. Lillian war nicht aufs College gegangen. Warum sollte Yuki auf der Schule bleiben?

Es trommelte an der Wohnungstür. Die Klingel war seit Jahren tot. Die Mädchen erstarrten und sahen einander an. Dann zog Odile das olivfarbene Kleid zu ihren Füßen wieder hoch. Es war, als ob ein Film rückwärtslaufen würde. Sie ging zur Tür. Lou stand dort.

»Deine Mom hat mich zum Abendessen eingeladen.« Er schaute nicht einmal in Yukis Richtung.

Der Lou in Lillians Apartment war ein anderer als der Lou im Büro; er nahm mehr Raum ein. Yuki wusste nicht, wie sie mit dem Wechsel von einem Lou zum anderen umgehen sollte. Also verzog sie hinter Odiles Rücken das Gesicht zu einem halben Lächeln. Sie dachte, dass er es erwidert hätte, doch vielleicht hatte seine Wange nur gezuckt. Zu ihrem Glück war sie mit Odiles Ego und dessen Größe und Gewicht vertraut. Odile fand es ermüdend, sich mit Themen, die nicht sie selbst betrafen, zu befassen.

Lillian hatte eine Dosensuppe zubereitet. Sie gab getrocknetes Basilikum und Rosmarin dazu, so als ob die Gewürze daraus ein frisches Essen machen würden.

Odile stellte einen braunen Koffer mitten in ihr Zimmer und legte sieben Polaroids daneben.

»Was machst du da?«, fragte Yuki.

»Ich packe«, erwiderte Odile.

»Du packst?«

»Für Europa.«

»Du gehst nach Europa?«

»Hab ich doch gesagt. *Entwicklung.*«

»Was willst du denn entwickeln?«

»Mich. Ich nehm den Föhn mit.«

»Nein, tust du nicht!«, rief Lillian aus der kleinen Küche. Sie erschien mit drei Schüsseln in den Händen. »Ich habe übrigens früher auch mal gemodelt.«

»Ja, ja. Und das alles hast du meinetwegen aufgegeben. Du bist echt ein wandelndes Klischee«, erwiderte Odile.

»Ich habe es für meine KUNST aufgegeben. Etwas, was du nie verstehen wirst, mein Liebes.« Lillian schlug von unten auf den Salzstreuer, einmal, zweimal, doch es kam kein Salz heraus. »Wie auch immer, sorg dafür, dass du das Kolosseum siehst. Hinterher werden dich alle fragen, ob du da warst.«

Odile setzte sich nicht einmal. Sie lief von einem Raum zum anderen und trug Kleider zwischen Schlafzimmer und Koffer hin und her.

Yuki löffelte die Suppe. Von ihrem Mund aus lief die Suppe in den Magen. Ihr Verdauungssystem bezog Kohlenhydrate und Nährstoffe daraus. Leber und Nieren absorbierten die Giftstoffe. Die restliche Flüssigkeit wurde in die Toilette gepinkelt und fortgespült. Und doch musste ihr Bewusstsein lediglich den stählernen Löffel in die Suppe tauchen und die wenigen Zentimeter bis zu ihrem Mund führen. Das war unheimlich. Was tat ihr Körper noch ohne ihr Wissen? Was würde er als Nächstes tun und wann? Sandte er heimliche Duftsignale an Lou? Je mehr sie sich auf die Suppe konzentrierte, umso weniger Geschmack hatte sie. Doch das war besser, als darüber nachzudenken, dass Odile fortgehen würde. Als an die Bahnfahrt nach dem Whitney Museum zu denken. Er hatte sie niemals darauf angesprochen, doch er hatte garantiert nicht vergessen, wie idiotisch sie sich aufgeführt hatte. Ihre Freude war zerronnen und einer großen Beschämung gewichen. Yuki hatte versucht, ihm zu erklären, was sie vor dem Erdhaufen empfunden hatte, dass sie Künstlerin werden musste. Er hatte sie gefragt, ob sie eine Cola trinken wolle. Ihr den Kopf getätschelt, als wäre sie ein albernes Kind. Was sie war. Sie sollte weiterhin zur Schule gehen, denn dort gehörten Kinder hin.

Odile kam mit dem olivfarbenen Kleid zurück. »Sicher, dass ich damit nicht zu farblos wirke?«

Es waren noch zwei Tage bis Weihnachten. Die Redaktion hatte sich geleert. Die Nachrichten aber machten keine Pause, denn, wie Lou es formulierte: »Wegen des Christuskinds hört niemand auf zu ficken, zu sterben oder zu töten.«

Das Telefon klingelte. Yuki nahm ab und drückte sich in den Hörer.

»Yuki, Yuki, sind Sie das?« Die Stimme war weiblich und so selbstbewusst, dass die Sprecherin nur eine Brille mit einem breiten Gestell aus Schildpatt tragen konnte.

»Ja, mit wem spreche ich?«

»Hier ist Maude.«

Maudes Schildpattgestell war violett. Die Sekretärin des Chefredakteurs war halb Sekretärin und halb Mutter. Jeder wusste, dass sie ihrem Chef vorgekochtes Essen ins Büro mitbrachte und ihn schalt, wenn er zu spät ins Bett ging.

»Er will Bescheid wissen.«

»Weswegen?«

»Wegen des Jobs, ob Sie bleiben.«

»Nein, aber sagen Sie ihm bitte vielen Dank.«

Maude legte auf. Yuki würde bald wieder in die Schule gehen. Sie würde hören, wie sich die anderen Mädchen über ihre neuen Pullover, Besuche von Verwandten und das Weihnachtsessen unterhalten würden. Immerhin bliebe ihr die Demütigung erspart zu schildern, wie sie die Feiertage verbracht hatte, weil sie niemand fragen würde.

Aus ihrem Stift ergoss sich ein scharfkantiges Gekritzel auf den Notizblock, den sie auf dem Schoß verbarg.

Sie ging in die Mittagspause, aß aber nichts. Sie lief an Schaufenstern vorbei. Nun hatte sie Geld, nun hätte sie sich etwas kaufen können. Doch der Glaube, dass Kleidung irgendetwas änderte, war naiv. Die Mädchen von der NYU schwebten mit ihren langen, glänzenden Haaren vorbei, die bis an die flachen Hintern in den Schlagjeans reichten. Die studentische Bevölkerung hatte sich ausgedünnt, doch manche weigerten sich auch, nach Arkansas zurückzukehren oder wo auch immer diese senfhaarigen Mädchen wuchsen.

Yuki versuchte, sich als College-Girl zu sehen. Es kam ihr wie ein Rückschritt vor, nun da sie ein Gehalt und einen damenhaften Rock hatte. Sie war Ms Oyama.

In einer Fensternische saßen zwei Mädchen und teilten sich eine Coca-Cola. Auf dem weißen Strohhalm vereinte sich ihr Lippenstift. Yuki blieb stehen und tat so, als würde sie die Speisekarte lesen. Sie wirkten so entspannt miteinander. Ihr fehlte Odile, was albern war, denn sie schliefen im selben Bett. Doch Odile lud Yuki längst nicht mehr an ein Set oder anderswohin ein.

Niemand wartete, als sie nach der Mittagspause wieder in die Lobby kam. Selbst die brodelnde Redaktion simmerte nur vor sich hin. Und so sah auch niemand, dass sie sich auf die Lippe biss, als ihr Blick auf den Blumentopf fiel, der mitten auf dem Tresen, hinter ihrem Namensschild stand. Der Keramiktopf war bis zum Rand mit Erde angefüllt, doch eine Pflanze war dort nicht, nicht einmal ein toter Stängel, der besagt hätte, dass dort einst etwas gewesen war. Von außen war der Topf ganz sauber, die Erde trocken und mit gräulichen Körnern durchsetzt. Yuki schlang die Hände um das Tongefäß. Die Lobby war leer. Sie hob den Topf an und hielt die Nase an die trockene Erde. Sie roch nach Spielplatz, nach den gepressten Blumen, die sie im Wörterbuch ihres Vaters getrocknet hatte, nach einem Sturz auf das Knie und wieder aufstehen.

Unten am Topf hing eine Nachricht.

Frohe Festtage. Das stammt zwar nicht aus dem Museumsshop, aber...
L

Er hatte sich an den Vorfall im Museum erinnert! Yuki hatte Odile einen Taschenspiegel, Lillian eine Schachtel Türkischen Honig und Lou nichts gekauft. Das Christuskind konnte zwar das Töten nicht verhindern, doch die Sportberichterstattung hatte es weitgehend zum Erliegen gebracht. Lou verbrachte seine Zeit mit Lillian. Soweit Yuki wusste, war er nicht offiziell im Dienst, doch gerade war er offensichtlich da.

Sie machte drei Tassen Kaffee. Drei, damit Lou sah, dass er nichts Besonderes war. Jeder Journalist, der zufällig hereinkam, konnte eine Tasse nehmen.

War das Liebe? Sie spürte nicht das Würgen ihrer Panik aus dem Whitney-Museum. Sie wollte nur die Hände um den Topf legen, ihn hinaus auf die Straße tragen und ihn einer Freundin zeigen. Sie wollte zum Beweis den Zettel in die Höhe halten: Sieh doch! Sieh, er hat an mich gedacht. Er hat ganz bewusst an mich gedacht. Und gedacht, dass ich etwas bedeute.

Ein terrakottafarbenes Strahlen legte sich auf Yuki. Als eine der Sekretärinnen vorübereilte, sagte sie im Gehen: »Ist Ihre Geranie eingegangen?« Yuki hätte am liebsten zurückgefaucht, dass sie niemals so etwas Klägliches wie eine Geranie hegen würde, doch die Sekretärin hatte schon eine Zeitung vom Tisch gefegt und den Empfang verlassen. Yuki sagte zu der leeren Lobby: »Ich würde Orchideen und Kirschbäume pflanzen.«

Yuki befand, dass sie vermutlich Odile davon erzählen konnte. Schließlich waren sie einmal beste Freundinnen gewesen. Doch bei einem Einzelrennen war es nicht schwer, als Erste ans Ziel zu kommen. Beste hieß nicht gute. Odile schlief bestimmt noch ihren Eierpunsch aus. Und was hätte Yuki ihr auch sagen sollen? Ich habe mich in den Liebhaber deiner Mutter verknallt? Das Gefühl sitzt in meinem Magen, als wäre es das Einzige, was ich seit langer Zeit gegessen habe? Odile würde abreisen. Und wie sollte das gehen, wenn Yuki dann allein bei Lillian wohnte und sich außerdem mit Lou traf? Das hieß, falls das Geschenk das bedeutete, was sie vermutete.

Yuki rief nicht an. Sie eilte durch das Korrektorat, den Pausenraum, an Schreibtischen und mehreren Sekretärinnen vorbei. Sie verlangsamte ihren Schritt erst, als sie in Maudes Blickfeld geriet. Maude aß ihr Mittagessen an ihrem Schreibtisch. Auf ihrem Schoß lag eine Stoffserviette. Ein Bild der Makellosigkeit.

»Haben Sie es ihm schon gesagt?«

»Was gesagt?«

»Dass ich weiter in die Schule gehen will?«

»Nein, noch nicht. Doch ich habe es notiert.« Das »notiert« klang so unabänderlich und förmlich, als hätte Maude *bestattet* gesagt.

»Ich habe es mir anders überlegt.«

»Ach, wirklich?«

»Ja. Wirklich.«

»Unzuverlässige Mädchen haben wir genug. Davon brauchen wir hier wirklich nicht noch mehr.«

»Das bin ich nicht. Die Umstände haben sich geändert.« Yuki schlug die Wimpern nieder, so wie sie es in ihrem früheren Leben getan hatte, um der Turnhalle zu entkommen. »Die finanziellen Umstände.«

»Na schön.« Maude tätschelte Yuki die Hand. »Möchten Sie etwas essen? Ich könnte Ihnen etwas abgeben.«

JAY

3.

Connecticut, März 2016
New York, März 2015
Connecticut, März 1998

Vor der Schwangerschaft waren wir eins von diesen Paaren. Das Paar, gegen das alle anderen Beziehungen wie ein Kompromiss wirken. Meine Sammler liebten sie. Mein Dad liebte sie. Ich liebte sie. Unsere Freunde sagten: »Ihr zwei seht aus, als wärt ihr füreinander geschaffen.« Vielleicht war das eine Anspielung auf den seltsamen Halbreim unserer Genetik. Ich: zur einen Hälfte Japaner und zur anderen Französisch-Kanadier. Mimi: zur einen Hälfte Chinesin und zur anderen ein Mischmasch aus Europa. Ich bezog solche Kommentare lieber auf unseren Geschmack. An einem Valentinstag hatten wir uns beide dieselbe schwarze Ledertasche mit blauem Besatz geschenkt. Der einzige Unterschied: die silbernen Initialen auf der Lasche. Doch es war nicht nur unser Modestil; wir stimmten in allem überein.

Na ja, nicht, wenn es um die Katze ging. Gemocht hatte Mimi sie noch nie, doch mit zunehmendem Bauchumfang war auch ihr Hass auf Celeste gewachsen. Auf den Tag genau zu Beginn des letzten Schwangerschaftsdrittels hatte Mimi mich gezwungen, Celeste bei meinem Vater abzugeben. Ich hatte mich gesträubt. Das war zu viel Veränderung. »Ich bin gesundheitlich belastet«, hatte ich gesagt.

»Ich ebenfalls«, hatte sie erwidert. »Und in meinem Fall nennt sich das Schwangerschaft.«

Das war mir ja ganz neu.

In den letzten Wochen ihrer Schwangerschaft hatte mein Schwanz beim Anblick meiner Frau schlappgemacht und sie die Zähne gebleckt, wenn ich das Zimmer betrat. Wir mieden unsere Freunde. Die Freunde, die gesagt hatten, dass sie unseretwegen an die Liebe glauben würden. Ließen wir sie in dem Glauben.

So lang wie die letzten drei Monate ihrer Schwangerschaft hatte ich mich noch nie von meiner Katze getrennt. Celeste war vor Mimi da gewesen. Die Ohnmachtsanfälle hatten im letzten Halbjahr auf der Highschool angefangen – genauer gesagt, an dem Tag, an dem der Zulassungsbescheid vom College eingetroffen war. Eben noch hatte ich den dicken Umschlag festgehalten, und plötzlich lag ich auf dem Boden, der Umschlag unter einem Küchenstuhl. Dad war bei der Arbeit gewesen, und so war ich ganz allein mit verwundertem Blinzeln wieder zu mir gekommen. Ich war total neben mir, hatte aber geglaubt, dass ich dehydriert war. Also hatte ich das blaue Zeug runtergekippt, das aus der Zeit stammte, als sich mein Dad zu einem Halbmarathon entschlossen hatte.

Doch es passierte immer wieder. Es passierte in der Schule, mehr als ein Mal. In der einen Minute stand ich da, mein Atem ging schneller, und in der nächsten lag ich flach, einen Arm unter mich gefaltet und über mir ein Tuttifrutti, die Kaugummistalagtiten unter meinem Pult. Die Schule hatte meinen Vater benachrichtigen wollen, doch ich hatte behauptet, er wisse davon. Mit Zahnärzten habe ich kein Problem, aber alle anderen Ärzte jagen mir mit ihren vielen Untersuchungen eine Heidenangst ein. Ich fürchte immer, dass sie aus den Tiefen meiner Eingeweide irgendeinen Defekt zutage fördern.

Ich versorgte meine Wunden im Geheimen. Meist fiel ich auf die Knie oder den Hintern, dann waren die Blutergüsse unter meinen Jeans verborgen, bis ich eines Tages auf die scharfen Kiesel in unserer Einfahrt kippte. Die Steinkanten schnitten mir in Stirn und Wange. Was hätte ich sagen sollen? Dass ich versehentlich in den Boden gelaufen war? Er hatte mir einen Beutel tiefgekühlter Erbsen ans Gesicht gehalten und behutsam gefragt: »Wer hat dir das angetan?« Da war ich gezwungen zu gestehen, dass ich ohne Kampf zu Boden ging.

Die Ärzte fanden keine Ursache. Eine Psychiaterin beschloss, dass der drohende Fortgang aus dem väterlichen Heim das plötzliche Unwohlsein bewirkte. Dass meine Mutter uns verlassen hatte, war ihr großes Thema. Ich sagte immer wieder, dass ich meine Mutter nicht vermissen konnte, weil ich mich nicht an sie erinnerte. All das landete in meiner Akte. Die Psychiaterin pumpte mich mit rosa Pillen voll, und so schwebte ich einen Monat lang in einem bunten Nieselregen durch die Schule. Ich konnte hinter diesem pharmazeutischen Nebel kaum meine eigenen Gedanken sehen. Wenn ich wach wurde, hatte ich ein Kribbeln in den Beinen. Also setzte ich die Pillen ab.

Ein paar Tage lang ging alles gut. Dann nicht mehr. Ich landete während des Fotografie-Kurses auf dem Boden, umstanden von dornigen Doc Martens. Die Foto-Mädchen sahen auf mich herab – Nasen- und Ohrringe schimmerten im fahlen Licht. Ich inhalierte die süße Woge ihrer Nelkenzigaretten. Der Lehrer sagte, ich solle nach draußen gehen und frische Luft schnappen. Alice mit den roten Docs und rosa Lippen bot sich an, mich zu begleiten, und wir küssten uns auf unsere aschenen Münder. Doch mir war bewusst, dass nicht alle Umstehenden so nett sein würden, und so marschierte ich zurück zu meiner Seelenklempnerin, die mir zu Celeste riet.

Kein Teenager will eine kahle Katze, doch das Sonderbare war: Sie half. Ihre Haut saß ein wenig locker, und man spürte ihre mageren Muskeln und ihr sehniges Fleisch. Wenn sie atmete, wölbte sich jede ihrer zarten Rippen vor und zurück. Doch wenn es diesem kleinen Wesen gut ging, war es bei mir ebenso.

4.

Connecticut, September 2016

Mimi stand auf und ließ mich mit der Katzenstreu allein. »Ich versuche doch gar nicht, deine Katze zu vertreiben.« Man hörte ihrer Stimme an, dass sie sich sehr beherrschen und zur Ruhe zwingen musste.

Auch wenn ich Celeste bei Dad gelassen hatte, hatte es sich trotzdem angefühlt, als hätte ich sie ausgesetzt. Nun gab es niemanden, der sich um sie kümmerte. Sie war wahrlich keine Katze für jedermann: seltsam, kahl und so alt, dass sie jeden Tag ein Zäpfchen brauchte. Ich konnte sie nicht weggeben, aber töten konnte ich das Wesen, das mich durch den umwerfenden Kummer des Heranwachsens begleitet hatte, auch nicht.

»Ich kann das jetzt nicht regeln, nicht vor Berlin. Bitte«, sagte ich. »Ich brauche Celeste.«

Die Berlin-Karte auszuspielen war ein billiger Trick, doch der letzte mir verbliebene. Dad hatte mir seine Aktien, seine Anleihen, eine Hütte in den kanadischen Wäldern und das Guthaben aus seiner Lebensversicherung hinterlassen. Meiner Mutter aber hatte er das Haus vermacht. Den Ort, an dem ich die ersten achtzehn Jahre meines Lebens verbracht hatte. Den Ort, von dem sie abgehauen war. Ihr hatte er den Baum mit den Kletterhilfen hinterlassen, den Irrgarten aus Rhododendren, den Basketballkorb, einfach alles.

Wenn er mir das Haus hinterlassen hätte, ich hätte es verkaufen müssen. Obwohl die Galerie eigentlich ganz gut lief. Ich handelte mit asiatischer und asiatisch-amerikanischer Kunst, die in den unwägbaren Jahren nach der Rezession florierte. Durch die Inflationsangst investierten die Reichen in teuren Wein, Immobilien und natürlich Kunst. Alles Solide, in das sie ihr Kapital stecken konnten. Ich hatte einige asiatische Sammler mit gläsernen Apartments im Financial District, die dringend ausgestattet werden mussten. Sie kauften Kunst aus dem gleichen Grund, aus dem sie Sushi mit Michelin-Stern aßen – es war der Wunsch nach einer westlichen Beglaubigung für ihre asiatische Herkunft. Leider war die Miete für unsere Räume in Dumbo, Brooklyn, von erstaunlicher Rezessionssicherheit. Ich hätte nicht das Geld gehabt, um die Grundsteuer für ein leeres Haus in Connecticut zu begleichen.

Doch es war mein Zuhause, und er hatte es fortgegeben. Sein Testament war nicht einmal alt. Er hatte es im Vorjahr aufgesetzt, als er wegen eines vermeintlichen Tremors im Herzen, der sich als Problem mit dem Rücken erwiesen hatte, ins Krankenhaus gekommen war. Meine Eltern waren noch verheiratet gewesen. Das hatte er mir nie gesagt. Ich hatte es in diesem beschissenen Nebensatz entdeckt – »An meine Frau Yukiko geht...« Ich meine, er hatte nie gesagt, dass er geschieden sei. Aber was hätte ich denn glauben sollen? Sie war seit Jahrzehnten fort. Doch als Testamentsvollstrecker oblag es mir herauszufinden, was sie mit der Immobilie machen wollte. Und aufgrund übersteigerter angelsächsischer Sitten musste die Urkunde persönlich übergeben werden.

In Filmen haben es Kinder, die ihre Eltern suchen, immer schwer. Sie haben sie an die See oder den Zirkus oder die falsche Seite im Krieg verloren. Vermutlich kommt das wirklich hin und wieder vor. Ich jedoch hatte das Internet und Google Maps und Apple Maps und eine Million andere Geolocation-Dienste. Sie war fort, jedoch nicht unauffindbar. Trotz ihres B- oder C-Status als Konzeptkünstlerin führte mich das Internet auf leichtem Wege zu ihr. Jeder ist heutzutage online. Ich konnte sogar das kleine orangefarbene Google-Maps-Männchen vor die Galerie setzen, die mit ihren Werken handelte. Und lesen, was die Galerie zu Diversität und Globalisierung zu sagen hatte. Ich musste nicht mühsam nach meinen Wurzeln forschen. Ich musste lediglich nach Deutschland fliegen und ihr den Schlüssel zu meiner Kindheit überreichen.

»Ich glaube nicht, dass mir der Tod meines Vaters besondere Rechte gibt, doch ich bin echt verdammt traurig. Und was er da gemacht hat, das ergibt überhaupt keinen Sinn. Das ist, als hätte ich ihn nie gekannt.«

Es war eine dieser Szenen einer Ehe, in denen keiner im Unrecht ist und trotzdem beide das Gefühl haben, dass der andere dem Unrecht etwas nähersteht. Ich konnte beinahe hören, wie Mimi innerlich bis zehn zählte und überlegte, ob sie mir entgegenkommen sollte.

Ich sah, dass sie versuchte, nicht zu brüllen. Ich berührte sie an den Schultern. Sie wich nicht zurück.

Sie sagte: »Ich vermisse ihn auch. Deinen Dad. Vor unserer Hochzeit hatte ich Panik, wie wohl jeder. Und dein Dad hat die ganze Zeit gefragt, ob ich genügend Wasser hätte. Es war nur eine kleine Geste, aber sie war schön. Er hatte Angst, dass mir in meinem Kleid zu warm würde. Ich habe mir gedacht, hey, Jungs geraten nach ihren Vätern. Das wird schon gutgehen mit uns beiden.«

»Es geht ja auch gut.«

»Gut«, sagte sie.

Mimi nahm meine Hand, und da wusste ich, dass ihre Wut aufgeschoben war. Ich folgte ihr die Stufen hinauf, mit verschlungenen Händen. Ihre Haut war kühl. Mimi hatte niedrigen Blutdruck, und wenn ich sie berührte, war es immer, als ob ich ein Glas Milch in die Hand nehmen würde. Wir schliefen in meinem alten Kinderzimmer. Die Matratze hing von Jahren des Luftgitarrespielens auf dem Bett durch, doch in Dads Schlafzimmer hatte ich mich nie wohlgefühlt. Es war rein zweckmäßig eingerichtet und strahlte nicht die Wärme seiner Küche oder das Entschlossene seines Arbeitszimmers aus. Ich glaube nicht einmal, dass er je im Bett gelesen hat. Er hatte sich allein um Mitternacht ins Bett gelegt und war um sechs Uhr morgens aufgestanden und eine Runde gelaufen. Er hatte auf einem Feldbett geschlafen. Welches Bett er auch immer mit meiner Mutter geteilt haben mochte, es war fort. Wir hatten Eliots Wiege in seinem Schlafzimmer aufgebaut. Auf Anweisung des Arztes; das Baby musste lernen, allein zu sein.

Mimis Finger lag auf ihren Lippen, und sie lächelte. In der Nacht vor der Beerdigung hatte ich mich so nach Mi gesehnt. Ich hatte nicht einmal vögeln wollen, ich hatte mich nur mit ihr in die Kuhlen zwischen den Sprungfedern kuscheln und unser gemeinsames Shampoo riechen wollen. Doch ich war viel zu fertig und traurig gewesen und hatte die richtigen Worte nicht gefunden.

Zu Beginn unserer Beziehung hatten alle gesagt, wie ähnlich wir uns sähen. Mein Trauzeuge hatte mich gefragt, ob ich so viel Spaß daran hätte, mein Spiegelbild zu vögeln, dass ich es heiraten wollte. Eine Zeit lang hatte ich befürchtet, dass er damit recht gehabt hatte. In den letzten Wochen ihrer Schwangerschaft war mir beim Anblick ihres Bauchs übel geworden. In meiner Frau explodierte eine Pilzspore. Mimi, mein Spiegelbild, wölbte, verformte und verzerrte sich. Ich hatte ständig an mir heruntergeschaut und nur darauf gewartet, dass sich auch mein eigenes Fleisch verformte. Ich hatte eine ausgesprochen unmitfühlende Schwangerschaft erlebt.

Als Teenager war ich oft genug beim Psychiater, sodass ich nun begriff, dass der Hass auf ihre Schwangerschaft in Wahrheit Angst war. Meine Mutter hatte mich verlassen, und nun sollte ich Vater werden. Es war erstaunlich, wie wenig eine solche Diagnose half. Mimi wollte ohnehin nicht, dass ich meinen Schwanz in ihren erschöpften Körper steckte, und so hatte ich gehofft, dass mein Widerwille unbemerkt geblieben wäre. Vorübergehend hatte ich mich auch gefragt, ob ich einen Fehler begangen hatte. War ich in Wahrheit schwul? Ich hatte im College einige Experimente angestellt und sie auch sehr genossen.

Nun erforschte ich die jüngste Phase ihrer Veränderung. Die Foto-Ausrüstung, die ich als Kind zusammengetragen hatte, reflektierte das Licht meiner Leselampe. Sämtliche Linsen glotzten, als meine Frau ihren Nach-Schwangerschafts-Körper entblößte. Ein neues Gewicht zog an ihren Brüsten und dem bläulichen Fleischbehang, wo einst die Thigh Gap gewesen war. Die sieben Jahre hatten sie weicher und mich härter gemacht. Wir waren zerliebt wie Stofftiere, die sich im Schaufenster noch wie ein Ei dem anderen geglichen hatten und nun in individuelle Züge zerdrückt worden waren.

Sie hatte sich das Haar zu wurzeligen Löckchen wachsen lassen und war neuerdings von einer Brille mit rundlichem Metallrahmen abhängig, hinter der die goldenen Sprenkel in ihren haselnussbraunen Augen umso größer wirkten. Nun legte sie die Brille auf das Nachttischchen.

Über uns, an der Decke, leuchteten fahle Gestirne. Unter den Klebe-Sternbildern meiner Jugend stellte ich erleichtert fest, dass ich Mimi wieder wollte. Hört mir auf mit Freud, ich wollte sie sogar noch mehr. Ich wollte das Weiche, das wir in den gemeinsamen Jahren genährt hatten, an mich ziehen, an jeder Spur unseres Lebens lecken, und das tat ich.

Ich war der Meinung, dass ich meine Frau auf eine Weise liebte, wie es nicht viele Männer tun. Viele Männer gehen eine feste Bindung aus hormoneller Verblendung ein oder weil sie einfach irgendetwas Passendes gefunden haben. Ich liebte Mimi, und ich wollte sie. Ich war fest entschlossen, sie wieder an mich zu ziehen. Doch an diesem Abend reichte es, das wörtlich zu nehmen.

Ich biss ihr ins Ohr.

5.

Connecticut, September 2016

Eliots Geschrei brach meine Träume auf. Erschöpfung bohrte sich in meinen Kopf. Ich lag still da und versuchte, meinen Atem zu beruhigen. Der Arm unter meiner Brust war taub, doch ich bewegte ihn nicht. Mimi mühte sich auf. Ihre Füße schlugen auf dem Boden auf. Erleichterung. Ich wusste einfach nicht, was ich machen sollte, wenn es an mir war, nach Eliots nächtlichem Schrecken zu sehen. Es tut mir leid, dass du ein Baby bist, doch das wird schon werden?

Ich rollte auf die Seite. Mein Arm kribbelte schmerzhaft, als das Blut zurückfloss. Der Schlaf übermannte mich. Dann traf mich ein kalter Luftzug, die Laken wurden angehoben. Verdammte Scheiße. Ich war dran. Doch Mimi zog das Laken nur höher, über meinen Hals, und stopfte es um den Fuß, der seitlich aus dem Bett hing. Mimi war eine gute, eine liebevolle Ehefrau; warum hatte ich das Schlimmste angenommen? Ich hätte mich beinahe entschuldigt, doch dann hätte ich verraten, dass ich wach war. Ich konzentrierte mich darauf, auf ein freundlicheres Morgen hin zu schlafen.

Als sie das Zimmer verlassen hatte, griff ich zu meinem Handy, um auf die Uhr zu sehen. Drei Uhr morgens. Und dann, weil das Telefon einmal in meiner Hand lag, checkte ich auch meine E-Mails. Das sollte nicht länger als eine Minute dauern, nahm ich an.

Die erste Mail stammte von Annika. Sie war eine meiner besten Künstlerinnen, und mit »beste« meine ich, dass sie bei Konzernen und bei Menschen auf die gleiche Gegenliebe stieß. Sie machte Globen, mit einem Durchmesser von achtzehn Zentimetern, aus durchsichtigem Glas, mit einer Glühlampe im Innern. Die Kugeln unterschieden sich farblich voneinander. Jede bezog sich auf einen bestimmten Längen- und Breitengrad, samt Datums- und Zeitangabe. Annika behauptete, dass sie exakt die Farbigkeit des Tageslichts am jeweiligen Ort und zur jeweiligen Zeit wiedergeben würden.

Ein Gletscherblau entsprach dem Central Park um sechs Uhr früh an einem Wintermorgen. Das sommerliche Zwielicht Delhis war türkis getönt. Die Leuchtkörper im Innern ließen sich nicht austauschen. Erloschen sie, erlosch das Licht. Künstler sagen gern, dass sie keine Objekte zeichnen, sondern die Art und Weise, wie das Licht darauf fällt. Die Fäden, die mit unseren Emotionen spielen, bestehen aus Photonen. Man sieht es an der Macht des Mondlichts. Und mancher Mann beendet einen Streit, wenn an einem Frühlingsmorgen das Licht die Wange seiner Frau berührt. Ein kopfschmerzgrelles Neon ist der Anfang manchen Streits. Wir brauchen Licht. Ohne Licht leiden wir an Melatoninmangel, das Immunsystem kollabiert, der innere Rhythmus geht verloren. In den langen, dunklen Wintern des Nordens schießen sich die Menschen in den Kopf. Wenn Annikas Lampen von der Decke baumeln, hüllen sie den Raum in einen Nebel des Erinnerns, und Momente voller Helligkeit verschmelzen.

Lieber Jay,

ich habe großen Respekt für das, was du für mich als Künstlerin und auch als Mensch bewegt hast. Ich bin dir wirklich ausgesprochen dankbar dafür.
Aber ich glaube, dass ich mich künstlerisch verändern muss.

Daher wollte ich dir mitteilen, dass ich von nun an mit Quentin Taupe arbeiten werde.

Das Beste
Annika

PS: Wie geht's dem Baby?

Scheiß Annika. Scheiß Quentin.

6.

Connecticut, September 2016 / New York, März 2016

Mimi warf mir, wie ich über dem leuchtenden Display meines Handys hockte, einen kurzen Blick zu, sank zurück ins Bett und rollte sich zur Seite. Zaghaft streichelte ich ihr über den Rücken, hinunter zum stattlichen Plateau ihres Hinterteils. Sie schnaubte, und ich schauderte. Seit Beginn der Schwangerschaft hatte Mimi einen geradezu animalisch scharfen Geruchssinn entwickelt. Sie hatte die tote Maus in der Deckenlüftung erschnüffelt – Celeste war keine wahre Mäusejägerin. Mimi hatte auch das Gras erschnüffelt, das mein Praktikant in den aufgerollten Ärmeln seines Distressed-Denim-Hemds versteckte. Mich packte die tiefe, irrationale Angst, Mimi könnte mein schlechtes Gewissen riechen.

Normalerweise sprachen wir darüber, wenn es in der Galerie Probleme gab. Wir waren schließlich gleichberechtigte Geschäftspartner und hatten buchstäblich unser Heim auf der Galerie aufgebaut. Aber bei diesem Thema konnte ich Mimi nicht zurate ziehen. Ich konnte nicht einmal Annikas Namen in den Mund nehmen. Ich hatte mich in Sicherheit geglaubt, denn das Ganze lag schon Monate zurück. Großer Irrtum.

Der Vorfall war im März passiert, eine Woche vor Eliots Geburt. Als Mimi rund und stur gewesen war. Sie hatte nur noch Suppe essen wollen. »Nicht, weil ich einen beschissenen Schwangerschaftskoller hätte, sondern weil Suppe das einzige Essen ist, das mir nicht wehtut.« Zur Eröffnung war sie natürlich auch nicht gekommen. Mich hatte das erleichtert. So konnte ich mich auf die Arbeit konzentrieren und nicht auf die Angst, die mir der Körper meiner Frau einjagte.

Es war nicht Annikas Eröffnung gewesen, doch sie war trotzdem da. Ich hatte ihr Haar gesehen, wie es durch meine Glastür kam. Annika besaß ein Zelt aus schwarzen Locken, die sie mit einem silbernen Tuch zurückgebunden hatte. Sie nahm mich fest in den Arm. Sie roch fruchtig-appetitlich und sagte mir ins Ohr, dass ich in ihr Atelier kommen und mir ihre neuen Lampen ansehen müsse. Offenbar ging es bei den neuesten um Innenräume: Motelzimmer, Kinotoiletten, Krankenhausflure.

»Jay. Die Ausstellung sieht toll aus. Und echt viel los.« Ich war gut in meinem Job. Ich wusste, wen man pitchen musste und auch wie. Trotzdem war es schön, das zu hören.

»Bei Nirmala tut sich viel. Bei der politischen Fraktion steht sie hoch im Kurs. Die Leute vom *Guernica-Magazine* haben mich angesprochen, sie wollen ein paar Arbeiten auf ihre Website stellen.«

»Malaysia ist halt grade angesagt.« Falls das verächtlich gemeint war, verstand ich, wieso. Annikas Vater gehörten sämtliche Zahlstationen auf der größten Autobahn in Richtung Mumbai. Sie selbst war auf einem Ostküsten-Elite-Internat und auf einer Ostküsten-Elite-Kunsthochschule gewesen. Sie hasste es, wenn man sie als *indische Künstlerin* bezeichnete. Das klang zu sehr nach *Fräulein Doktor*.

Ich behielt Nirmala die ganze Zeit im Auge, achtete darauf, mit wem sie sprach, wer als Käufer infrage käme, wer pikiert wäre, wenn er sie nicht im Laufe des Abends kennenlernen würde. Gerade plauderte Nirmala mit Quentin Taupe, und so sehr ich Annikas Gegenwart genoss, ich musste mein Terrain verteidigen.

Eine gute Ausstellung war, na, eine gute Ausstellung. Doch sie machte auch Angst. Es war, als ob man mit einem Mädchen, das man nicht verdiente, einen Raum betrat. Alles dreht sich um, und man ist ebenso stolz wie panisch, dass man sein Mädchen an eins dieser verwunderten Lächeln verlieren könnte. Wenn meine Künstlerin mit diesem Arschloch von meinem Ex-Boss sprach, musste ich dabei sein. Quentin stammte aus der Arbeiterklasse, und das ließ er sein Umfeld nie vergessen, selbst wenn er Armani trug. Vor allem, wenn er Armani trug. Er berührte Nirmala am Arm, und sie lächelte und tupfte sich die Unterlippe mit einer der Servietten ab, die ich mit meinen weniger zarten Händen im Drogeriemarkt gekauft und auf gläsernen Podesten zu Fächern arrangiert hatte.

»Hi, Quentin.«

»Jay, alter Kumpel, Scheiße, ist das gut, dich zu sehen.« Scheiße und Kumpel, ernsthaft? Manchmal, glaubte ich, trug er extra dick auf. Als hätte er sich seine bodenständig-britische Art bei einem Film abgekupfert.

»Nirmala, du musst unbedingt mit den *Guernica*-Leuten reden. Sie *lieben* deine Schau und wollen alles von dir wissen.«

Sie blickte zurück zu Quentin, der eine Hand ans Ohr hielt. *Ruf mich an.* Sie nickte. Nachdem ich Nirmala vor dem viel zu jung wirkenden Kunstkritiker abgestellt hatte, vermutlich einem Praktikanten, bahnte ich mir den Weg zurück zu Annika. Unterwegs nahm ich mir eine Handvoll »Orientalische Cracker« aus einer meiner dekorativen Glasschalen.

»Nirmala werde ich wohl verlieren.«

»Darling, sie hat dir nie gehört. Alle Künstler sind Huren, doch für Nirmala gilt das ganz besonders.« Die beiden kannten sich aus dem Kunststudium. »Noch ein Glas Champagner, bitte. Den setzt du doch von der Steuer ab, oder?«

Sie berührte kurz mein Handgelenk. Die Hitze in ihren Fingern übertrug einen Funken, der auf meiner Haut kribbelte und mir von dort bis in die Knochen fuhr, die noch Minuten später nachbebten. Ich hatte Annika immer attraktiv gefunden, doch ihr Zeigefinger hatte einen Kurzschluss ausgelöst. Das war meine Party, und ich musste verkaufen, doch den ganzen Abend lang eilte ich zurück zu Annika. Sie berührte meine Schulter und stellte mich ihren Künstler-Freunden vor. Ich nickte, lächelte und nahm Visitenkarten an, doch eigentlich zog es mich nur immer wieder zu Annikas elektrischen Fingerspitzen. Ich lotste sie an den Schultern zu meinen Kunden und stellte sie als *die visionäre Annika* vor. Ich beschrieb ihre Arbeit als intellektuell und kühn. An jenem Abend verkaufte ich nicht sie, doch ich musste ihren Namen nennen, das harte *k* und dann das *ah*, das beinahe wie ein Seufzer klang. In ihrem Namen lag eine erregende Gefahr, wie man sie nicht mehr spürt, wenn man erst einmal gevögelt hat. Liebe ist etwas Wundervolles, doch Finger, die einen Goldring tragen, sirren nicht unter Strom.

Ich rief mir ins Gedächtnis, dass Mimi ihre Sphären vierstellige Lampenschirme nannte. Mimi mochte »bildende« Künstler nicht. Sie unterstellte ihnen, zu Recht, dass sie auf Hochzeitseinladungen und die Menschen, die sie entwarfen, herabschauten. »Jeden Monat heult irgend so ein mieses Arschloch vor dem Jackson Pollock im Museum. Und ich bemühe mich Woche um Woche, einen einzigen perfekten Augenblick zu kreieren. Ein Rechteck Cellulose, das so viele Hoffnungen und Träume in sich trägt und trotzdem nicht viel Porto kosten darf. Mit einer misslungenen Einladungskarte fängt doch schon die ganze Ehe schlecht an. Darum können sich diese Flaschenpinkler ihre Konzepte sonstwo hinstecken.«

In Mimis Augen war meine Nähe zu den bildenden Künstlern beinahe ebenso unheilvoll wie meine kahle Katze. Aber – sie bezahlten unsere Rechnungen. Und wenn Mimi ihre Abneigung einem einzelnen Künstler gegenüber erst einmal überwunden hatte, bewies sie unbestechlichen Geschmack. In einem Raum mit blauen Leinwänden wählte sie den Farbton aus, der bei einem Sammler die Erinnerung an den Nadelstreifen-Anzug seines Großvaters wachrief. Ohne den Rat meiner Frau nahm ich keinen Künstler ins Programm. Ich liebte Annikas Sphären bis hin zu ihren Kunststoffsteckern. Annika sagte immer, es sei einem jeden selbst überlassen, ob er den Sonnenuntergang auf einmal nahm oder den ganzen Winter lang von Sommer-unter-Apfelbäumen zehren wollte. Mimis Urteil hatte idiotisch, aber vermutlich sammlertauglich gelautet. Mit diesem halben Segen hatte ich Annika in die Galerie geholt. Sie verkaufte sich.

Ich ging nach draußen, um Mimi anzurufen und zu hören, ob es ihr und dem künftigen Baby gutging. Sie antwortete mit schlaftriefender Stimme. Ich sagte, dass ich noch ein paar Stunden lang zu tun hätte, aber jederzeit nach oben kommen könnte. Wir wohnten über der Galerie. Mimi beendete das Gespräch mit einem schlichten *Nicht nötig*. In jener letzten Woche war ich an allem schuld, ihren geschwollenen Füßen, dem Druck auf ihren Augen, dem ganzen beschissenen Baby-Gedöns.

In dem Moment glitt Annika durch die Glastür.

»Willst du mal an meiner Zigarette ziehen?«

»Ich rauch nicht mehr, seit Mimi schwanger ist.«

»Dann halt wenigstens meinen Champers, während ich mir die Lunge ruiniere.«

»Champers?«, wiederholte ich. »Oh, Champagner. Sehr wohl, Mylady.« Der britische Einschlag brachte mich aus dem Konzept. Annika war, wie viele Kinder aus dem internationalen Geldadel, an einem Sprach-Büfett herangewachsen. Ich nahm ihr den Drink ab, der in Wahrheit südamerikanischer Schaumwein und kein richtiger Champagner war – ich führe eine Galerie und keine Investmentbank.

»Und wo ist die alte Dame?«

Die alte Dame war oben, bei ihren Yoghurtdrinks und ihrer Badeseife, die keine wirkliche Seife war, sondern aus Hafermehl bestand. All das äußerte ich mit der müden Duldsamkeit eines Sitcom-Ehemanns. Annika weigerte sich, mein Publikum zu spielen.

»Mit Kindern schließt sich manche Tür.« Doch aus ihrer Stimme klang weniger Hohn als Sehnsucht. Sie sah auf ihre unlackierten Fingernägel. Als sie bei mir angefangen hatte, hatte sie einen festen Freund gehabt. Ich hatte ihn seit Langem nicht gesehen. Trotzdem ist es ungehörig, eine Frau auf ein derartiges Verlangen anzusprechen, selbst wenn es ihr aus sämtlichen Poren ihrer gepflegt schimmernden Haut dringt. Ich versuchte es mit Humor.

»Jetzt habe ich ja keine Wahl mehr.« Ich erwähnte nicht, dass ich manchmal mit dem Gedanken spielte, einfach abzuhauen. Ich meine, ich selbst hatte nur einen Elternteil gehabt, und aus mir ist auch etwas geworden, oder nicht?

»Sieht nicht so aus.«

»Und, klar, es ändert manches, vor allem aber tauchen plötzlich so viele neue Fragen auf. Wie kann es sein, dass man Plastik *in* der Muttermilch findet? Und geht irgendein Kind wirklich gern zum Oboe-Unterricht?«

»Du bist echt ein Muster-Daddy, oder?«

Sie zog an ihrer Zigarette. Wir schauten hoch auf das leuchtende Tuch, das selbst bei Nacht über der Stadt lag. Annika sprach als Erste.

»Hast du auch manchmal das Gefühl, dass sich der Himmel auf uns senkt? Eigentlich sollten wir uns in der unendlichen Dunkelheit doch frei fühlen. Winzig, aber frei. Mich hat all das Unbekannte immer nur bedrängt.«

»Meine Mathelehrerin hat immer gesagt, dass das Universum aus unendlich vielen Geheimnissen besteht. Wie bei Pi – egal wie viele Zahlen hinter dem Komma man auch findet, es hört nie auf. Aus jeder Frage folgen neue Fragen.«

Ich war stolz, dass ich mir den Spruch meiner sehr ernsten Mathe-Tutorin all die Jahre gemerkt hatte. Es war auch das letzte Mal gewesen, dass mich irgendwas an Mathe interessiert hatte – sie hatte einen unglaublichen Hintern gehabt. Aus der Galerie kam Stimmengewirr. Meine Party lief auch ohne mich ganz wunderbar. Annika verdrehte die Augen und erwiderte: »Welchen Sinn haben diese Geheimnisse denn, wenn man ihnen nichts entlocken kann?«

»Gott, ich habe seit dem College kein nächtliches Philosophie-Symposium mehr abgehalten.« Ich schaute auf die Uhr. »Und es ist noch nicht einmal nach zehn. Ich muss wieder rein, aber lass dich nicht von den Geheimnissen runterziehen.«

Ich hielt ihr das Champagnerglas entgegen, und als sich unsere Finger trafen, wäre es mir beinahe runtergefallen. Sie zuckte mit den Schultern.

»Manche Geheimnisse sind es ja auch wert«, sagte sie und zwinkerte mir ironisch zu, auch wenn es so womöglich nicht gemeint war.

Als meine Gäste nach und nach in Richtung Heim oder Bar verschwanden, war Annika noch immer da. Ich sammelte die Kunststoff-Champagnergläser ein und warf sie in den Müll. Das war eigentlich die Aufgabe meines Praktikanten, doch den hatte ich nach der Sache mit dem Gras im Ärmel gefeuert und noch keinen Ersatz gefunden. Vielleicht sollte ich es ganz lassen. Ich mochte Praktikanten sowieso nicht – sie verloren Kreditkarten, ließen Bilder fallen und gingen vor Gericht, weil sie keinen Lohn bekamen, denn das konnte ich mir nicht leisten. Annika beobachtete mich. Als ich den Servietten, die sich auf den Boden verirrt hatten, nachjagte, offenbarte sich mir der Blick auf ihre schlanken Fesseln in den schwarzen Clogs. Annika gehörte zu den wenigen Frauen, an denen Clogs sexy wirkten.

Nur zur Erinnerung: Ich liebte meine Frau wirklich. Meine Frau war mein Alice-hinter-den-Spiegeln-Selbst, wenn nicht gar mein Realitäts-Selbst und ich der Spiegel; wie auch immer, sie war ich. Nichts war perfekter, als dass wir beide ein Baby bekamen. Doch nun war sie zwei Menschen, und mir war es unangenehm, meinen Kopf an ihren runden Bauch zu drücken. Es ängstigte mich. Ich war allein mit meinem Dad aufgewachsen. Alles, was ich war, bis hin zu den spitzwinkligen Großbuchstaben meiner Handschrift, kam von ihm. Doch ich hatte keine Ahnung, wie ich so etwas für ein Baby tun sollte. Ich hatte doch gerade erst gelernt, ich selbst zu sein.

Ich hätte gern gesagt, Annika hat mich geküsst, doch ihr Anteil hatte sich darauf beschränkt, einfach dazubleiben. Draußen vor dem Fenster funkelte Manhattan mit seiner Tiara; meine Playlist war an ihr Ende gelangt. Ich bückte mich, um eine silberne Haarnadel zu Annikas Füßen aufzuheben, und als ich mich wieder aufrichtete, war ihr Gesicht, ihr tiefroter Lippenstift so nah. Ich steckte ihr die Nadel in das dunkle Haar. Oh, und dann habe ich sie geküsst. Unsere Zungen schmeckten nach abgestandenem Champagner. Wenn man über Jahre nur einen einzigen Menschen küsst, vergisst man, dass andere Menschen anders küssen. Annika küsste mit offenem Mund. Kühle Luft strömte ein, ihre Zunge drückte sich an meinen Gaumen. Mimi küsste mit den Zähnen, fuhr damit über meine Unterlippe und schloss sie sanft um meine Zunge, ehe sie sie wieder losließ. Annikas Zunge war speichelwarm.

Celestes Wasserschale, die in einer Ecke stand, schimmerte zu unserem Fehltritt; schließlich hatte Mimi darauf bestanden, dass ich die Katze zu meinem Vater gab. Wir vögelten weder auf dem Boden noch auf dem Tisch, sondern auf der Chaiselongue in meinem Büro. Sie verlieh dem Raum ein klassisches Ambiente. Der Sex war schön. Ich würde gern behaupten, dass ich meine Ehe für den Orgasmus meines Lebens riskiert hätte, dass die Erde gebebt hätte, doch es war einfach nur schön. Unsere Körper waren warm vom Alkohol. Wir bewegten uns gut zusammen. Und es war drei Monate her, seit ich zuletzt gevögelt hatte.

Ich mag es, Frauen dabei zuzusehen, wenn sie sich anziehen. Wenn man einer Frau beim Ausziehen zusieht, bekommt man nicht viel mit. Alles steht im Zeichen der Erwartung. Aber einer Frau beim Anziehen zuzusehen ist so, als würde man ein gutes Buch zum zweiten Mal lesen. Man weiß, was wann geschehen wird, doch es macht Freude zu erleben, wie es sich zusammenfügt. Annika zog sich langsam an. Ich saß nackt da, mein schlaffer Schwanz zwischen meinen Beinen. Sie zog sich den zugehakten BH über den Kopf und dehnte den Stoff, bis er über ihren Brüsten in seine Form schnappte. Ihre Bewegungen waren träge, aber nicht bewusst erotisch. Das lag hinter uns. Ihre Langsamkeit war offenbar ganz für sie selbst. Sie zog ihre schwarzen Leggings über den Bauch, über den ich eben erst meine Zunge hatte gleiten lassen. Die Leggings teilten sie in zwei Hälften, sie schnitten sich in ihren Bauch, dessen Fleisch wie Buttercreme zwischen zwei Lagen Biskuit hervorquoll.

»Weißt du, dass ich so etwas noch nie getan habe?« Keine Ahnung, warum ich ihr das sagte. Das Kondom, das Annika dabeigehabt hatte, lag schleimig und fremd in meiner Hand. »Meine Frau betrogen, meine ich. Nein, echt, noch nie. Ich weiß nicht, was da über mich gekommen ist. Nein, so habe ich das nicht gemeint. Du bist sehr sexy. Aber der Gedanke war mir echt noch nie zuvor gekommen.«

»Okay, schön. Dann also nie.« Sie kreiste die Gelenke und ließ die Wirbel knacken. »Weißt du, dass ich einmal mit Quentin geschlafen habe?«

Ich stieg in meine Boxershorts. »Quentin, mein Arschloch von Ex-Chef, Quentin-der-mir-Nirmala-stehlen-will?«

»Genau. Der Quentin.«

»Hat er dich gefragt, ob du bei ihm ausstellen willst?« Ich fühlte mich bis ins Mark verraten.

»Ich wünschte, er hätte mich um der Kunst willen benutzt.«

Ich machte eine Pause, weil ich taktvoll sein wollte. »Du glaubst also nicht, dass er mir Nirmala stehlen will?«

»Woher soll ich das wissen?«

Ihr Kleid hatte keinen Reißverschluss, und so konnte ich ihr nicht zur Hand gehen. Sie überprüfte ihr Ebenbild in meinem nachgedunkelten antiken Spiegel.

»Keine Ahnung, warum ich es überhaupt versuche. Einmal habe ich es mir sogar professionell glätten lassen. Es hat mir überhaupt nicht gefallen, ich habe wie ein Freak ausgesehen«

»Ich bin sicher, das hast du nicht.«

Sie zuckte mit den Schultern, meine Überzeugung bedeutete ihr nichts, und steckte ihre Füße wieder in die Clogs.

Ich rief ihr ein Taxi, dann ging ich auf die rechte Seite des Gebäudes, zu der blauen Tür, und schloss auf. Wohnung und Galerie hatten separate Eingänge. Also, ja, ich habe meine Frau, die schwanger und schlafend in unserem Bett lag, exakt zwei Etagen darunter betrogen. Während ich auf unseren altersschwachen Aufzug wartete, kamen mir die Schafe in den Sinn.

Mein kanadischer Großvater hatte eine Farm. Farm klingt so beschaulich. Es war eher eine Ranch, und sein Besitz reichte bis zur nächsten Poststation, eine Dreiviertelstunde Autofahrt entfernt. Mit etwa vierzehn, als ich glaubte, ich sei ein Mann, besuchte ich ihn in den Osterferien. Wir waren in seinem grünen Jeep, ich schaute aus dem Fenster, Kopfhörer auf den Ohren, und da sah ich es. Ein Tier auf der Flucht, die gelben Zähne gebleckt, die grauen Lippen zurückgezogen, die Wolle matt braun. Es schleifte einen rosa Klumpen hinter sich her. Rosa war er nur auf den ersten Blick, er hatte bläuliche Flecken und rote Streifen, die an einer langen roten Schnur hingen. Ich ließ meinen Großvater anhalten. Er war wahnsinnig aufgebracht, weil sich das Tier offenbar erschrocken hatte. Schafe verlieren ihre Babys, wenn sie sich erschrecken, und wenn eines sich erschreckt, tun die anderen es ihm nach. Auf diese Weise kann man eine halbe Herde verlieren. Wollte ich meine Frau erschrecken? Nein, das wollte ich sicher nicht. Das konnte ich auch nicht. Meine Beichte musste warten, bis das Baby auf der Welt war.

Nun nahte Eliots halber Geburtstag. Annika würde mich verlassen, und ich hatte Mimi noch immer nichts gesagt. Im Dunkeln drückte ich wieder auf mein Handy und las noch einmal Annikas E-Mail, ohne Mimi einen Ton zu sagen. Der Schein des Handys streichelte die Kurvung ihres Halses. Ich streckte meine Hand aus, ihr zu folgen. Doch dann aktualisierte ich nur den Twitter-Account der Galerie. Meine Frau schnaubte wieder und trat nach mir im Schlaf. Zumindest dachte ich, es wäre im Schlaf.

YUKI

1970, Karmin

Eine Verzerrung des Sanskrit-Begriffs für »wurmerzeugt«. Es handelt sich um Käferblut. Ein sämiger Klecks Himbeergelee, die Wangen eines untröstlichen Kindes, eingelegte Pflaumen auf weißem Reis, eine alkoholisierte Nase, Heliumballons in Herzform.

Odile brach am Tag nach Neujahr gen Italien auf. Den Föhn nahm sie mit. »Ich bring einen neuen aus Italien mit!«, rief sie vom Beifahrersitz in Trenchcoats Wagen. Yuki stand allein vor dem Haus, um sie zu verabschieden. Als sie wieder in die Wohnung ging, glaubte sie zu sehen, dass Lillian das Gesicht auf die Tastatur gelegt hatte. Doch vielleicht hatte ihr auch nur das Licht einen Streich gespielt, denn einen Augenblick später saß Lillian aufrecht da und schaute aus dem Fenster, einen vergnügten Whiskey in der Hand.

»Tja, sieht so aus, als wären wir jetzt zu zweit«, sagte Lillian. Yuki wartete auf einen scharfzahnigen Kommentar, doch er blieb aus.

Später erwog Yuki, Lillian um Odiles Nummer zu bitten und Odile zu erzählen, dass Yukis Lunge hinter Lou herflattern wollte, wenn er an der Rezeption vorüberging. Odile hätte mit der Zunge geschnalzt und einen übertriebenen Seufzer ausgestoßen. Oh, *Dahling*, dieser schrecklich kleine Mann. Doch was, wenn Odile auf der Seite ihrer Mutter gewesen wäre? Sie waren ein Blut. Beide verdrehten sie Augen und Hände auf dieselbe Weise, neigten sie das Kinn im gleichen Winkel und standen sie zu nahe vor den dreckigen Spiegeln des Apartments.

Yuki hatte keine Ahnung, wie sie einen Mann verführen sollte. Also konzentrierte sie sich darauf, ihn mit den Gedanken dazu zu bringen, sie zu wählen. Sämtliche Energie, die sie zuvor auf die Fahrräder gerichtet hatte, strahlte nun in Richtung Lou. Sie zeichnete seine Nase fünfzehn Mal in einem Strich. Sie machte sich auf den Weg zum Künstlerbedarf und kaufte eine Tube in der Farbe seiner Wimpern. Eine tiefrote Narbe befleckte seinen Unterarm wie ein Weinglasrand auf einem weißen Tischtuch. Sie kopierte deren Form, drehte und überblendete sie zu einem Mosaik. Das Sonderbare war, das Wunschdenken zeigte Wirkung.

Beinahe jeden Tag aß Lou sein Mittagessen mit ihr auf der Bank, im Windschatten der Autos. Er ging mit ihr ins Kino. Yuki hielt die Popcornschachtel, er verspritzte heiße Butter. Im Dunkeln roch sie an ihren Fingern. Der süße gelbe Duft war Lou. Doch trotz des Blumentopfs schlug er nie mehr vor, mit ihr in ein anderes Museum zu gehen, was sie ihm allerdings nicht verübelte.

Anfang März wuchsen auf New Yorks Magnolien die weißen Knospenkrallen. Die Mädchen zogen ihre Handschuhe aus und bargen ihre Finger in den Händen ihrer Freunde. Lou kam immer seltener zu Lillian. Doch vor Yukis Tresen stand er immer häufiger. An einem Montag lud er sie zum Abendessen ein, in ein chinesisches Restaurant. Er bestellte Schweinefleisch Mu Shu und ein Bier und bezahlte für Yukis gebratenen Reis – doch war es damit auch ein Date? Am Mittwoch ging er mit ihr in eine Pizzeria.

»Das hier ist meine Lieblingspizzeria.«

»Dann ist es jetzt auch meine«, sagte sie und biss sich vor Verlegenheit auf die Zunge.

»Welchen Laden schlägt das hier?«

»Äh, ich hatte keinen Lieblingsladen.«

»Und du nennst dich New Yorkerin.«

Sie erinnerte sich zwar nicht, sich so genannt zu haben, doch es war schön. Sie waren zwei New Yorker, die gemeinsam eine Pizza aßen.

Am Freitag küsste er sie während eines Abendessens, vor den Augen aller Gäste. So sanft und unaufgeregt, dass Yuki geglaubt hatte, er würde nach dem Ketchup greifen. Ihr Mund hatte offen gestanden und gerade fragen wollen, ob sich Lou am Wochenende mit ihr *2001: Odyssee im Weltraum* ansehen wolle. Ihre Lippen trafen sich über der Muschelsuppe. Der Kuss war trocken, sanft, da und wieder fort. Als er sie geküsst hatte, griff er tatsächlich nach dem Ketchup.

»Oh«, sagte sie. »Warum?«
»Mir war danach, ist das ein Problem?«
»Nein«, sagte sie. »Natürlich nicht.«

Lou, ich ziehe bei den beiden Mädchen aus dem Korrektorat ein. Am Samstag. Hab mir Löwenmäulchen-Samen für den Blumentopf gekauft.

Sie schob die Karteikarte in einen gelben hausinternen Post-Umschlag. Die Korrektorats-Mädchen schnitten Yuki immer noch, doch ihre Mitbewohnerin hatte sich verlobt. Mit Mündern, die vor Gier rot schimmerten, und mit einem Lächeln hatten sie Yuki die Miete genannt. Yuki konnte den Anblick, wie sich Lillian Apfelrot auf eine Unterlippe auftrug, die sich ebenfalls auf diesen salzig-süßen Mund gelegt hatte, nicht mehr ertragen. Den Anblick, wie Finger auf eine Olivetti einhämmerten, die sich in seinen Rücken voller Sommersprossen krallten. Sie las die Nachricht noch einmal; sie sollte unbeschwert und heiter klingen. Sie faltete das Blatt viermal, auf die Größe einer Spielkarte. Auf den Umschlag schrieb sie in dünnen Großbuchstaben LOU. Das U war breiter als das O. Sollte sie es neu versuchen?

»Hey, du.« Lou kam, ganz Reporter, durch die Tür. Er hatte sich Zeitungen unter den Arm geklemmt und lächelte ihr zu. Er hatte nach ihrem Kuss gelächelt. Sie berührte ihren Mund, dann fiel ihr die Nachricht ein.

»Warte.«

Er blieb stehen, sie hielt den Zettel hoch. »Kannst du später lesen«, sagte sie, denn was, wenn er nicht verstand? Sie hätte sich ihm nicht erklären können. Er steckte den Umschlag in die Gesäßtasche.

»Okay, Kleines«, sagte er und schüttelte den Kopf.

An jenem Abend sagte Lillian: »Jede junge Frau sollte sich mit Gleichaltrigen umgeben. Und sei es auch nur, um herauszufinden, wer sie nicht ist.« Als sie ihren Lippenstift neu auftrug, fügte sie hinzu: »Und leg den Schlüssel unter die Fußmatte, wenn du gehst.«

Lillian bot nicht an, das Geld zurückzuzahlen, das Yukis Vater ihr für das gesamte Jahr im Voraus gegeben hatte. Doch letztlich waren sie beide Diebinnen. Yuki hatte sich das Aroma von Lous Lächeln gestohlen und nicht vor, es Lillian zurückzugeben.

Yuki hielt sich den Ärmel vor die Nase. Das neue Zimmer roch wie der Dreck zwischen den Zehen. Sie zog sich aus und wieder an. Es war so kalt. Das Laken bot nur einen Fetzen Wärme. Das also war ihr neues Zuhause. Sie schloss die Augen und erspürte die Dunkelheit. Die Wohnungstür schlug zu, jemand ging. Ein Freund. Dann legte die Dunkelheit ihre Hand auf Yukis Augen; sie schlief ein. Doch kurz darauf war sie wieder wach, weil sich die Kälte bis in ihren Rachen schob. Es war, als wäre sie im Bauch des Nichts. Als würde sie sich in dessen eisig kaltem Magen auflösen. Sie machte das Licht an. Nahm ihren Stift. Vielleicht konnte sie das Zimmer zähmen, wenn sie es zeichnete. Sie hielt den Stift lotrecht zum Bett. Die Perspektivlinien, die angenagten Kacheln, der lädierte Plastikstuhl, der Bauch des Waschtischs, das alles sollte sich in Richtung Fluchtpunkt krümmen. Das Raster zog sie tief und tiefer – in nichts als weiße Wand.

Als sie fertig war, starrten sie das Zimmer und das Bild mit den gleichen Augen an. Die Gesichter waren beide leer, beide wussten nicht, was sie dort tat. Yuki löschte das Licht und versuchte, erneut daran zu denken, wie Lou an ihrem Tresen stehen blieb, wie er gescherzt und an ihrem Ohrläppchen gezogen hatte, so als ob es ihm gehören würde. Sie träumte davon, jede Fluchtlinie in dem milchigen Grün seiner rechten Iris einzufärben. Und als sie aufwachte, war sie überzeugt, dass ihr das Bild vollkommen gelungen war.

Nach einem Monat entschloss sich Lou endlich, sie zu sich nach Queens einzuladen. Es war ein Montag. Er erschien ohne Vorwarnung an ihrem Tresen: »Ich mache dir heute Abend ein Steak. Warte auf mich.« Sie fuhren gemeinsam mit der U-Bahn. In seiner Küche standen getrocknetes Basilikum in Gläsern und ein Plastik-Pfefferstreuer, der so groß wie eine Keule war. Dünne Fleischstreifen brutzelten. Yuki versuchte sich zu erinnern, welche Unterwäsche sie angezogen hatte. Die Fleischstücke rollten sich an den Rändern ein, von der Pfanne fort. Lou klatschte sie auf ihre Teller. Gemüse gab es nicht. Lou war mit seinem Steak schnell fertig.

»Du isst ja gar nichts«, sagte er.

»Doch.« Das Fleisch war zäh. Yuki dachte an die liebevoll zubereiteten Hamburger ihrer Mutter, die heiße Mitte, das Salatnest und die Tomate obenauf. Yuki hatte immer einen Nachschlag gewollt. »Ich habe keinen großen Hunger.«

»Jetzt spiel nicht das Mädchen.«

»Ich bin ein Mädchen.«

»Du bist eine Frau, und Frauen essen brav auf.«

»Na schön.« Bei jedem Bissen war ihr, als ob sie auf der eigenen Zunge kauen würde.

»Braves Mädchen«, sagte er.

»Ich dachte, ich wäre eine Frau.«

»Tut mir leid. Brave Frau«, sagte er. »Meine brave Frau.«

Er stand auf, verbeugte sich und reichte ihr die Hand. Sie griff danach und knickste. Oha, dachte sie, und das Fleisch war schon vergessen. Er zog sie zu sich und führte sie an der Hand in sein Schlafzimmer. Sie dachte an ihren Vater, der immer ihre Hand gehalten hatte, wenn sie als Kind eine Straße überquert hatte. Doch dann dachte sie nicht mehr an ihren Vater.

Das Bett erstaunte sie. Eine weiße Decke, mit Rosen aus Samt. »Ist von meiner Mom.« Er zuckte mit den Schultern.

Lou legte sie auf die Laken seiner Mutter. Sie rührte sich nicht, als er ihr die Unterhose auszog, nach dem Reißverschluss an ihrem Rock suchte und ihn aufzog. Yuki war bewusst, dass sie den Atem anhielt, doch sie konnte ihn nicht ausstoßen. Die Luft brodelte in ihrer Lunge. Sie wollte, dass er tat, was er tat. Das war keine Parkbank. In diesem warmen, viereckigen Zimmer fühlte sie sich so geschützt, als wäre es ein Kaninchenbau. Sie hatte Lou gewählt. Doch sie wusste nicht, was sie tun sollte. Was von ihr erwartet wurde. Nichts zu tun war die sicherste Option.

Steif und still lag sie da. Die Glühlampe an der Decke war von einem zerrissenen weißen Schirm aus Papier umhüllt. Lou hatte sie nicht ausgeschaltet. Er öffnete die Knöpfe ihrer Bluse. Yuki fiel das zwei Zentimeter lange Haar ein, der schwarze Aal, der seinen Kopf in der Unterseite ihrer linken Brustwarze verbarg. Sie hatte versucht, sich das Haar auszuzupfen, doch es hatte wehgetan, und nach einer Woche war das Haar schon wieder nachgewachsen. Sie hatte es aufgegeben. Niemand sah auf ihre Brüste. Sie hatte nicht erwartet, dass Lou diesen Abend wählen würde. Er hatte sie im Büro überrascht. Ihre Brüste waren nicht vorbereitet.

Yuki hätte sich entschuldigen und im Bad nach einer Schere suchen können. Lou streifte ihr die Bluse von den Schultern. Yuki ließ sich heben, damit Lou ihren BH öffnen konnte. Er ging schweigend ans Werk. Der Aal wurde enthüllt; er hatte sich zwar eingerollt, dennoch war er sichtbar. Yuki wartete auf eine Reaktion. Lou fuhr ihr mit seiner knoblauchigen Zunge hinter das Ohr. Er hielt sie fest. Manches, was er tat, fühlte sich gut an. Sie wünschte, er würde etwas sagen. Einfach: Hi, oder: Na, du. Etwas, das verriet, was in seinem Kopf vorging. Als er endlich redete, war es nur: »Keine Angst. Ich nehm ein Gummi.«

Seinen Schwanz sah sie nur kurz, einen rosa Fleischklumpen, wie ein großes Lachsfilet. Das konnte er in sie hineinquetschen? Er konnte.

Es schmerzte, sehr sogar. Es war überhaupt nicht so, wie Lillian es in ihren Büchern beschrieb. Yuki spürte keine Wärme. Yuki spürte nicht das Nahen einer Ohnmacht. Eine kalte Klarheit hielt ihr die Augen auf. Ob er merkte, dass das ihr erstes Mal war? Vor der Wand hing eine braune Spinne, die einen grauen Schatten warf. Ihre Mutter hatte immer gesagt, Spinnen würden Glück bringen. In welcher Welt verhieß etwas derart Hässliches Glück? Lous Hintern drückte sich in zwei Konkaven. Er seufzte. Dann war es vorbei.

Beim nächsten Mal war es schon besser. Beim dritten Mal gefiel es ihr. Er aber blieb stumm. Es war, als ob mit dem Ausziehen ihrer Unterwäsche ein Schweige-Bann einherginge, den allein der Samenerguss brechen konnte. Hinterher sprach er über seine Arbeit, die Storys, die er gern geschrieben hätte, und die Arschlöcher im Feuilleton. Yuki ging allmählich auf, dass es Lou nach dem Feuilleton gelüstete. Doch er war nicht auf dem College gewesen.

»Hör dir das an«, sagte er. »Das ist Kerouac.«

Das Gedicht klang in Yukis Ohren hilflos, die Beschwörung einer Dämmerung wie Kitsch.

»Das ist ein Haiku«, sagte Lou.

Vielleicht verdarb manches auf der transpazifischen Passage.

»Mein Vater hat mich immer Bashō rezitieren lassen«, sagte

sie. Lou nickte und las weiter. Es dauerte, bis Yuki begriff, dass er nicht wusste, wer Bashō war, und es ihn auch nicht interessierte. Yuki sprach lautlos *Kyō nitemo kyō natsukashi ya hototogisu.* Der Takt war ihr von ihrem Vater in die Muskeln eingehämmert worden. Yuki kannte jede Silbe, spürte auf den Fingern jeden Schlag mit dem Lineal und auf dem Kopf den stolzen Griff in ihr Haar. Lou wollte wissen, was sie da tat.

»Ich dehne meinen Mund«, sagte sie.

Yuki wartete darauf, dass Lou ihr sagte, er habe Lillian verlassen.

Einmal ging sie nach der Arbeit zu ihr und stellte sich unter das Fenster, weil sie Lillian an der Schreibmaschine sehen wollte. Sie bemühte sich, das Klappern ihrer Tastatur zu hören. Doch es spiegelte sich nur der Himmel in den dreckigen Fensterscheiben. Sie blieb eine Stunde lang dort stehen, nervös und leicht gelangweilt. Mit einem Kugelschreiber zeichnete sie sich das Fenster auf den Handrücken, samt verschnörkeltem Fensterriegel. Sie kannte dessen Klicken gut. Warum war sie da? Wollte sie sich schelten lassen? Sich entschuldigen? Um Vergebung bitten? Lillians Zorn sehen und begreifen, dass er wirklich sie gewählt hatte? Niemand erschien, und so fuhr sie mit der U-Bahn nach Queens und versuchte, nicht darüber nachzudenken, ob Lillian jemals diesen Fluss überquert hatte.

Am gleichen Abend, als er sie erneut gevögelt hatte, fragte sie: »Du hast sie doch verlassen, oder?«

»Natürlich.« Er wirkte überrascht. »Hast du gedacht, dass ich die ganze Zeit...«

»Na ja, du hast nichts gesagt. Wie hat sie es aufgenommen?«

Lou zögerte. Sie lagen im Bett. Yuki zog sich die Decke bis hinauf ans Kinn. Sie mochte den Überzug inzwischen sehr. Sie hielt es für ein gutes Zeichen, dass er sich mit Rosen umgab.

»Sie war nicht begeistert, falls du danach fragst.«

»Was hat sie gesagt?«

»Sie hat mir ihre Schuhe hinterhergeworfen.«

»Hast du ihr von uns erzählt?«

»Nein. Das wäre ... Ich habe ihr gesagt, dass ich sie auf keinen Fall heiraten würde.«

»Wollte sie das denn?«

»Sie hatte so was angedeutet.«

Yuki versuchte, sich eine Lillian vorzustellen, die etwas andeutete und nicht einforderte. Sie sah den weißen Hals, der unter Irish Coffee bebte, und hörte das Klackern der Nägel auf der Tastatur. Hatte sich diese Frau wirklich nach einem weißen Kleid gesehnt? Oder lediglich nach einem Dokument, das ihr Territorium umschrieb? Im Radio hatte eine junge Frau die Ehe als eine Spielart des Kapitalismus bezeichnet, als weiteren Weg, einen anderen zu kaufen. War es denn so falsch, wenn man besitzen und besessen werden wollte? »Würdest du denn jemals heiraten?« Wenn Yuki die Zehen ausstreckte, reichte sie bis an das Bettende, bis an das lackierte Gitter. Das tat sie nun. Warum auf Holz klopfen, wenn man sich auf Stahl verlassen konnte?

»Nee. Warum sich an einen andern ketten?«

Lou schlug auf den Lichtschalter. Dann rollte er sich nach links und rechts, wie ein Hund, der einen Rasen niederwalzt. Sein Atem wurde schwer. Yuki fragte sich, wo man wohl angekettet würde. An den Händen, am Herzen oder Schwanz? Hatte man die Wahl? Sie stand auf und ging ins Bad. Sie schaute auf die weißen Kacheln, das weiße Waschbecken, die Tube mit der weißen Zahnpasta. Die weiße Farbe, die sich in den Spiegel eingefressen hatte. Sie rieb sich den Belag von der Zunge, drückte die Toilettenspülung und knallte laut den Deckel zu. Sie kehrte ins Schlafzimmer zurück und schlug die Tür hinter sich zu. Lou schimpfte nicht einmal. Er lag da, die Laken bis zum Hals, und ignorierte sie. Yuki wollte schon in das gemeinsame Bett steigen, doch sie blieb auf dem kalten Boden stehen. Es war nicht ihr gemeinsames Bett. Es war *sein* Bett. Und bald musste sie zurück in *ihr* Bett, in den Raum, in dem das Nichts war.

»Ich hab gedacht, hm, vielleicht, was meinst du? Ginge das? Ich würde eigentlich gern bei dir einziehen?« Nichts. Hatte er wirklich durch ihren Wutanfall hindurch geschlafen? Schön, dann war das ein Probelauf. »Es würde Geld sparen. Ich könnte dir ein wenig Miete zahlen. Ich brauche nicht viel Platz.«

Seit Monaten schliefen sie nun miteinander, doch sie wusste nicht einmal, ob er ihren Nachnamen richtig aussprechen konnte. Er nannte sie immer nur Yuki. So etwas war kein Hindernis. Sondern ein Grund. Wenn sie erst einmal zusammenlebten, würde er es lernen.

Sie stieg wieder ins Bett und berührte die Stelle unter ihrer Brustwarze, dort, wo der Aal fortrasiert worden war. Ihre Fingerspitze stieß auf eine scharfe Flosse. Sie fuhr mit dem Finger nach rechts und links. War das normal? Von Haaren, die auf Brustwarzen wuchsen, hatte sie noch nie gehört. Über so etwas sprach niemand. Yuki hatte nur einmal gehört, dass ihre Mitbewohnerinnen Rasierapparate und Enthaarungswachs verglichen, sich über Hippiemädchen mit Achselhaaren lustig gemacht hatten. Doch über Brustwarzen sprach niemand. Ob Lou das Haar in der ersten Nacht bemerkt hatte? Yuki begann, leise *Revolution* auf das Bettgitter zu klopfen.

»Okay.«

»Was?«

»Ja. Gut. Du kannst einziehen. Aber hör mit dem Gezappel auf.«

Sie hörte auf und machte sich im Stillen eine Liste: unser Bett, unser Tisch, unser Stuhl, unsere Böden, unsere Spinne.

Der nächste Tag war ein Samstag. Lou machte Pfannkuchen aus Fertigteig. Der Herd hockte in einer Ecke des größten Zimmers. Lou öffnete ein Fenster, damit der Rauch abzog. Einen

Abzug gab es nicht. Lou reichten die überlangen, rosa gestreiften Boxershorts fast bis ans Knie. Auf seinem Rücken funkelte der Schweiß.

»Nimm dir einen Teller.«

Er bewahrte das Geschirr in einer alten Kommode mit gläsernen Knäufen auf. Der senffarbene Lack war angestoßen. Yuki griff zu einem Teller mit Blumenrand, der sie an die Laken erinnerte. Sie fragte sich, was seiner Mutter widerfahren war. Vermutlich das, was allen Müttern widerfuhr. Aber was genau? Tuberkulose, Leberversagen, Herzinfarkt? Die Pfannkuchen zerliefen und zerfielen an den Rändern.

»Tut mir leid, schöner geht's nicht. Wir haben keine Milch mehr.« Er schob Yuki einen Pfannkuchen auf den Teller. »Und auch keine Eier.«

Der Pfannkuchen war trocken. Yuki glich es dadurch aus, dass sie aus einem Glas den letzten Rest Marmelade herauskratzte. Lou aß aus der Pfanne. Er wartete nicht einmal, bis sich das Gusseisen abkühlte. Der Tisch war voller Brandspuren. Die gelbliche Kiefer hatte so viele Ringe wie eine Pfütze, die vom Sturm gepeitscht wurde. Er aß schweigend. Das musste, an und für sich, nichts bedeuten. Lou war häufig schweigsam. Doch Yuki wartete auf eine Bekräftigung ihrer Vereinbarung.

»Es ist also okay«, fragte sie, »wenn ich am Wochenende einziehe?«

»Ja, gut.«

Er gehörte ihr. Die Marmelade war so süß wie ein Sieg, und außerdem war es nun auch ihre Marmelade.

Am folgenden Samstag hockte Yuki vor dem Haus auf ihrem Hartschalenkoffer und wartete auf Lou. Ihr Vater hatte in ordentlichen Lettern 大山雪子, Oyama Yukiko, auf den bernsteinfarbenen Kunststoff kalligrafiert. Yuki zog den Pinselschwung mit dem kleinen Finger nach. Lou schnappte sich den

Koffer und lotste Yuki zur U-Bahn. Seltsam, dass sie ihn als kleinen Mann bezeichnete. Er überragte sie. Sie saßen Seite an Seite in der U-Bahn, den Koffer an die Knie gedrückt. Die Fahrt über den silbrigen East River war beinahe ein Flug. Yuki schloss die Augen, und der Zug erhob sich in die Luft.

Bei keinem ihrer früheren Besuche war sie sich der fließenden Grenzen, die sie überschritt, in diesem Maß bewusst gewesen. Bei ihrem Umzug von Japan nach New York war sie ein Kind gewesen. Nun zählte sie die Sekunden, die sie hoch über dem Fluss verbrachten. Sie zählte die grau gefiederten Möwen und die Rauch-beschwerten Boote. Als Kind hatte sie ständig die Frage beantworten müssen, wie viele Sterne auf der Flagge waren, und es jedes Mal vergessen. Doch dass es an jenem Tag im August auf dem Weg über die Brücke um 12.30 Uhr im dritten Wagen sieben freie Sitzplätze gab, dieses Wissen würde sie bis ins hohe Alter begleiten.

Lou schob ihr die Hände ins Haar und zog ihre Gesichter zu einem Kuss zueinander. Zwei Jungs in weißen Jeans pfiffen. Yuki öffnete die Augen und sah die weiche Rundung seiner Wange und dahinter eine stämmige Frau mit großem Hut, die ihren Sohn an ihre Röcke drückte.

»Du bist also wirklich froh, dass ich zu dir komme?« Sie hatte sich, als sie geglaubt hatte, sie könnte immer noch ein Nein hören, an diese Frage nicht gewagt.

»Natürlich. Ich melde mich offiziell zum Einsatz. Okay, Captain?« Er fuhr ihr mit dem Finger über die Nase. Yuki dachte wieder an die Katzen, die Streuner in den Gassen, an das Gefühl, etwas Besonderes zu sein, wenn es eine zugelassen hatte, dass Yuki sie mit dem Finger hinter den Ohren berührte. Sie berührte die Haut hinter Lous Ohr. Er drückte sein Gesicht in ihre Hand.

Später, als sie ihre Blusen auspackte und ihre Socken in eine Schublade legte, war sie so glücklich wie seit mindestens einem Jahrzehnt nicht mehr.

Die Mädchen aus dem Korrektorat waren nicht begeistert. Sie bestanden darauf, dass Yuki die Miete auch für den kommenden Monat zahlte. Yuki stellte einen Scheck aus. Wenn ein Mädchen die Zeitung verließ, um zu heiraten, gab das Schreibbüro ein Fest. So etwas erwartete sie nicht. Sollten die Mädchen aus dem Korrektorat doch in ihren Martinis ersaufen. Sich ein Heim mit Lou zu bauen genügte ihr. Nun gab es einen Menschen, der ganz ihr gehörte.

1970, Indigo Extra

Ein dunkler, satter Ton, der unter Sonnenlicht verbleicht. Die Hosen von Marineoffizieren, Pepsi-Dosen zwischen Eiswürfeln, der Baumwollstoff am Sommeryukata meines Vaters.

Yuki war vom Anblick der nackten Frau in ihrer Mitte nicht schockiert. Als Kind hatte sie häufig mit ihrer Mutter gebadet. Ihre Arme hatten zwischen den Knien ihrer Mutter geruht, während mütterliche Hände der Schaumblasenspur auf ihrem Rücken folgten. Und wie oft hatte Odile ihr Kleid angehoben und das Parallelogramm aus Luft zwischen ihren Schenkeln vorgezeigt? Wie oft hatte sie gefragt, ob es kleiner wurde? Wie oft hatte Odile verzweifelt das Gummiband ihrer Unterhose auf ihren angeblich dicken Bauch schnippen lassen? Jedes Schnippen hatte eine Löwenmähne offenbart.

Yuki hatte die Anzeige

THE ART STUDENTS LEAGUE OF NEW YORK
Bezahlbare Kurse

in der *Paper* gesehen. Die Telefonistin hatte Yuki mit routinierter Verve in Kenntnis gesetzt: »Die Students League wurde 1875 von Künstlern für Künstler gegründet. Rothko und Pollock zählen zu den Absolventen.« Und auch darüber, dass es nur noch im Aktzeichenkurs am Donnerstag freie Plätze gab.

Yukis schmaler Skizzenblock wirkte lächerlich an der Staffelei mit ihren Farbsprenkeln, ihr verstümmelter Häschen-Radierer ebenso. Doch sie war nicht als Einzige schlecht präpariert.

Zu ihrer Rechten packte eine Frau in den mittleren Jahren, die Maude aus dem Büro verblüffend ähnlich sah, einen Skizzenblock mit Schmetterlingen aus, samt Glitzer.

Der Kursleiter teilte Zeichenkohle aus. Yuki sah in dem verbrannten Stift noch immer Rebenholz – die Pflanze, die er einst gewesen war. Das Kohlestückchen war sehr leicht. Yuki schloss die Augen, sie spürte kein Gewicht, nur den Hauch einer Berührung. Sie warf eine erste Kurvung auf das Blatt. Es war eine gelungene Kurvung, so weich und klar umrissen wie die Wange. Ihre Hände fanden in ein Fließen, und schon glitt der Schwung der Nase über das Papier. Der schwarze Stift drängte in das Weiß. Ihre Hand bewegte sich, und dabei fiel ihr plötzlich auf, wie sanft das Ohr der Frau in das Gesicht überging. Yuki sah den Brauenbogen und den Rand einer Masernnarbe zwischen ihren Brauen. Wäre sie dieser Frau auf der Straße begegnet, sie hätte sie nicht einmal bemerkt. Sie kennenzulernen war ihr nur im Griff des verkohlten Holzes möglich. Yukis Hände waren schwarz vor Staub, doch sie hatte sich noch nie so rein gefühlt.

Sie beendete den Schatten oberhalb der Lippe. Yuki sah nach unten. Im ersten Augenblick verstand sie nicht, was sie getan hatte. Natürlich hatte sie die ganze Zeit auf ihr Papier geschaut. Und doch hatte sie nichts gemacht. Einen Nebel. Eine Trübung. Ein Nichts. Sie schaute sich im Saal um.

Die anderen Kursteilnehmer produzierten Arbeit von ähnlicher Mittelmäßigkeit. Manche hatten nicht einmal das Modell gezeichnet, sondern Striche und Farben und Kleckse versammelt und wirkten dabei auch noch sehr zufrieden. Yuki begegnete dem Drama Pollocks und Rothkos mit Ehrfurcht und Respekt, doch bei diesen armen Verwandten sah sie keinerlei Talent.

Sie stand da und blickte auf ihr Werk. Sie zahlte für den Kurs. Sie zahlte mit der reglosen, heißen Luft des Empfangstresens bei der *Paper*. Die Miete, die sie sparte, seit sie bei Lou wohnte, zahlte diesen Kurs. Sie hatte die Hoffnungen ihres Vaters gegen diese Chance eingetauscht. Als sie zuletzt mit ihm gesprochen hatte, hatte sie es auf Japanisch versucht, um ihm zu beweisen, dass sie noch immer eine gute Tochter war.

»*Moshi moshi*, Dad, hier ist Yuki.« Er hatte anerkennend gegrunzt, und sie hatte ergänzt: »Ich habe einen Job.«

»Ich weiß. Wir haben deinen Brief erhalten.«

»Ich mag Mathe und Naturwissenschaften nicht. Aus mir wäre nie eine gute Ärztin geworden.«

Sie hatte ein kratzendes Geräusch gehört, dann hatte ihre Mutter gesagt: »Wir haben Graychild-san angerufen. Sie hat gesagt, dass du nicht mehr bei ihr wohnst.«

»Ich habe jetzt *Mitbewohnerinnen*, Mom.« Was Mitbewohner auf Japanisch hieß, wusste Yuki nicht.

»Komm nach Hause. Du fehlst mir.«

»Sag Dad, dass ich nach Hause komme, wenn ich Künstlerin geworden bin. Deshalb bleibe ich in New York. Ich will Künstlerin werden, so wie…« In dem Moment ging ihr auf, dass sie keine einzige japanische Künstlerin kannte. Da war Ono, doch die trieb sich mit einem nackten weißen Mann herum. Sie kannte niemanden, den ihre Eltern als Vorbild gutgeheißen hätten. »Wie Frida Kahlo.« Es war ein dämlicher Vergleich. Frida Kahlo lebte in Mexiko und nicht New York und war, wenn Yuki es richtig in Erinnerung hatte, eine reiche Erbin.

Die Stimme ihrer Mutter gab Yukis Botschaft schwach an ihren Vater weiter. Dann rief ihr Vater: »Eine anständige Frau wird doch nicht Künstlerin! Nein. Nein. Nein. Das ist schlecht. Ich hätte sie niemals in dieses hässliche Land bringen dürfen.«

»Psch. Psch.« Ihre Mutter richtete die Stimme wieder ins Telefon. »Wir müssen aufhören. Ferngespräch. Aber wenn du eine Ausstellung hast, lädst du uns ein, ja? Dann essen wir zusammen Burger.«

Und nun wartete ihre Mutter auf Hamburger und eine Ausstellung, und Yuki gelang es nicht einmal, eine nackte Frau zu zeichnen.

Die anderen Kursteilnehmer begannen, ihre Blätter einzupacken, sie schoben sie in Ordner und lange Papprollen. Yuki hätte ihr Blatt am liebsten zerrissen. Doch da war die Nase. Dieser Schwung, unterhalb des Fleckens; sie sah ihn immer noch, und etwas in ihr drängte sie, seiner Aufwärtsneigung nachzufolgen. Vielleicht sollte sie das Bild doch behalten. Einzig wegen einer Nase? Nicht einmal das, nur wegen der Stelle, an der sich Luft und Haut trafen. Die Frau mit dem Schmetterlings-Block stieß gegen Yukis Staffelei. Hinter ihr plätscherte Wasser, wurden Hände gewaschen. Yuki drückte einen Daumen auf eine dunkle Ecke ihres Blatts, doch der Abdruck verschwamm zu einer Unschärfe.

»Alles in Ordnung?«

Sie schaute auf. Das Gesicht lächelte sie an, doch offenbar hatte sie sämtliche Gesichter bis auf das des Modells mit seinem weichen Fleisch vergessen, denn sie wusste nicht, wer er war. Sie blinzelte.

»Kopf hoch. Du bist zwar noch kein Däumling, doch das wird schon.«

Oh. Ja. Er. Ihre Rede vom schrumpfenden Samurai – sie biss sich voller Scham auf die Lippe. Das Plaza lag gefühlt ein Jahr zurück, länger noch, ein Jahrzehnt. Wie war sein Name, Edward, nein, sonderbarer, Edison? Hatte er damals einen Zeichenkurs erwähnt?

»Macht es Spaß?«, fragte er.

»Natürlich! Eine Stunde ohne all die Möchtegern-Journalisten, die mich fragen, ob sie fünf Minuten zum Chefredakteur können, weil sie ihm einen Artikel über den gesundheitlichen Nutzen von Marihuana zeigen wollen.« Ihr misslungener Versuch, blasiert zu klingen, stand befremdend zwischen ihnen.

»Hier also studierst du?«

»Ich mache meinen Master, in Downtown, an der Co-op.« Er sprach sehr laut.

»In...« Sie hatte seinen Lebenslauf vergessen, falls sie ihn überhaupt einmal gewusst hatte.

»Architektur. Ich werde Architekt.«

Das sagte er mit derselben selbstbewussten Leichtigkeit, mit der ein kleines Mädchen Prinzessin als Berufswunsch äußerte. Yuki konnte sich kaum vorstellen, dass er das College bereits absolviert hatte. Sie durchforstete ihr Gedächtnis nach jenem Sommernachmittag voll Sonne.

»Das hier mach ich nur zum Spaß, um Abstand zu Dübeln und Hartschaum zu bekommen.«

»Ah. Hm.« Yuki ging auf, dass sie hätte lachen müssen. »Ich muss los.«

Er ging also zusätzlich auf eine *richtige* Hochschule. Trotz aller Verheißungen, die sich an den Namen Rothko knüpften, kamen hier nur die Menschen mit den Schmetterlings-Blöcken her. Yuki zerknüllte ihre Zeichnung in der Faust und stürmte durch die Brandschutztür, die Treppe hinunter und hinaus in den kalten Abend.

* * *

Beim Frühstück, es gab wieder Toast, sagte Lou: »Am Samstag kommen ein paar Leute.«

»Leute?« Sie war vor einem Monat eingezogen, und seither hatte er noch niemals Freunde eingeladen.

»Die Jungs. Ich will, dass es hier ordentlich aussieht.«

»Das tut es doch immer. So gut es geht, jedenfalls.« Mit ihren wenigen Besitztümern hätten sie gar kein Durcheinander schaffen können.

»Ja, gut, aber lass nicht deine Unterwäsche rumliegen.«

»Wann lasse ich denn jemals meine Unterwäsche rumliegen?« Sie putzte häufiger als er und kehrte sogar seine Zigarettenasche von der Fensterbank und befreite die Zahnbürsten von Essensresten.

»Okay, gut.«

»Bin ich dir peinlich?«

»Das hab ich nicht gesagt.«

»Hast du gesagt, dass deine Freundin bei dir wohnt?«

Er nahm einen grimmigen Schluck. Der Kaffee schwappte über seine Unterlippe, verfehlte sein Hemd nur knapp und landete lautlos auf dem Tisch. Er sickerte in die Maserung des Holzes ein. Yuki und Lou saßen nebeneinander, wie Reisende in einem Zug. Lou wandte sich in seinem Sitz zur Seite. Er bewegte das Gesicht in ihre Richtung, auf Kuss-Abstand. Yuki wusste nicht, weshalb sie ihn so reizte. Es war wie ein Mückenstich, sie hätte die Finger davonlassen sollen, doch er war der einzige Mensch, dessen Leben sie berührte. Er legte die rechte Hand unter ihr Kinn und neigte ihren Kopf nach hinten. Blind griff sie nach der Papierserviette und betupfte seinen Mundwinkel.

»Du hast da Butter.«

Er lachte und ließ ihr Kinn los.

»Klar will ich dich dabeihaben, Kleines. Ich will dich *den Jungs* doch vorstellen.«

Als Yuki am Samstagmorgen wach wurde, krallte Hunger sich in ihren Bauch. Früher hatte sie diesen Schmerz mit Odile geteilt, doch nun hatte sie jemanden, mit dem sie aß. Über den weißen Laken loderten seine Haarflammen auf. Yuki berührte eine an der Spitze und folgte ihrer Welle mit dem Finger. Sie wollte ihm Rührei machen, ein gemeinsames Frühstück im Bett, mit buttrig-weichem Lächeln.

Sie stand auf und ging zum Kühlschrank. Er war beinahe leer. Im oberen Fach hockte ein einsames Einmachglas mit Eiskaffee. Kein Problem, dann ging sie zum Laden und kaufte Eier und etwas für den Abend ein: Bier und Chips für seine Freunde.

Vielleicht eine Art Dip? Lou wäre froh, dass sie bei ihm war. Doch als sie die Schublade aufzog, in der ihre Jeans lag, setzte er sich auf. Er schob den Kiefer hin und her.

»Wohin gehst du?« Er kratzte sich im Gesicht, dort, wo seine orangefarbenen Stoppeln im Morgenlicht leuchteten.

»Du hast nichts mehr zu essen im Haus«, sagte sie.

»Eier?«

»Eier. Brot. Würstchen. Alles aufgebraucht. Ein Mädchen kann nicht nur von Kaffee leben.«

»Ich gehe.«

»Nein, schon gut, ich bin fast angezogen.«

»Hey, lass mich meiner Lady doch das Frühstück holen. Wie wär's mit einem Bagel?«

Sie nickte; in dem kleinen Laden an der Ecke gab es fantastische Bagels – salzig, aber auch ein wenig süß. »Sesam und Räucherlachs, richtig?«

»Immer.«

»Dauert nur eine Minute. Der ist sogar noch warm.«

»Bei dem Wetter, klar.« Der Sommer drückte auf die Stadt. Lous Finger zuckten durch ihr Haar, dann war er fort.

Yuki durchsuchte die Schubladen nach etwas Essbarem zur Überbrückung. Cracker, Instantnudeln, roher Reis, ein halber Keks. Die Suche führte aus der Küche fort und verselbständigte sich. In seinem gelben Regenmantel entdeckte sie einen Dime, einen roten Stift und *Grashalme* als Taschenbuch, mit gelb verklebtem Rücken. In Lous Sockenschublade fanden sich Postkarten in einer unentzifferbaren Handschrift. In der oberen Schublade seines Aktenschranks lag ein Baseball mit blauem Filzstiftgekritzel.

Als sie die untere Schublade öffnete, war der Hunger vergessen. Sie wusste, auch ohne es zu lesen, was es war. Gedichte: typografische Hochhäuser, jedes Stockwerk vier oder fünf Worte breit. Seitenweise Gedichte. Liebesgedichte, so ihre erste Vermutung. Einige von Lillians sensibleren Protagonisten waren Dichter gewesen, die meisten jedoch Soldaten. Die zackigen Goldstreifen einer Uniform waren schnittiger als nervöse Tintenzeilen.

Doch Lous Gedichte waren keine Liebesseufzer. Von Lippen stand dort nichts geschrieben. Manche seiner Worte waren nicht einmal Worte, sondern Klänge. Er hatte die Seiten so weit ausgenutzt, wie die Schreibmaschine es erlaubte, oben oder unten gab es beinahe keinen Rand. Yuki legte die Seiten auf dem Boden aus, bis er vollständig in Schwarz und Weiß gestrichelt war.

In dem Moment kam Lou mit einer Papiertüte zurück, die sich in träge Wellen faltete.

»Hi«, sagte sie.

Er legte die Tüte auf den Tisch, bückte sich schweigend, sammelte die Seiten ein, schichtete sie auf und strich sie glatt. Er bewegte sich, noch immer schweigend, direkt auf Yuki zu, nahm ihr das letzte Blatt aus den Fingern, klopfte drei Mal auf den Stapel und legte ihn in die Schublade zurück, die laut schepperte, als er sie zuknallte. Dann hockte er sich hin, Auge in Auge mit Yuki.

Er schlug sie – nicht heftig, doch es traf sie unerwartet. Sie stürzte auf die Spitze ihres Ellbogens. Ihre Glieder wurden schlaff. Sie glitt über den Boden. Yuki schmeckte Blut, ein Fingernagel hatte ihre Lippe aufgerissen. Draußen, am Himmel, waren Kondensstreifen zu sehen. Yuki rührte sich nicht. Sie lag da und schaute zu, wie sie sich auflösten. Wie oft hatte sie gehört, dass Lillian stolperte und schwankte?

Sie rollte sich auf dem Boden ein. In ihrem Mund sammelte sich Regen. Jeder Idiot hätte das kommen sehen. Warum hatte sie geglaubt, ihr würde es glückvoller als Lillian ergehen? Besser? Aus purer Arroganz. Dann rauschte Wasser, Porzellan schlug gegen Porzellan. Sie fuhr sich mit der Zunge über die aderige Innenseite ihrer Lippe. Jenseits des offenen Fensters hatte der

Wind die Flugzeug-Spur verweht. Es klapperte. Neben ihrem Kopf lagen ein Bagel auf ihrem Lieblingsteller und eine gefaltete Papierserviette, deren Motiv eine einzelne rote Rose war. Yuki setzte sich auf und drückte die Serviette an den Mund.

Lou aß seinen Bagel in fünf rasch bezahnten Bissen. Ein weißer Bart erschien auf seiner Oberlippe. Es sah drollig aus, komisch. Menschen, die andere schlagen, sollten keine Käsekapriolen tragen.

Er kauerte sich hin und reichte ihr die Hand. »Wir müssen ein paar Grenzen abstecken.« Seine Stimme klang beschwörend. Sie konnte nicht klar denken, ihr Kopf dröhnte. Sie wollte nur, dass alles wieder so wie früher war. Normal. Doch was war schon normal? Sie strich über den Käse-Punkt an seinem Kinn. »Du hast dich vollgeschmiert.«

Er schaute in den postkartengroßen gesprungenen Spiegel neben dem hölzernen Kruzifix. Die Nägel stachen seltsam aus dem weißen Gips hervor. Er lächelte. Seine Hand schnappte in ihre Richtung. Sie duckte sich, ihr Magen krampfte, ihre Fäuste ballten sich. Doch dann spürte sie etwas Kaltes, Weiches an ihrem Kinn. Ein Käse-Ziegenbärtchen. Sie lachte, und ein Schmerz stach ihr ins Gesicht. Ihr Bagel schmeckte rostig.

Und einfach so wurde es ein sehr entspannter Samstag. Lou kaufte vier Zeitungen und gab ihr gleich die unterhaltsamen Rubriken. Ihre Horoskope versprachen sämtlich Besserung. Doch es gab einen Unterschied. Er hatte sie aus sich herausgeprügelt. Über dem Körper schwebte ein Geistermädchen, die Zähne aus orange gefärbtem Glas, und schrie. Der Körper machte frischen Kaffee mit der großen französischen Presse. Das Geistermädchen knirschte mit den Zähnen und biss sich in den Mund. Der Körper goss Kaffee ein, süß und schwarz für Lou, mit Milch für sich. Als das Licht über den Himmel wanderte, klagte das Geistermädchen und sah zu, wie der Körper seine Arbeiten verrichtete.

Den Besuch seiner Freunde hatte Yuki vollkommen vergessen, doch dann klingelte es an der Tür.

Die Jungs stellten sich mit wissendem Lächeln vor. Sie gingen davon aus, dass Yuki wusste, wer sie waren. Sie sah sie nicht als Individuen. In Lous Erzählungen hieß es immer nur *die Jungs*. Der Körper lächelte sie alle an und registrierte den reißenden Schmerz an ihrer Lippe.

Die Jungs fragten nicht, ob es ihr gutging. Ihr Gesicht war nicht geschwollen. Die Wunde wirkte offenbar wie eine Nebensächlichkeit.

Die Männer gaben ihr der Reihe nach die nassen Mäntel. Yuki trug ein weißes Hemd von Lou, und dort, wo die Nässe an den Stoff traf, bildeten sich durchsichtige Einstichstellen. Yuki fühlte sich am ganzen Leib von nackten Wunden durchbohrt.

Lou und *die Jungs* hatten vor, ein Literaturmagazin zu gründen, konnten sich jedoch auf keinen Namen einigen. *Connect, Der Schrei, Das Grüne Licht, Gertrude, Des Pudels Kern.*

»Wie wäre es mit *Pudelmütze*?« Die Jungs lachten wiehernd. Warum nahm der männliche IQ in Gruppen ab statt zu? Das Geistermädchen hatte gegen *Gertrude* nichts einzuwenden. Gertrude klang wie Maudes größere, furchteinflößendere Schwester, wie eine Frau, die den Männern ins Essen spuckte, die niemand gewagt hätte zu schlagen.

Ebenso wenig konnte sich *die Jungs* auf den Inhalt einigen. In jedem Fall Gedichte. Sie alle schienen irgendeine Art von Poesie zu schreiben, doch davon abgesehen? Einer äußerte, Fiktion sei tot. Der Zweck des Schreibens bestehe darin, politisch zu sein. Nein, die Politik war tot. Was war mit Kritiken, sollten die ins Magazin? Oder nur Originaltexte? Und was hieß eigentlich Original?

Das Geistermädchen zischelte, dass diese Männer das bestimmt nicht wussten. Von *den Jungs* teilten drei einen Schnäuzer, drei einen Gesichts-Tic, zwei einen Bart, zwei eine Schildpattbrille und alle ein Auftreten: Sie lehnten sich im Stuhl zurück, bis sich die Vorderbeine lösten, und wenn sie etwas bekräftigen wollten, knallten sie mit ihrem Stuhl wieder auf dem Boden auf. Und sie alle tranken ihr Bier direkt aus der Flasche.

Yuki saß neben Lou. Er legte seinen Arm um sie. Der Arm war schwer. Er drückte gegen ihre Wirbelsäule und verformte sie. Als ob er sie zerquetschen wollte. Der Körper ließ es zu, zerdrückt zu werden.

»Was ist mit Kunst?« Die Worte – stammten sie von dem Geistermädchen, dem Körper oder einem anderen, namenlosen Teil in ihr? Die Lippen jedenfalls bewegten sich. »Kommt in eurem Magazin auch Kunst vor?« Es war das erste Mal, dass sie, von der Begrüßung abgesehen, das Wort ergriff. Die Jungs drehten sich zu ihr.

»Na ja«, sagte derjenige, dessen Haar wie Sektbläschen aufwärtssprudelte, »dadurch würde es viel teurer.«

»Interessant wäre es. Die Kunst macht einen wesentlichen Teil der Debatte aus«, warf der dickste Schnauzbart ein.

»Die Musik auch.«

»Wir können ja eine Schallplatte beilegen.«

»Jetzt seid mal realistisch ...«

Es klingelte an der Tür. Das Essen. Lou gab ihr sein abgenutztes Portemonnaie. Die Jungs machten keine Anstalten, sich zu beteiligen, doch Yuki vermutete, dass derjenige bezahlte, bei dem das Treffen stattfand. Der Körper lief das enge Treppenhaus hinunter. Es regnete noch immer. Unsauberer Stadtregen, der nach alten Rohren, alten Männern, alten Hunden roch. Es war, als hätte sich ein endloser Sommer über sie gebeugt. Wenn die Männer fort waren, würde Lou nach Sex verlangen. Dann würde ihm der Schweiß von der Brust tropfen und auf sie niedergehen, so wie nun der Regen.

Vor der Haustür stand ein vollkommen durchnässter chinesischer Lieferjunge. Yukis Vater hatte Regen gehasst und manchmal zwanzig Minuten lang unter dem Vordach eines Geschäfts auf dessen Ende gewartet. Dieser Junge ähnelte ihrem Vater gar nicht, nicht einmal den sepiafarbenen Kinderbildern. Die Augen waren anders, die Nase, die Ohren. Sein Fremd-Sein war das Einzige, was sie an ihren Vater denken ließ. Doch was suchte sie hier, unter all diesen weißen Männern mit ihren Schnauzbärten?

Sie gab dem Lieferjungen einen Dollar Trinkgeld. Der Schein war alt und eingerissen. Yuki mochte, dass das Geld mit dem Alter weich wurde. Der Junge schnappte sich den Dollar. Er hatte für das Schwelgerische von Texturen keine Zeit, er eilte in die Nacht, einen blassblauen Plastikbeutel wie das Kopftuch einer Babuschka geknotet. Yuki schlang die Arme um den warmen Beutel mit dem Essen. Fett sickerte durch das braune Papier hindurch und kitzelte sie an den Armen. Durch das offene Fenster rieselte das Gerede *der Jungs* auf sie herab. Bald schon würden sie sich fragen, wo sie oder vielmehr ihr ölgetränktes Fleisch steckte. Das Geistermädchen rief: Lauf weg! Das Nichts sagte, dass es für sie keine Zuflucht gab. Das Geistermädchen sagte, renn einfach los, du hast nichts zu verlieren. Sie hatte Essen, Lous Portemonnaie, sich selbst und die ungestaltete neue Nacht. Sie hatte zwei Mal neu begonnen. Wie schwer konnte es ein drittes Mal sein?

Doch es gab keinen Ort, an dem sie etwas Glück für sich sah. Der Körper ging die Treppe wieder hoch.

Die Mädchen zeigten ihr die kalte Schulter, am Montag, bei der Arbeit. Es war schwer zu sagen, ob das an Yukis Auszug lag oder sich darin nur ihre übliche Verachtung zeigte, nun, da sie sich auf keine Schecks mehr freuen konnten. Yuki hatte die Miete für das überteuerte Gelass bis zum Monatsende gezahlt. Was die Mädchen wohl sagen würden, wenn sie ihre Vorauszahlung zurückverlangte? Oder um Vergebung und um die Erlaubnis bat, in den feucht-schimmeligen Raum zurückzukriechen? Um einen neuen Versuch, die einsame Luft atmen zu dürfen.

Yuki pflegte ihren Schmerz. Manchmal, in der Nacht, sank das Geistermädchen wieder in den Körper. Yuki fragte sich, wie man derart einsam sein konnte, wenn man in seinem Kopf derart viele Stimmen hatte. Sie berührte das Bürotelefon. Sie war versucht, zu Hause anzurufen. Ihr Vater, mochte sein Gesicht auch noch so rot angelaufen sein, hatte sie nie geschlagen. Er hatte ihr nur zu ihrem Besten mit dem Lineal auf die Finger gehauen, nie hatte er sie angesehen, als ob er sie verstümmeln wollte. In Japan würde sie kein renommiertes College nehmen. Und wenn schon? Es musste doch einen ruhigen Mann geben, der sie heiraten würde. Sie sah sich schon beim Malen tintenschwarzer Berge und zarter rosa Kirschblüten. Noch war es nicht zu spät. Sie berührte das Telefon erneut. Würde die *Paper* ein Ferngespräch bemerken?

Da kam Lou durch die Tür. Ihre Schultern schossen hoch. Sie schlug die Füße übereinander. Er konnte ihre Gedanken nicht lesen. Ihr Vater hatte einmal gesagt, dass man in Japan rothaarige Männer für die Söhne von Dämonen hielt.

»Hi«, sagte sie, als wäre er ein Fremder. »Ich hol mir einen Kaffee. Brauchst du was?«

»Nein. Nichts.« Sie lächelte so ängstlich wie ein Kind, das beim Klauen erwischt worden war.

Lou drückte ihr einen Kuss auf das Haar. Yuki musste dem Drang widerstehen, sich in ihrem Haar zu verkriechen. Lou kehrte mit seinem Kaffee und einem Apfel wieder. Der Apfel war so klein wie eine Kinderhand, zart und gelb und an den Knöcheln rosa. Yuki schluckte ihren Kummer. Ihr lief das Wasser im Mund zusammen.

»Ich hab den Glänzendsten genommen«, sagte er. »Hier, für mein Mädchen.«

Seine Stimme verweilte bei dem *mein* und zog es in die Länge. Mein Mädchen. Seins. Da wusste sie, sie würde bleiben. Er war der einzige Mensch in ganz New York, der ihr allein gehörte.

Vielleicht käme es nie wieder vor. Sie war nicht Lillian. Sie war nicht schwierig. Nur seine Gedichte durfte sie sich nie mehr ansehen. Sie neigte das Gesicht den besorgten Blicken zu.

Als er sie küsste, diesmal auf den Mund, war es ein süßer und knuspriger Geschmack.

Lou war besonders liebevoll. Am nächsten Morgen bürstete er ihr das Haar. Er gab Acht, dass er weder zog noch zerrte. Die Zinken massierten ihren Kopf, ihre Wirbelsäule entspannte sich, ihre Füße rollten sich in das Baumwollnest des Betts.

Yuki konnte zwar nicht kochen, doch sie machte ihm eine ganze Woche lang Sandwiches, von denen sie die Kruste abschnitt. Sie rahmte die Dreiecke aus Brot mit Herzen aus Kartoffelchips.

Beim ersten Mal sagte er: »Womit habe ich das verdient?«

»Damit, dass du mich genommen hast.«

»Du bist so ein gutes Mädchen.«

Und es war in Ordnung, dass er nicht fragte, warum sie selbst kein Sandwich oder Herz aus Kartoffelchips hatte. Und es war auch in Ordnung, dass er nicht fragte, warum ihr die Chips im Hals stecken blieben.

Doch sie konnte die Gedichte nicht vergessen. Als sie das nächste Mal allein in der Wohnung war, kniete sie sich erneut vor die untere Schublade. Der Wind röhrte seinen Protest und klapperte am Fensterrahmen. Sie kreiste die Hände. Was sie tat, war dumm, sie sollte die Finger davonlassen. Die Schienen klemmten, sie musste einen Fuß gegen die Wand stützen. Nach einem kurzen metallischen Keuchen glitt die Schublade auf. Yuki riskierte es nicht, die Seiten herauszuholen, sie schaute nur auf das obere Blatt und schob dann den Finger darunter, um in dessen Schatten die zweite Seite zu lesen und die dritte.

Ganz gleich, wie lang sie auf die Kleckse und die Korrekturen sah, sie fand in diesem sprachlichen Geknurre keinen Sinn. Was immer er so unbedingt vor ihr verbergen wollte, es widersetzte sich ihrem Spionieren. Die Worte waren derart sinnlos, dass sie erst nach einer Weile merkte, dass sie sich von Tag zu Tag veränderten. Kam er zurück, wenn sie bei der Arbeit war? Tat er das, während sie schlief?

Sie hatte geglaubt, das Nichts wäre mit Odile zusammen fortgegangen. Es war seltsam, dass es ihr wiederum im Nacken saß.

Sogar an den heitersten Vormittagen kam das Nichts zu ihr. Lou reichte ihr einen braunen Briefumschlag: »Für dich.« Das Kuvert war nicht frankiert und trug als Anschrift: Yuki. »War im Briefkasten.«

Der Klebestreifen löste sich leicht. Yuki zog einen dünnen, gefalteten Bogen heraus, auf dem in Schreibmaschinenschrift zu lesen war:

> Bitte gib mir wie verlangt den Schlüssel wieder. Wenn das nicht innerhalb von zehn Tagen geschieht, schicke ich dir die Rechnung für den Schlüsseldienst.
>
> Grüße
> Lillian Graychild

Lou wurde nicht erwähnt. Das transparente Papier zeigte keinerlei Spuren von Menschenhand, nur die Einprägungen der Olivetti. Lillian musste das Blatt berührt haben, doch sie hatte keinen Abdruck hinterlassen.

»Das ist von Lillian.«

Yuki hatte Lillian seit ihrem Auszug nicht gesehen. Sie hätte nicht gewusst, was sie ihr sagen sollte: *Hi – ich wohne jetzt bei deinem Exfreund. Tut mir leid?* Sie hatten sich einander niemals anvertraut. Sie waren nicht befreundet, nicht verwandt, sie hatten lediglich eine Weile unter einem Dach gelebt.

»Ah ja?«

Er nahm ihr das Schreiben ab und sagte: »Gib mir den Schlüssel. Ich kümmere mich darum.«

Yuki hatte den Schlüssel zurückgeben wollen, es aber vergessen, und dann war der Weg zurück so schwer geworden. Lou steckte den Schlüssel in seine Gesäßtasche. Der scharfe Umriss zeichnete sich ab. Als Lou von der Arbeit heimkam, war der Jeansstoff glatt. Yuki versuchte, sich die Unterhaltung auszumalen. Wo hatte sie stattgefunden? Hatte er gebrüllt? Lillian ihm ihre Schuhe an den Kopf geworfen? Sich seine Hand auf ihr Gesicht zubewegt? Es war absurd, dass die einzige Person, die Yuki Auskunft darüber hätte geben können, genau das niemals tun würde.

Sie hatte dennoch Hoffnung. Als sie im Waschsalon auf einer Bank wartete und den Maschinen zusah, dachte sie, dass sich die Gewalt, die Lou in sich trug, mit dem richtigen Fleckentwerfer womöglich lösen ließe.

Als die Maschine fertig war, leerte sich ein Trockner. Das Timing war perfekt. Yuki griff in das Metallgehäuse, und zum Vorschein kam – ein Knäuel, grau wie ein Gehirn. Stoff, der sich um Stoff schlang. Das riesige Organ nässte auf den Boden. Lous neue dunkelblaue Jeans hatten sich tief in die einst weißen Laken seiner Mutter hineingewunden. Das Wasser tropfte Yuki auf die Schuhe und die ausgestellten Hosenbeine.

Eine andere Frau hievte einen regenbogenfarbenen Stapel auf den leeren Trockner zu. Münzen klickten. Die andere Frau schlug die Klappe zu und lächelte Yuki mit einem fröhlichen Fick-dich-ich-war-schneller-Lächeln an. Yuki stand mit dem triefenden Gehirn in den Armen da. Sie umschlang es, bis das Wasser durch ihre Bluse drang und sich an ihre Rippen krallte. Eine Viertelstunde lang stand sie nass und unbeachtet dort. Dann wurde ein anderer Trockner frei. Sie steckte das Geld hinein. Was blieb ihr anderes übrig? Sie hatte keine Wechsellaken. Als sie später die Matratze wieder bezog, schaute ihr ein gewaltiger Bluterguss entgegen.

»Die haben meiner Mom gehört. Meiner Mom. Wie dämlich bist du eigentlich? Diese Laken sind älter als du.«

Wie alt genau?, hätte sie am liebsten gefragt, tat es aber nicht, weil es die falsche Frage gewesen wäre und sein Gesicht bereits so rot wie sein Haar war.

»Du musst dich schon ein bisschen anstrengen. Ich bin schließlich nicht dein Babysitter.«

»Ich kauf dir neue. Also, wenn das nächste Gehalt kommt, kauf ich neue.«

»Die hat meine Mutter ausgesucht. Bist du meine Mutter?«

Die Hand schlug ihr ins Gesicht.

Ihr Kiefer schmerzte. Es war dumm. Doch als Kind hatte sie nie die Wäsche waschen müssen. Ihre Mutter hatte sich darum gekümmert. Wie hatten sie ihre Tochter so ahnungslos sich selbst überlassen können? Unfähig, ein sauberes Leben zu leben. Kein Wunder, dass Lou wütend war.

»Ich hab das doch nicht absichtlich getan.«

Er rieb sich das Gesicht, das nun wieder blass war. »Ich will dir nicht wehtun.« Und es klang wahr und weich und schmerzlich. Er fasste an ihr Kinn. »Alles okay?«, fragte er. »Also, kannst du bitte, bitte dafür sorgen, dass du mich nicht sauer machst?«

Sie rief sich ins Gedächtnis, wie es mit Lillian ausgesehen hatte. Lustig, slapstickartig: wie ein Komikerduo. Yuki war seine neue, bessere Mitspielerin. Die Naive. Es war alles nur Theater. Außer, dass ihr niemand zusah.

Die ersten richtigen Blutergüsse waren blaue Daumenabdrücke an ihrem Handgelenk. Die Folge eines Streitgesprächs über den Krieg. Yuki hatte gefragt, wieso die Amerikaner alle, die ihnen geholfen hatten, im Stich ließen. »Sei nicht so naiv«, hatte er erwidert. »Die müssen da doch irgendwann mal raus.«

Yuki hatte sich gefragt, ob es den einen strahlenden Moment gab, in dem man wusste, wer einer Rettung wert war und wer nicht.

Beim nächsten Treffen mit *den Jungs* sagte sie: »Ihr habt doch gesagt, dass vielleicht auch Kunst in euer Magazin kommen soll, oder?«

Alle schauten derart überrascht zu Yuki, als ob sich eine der Bierflaschen geräuspert hätte.

»Ich könnte etwas machen.«

Die Köpfe drehten sich zu Lou. »Schatz.« Lou gehörte nicht zu den Männern, die Schatz sagten. »Stell uns was zusammen, und dann sehen wir weiter.« Er wandte sich an *die Jungs* und sagte: »Sie malt Bilder.« Es war, als hätte er gesagt, dass sie Barbie-Puppen sammelte oder Babystrümpfe häkelte – ein albernes Kleinmädchenhobby.

Später bezahlte sie dafür, dass sie ihn blamiert hatte. Doch wenn sie in das Magazin kommen würde, hätte sie vielleicht endlich etwas, das sie ihrer Mutter schicken konnte. Etwas, das sie in den Händen halten konnte. Etwas, das besagte, dass das alles nicht nur ein gewaltiger Fehler war. Sie hatte keine Freunde – sie musste ihre Wunden nicht verstecken. Doch jedes Mal, wenn ihr Blick auf ihre Male fiel, spulte sich ein schwarzes Band in ihrem Innern ab, in das sich der Verlust schrieb. Über die Blutergüsse schob sie Armreifen.

JAY

7.

Interstate 95, September 2016

Celeste saß in ihrem schwarzen Rollkragenpullover neben mir auf dem Beifahrersitz. Insgesamt besaß sie drei Pullover: einen schwarzen, einen blauen und einen festlichen. Celeste wurde es im Auto übel, wenn man sie auf den Rücksitz zwang. Sie saß gern vorn, den Blick auf der Straße, wie eine stolze Ägypterin. Auch dem Baby wurde es beim Fahren schlecht, egal wo es saß. Eliot schien sich an der ganzen Welt zu reiben.

Ich spähte in den Spiegel. Mimi hatte einen Arm um den Kindersitz gelegt, als zusätzliches weiches Schutzpolster. Ein Auge war mit schwarzem Kajal umrahmt, das andere nackt. Eliot hatte sie bestimmt dabei gestört. Seltsamerweise war mir das nackte Auge lieber, das rosa Lid, das sich wie ein Blütenblatt bewegte. Irgendjemand hupte. Man sollte meinen, dass ich nach dem Tod meines Vaters besser auf die Straße geachtet hätte, doch die lange Fahrt im dichten Verkehr hatte mich ermüdet.

»Hey, Kopf hoch. Vielleicht hat es ja eine kathartische Wirkung. Und du hörst auf, ein ganzes Land zu meiden.«

»Was?«

»Eine Katharsis. Die Begegnung mit deiner Mom. Ein Schlussstrich. Yada. Yada.« Mimi lächelte, auf ihre Ich-gebe-mich-als-durch-und-durch-positiver-Mensch-Art-und-Weise. Ihre tröstlichen Gesten entsprangen oftmals einem Ernst, der sich als Ironie nur tarnte.

»Sie ist eine Bitch, aber was soll's? Ich hab gesagt, ich fahre. Also fahre ich. Kein großes Ding.«

»Du schickst jeden weg, der bei dir nach Kunst aus Japan fragt. Sollten wir demnächst vor der Wahl stehen, deine Probleme oder der Waldorf-Kindergarten, wäre es mir deutlich lieber, wir könnten das Geld für den Kindergarten verjubeln.«

»Das liegt nicht nur an meiner Mutter, okay?« Dass ich nicht mit Kunst aus Japan handelte, hatte viele Gründe. Der Markt war gesättigt, und ich mochte Tokio nicht. Man durfte in der U-Bahn nicht essen, und das Eis bestand aus Soja-Ersatz.

»Ach ja?« Mimi rieb sich den Nacken, der seit der Schwangerschaft ständig schmerzte.

»Du kennst doch die Legende von der Göttin, die Japan geboren hat. Davor hatte sie nämlich noch ein Kind.« Mimi ließ die Halswirbel knacken, und mir fuhr eine heiße Wut in die Glieder. »Dieses erste Baby, Hiruko, übrigens wortwörtlich Blutegel-Kind, hatte keine Knochen.«

»Jay.«

»Und was hat Japans Mom getan? Das Baby einfach ins Meer geworfen.«

»Jay, das hast du mir schon mal erzählt. Gleich nach der ersten Ultraschalluntersuchung.«

»Dann weißt du ja, was ich meine. Das ist Japans Mutter. Natürlich haben die Japaner dann viele hundert Jahre lang ein Kind, mit dem etwas nicht in Ordnung war, im Meer ausgesetzt.«

»Ach, hör auf. Die Wikinger haben ihre Babys in den Schnee gelegt, oder? Die Spartaner auf Klippen. Und China hält auch nicht gerade den Weltrekord bei kleinen Mädchen, trotzdem findest du Shanghai toll.«

»Wer nennt sein erstes Baby Blutegel?« Doch so aufgebläht und schwammig, wie sie war, sah auch Eliot ein wenig Egel-artig aus.

Celeste hustete.

Wenn es eins gab, das haarlose Katzen eigentlich nicht produzieren dürften, dann waren es Haarballen. Mimi war fest davon überzeugt, dass Celeste unsere Kleider fraß. Die Vorstellung behagte mir mehr als meine Theorie, wonach das Haar von mir stammte. Celeste leckte mir liebend gern über Beine, Arme und den Nacken. Ich nahm eine Hand vom Lenkrad und rieb ihr über den Rücken. Mein Daumen wanderte hin und her und lockerte die Knötchen.

»Beide Hände ans Steuer«, sagte Mimi von hinten. »Bau bitte keinen Unfall, nur weil du deiner Katze den Rücken massierst.«

Der Verkehr war zum Erliegen gekommen, wir hätten nirgendwo auffahren können. Mein Daumen umrundete die Schulterblätter meiner Katze.

»Hör zu, ich sage das wirklich nicht aus Grausamkeit, aber du solltest sie einschläfern lassen. Wolltest du, dass dir jemand jeden Morgen eine Tablette in den Hintern schiebt?«

»Diabetes ist keine lebensbedrohliche Krankheit.«

»Wärst du gern eine kahle, zuckerkranke Katze?« Ihr Ton war derart ruhig und bedächtig, als ob sie zu einem Kind sprechen würde, das ausgesprochen schwer von Begriff war. In mir kochte neuer Ärger auf. Hatte ich mir nicht erst letzte Nacht vorgenommen, mich wieder mehr um sie zu bemühen? Um uns? Scheiß drauf.

»Du bist doch nicht etwa eifersüchtig...«, und nun machte ich ihre Stimme nach, »...auf eine blöde Katze.«

»Wann hast du Eliot zuletzt massiert?«

»Wir können auf der Stelle rechts ranfahren. Du übernimmst das Steuer, und ich halte das Baby.« Ich war mir sicher, zumindest hielt ich es für sehr wahrscheinlich, dass ich mein Kind liebte. Doch selbst ich merkte, dass meine Worte wie eine Drohung klangen.

»Du bist ein beschissener Vater, weißt du das?«

Leider tat ich das. Mein Vater war ein fantastischer Dad gewesen. Er hatte, mir zuliebe, meiner kahlen Katze Tabletten in den

Hintern geschoben. Der tollste Vater der Welt, wie der Spruch auf einer Kaffeetasse. Ich wollte ihm nacheifern, wirklich. Aber es war mir einfach unangenehm, Eliot zu berühren. Sie war ein formloser rosa Hautsack. Doch. Ich war mir sicher. Es würde besser, wenn sie erst einmal ein Mensch war. Garantiert. Nur momentan wirkte sie nicht wie ein Mensch. Sondern wie ein Etwas. Ich würde schon mit ihr zurechtkommen, wenn sie erst einmal lesen oder zeichnen konnte. Bitte, ihr Götter.

»Ich tue mein Bestes«, sagte ich. »Es ist ja nicht so, dass ich das Baby schütteln würde.«

»Stimmt, du bist ein großartiger Vater. Du misshandelst dein Kind nicht«, erwiderte Mimi. »Du siehst es ja kaum an.«

8.

New York, Oktober 2016

Ich klemmte mir das Handy zwischen Ohr und Schulter und warf Socken von meinem Bett aus in den Koffer. Ich timte jeden Wurf zum Tuten meines Telefons: Tor, Tor, Tor, vorbei, Tor, vorbei, vorbei. Sieben Tage Berlin, bemessen in einer Baumwolle-Viskose-Mischung.

Annikas Handy schaltete auf Voicemail: »Annika, ich bin's, Jay. Hab deine Mail bekommen. Das ist echt schade. Ich meine, ich versteh es. Aber ich arbeite da auf eine ziemlich große Sache hin. Ich habe nämlich zufällig gehört, dass das Whitney eine Ausstellung über die asiatische Diaspora erwägt, obwohl sie dem Ganzen sicher einen Titel geben werden, der etwas sexier klingt. Jedenfalls haben die Mittals dem Whitney grade eine üppige Schenkung gemacht.« Das stimmte. »Und eine der Kuratorinnen war bei mir im Studium.« Auch das stimmte. Sie war sogar ganz nett. »Und zufällig weiß ich auch, dass sie in deine Arbeit regelrecht verliebt ist.« Das war erstunken und erlogen. Ich legte auf.

Hätte ich am nächsten Tag nicht nach Berlin fliegen müssen, wäre mir vielleicht etwas Besseres eingefallen, um sie von einem Verbleib in der Galerie zu überzeugen. Sie verkaufte sich wirklich gut, sie zu verlieren konnte ich mir nicht leisten. Ich musste mir etwas einfallen lassen, aber erst musste ich Celestes Zäpfchen finden. Ich sah unter ihrem festlichen Pullover nach. Da lagen sie nicht. Ich faltete die Ärmel mit den aufgestickten Schneeflocken neu zusammen. Ich hob das dünne Phrasenbuch an. Mein Gepäck war karg. Selbst mit den Pillen wäre das nicht die Fracht für eine Odyssee. Ich hatte mir einen Roman über Deutschland kaufen wollen, etwas, das mir ein Bild von dem Land vermittelte, in dem meine Mutter lebte. Doch ich war nur auf Nazi-Themen gestoßen, und der große Schmerz jener Zeit war von meinem viel zu fern.

Ich ging in Mimis Arbeitszimmer, weil ich sie nach den Pillen fragen wollte. Mimi hockte vor ihrem Computer, das Baby in der Schlinge um den Nacken. Über *Marcus und Zanya laden nach Fire Island zu ihrer Hochzeit* lag das Raster des Adobe Illustrators. Mimi änderte die Schriftart von kursiv auf Serifen.

»Was weiß ich, wo du die hingelegt hast.« Mimi schaute nicht einmal auf.

Eliot, das Gesicht inzwischen dick und rund, die Haut so glatt wie das Innere einer Mandel, wimmerte. Das Babytuch war die Empfehlung einer Sammlerin, die in Indien *verwandelt* worden war. Ich hatte zunächst darüber gelacht, doch auch wenn die Nähe zu Mimis Haut dem Weinen kein Ende setzte, verringerte sie es doch. Eliot war buchstäblich zwischen uns. Ich wandte mich zum Gehen, weil ich nicht noch mehr Furcht und Schrecken in meinem Kind wecken wollte.

»Halt!« Mimis Hand fuhr hoch, doch ihr Gesicht blieb abgewandt. »Du musst mit Eliot raus.«

»Was?«

»Ich habe mich eine Woche lang um alles gekümmert, die Galerie, meine Kunden, dein Kind. Jetzt kannst du wenigstens mal deine Tochter nehmen, damit ich das hier fertig machen kann.« Wir zischten uns im Flüsterton an.

»Ich packe gerade für meinen Flug morgen früh um sechs. Und ich suche immer noch die Pillen für Celeste.«

»Das kannst du nachher tun. Babys müssen an die Sonne.«

»Sie ist doch keine Geranie«, erwiderte ich. »Sie wird schon nicht verwelken.«

»Das war mir übrigens ernst, was ich da neulich über die Katze gesagt habe. Celeste ist viel zu alt. Das ist ihr gegenüber nicht fair.« Und mit zwei entschiedenen Mausklicks löschte sie das Motiv der Turteltauben.

»Ich brauche sie.«

»Und ich brauche einen Ehemann, der sich wie ein Erwachsener benimmt. Aber wenn du es nicht tust, tu ich's.«

»Mimi.« Mein Tonfall wurde weich. Es war ein Flehen. »Gerade jetzt brauche ich sie wirklich. Ich meine, wenn du mitkommen könntest...« Natürlich konnte sie das nicht. Wir hatten ein Baby. Meine Frau grunzte.

»Geh mit deiner Tochter raus. Ich hätte das hier schon gestern liefern müssen.«

Ich erlaubte Mimi, mir meine Tochter an die Brust zu schnallen. Eliot grapschte an mein Hemd. Das Hemd durfte ausschließlich chemisch gereinigt werden, auf dem Etikett stand nicht: Stoff eignet sich für Babyfinger.

»Willst du Milch, Süße? Willst du deine Mami?«

Eliot machte ein Geräusch wie ein Vogel, der erwürgt wird.

»Sie hat eben erst getrunken. Komm mir jetzt nicht mit der Scheißnummer.«

Ich ging mit Eliot zum Fluss. Irgendein Entwickler hatte dort eine Terrassenlandschaft angelegt. Ein paar Schüler saßen dort und aßen Eis. Zumindest nahm ich an, dass es Schüler waren. Wer sonst konnte mitten an einem Arbeitstag im Herbst ein Eis essen? Ich setzte mich auf die Kiefernbohlen, nahm mein Handy und fragte mich, bis wann ich ausharren musste, ehe ich mit Anstand heimkehren konnte. Eliot langte nach dem Telefon. Meine Tochter wusste instinktiv, was teuer war. Ich barg das Handy in der Tasche.

So blieb mir als einzige Beschäftigung, mein Kind anzuschauen. Seine Wangen hingen wie bei einem Jagdhund, und die Stirn war riesig. Ich hatte kürzlich Mimi gegenüber angedeutet, Eliot sei meiner Meinung nach in ihrer Entwicklung leicht zurückgeblieben, worauf Mimi sehr gereizt reagiert hatte. Dabei konnte dieses Kind noch nicht einmal lächeln. Zwischen seinen Lippen hing eine silberne Spuckeblase. Und trotz seiner büscheligen Kopfhaare besaß es keine Augenbrauen. Zusammen mit dem schlaffen Kiefer wirkte das, als ob diesem Kind ein permanenter Ausdruck des Erstaunens im Gesicht geschrieben stünde. Ich dachte an die vielen Videos auf YouTube: *Baby staunt über das Leben! Baby von Daddys künstlichen Perlmuttknöpfen gefesselt. Pinkelnder Chihuahua zeigt Säugling die unzähligen Wunder von New York. Baby schaut entzückt auf sich nähernde Studentin.*

»Die ist ja süß«, sagte das junge Mädchen, das eindeutig gerade erst aus Idaho oder woher auch immer gekommen war und noch nicht wusste, dass man nicht mit fremden Männern sprach, selbst dann nicht, wenn sie ein Baby in den Armen trugen. Dabei hielt sie eine Ausgabe von *Verbrechen und Strafe* in der Hand. Man hätte also meinen sollen, dass sie es besser wusste.

»Danke.«

»Wie heißt sie?« Das Mädchen war vermutlich auf dem College, denn sie machte nicht den Eindruck, als ob sie Dostojewski zum Vergnügen lesen würde.

»Eliot.«

»Oh mein Gott. Was für ein süßer Name.«

Meine süße Tochter kräuselte die Nase und machte in die Windel. Ich spürte, wie sich ihr Unterleib erst verkrampfte und dann lockerte. Die frische Pissenote mischte sich unter den Gestank von moderigem Laub und Schweröl oder was auch immer mit dem Fluss stromabwärts trieb. Ich musterte das Mädchen. Teure Schuhe, die Ballerinas mit dem großen kreuzartigen Emblem, das die gesamte Upper East Side vor ein paar Jahren noch getragen hatte. So ein Mädchen würde keinem Säugling etwas antun.

»Möchten Sie sie einmal halten?«

»Ja, klar, furchtbar gern. Wenn das okay ist.«

Man sollte sein Baby wirklich niemals einem Fremden übergeben. Doch das Mädchen machte den Eindruck, als ob es schon einmal als Babysitterin gearbeitet hätte, zumindest wäre es die perfekte Besetzung für eine Babysitterin gewesen.

Ich knotete den Batikbeutel an dem Mädchen fest. Meine Tochter griff nach dem Tiffany-Anhänger, den das Mädchen um den Hals trug, und zog daran. Die Kette grub sich in den Nacken und färbte die rosig-weiße Haut grünlich-weiß.

»Könnten Sie eine Minute lang mit ihr hierbleiben? Ich muss ein dringendes Gespräch führen.« Würde das Ganze noch suspekter wirken, wenn ich ihr Geld geben würde? Ich wies auf eine Bank in der Nähe, außer Hörweite. »Ich bin gleich da vorn. Sie sind meine Heldin.«

Das Mädchen spielte nervös mit seiner Papiertüte, sagte dann: »Äh, ja, sicher«, und klang gar nicht sicher.

Wieder griff ich zum Handy. Ein Versuch, aus meiner Nachricht an Annika eine Tatsache zu machen, konnte bestimmt nicht schaden. Allerdings hatte ich die Nummer der besagten Kuratorin nicht. Aber, halt, wir waren Facebook-Freunde. Ich erwog, ihr zu ihrem neuen Job zu gratulieren, doch das wäre allzu durchsichtig gewesen. Schließlich hatte ich ihren neuen Status im Jahr zuvor geliked. Also schrieb ich: »Hi, lange nichts gehört. Wie geht es dir?«

Die Bank stand in Ufernähe. In der Ferne bewegten sich Frachtkähne auf die Freiheitsstatue zu. Eine weiße Möwe segelte vor dem weißen Himmel. Ich mag Möwen, auch wenn sie die Tauben des Salzwassers sind. Sie rufen uns in Erinnerung, dass dieser Fluss voller Großstadtdreck ins Meer führt. Das College-Mädchen trug einen Pullover in der Farbe der Möwenflügel, ecrufarben, mit Zopfmuster. Dankbarkeit stieg in mir auf. Eliots Anblick war mir unbehaglich. Sie war wirklich wie ein kleiner

Egel, schwammiges, feuchtes Fleisch. Das Mädchen sah zu mir, und mir wurde bewusst, dass ich nicht telefonierte, sondern nur wie ein Tourist in die Gegend gaffte.

Also hielt ich mir das Handy ans Gesicht und sprach: »Die Egel-Geschichte hat einen Epilog. Das Egel-Baby trieb so lange auf dem Meer, dass ihm Glieder wuchsen. Dadurch und weil es das Glück hatte zu überleben, wurde es zu Ebisu, dem Gott der Fischer und des Glücks.« Von meinem Platz aus konnte ich nicht erkennen, ob sich in der Schlinge ein Baby oder ein gebrochener Arm befand. »Dieser Teil ist natürlich Quatsch. Ein falsches Happy End, das erst Jahrhunderte später hinzugedichtet worden ist.« Wenn ich jetzt gehen und mein Baby bei dem Mädchen lassen würde, würde Eliot vielleicht eines Tages sagen: Oh, was hatte ich doch damals für ein Glück, das hat mich ja so stark gemacht. »Doch Glück bedeutet nicht, dass man überlebt, wenn man dem Meer überlassen wird. Glück bedeutet, dass es gar nicht so weit kommt.« Ich beendete meinen fingierten Anruf.

Die Studentin machte zwar nicht den Eindruck, als wäre sie ein Fan der russischen Literatur, doch bestimmt eine gute Mutter. Liebevoll und verantwortungsbewusst. Als wäre sie diejenige, die nach den Partys ihrer Verbindung aufräumte. Der Probelauf, mein Kind im Stich zu lassen, hatte ziemlich gut geklappt. Es gelang mir zwar nicht, mein Baby Missy America und Raskolnikow zu überlassen, doch wie leicht wäre es, dem Beispiel meiner allerliebsten Mutter zu folgen und selbst zu gehen.

»Danke«, sagte ich zu der Studentin. »Sie sind meine Heldin.«

Ich gab ihr einen Zwanziger. Sie nahm den Schein entgegen und knüllte ihn, ohne in Wort des Danks, zusammen. Ich hätte ihr am liebsten gesagt, so viel Geld in der Minute verdienen Sie nie wieder, es sei denn, Sie strippen oder verkaufen faule Kredite. Wir vollzogen die Übergabe des Tragetuchs. Eliot sah ohne das geringste Sabbern als Zeichen des Wiedererkennens zu mir auf.

Nun, wo der Egel wieder an mir saß, machte ich mich auf den Heimweg.

9.

John F. Kennedy, Oktober 2016

Mein Wecker schreckte Mimi nicht aus dem Schlaf. Warum also sollte ich sie stören und mich anknurren lassen? Ich suchte nach Celeste und holte sie von einem Regal, wo sie einen signierten Katalog umgestoßen hatte: Ai Weiwei, seines Zeichens selbst Katzenliebhaber, ein Mann, der wusste, dass man einer Katze nichts befehlen konnte. Ich gab Celeste einen Kuss auf den runzeligen Kopf. Sie hustete.

»Zeit zum Aufbruch, meine Liebe.«

Celeste war eine registrierte Therapiekatze. Mit Sondervisum für China. Und Mikrochip. Sie hatte sogar einen Tier-Reisepass für die EU, mit dem sie problemloser über die Grenze kam als ich mit meinem dunkelblauen US-Ausweis. Sollte die Galerie eines Tages den Bach runtergehen, konnte ich immer noch ein Buch schreiben: *Eine Katze von Welt* oder *Die Reisen mit meiner Katze*.

Celeste kam in einen Käfig mit dünnem Metallgitter und gelben Aufklebern, auf denen THERAPIE- UND BEGLEITTIER stand und die Silhouette eines Blindenhunds abgebildet war. Wir gingen spät an Bord und blieben beileibe nicht unbemerkt.

»Soll das heißen, dieser Typ ist irre?« – 3F

»Igitt!« – 14D

»Aber Mami, das ist eine Katze!« – 27B

»Psch.« – 27C

»Und blind ist der Mann auch nicht.« – 27B

»Psch.« – 27C

Ich nahm meinen Platz weit hinten im Flieger ein, neben den Toiletten. Ich saß gern hinten, weil man dort einfacher an ein weiteres Glas Wasser oder extra Knabbereien kam, besonders, wenn man sich bei den Flugbegleitern beliebt machte. Das aber hing davon ab, wie sie a) zu Katzen im Allgemeinen und b) zu kahlen Katzen im Speziellen standen.

Ich setzte mir den Käfig auf den Schoß. Ich sah mich um: keine Babys. Nur ich und meine Katze. »Ganz wie früher«, sagte ich zu Celeste. Es wäre kein Problem, nicht heimzukehren. Das Nötigste hatte ich dabei: Ausweis, Handy, Portemonnaie, Laptop, Katzenfutter. Alles andere ließ sich unterwegs besorgen. Ich versuchte mich zu erinnern, ob ich mich von Eliot verabschiedet hatte. Nicht, dass sie sich daran erinnert hätte. Ich hatte kein Bild von ihr in meinem Portemonnaie, doch ich hatte den Bildschirmhintergrund auf meinem Laptop in eins ihrer Ultraschallbilder geändert. Ein weiterer Versuch, mich zu Begeisterung zu überlisten. Hatte meine Mutter ein Bild von mir?

In meiner Tasche befanden sich ein rosafarbener Ordner mit dem Grundbucheintrag, ein blauer mit den Wegbeschreibungen, ein gelber mit Informationen zu Berliner Künstlern, ein grüner mit Restauranttipps, ein zweiter rosafarbener (die Farbauswahl im Geschäft war begrenzt) mit allen Artikeln, die über meine Mutter je erschienen waren, wobei die meisten aus mir unbekannten Online-Magazinen stammten und Aufgüsse ein und derselben Biografie waren. Ein Sohn wurde nirgendwo erwähnt.

Celeste stellte den Schwanz auf, sah zu mir und zwinkerte drei Mal. Angeblich, so die Fachwelt, werfen Katzen Menschen auf diese Weise Küsse zu.

Ich flog regelmäßig nach Beijing, Shanghai, Singapur und Taipeh, um dort Kunst zu kaufen und mich nach neuen Talenten umzusehen. Nebenher war ich für eine Galeristin von der East Side tätig, die mit Ölgemälden europäischer Provenienz handelte: Kühe, noch mehr Kühe, tote Fasane und Bauernmädchen. Wenn ich in Asien war, traf ich mich dort auch mit ihren Sammlern. Und brachte neue Kataloge mit: Hochglanz-Spam. Josephine – so hieß die Galeristin – beharrte darauf, dass nichts über den persönlichen Kontakt ging.

In letzter Zeit zeigten Josephines Sammler ein großes Interesse an asiatisch-amerikanischen Künstlern. Was genau das ausgelöst hatte, war mir nicht ganz klar. Neugierde, ein *Was wenn*? Ein Gefühl des Triumphs? *Sie* waren nicht gegangen, sie hatten auf Asien gesetzt, auf das heimische Team, und siehe da: Sie waren auf der Siegerseite. Allein in eine von Singapurs Shopping Malls hätte die gesamte Fifth Avenue gepasst.

Ich benötigte Celeste auf diesen Reisen nicht, doch mir war lieber, wenn sie mich begleitete. Nicht wegen der Flieger, der schwankenden Taxis in Shanghai oder der stickigen, siechen Luft Beijings. Sondern wegen der Art und Weise, wie mich diese Sammler anschauten und mich fragten, was ich überhaupt war, Chinese, Japaner, Koreaner... Die Künstler, denen ich etwas abkaufte, sahen in mir nur den alchemistischen Prozess, der ihre Zeichnungen in Dollar wandelte. In den Staaten hatte man den meisten weißen Bewohnern der Ostküste und erst recht Brooklyns diese Frage ausgetrieben. Sie alle musterten nur mein Gesicht zu lang. Die Gelegenheit nutzte ich zu fragen – waren sie womöglich an Keramik interessiert?

In Asien waren die Sammler gänzlich unverblümt: »Was sind Sie?« Manchmal kam die Frage aus dem Mund des Übersetzers, ich verstand sie aber immer. Wenn ich »Amerikaner« sagte, folgte gleich die nächste Frage: »Woher stammt Ihre Familie?«

Meine chinesischen und koreanischen Sammler, und das galt auf beiden Seiten des Pazifiks, empfanden Japanern gegenüber im besten Falle Ambivalenz. Ich sah keinen Grund, zusätzlich unter einer Frau zu leiden, die sich davongestohlen hatte. Also sagte ich in solchen Fällen: »Ich wurde adoptiert.« Darauf folgte oft die Vermutung, dass ich das Nebenprodukt einer Hure war. Eine Sammlerin aus Shanghai war überzeugt, dass meine Mutter aus der Provinz ihres Vaters stammte.

»Es sind die Wangenknochen«, sagte sie. »Sie sind so hoch und flach. Und die hohe Stirn.«

Sie war auf dem renommierten Wellesley-College gewesen, doch nun war sie von Beruf Ehefrau eines Immobilien-Moguls. Sie hatte Kunstgeschichte studiert und verwickelte mich immer in stundenlange Gespräche, weil sie sich freute, ihr Englisch aufzufrischen.

Ich hatte ihr gesagt, dass ich bei kanadisch-amerikanischen Eltern aufgewachsen war.

»Ach, Amerika«, hatte sie mit derselben Bewunderung gesagt, mit der sich US-Amerikaner über die Spiritualität der Indianer äußern. Mir war nicht klar, ob sie die Tatsache erstaunte, dass sich in Amerika ein weißes Paar dafür entschied, ein Kind von zweifelhaftem Geblüt zu adoptieren. Oder ob es einfach der Ausdruck kanadisch-amerikanisch war.

Bei all dem wand ich mich innerlich. Es führte dazu, dass ich mein Gesicht vor dem Burberry-Laden, in silbernen Aufzugstüren und dem Zifferblatt meiner Uhr kontrollierte. Keine Ahnung, was ich erwartete. Dass sich mein Gesicht aus dem Wunsch nach Zugehörigkeit verformte? Mich das Gesicht meiner Mutter ansehen würde, das sich den Weg durch meine Schädelknochen bahnte und meine Lüge offenbarte? In solchen Momenten war es gut, wenn Celeste im Hotel auf mich wartete. Dann fiel ich auf das Bett und legte sie mir auf den Bauch. Von ihrer schweren Wärme beruhigt schlummerten wir beide ein.

Ich sah in das Bordmagazin, um mir einen Film auszusuchen. Der Kapitän verkündete, dass die Fluggesellschaft einen berühmten Koch angeheuert hatte, der das Menü neu gestaltet hatte. Für einen Aufpreis von dreißig Dollar gab es nun eine Prosciutto-Pizza mit Rucola und einem Hauch Trüffelöl.

Seit wann kommt auf alles Trüffelöl, und wer hätte überhaupt gedacht, dass ein Pilz so ölhaltig war?

In meiner Tasche befand sich ein 100-ml-Tiegel Feuchtigkeitscreme. Die Kabinenluft war knochentrocken, und Celeste hatte eine sehr sensible Haut, die unter Kälte und Sonne und Feuchtigkeit und Meeresluft litt. Ich tupfte etwas kühle Creme auf einen Finger und rieb sie damit ein. Sie drückte sich dicht an die Gitterstäbe. Mimi schob es auf Inzucht, doch ich war ein Bastard, und mir machte das Klima auch zu schaffen. Ich schmierte mir etwas von derselben Creme aufs Kinn und atmete den Duft von Thymian.

YUKI

1970, Drachenblut

Eigentlich ein Pflanzenharz, das als das getrocknete Blut aus der Schlacht zwischen einem Drachen und einem Elefanten angepriesen wurde. Auch wenn es schnell verblasste, war es sehr beliebt, wahrscheinlich aufgrund seines angeblich kriegerischen Ursprungs.

»Ich wäre so gern Künstlerin«, sagte sie. »Aber es war wohl dumm zu glauben, dass man so was lernen kann.« Edison hatte am Ende der dritten Stunde Aktzeichnen auf sie gewartet. Er zog die Augenbrauen zusammen.

»Du machst doch Kunst.«

»Nein, ich meine, ich will eine richtige Künstlerin sein, eine von denen, die auf die Frage, was sie macht, sagen kann: Ich bin Künstlerin. So wie du sagen kannst, ich bin Architekt.«

»Architekturstudent«, erwiderte er. »Und wusstest du, dass ich als Kind auch mal Künstler werden wollte?«

Hatte er sie gerade Kind genannt? Sie kam sich ja selbst so vor, mit ihrem Häschenradierer und Lous altem Hemd als Kittel.

»Aber, hey, es sollte halt nicht sein.«

Das Modell trat in einem violetten Mu'umu'u hinter einem Vorhang vor. Edison und Yuki mieden ihren Blick, so als ob das Kleid das eigentlich Anstößige wäre.

Die Augen noch immer auf den Boden gerichtet, sagte Edison: »Manche haben's drauf. Andere nicht. Ich nicht.« Er schüttelte den Kopf. »Aber es macht Spaß, so zu tun, als ob.«

»Woher weißt du das?« Wenn die Göttin Kannon zu ihr herabgestiegen und ihr gesagt hätte, *Hey, aus dir wird niemals eine Künstlerin*, dann wäre in ihrem Denken Platz für etwas anderes gewesen. Vielleicht hätte sie dann ihrem Vater schreiben und ihn um Vergebung bitten können.

»Ich glaube, ich will viel zu sehr, dass die anderen glücklich sind. Die anderen mich mögen. Aber in der Kunst geht es nicht um Glücksgefühle.«

»Bei der Architektur? Um Glücksgefühle?«

»Ja, ich glaube schon.« Er lächelte.

»Mir war nicht bewusst, dass wir so viel kaufen müssen«, sagte Yuki. Der Lehrer verlangte Papier in verschiedenen Stärken, diverse Bleistifte, unterschiedlich dicke Kohle, Knetgummiradierer. Und sie waren noch nicht bei den Farben angekommen.

Und so erläuterte sie Edison ihre Finanzen und erklärte, wie viel sie sich für goldene Hefezöpfe und für Kaffee zugestand. Dass sie sich mit ihren eigenen Broten ins Metropolitan Museum schlich, damit sie in der dortigen Cafeteria kein Geld ausgeben musste. Dass Lou sie zwar nie um einen Beitrag für die Miete bat, sie trotzdem das Gefühl hatte, dass sie ihm das schuldete.

»Du kannst gern meine Pastellfarben benutzen, und starkes Papier habe ich auch noch übrig.«

»Aber dann hast du nichts mehr.«

»Kein Problem, meine Eltern schicken mir für so was Geld.«

»Ich zahle dir das«, sagte sie. Doch Erleichterung durchströmte sie. Nun musste sie Lou nicht bitten, ihr Geld zu leihen.

»Trink ein Bier mit mir.«

»Ich trinke nicht«, sagte sie. Das tat sie wirklich nicht, nicht, seit Odile fortgegangen war. Alkohol gab ihr das Gefühl, die Kontrolle zu verlieren. Sie wurde jeden Tag in einem Secondhand-Leben wach, einem Leben, das für einen Menschen von robusterer Statur zugeschnitten und bemessen war. Das war verwirrend genug.

»Dann einen Kaffee.«

»Um diese Zeit? Dann schlafe ich doch nicht.«

»Dann schläfst du eben nicht. New York bei Nacht ist toll, wie Weihnachten und Halloween zusammen.«

Yuki konnte sich nicht erinnern, nicht in New York zu leben, daher sah sie in der Stadt selten etwas anderes als den Ort, an den der Zufall sie verschlagen hatte.

»Im Ernst, gehen wir einen Kaffee trinken. Das ist kein Date. Das ist nichts, was dich und diesen Lou nervös machen müsste.« Aus seinem Mund klang *Lou* wie das Wort in einer Sprache, die ihm fremd war. »Ich könnte in New York eine gute Freundin brauchen.«

Also nickte sie. Als sie ins Freie traten, hatte sich der Himmel Rosa und Orange gefärbt. Yuki fragte sich, ob Lou mit dem Essen auf sie wartete.

»Einen schnellen Kaffee. Superschnell«, sagte sie.

»Espresso.«

»Aber dann will ich deine Skizzen sehen.«

Sie gingen zu einem Diner in der Nähe; es war beinahe menschenleer. Sie setzten sich neben Topfpflanzen, deren Blätter vollkommen eingestaubt waren. Es war seltsam, dass Staub sich auch auf etwas Lebendem niederließ. Yuki hüllte sich in Gedanken in Staub. Sie schüttelte sich kaum merklich. Sie bestellte eine heiße Schokolade mit Marshmallows und Sahne. Er ein Stück Kirschkuchen.

»Hier gibt es tollen Kirschkuchen, mit richtigen, dunklen Kirschen, nicht mit diesem Maraschino-Mist.«

Sie nickte.

»Du redest nicht gerade viel, oder?«

Sie erinnerte sich nicht, dass er jemals derart viel geredet hatte. Eben noch hatte er linkisch gewirkt, nervös, ohne diesen überheblich-ironischen Tonfall. Da war er ihr sympathischer gewesen.

»Yuki, richtig?«

»Richtig.«

»Eddie.« Er lächelte.

»Hattest du nicht gesagt, du heißt Edison?«

»Das auch.«

»Darf ich dich Edison nennen?«, fragte sie. »Ich finde, dass es Menschen mit einem gewöhnlichen Namen im Leben viel zu leicht haben.«

»Ich bin mir nicht sicher, ob es irgendjemand im Leben leicht hat. Aber gut.«

Auf sie wirkte Edison nicht so attraktiv wie Lou. Es war ihr immer noch peinlich, sich selbst einzugestehen, dass sie Lou attraktiv fand, doch so war es. Es war die Art, wie er sie mit halb geöffneten Augen ansah, wenn seine kühlen Handknöchel über ihr Gesicht strichen. Sogar die Art, wie er sich benahm, so als ob er sie besäße. Es war ein gutes Gefühl, einem anderen zu gehören. Edison war allenfalls hübsch. Seine Lippen waren für einen Jungen ziemlich rosa. Er war furchtbar dünn. Seine Haut so weiß wie Puderzucker. Wenn sie ihn angepustet hätte, wäre er bestimmt zu süßem Staub zerfallen.

»Du wolltest mir deine Skizzen zeigen«, sagte sie.

Er holte seinen Block hervor. Er war größer als Yukis und rollte sich am Rand. Er hatte das Modell nicht dünner oder hübscher gemacht, als es in Wirklichkeit war. Doch er hatte ihm eine Anmut und Zartheit verliehen, die Yuki in der Frau mittleren Alters mit ihren Leberflecken und der schlechten Hennafärbung nicht gesehen hatte.

»Die sind fantastisch.« Das sagte sie nicht aus Höflichkeit. Man hätte ihren überraschten Tonfall sogar für grob halten können.

»Ich bemühe mich. Und jetzt zeig mir deine.«

Sie schüttelte den Kopf so heftig, dass ihr das Haar ins Gesicht schlug. Doch er bestand darauf und zog ihr den Block aus den Händen.

»Du hast einen guten Strich«, sagte er. »Fest, aber nicht steif. Das kann man kaum vermitteln.«

Sie funkelte ihn an. Sie war kein braves Hundchen, das sich tätscheln ließ. »Die Proportionen sind sämtlich falsch.«

»Na ja, die Augen müssten tiefer sein. Du hast die Augen in die Mitte des Gesichts gesetzt. Das Gehirn braucht aber mehr Platz.« Er berührte ihre Stirn mit seinem Daumen.

Sie zog einen Stift aus der Tasche und setzte zwei harte Markierungen. »Hierhin?«

»Nein, du musst den Kopf größer machen. So.« Er nahm ihr den Stift aus der Hand. In dem Moment kam die heiße Schokolade.

Edison führte den Stift mit großer Sicherheit. »Natürlich kann man das nicht so genau machen, ohne das Modell zu sehen.«

Die Schokolade wurde kalt, die Marshmallows schmolzen in eine zuckerige Masse. Die Frau auf dem Blatt wuchs und schrumpfte. Seine Striche woben sich um ihre. Yuki sah nach unten. Die Zeichnung war besser, doch sie gehörte ihr nicht mehr. Diese Frau gehörte Edison.

»Danke«, sagte sie.

»Hey, Kopf hoch. Das war mir ernst. Du hast einen tollen Strich, und schau dir an, wie du mit der Fläche umgehst.«

»Toll, du magst die Stellen, auf die ich nicht gezeichnet habe.«

»Nein, aus deiner Figur spricht ein ehrliches Gefühl.« Er bewegte die Hände über das Blatt, beugte sich nach vorn, lächelte, und einen Augenblick lang glaubte sie ihm fast. Glaubte ihm, dass sich in der Fläche etwas Besonderes verbarg.

»Ich muss los«, sagte sie. »Mein Freund wartet sicher schon auf mich.«

Er begleitete sie zu der U-Bahn, die sie nach Downtown und weiter östlich bis nach Queens bringen würde, doch oben an der Treppe blieb er stehen.

»Ich geh zu Fuß, das sind nur etwa zwanzig Blocks.«

Yuki spürte einen Stich. Sie sehnte sich nach Manhattan, einer Welt, die sie zu Fuß durchqueren konnte, in der sie nicht abtauchen musste, solange sie nicht wollte.

In der Küche standen drei kalte braune Toastscheiben auf dem Tisch. Die Butter war in der warmen Abendluft zerlaufen, die Kruste war verbrannt, doch Yuki aß die Brote trotzdem.

Lou lag in ihrem Bett und schlief. Yuki stellte sich davor. Sein Gesicht drückte sich in die Laken, zwischen seinen Lippen hing eine Spinnwebe aus Spucke. Sein schlafender Körper war ihr unheimlich. Er war so nah, doch all seine Gedanken waren abgeschottet. Sie hätte ihn am liebsten wachgerüttelt, ihn gezwungen, sie anzusehen. Da bin ich. Du hast mich gewählt. Ich habe dich gewählt. Du bist mein Ein und Alles. Der, der mich liebt.

Im Schlaf wirkte er kleiner. Yuki hatte irgendwo gelesen, dass auch Tote kleiner wirkten. Langsam, ganz langsam bewegte sie einen Finger hin zu seinem Mund. Sein Atem war schlafwarm. Sie schnappte nach dem Spuckefaden. Lou seufzte ein tiefes Traumseufzen.

Sie flüsterte: »Ich. Liebe. Dich.«

Sie drückte ihre Lippen auf seine, es passte perfekt. Auf dem gesamten Kontinent gab es niemanden, der an sie dachte. Wenn Lou gestorben wäre, hätte sie sich auflösen können, und aufgefallen wäre das nur deshalb, weil der Warteraum der *Paper* überquellen würde.

Eine Hand griff nach ihrem Arm und zog sie in die Tiefe. Ihre Knie schlugen auf dem Boden auf, ihr rechter Arm stieß an das Bettgestell aus Stahl.

»Lou.«

»Komm endlich ins Bett.«

Was sie tat.

Eine Woche später wartete sie nach dem Zeichenkurs auf Edison.

»Glaubst du, du könntest mir noch mal sagen, was ich korrigieren muss?«

Es wurde zur Routine. Er aß dabei insgesamt sieben Stücke Kirschkuchen, und jedes Mal sagte er, sie würde besser. Er lieh ihr ein Anatomiebuch. Er brach seinen Knetgummiradierer in zwei Teile. Woche um Woche, dann waren die sieben Wochen vorüber.

»Wirst du dich für den nächsten Kurs einschreiben?« Yuki berührte den Rand ihrer Teetasse.

»Das geht nicht«, sagte er. »Ich würde die ersten drei Stunden verpassen. Ich fahre zurück nach Kanada und besuche meine Freundin.«

»Deine Freundin?«

Er zog ein Foto aus der Brieftasche. Ein Mädchen, vor einem See, mit einem riesigen Fisch in ihren weißen Händen. Beide, das Mädchen und der Fisch, er mit einem gelblichen Auge, sahen in die Kamera. Ein kleines Loch im Film hatte die Füße des Mädchens zerschmolzen, sodass sie sich ins Sonnenlicht ergoss.

»Sie ist sehr hübsch«, sagte Yuki und schloss unter dem Tisch eine Hand um das lavendelblaue Band aus Blutergüssen, das sich um das andere Gelenk schlang. Sie wusste, auch ohne hinzusehen, dass die dunkelste Perle an der Stelle saß, wo der Knochen dicht unter der Haut lag.

Er nickte und steckte das Foto wieder in die Brieftasche. »Aber du solltest.«

Sie hatte es vor und das Geld bereits gespart. »Ich weiß nicht. Wäre ja doch wieder dasselbe. Nackte dicke Frau. Nackte dünne Frau. Nackte dicke Frau mit Nasenring.«

In ihrem Apartment war kein Platz für hundert Grotesken in Kohlestift. Jedes Mal, wenn *die Jungs* kamen, musste sie die

Zeichnungen im Schlafzimmer verstecken, und beim letzten Mal hatte sich ein wenig Kohle auf die Laken seiner Mutter abgerieben. Ihre Schulter schmerzte noch von seinem Zerrgriff.

»Na, wenn du die Nackten leid bist, versuch doch mal was anderes. Landschaften oder Obst. Ich werde die Nackten niemals leid.« Er lachte das unschuldige Lachen eines Jungen, der mit dem Kamm seines Vaters Rasieren spielte.

»Das meine ich nicht. Ich bin es leid, etwas abzuzeichnen, nur um es abzuzeichnen.« Das Einzige, worum es in den Kursen ging, war genaue Beobachtung, genaue Wiedergabe, genaue Wiedergabe nach der Vorlage des Lebens. Doch hatte ihr Leben Ähnlichkeit mit einer nackten weißen Frau auf einem Hocker oder einer Schale voller Birnen neben einem Kunststoffschädel?

»Dann mal doch.«

»Ich muss etwas machen, das etwas aussagt.«

»Na, los.«

»Ich weiß aber nicht, was.«

»Das findest du schon raus.«

»Das sagst du doch nur so.«

»Nein, denn es ist dir wichtig, und wenn es dir wichtig ist, wirst du es auch rausfinden.«

»Was, wenn ich *es* nicht in mir habe?«

»Du hast *es*. Glaub mir.«

Doch wenn sie *es* in sich gehabt hätte, hätte sie längst ein Bild geschaffen, das sie *den Jungs* hätte zeigen können. Was nutzte ihr der große rebellische Akt, der Wunsch nach Gehör, wenn sie nicht in der Lage war, etwas von Substanz hervorzubringen?

Die Jungs hatten allein vier Wochen gebraucht, um sich auf den Namen *Emily* zu einigen – nicht in Anspielung auf den Song von Simon and Garfunkel, sondern auf Emily Dickinson. Offenbar verhielt es sich mit Zeitschriften wie mit Schiffen: In beidem sahen Männer Frauen. Alles nur Vehikel, mit denen sich die

Männer einen Namen machten. Trotzdem lief Yuki, wenn auch langsam, die Zeit davon. Sie wollte in die Zeitschrift. Und wenn es nur mit einem Bild war, einem einzigen Bild, in Hochglanz. Mit etwas, das sie gemacht hatte und andere ansehen würden. Dann stünde ihr Name im Inhaltsverzeichnis, und über allem würde der Begriff KUNST schweben.

»Edisooon.« Sie zog die letzte Silbe in die Länge, wie ein quengeliges Kind. »Warum kommt mir das alles so dumm vor?«

»Fang doch mit etwas an, was dir etwas bedeutet. Such etwas in dir, ein Lied, einen Schmerz. Oder keine Ahnung.« Er steckte eine Fritte in den Ketchupberg. »Du bist die Künstlerin.«

Ein Lied oder ein Schmerz. Es wäre einfach gewesen, ihre Ärmel aufzurollen und die violetten Blüten vorzuzeigen, die Lou dort hinterließ. Doch was hätte das gebracht? Sie hatte nur das eine Zuhause.

Sie stahl Edison eine gewundene Fritte vom Teller. Es war schön, wieder einen Freund zu haben. Sie hätte Odile, die sich womöglich genau in diesem Moment weigerte, in einem Land, in dem es richtige Pommes frites gab, sie zu essen, nicht einmal zu erreichen gewusst. Ob ihre Exfreundin damit rechnen würde, dass Yuki ganz allein mit dem Typen ausging, den sie gemeinsam kennengelernt hatten? Nein. Sie bezweifelte, dass Odile überhaupt an sie dachte. Odile war fort, doch was sie nicht mitgenommen hatte, war das Nichts. Yuki fragte sich sogar, ob ihr das Nichts bis zu Lou gefolgt war und dort in den dunklen Ecken lauerte. Nun, wo auch Edison fortgehen würde, wäre sie mit Lou und dem Nichts allein.

»Du kommst doch wieder, oder?«

»Wenn ich wieder da bin«, sagte Edison, »will ich sehen, woran du in der Zwischenzeit gearbeitet hast.«

Wie hatte sie vergessen können, ein Foto ihres Vaters und ihrer Mutter zu bewahren? Fotos waren den Toten und den Altären vorbehalten. Ihre Eltern aber lebten. Also versuchte sie, sie aus dem Gedächtnis zu zeichnen.

Es misslang. Nicht, dass die Gesichter nicht die richtigen Proportionen gehabt hätten. Dabei hatte ihr der Kurs geholfen. Doch sie wirkten unspezifisch. Sie hatte vergessen, wie die Gesichter ihrer Eltern aussahen. Ein Kind sollte den Körperbau seiner Eltern stets vor Augen haben. Sie hätte wissen müssen, wie breit die Wangen ihres Vaters, wie tief die Kuhle über dem Mund ihrer Mutter waren. Yuki hatte Bruchstücke, Eindrücke, das Gesamtbild aber war ihr verloren.

Lou fragte, was sie da zeichnete.

»Nichts«, sagte sie. »Soll ich dir noch einen Kaffee machen?«

Schließlich arbeitete sie nach dem einzigen Foto, das sie hatte: sie und Odile, Seite an Seite auf dem Dach, gebannt in Schnee und Kälte. Die Kamera hatte den winzigen Schatten, dort, wo sich ihre weißen Strümpfe in die Knie geschnitten hatten, eingefangen, den Kunststoffkringel des Auslöserkabels, ihr beider verwobenes Haar. Hinterher hatten sie, mit tauben Fingern, die Strähnen entwirrt.

Das heftige Ein und Aus von Yukis Atem hingegen hatte die Kamera nicht gesehen. Oder dass sie sich in Odiles Gegenwart wie eine Katze, die in der Sonne lag, gefühlt hatte; warum sollte es die Katze auch kümmern, ob die Sonne ebenso empfand?

Kameras und Fotos sollten die glücklichen Zeiten chemisch konservieren, damit man später, im Rückblick sagen konnte, da waren wir verliebt, da konnte er noch nicht laufen, da hatte er noch keine Mädchen, da, an dem Tag, war er mit der Schule fertig, und wir hatten plötzlich Angst, dass er uns nicht mehr braucht. Die Kamera aber hatte Yuki im Stich gelassen. Sie wusste noch, dass sie dem Spiegel zugeflüstert hatte: Das bin ich, das ist mein neues Heim. Doch sie hatte keine Erinnerung mehr an die Form und Beschaffenheit dieses Gefühls.

Sie arbeitete die ganze Woche, nachdem Edison aufgebrochen

war, an ihrer Zeichnung. Sogar während der Arbeit skizzierte sie unter ihrem Tisch. Sie versuchte, mit dem schrägen Bleistift ihre Traurigkeit, ihre Sehnsucht in das Blatt zu kratzen. Beim Zeichnen fasste sie sich an den Kopf, den Arm und spürte, wo Odile sie berührt hatte.

In der zweiten Woche legte sie die Zeichnung fort. Sie kaufte sich ein Rezeptbuch und bereitete Lou etwas zu, das sich Spanisches Omelett nannte. Es vereinte den faden Geschmack von Kartoffeln mit dem faden Geschmack von Eiern, doch Lou zeigte sich dankbar. Es bereitete ihm immerhin ein wenig Freude, was mehr war, als sie von ihrem Bild sagen konnte. Yuki meldete sich zu keinem Kurs mehr an; der Künstlerbund war wieder nur ein Ort, an den sie nicht gehörte. Was immer ihr vor Augen treten musste, sie glaubte nicht, dass sie es dort sehen würde.

Edison rief erst mit Anbruch der dritten Woche an. Yuki war gerade von der Arbeit heimgekehrt und massierte sich den rechten Fuß, der endlich ihrem harten Lederschuh entkommen war.

»Und, wie läuft's mit der Kunst?«
»Ich hab's aufgegeben.«
»Aufgegeben?«
»Es ist nichts geworden.«
»Aber du hast was angefangen?«
»Ja. Aber es ist nichts geworden.«
»Ich komm vorbei und seh's mir an.«
»Bist du nicht in Kanada?«
»War ich.«

Am Abend sollten *die Jungs* kommen, doch wenn sie alles vorbereitete, machte es Lou vielleicht nichts aus, wenn sie fortging. Die Zeichnung war groß, doch sie ließ sich einrollen und unter den Arm klemmen. Yuki wollte Edison gerade vorschlagen, wann sie sich auf einen Kaffee treffen konnten. Aber, nein, es war auch ihr Apartment. Auch sie konnte einen Freund empfangen.

»Lou lädt manchmal ein, zu uns, zu Abenden für seine Schriftsteller-Freunde. Dann quatschen sie rum und bestellen sich was Chinesisches. Heute Abend ist es wieder mal so weit. Komm doch auch.«

Lou kam spät nach Hause. Als er sich die Schuhe von den Füßen trat, sah er nicht zu Yuki. Die Schmutzstellen würde sie vom Boden reiben, das wusste sie.
»Ich hab für heute Abend jemand eingeladen.«
Noch an der Tür zündete sich Lou eine Zigarette an. Die Spitze glühte Yuki rot entgegen. »Hm, und wie heißt sie?«
»Edison.«
»Edison? Das ist ein Kerl?« Yuki konzentrierte sich auf die Maserung des Tischs. Lou war ihr mit einem Mal sehr nah. Er roch nach Bier und Hotdogs. Nur blinde Arroganz hatte sie zu dem Glauben verführen können, dass das eine gute Idee gewesen war.
»Ein Freund aus dem Zeichenkurs.«
»Du hast nie einen Freund erwähnt.«
»Du hast nie gefragt.«
Aus den Augenwinkeln sah sie die Glut. Wie hätte sie so etwas gemalt? Gelber Ocker, Karminrot, Pechschwarz, vielleicht ein wenig Gold. Die Zigarette schwebte über ihrem Ohr. Ganz nah. Die Hitze brannte, bei der Entfernung leicht, noch, an ihrem Ohrläppchen. Ihr Hals wollte sich davonwinden, doch Yuki verharrte reglos, wie eine Fliege, die sich nach dem ersten Schlag tot stellt. Noch wusste sie nicht, wie lang es dauerte, bis eine Brandwunde heilte. Doch dann trat Lou zur Seite. Er zog an der Zigarette und stieß eine dickliche Rauchwolke aus. Seine Lippen hatten ihr übliches Katzenzungenrosa.
»Entzückend«, sagte er. »Schön, Schatz. Lass deinen kleinen Freund ruhig kommen. Sorg nur dafür, dass er nicht stört.«
Zögernd legte Yuki eine Hand an ihr unversehrtes Ohr.

Edison traf als Letzter ein. Er war größer als Lou, größer als alle seine Freunde. Die Jungs sahen in geschlossener Abneigung vom Küchentisch aus auf. Yuki bemerkte, dass sie nicht genügend Stühle hatten.

Edison lächelte und sagte: »Kein Problem. Ich kann stehen.«

»Nein, nimm den.« Yuki wies auf ihren Platz.

»Nein, ehrlich, ist schon okay.«

Die Jungs grinsten über das Hin und Her. Lou begann sich aufzuregen. Das erkannte Yuki an dem großen Stück, das er aus der Pizza biss, und den Käsefäden, die er über seine Unterlippe hängen ließ. Er sagte: »Sie kann auf meinem Schoß sitzen.« Und packte sie am Arm.

Also setzte sie sich seitlich auf seinen Schoß und lehnte sich nach hinten, damit Lou seine Freunde sah und an sein Bier kam. Als Kind hatte sie nie auf den Schoß des Weihnachtsmanns gedurft, doch darüber war sie nun nicht traurig.

»Ich hab was mitgebracht, aber vielleicht trinkt ihr ja lieber einen Roten.« Edison stellte eine Flasche auf den Tisch. Einen kalifornischen Weißwein. Lous Freunde waren Biertrinker. Niemand griff nach dem Wein.

»Prima«, sagte Lou.

Edison lächelte erneut. Wenn er nur nicht ständig lächeln würde, dachte Yuki. Wenn sie ihn doch erst gar nicht eingeladen hätte. Sie war auf perverse Weise wütend, dass er sich derart erniedrigte. Lous Hemdknöpfe stachen sie in ihre nackten Arme. Sie drückte sich fest an seine Brust und spürte seinen Herzschlag – das Plopp, Plopp, Plopp, so hart und leicht wie ein Pingpongball. Als sie den Takt zum ersten Mal gehört hatte, hatte sie gedacht, er sei womöglich krank. Stimmte mit ihm etwas nicht? Sein Blut war ihr so wild vorgekommen. Dann hatte er sie an ihrem eigenen Puls lauschen lassen. Dieselbe Heftigkeit strömte auch durch ihr Handgelenk.

»Und, wo wart ihr stehen geblieben?«, fragte Edison. Lou

sagte nichts. Yuki spürte, wie sich sein Arm fester um sie schloss. Dann aber wurde aus dem Gurt eine lockere Umschlingung.

»In der ersten Ausgabe wollen wir uns ganz auf die Dichtung konzentrieren. Auf das Werk ehrlicher Autoren.« Mehrere *der Jungs* hatten bereits Gedichte beigetragen und erröteten. Sie hatten sich einmal in der Woche getroffen und sich, kichernd wie Teenagermädchen, abends spät noch angerufen. »Aber wir müssen uns auf das Cover einigen.«

»Was spricht gegen ein Bild von Emily selbst?«, fragte Edison.

»Öde«, sagte Lenkstange-Schnauzbart. Yuki kannte mittlerweile zwar die Namen, doch sie unterschied die Männer nach Erscheinungsbild und unterschiedlich schlechtem Kleidungsstil.

»Kennt denn niemand von euch einen Illustrator?«, fragte Lou. »Niemand? Wir sind doch in New York!« Edison sah zu Yuki. Er legte das Gesicht in Falten. Sie schüttelte, ganz sachte nur, den Kopf, lediglich ihr Haar traf an ihr Kinn. Wenn Lou sie als Künstlerin gewollt hätte, hätte er sie längst haben können.

»Na schön, woran habt ihr denn gearbeitet?« Lou war glücklich, sie fühlte es in der aufrechten Haltung seines Rückens. Mehrere Männer lasen aus kleinen, derart geschundenen Notizbüchern vor, dass sich Yuki fragte, ob sie diese regelmäßig die Treppe hinunterwarfen. Seine eigene Arbeit ließ Lou unerwähnt. Die Pizza wurde kalt und glänzte, dann verschwand sie ganz.

Edison reckte sich. Sein T-Shirt wanderte nach oben und entblößte einen Bauch so weiß wie Kabeljau. Er wandte sich an Yuki. »Wolltest du mir nicht was zeigen?« So hatte sie das nicht geplant. Nicht vor den anderen. Sie hatte Lou nicht gesagt, dass Edison gekommen war, um sich etwas anzusehen.

»Das ist nebenan.« Mit nebenan meinte sie das Schlafzimmer. Doch Lou wirkte endlich einmal glücklich, er hielt sie immer noch umschlungen, den Kopf über ihrer Schulter. Wenn er sprach, kitzelte sein Kinn an ihrem Hals. Auch Yuki war wohlig, warm und glücklich. Sie hätte wieder ganz sachte nur mit dem Kopf schütteln können. Über ihre Kunst konnten sie ein andermal reden. Doch sie wollte wissen, was er dachte. Sie wollte nicht noch länger warten. Sanft wandte sie den Kopf. Sie küsste Lou unterhalb des hohen Wangenknochens, und er lächelte ihr zu und gab ihr einen richtigen Kuss. Mit geschlossenen Augen konnte Yuki so tun, als wäre das Zimmer nicht voller Menschen.

Ratlos stand sie auf. Sie wollte nicht, dass all diese Männer ihre Arbeit sahen, aber sie konnte Edison auch nicht in ihr Schlafzimmer führen, während Lou mit seinen Freunden in dem anderen Zimmer saß.

»Ich hol's eben, eine Minute«, sagte sie und trippelte ins Schlafzimmer. Sie wusste auch ohne Licht, wo sich das Blatt befand. Lou hatte ihr zum Arbeiten den kleinen Beistelltisch aus Kiefer zugewiesen. Dort lag das Papier. In dem düsteren Raum sah man ihre Zeichnung kaum, nur das Grafit schimmerte ein wenig. In der Düsternis war es das Bild, das sie sich vorgestellt hatte. Sie sah die Mädchen, den Schwung des Haars, den Übergang von einer Form in die andere. Himmel und Schatten zeichnete sie in Gedanken ein.

»Alles in Ordnung da drin?« Es war eine männliche Stimme, doch sie war nicht sicher, wessen. »Yuki?« Oh, es war Edison.

»Komme.«

Yuki legte das Blatt auf die gelbe Kommode, die als Fernsehständer gedient hatte, bis der Fernseher kaputtgegangen war. Unter der nackten Glühbirne war Odiles Mund zu groß, und Yukis Hände waren zu kantig, die Kontraste stimmten nicht, selbst die Linien wirkten steif und schwer. Edison stellte sich hinter Yuki, die Hände hinter dem Rücken verschränkt, als wäre er im Museum.

Dann rief Sektbläschen-Haar: »Zeig mal, das wollen wir auch sehen.« Die anderen Männer fielen ein und schlugen mit den

Fäusten auf den Tisch, bis selbst das Holz sang: *Zeig mal, zeig mal, zeig mal.* Yuki war überzeugt, dass die Männer weniger die Zeichnung als ihre Forderung erfüllt sehen wollten. Lou verhielt sich still. Er griff zu einem Stück Pizzarand und kaute nachdenklich darauf herum. Er hatte die Zeichnung schon gesehen, als er einmal nach Hause gekommen war und der Abfall ihres Spitzers auf dem Tisch gelegen hatte. Er hatte nichts gesagt, sondern war ihr nur mit der Hand durch das Haar gefahren. Würde er sich jetzt äußern? Sie versuchte, in seinem Gesicht zu lesen. Was Edison dachte, war ihr im Grunde gleichgültig – es wäre in jedem Fall freundlich, aufmunternd, vielleicht sogar ein wenig konstruktiv. Lou aber hatte Odile und ihr schneidiges Lächeln gekannt und sich für Yuki entschieden. Lou hatte ihr die Kunst geschenkt, er hatte gewusst, dass sie ins Whitney gehen musste. Ihr Blumentopf stand auf der Fensterbank, dort hatte sie ihn stets im Blick. Was dachte Lou?

Sie fasste das Blatt an den Ecken und hielt es sich wie eine Zielscheibe vor die Brust. Die Männer schauten konzentriert, neigten den Kopf, kniffen sich in die Nase. Yuki fokussierte auf die hohlen Augen der leeren Bierflaschen, den schwarzen, unbefangenen Blick. Die Männer, unter denen kein Künstler war, meinten, sie solle dieses nach oben und jenes nach links verschieben. Der Name Warhol fiel. Warhol? Wann würde das ständige Gerede über Warhol endlich aufhören?

»Kann ich mal das Foto sehen, nach dem du arbeitest?«, fragte Edison.

Dort, wo viel Schwarz war, schimmerte das Foto, und als es sich unter dem Deckenlicht wellte, verschwanden sie und Odile für kurze Zeit in eine leere Helligkeit.

Die Männer nahmen Edison das Foto aus den Händen. Sie reichten es herum und hielten es sich vor die Nase. Wo war das andere Mädchen?

»Sie lebt jetzt in Europa.« Und erbrach vermutlich gerade

irgendwo an der Riviera ihre Spaghetti Carbonara. Lou sagte noch immer nichts.

Einer der Männer, welcher, konnte sie nicht sehen, sagte, das sei ihr Cover. Das sei *Emily*. Sie leckten sich die Lippen und reichten das Foto herum und streichelten es. Ja, das war *Emily*. Dann lächelte Lou. Er nickte so stolz, als ob er ein Preishuhn gezüchtet hätte. Seine Freundin und die Tochter seiner Exfreundin auf dem Cover seines Magazins. Er zerzauste Yuki das Haar.

»Du bist die Größte«, sagte er.

Edison stand neben der Kommode und sah noch immer auf die Zeichnung. Es war nur ein kleines graues Rechteck. Wie sollte sie erklären, dass dort mehr von ihr zu sehen war als in jeder fotografischen Reproduktion? Dort zeigte sich ihr Leben, in jeder Pinselspur. Doch die Zeitschrift wollte nicht die, die in den Pinselstrichen lebte. Sie musste die Zeichnung beiseitelegen, an einen dunklen Ort, wo sie niemand sah.

»Die ist gut«, sagte er. »Mir gefällt, was du mit den Augen gemacht hast.«

Was hatte sie denn mit den Augen gemacht? Ach ja, sie hatte sie ausschattiert. Sie fand es besser, wenn man nicht wusste, worauf die Mädchen blickten, denn sie hatten es selbst nicht gewusst.

Mit kläglicher Stimme sagte sie: »Es wirkt noch immer wie eine schlechte Kopie, ich bekomme die Perspektive einfach nicht hin.«

»Hast du mal versucht, dabei zu rauchen?«, fragte Edison. »Marihuana fährt dich runter. Damit siehst du, was wirklich ist.«

Viele rauchten. Die jungen Mädchen im Büro, die jungen Männer in ihrer Euphorie während des Fronturlaubs. Lous Freunde jedoch nicht. Sie waren die Männer des benutzten Kaffeebechers, in dem dreizehn Zigarettenstummel steckten. Sie waren die Männer der Hektik und der Deadlines. Sie standen, selbst wenn sie betrunken waren, unter Strom. Sie entspannten nie.

Edisons Regenmantel hing an der Tür. Sie solle in der linken Tasche nachsehen, sagte er. In deren weich gestepptem Innenfutter stieß Yuki auf einen braunen Umschlag und eine Pfeife aus glänzendem Holz, so klein wie ihre Hand und sehr dunkel. Aus so einer Pfeife rauchten in Yukis Vorstellung die Männer auf dem Land noch ihren Tabak.

Edison füllte die Pfeife mit dem Inhalt des Umschlags, entzündete sie und schob sie Yuki zwischen die Lippen. Er legte ihr eine Hand unter das Kinn. »Einatmen. Eins, zwei, drei, vier. Ausatmen.«

Dann schob er sich die Pfeife in den Mundwinkel und nahm selbst einen langen Zug

»Hey, kriegen wir nichts?«, fragte Lou. Die Männer schauten mit dem geeinten Blick eines Hunderudels. Edison reichte die Pfeife weiter, doch Lou fasste er nicht sanft ans Kinn. Dann waren *die Jungs* an der Reihe. Yuki schaute auf das enge Zimmer, auf die Männer in ihrer bierseligen Laune, durch das Fenster in die heiße Nacht, auf Edison, auf Lou. Sie versuchte so sehr zu sehen, was wirklich war.

1973, Paynesgrau

Eine Erfindung von William Payne, dem Maler der Ruinen und der Bauernkaten. Ein Blaugrau, speziell für Schatten. Der Februar unter den Farben.

Am Tag ihrer Eröffnung fiel ein Regen, der auf Schirme prasselte und Busse schlittern ließ. Eine richtige Ausstellung war ihre Ausstellung nicht. Sie fand in einem Diner statt, das einem Freund *der Jungs* gehörte. Er hatte die *Emily* gesehen, auf der sie und Odile Hand in Hand im Schnee standen, und das Cover offenbar als fotografisches Portfolio akzeptiert. Nach drei Jahren der zerknüllten Bilder, der Zeichnungen, die im Müll der *Paper* landeten, und der Angst, die Mitarbeiterinnen der Galerien an der Upper East Side anzusprechen, war das ihr einziges Ergebnis. Doch wenn nur eine Person hereinkommen und begreifen würde – sehen würde, was sie tat, so wäre das genug. Nur eine einzige Person.

Sie stieß die Tür mit dem Rücken auf, die Arme waren mit ihren Arbeiten beladen. Der Regen schlug mit lautem Klopfen auf das Vordach. In allen Nischen klapperten Messer, die durch Speckstreifen schnitten. Yuki hatte die Fotos in zwei Fünferbündel gepackt. Lou hatte ihr angeboten, sie ihr an die Brust zu schnüren, so wie die Frauen der Wüste mit ihren Babys in der *National Geographic* abgebildet wurden. Doch sie hatte gesagt, sie komme so zurecht. Das, durchnässt und von der Last gebeugt, bereute sie jetzt.

Das Haar klebte ihr am Kopf. Sie leckte sich die Lippen. Der Regen schmeckte salzig. War das etwas Chemisches oder der

Schweiß der vielen Millionen Menschen? Yuki hoffte, dass die Bilderrahmen dem Wasser standhielten. Sie hatten mehr gekostet als ihr monatliches Essensbudget, und sie hatte schon die billigsten genommen. Helle, unlackierte Kiefer, einen Zentimeter breit.

»Hey, was kann ich für Sie tun?« Die Kellnerin war jung. Sie hatte sich die Lidfalte mit einem dunklen Strich nachgezogen, der nicht exakt der Augenhöhle folgte. Es wirkte unschuldig, aber auch, als hätte sie ein träges Auge.

»Ich bin hier, um meine Bilder aufzuhängen.« Yuki fragte sich, wo sie das tun sollte. Es gab wohl nur wenige Orte, die von den weißen leeren Wänden des Museums noch entfernter waren. Das Diner stank nach Würstchen und öligem Bedauern. Yuki hätte sich am liebsten ihre Fotos gegriffen und wäre wieder hinaus in den Regen gegangen. Doch dann wäre Lou wütend geworden, weil sie seinen Freund enttäuscht hatte. Und auch Edison hatte so hoffnungsvoll geklungen, als sie ihm davon erzählt hatte. »Man weiß nie, das ist doch ganz in der Nähe von den neuen Galerien, da gehen all die Typen aus der Kunstszene hin.« Yuki sah nicht einen Typen aus der Kunstszene. Nur Männer in Overalls, die sich gegrilltes Brot mit Ketchup in den Mund schoben. Niemand blickte zu ihr auf.

Edison hatte ihr zu ihrem einundzwanzigsten Geburtstag eine Kamera geschenkt. Er war damit bei der Arbeit erschienen. Eine Canon F-1 – auswechselbarer Sucher, FD-Bajonett, Intervalometer, Motor-Drive MF, laut Bedienungsanleitung. Mit dieser Kamera hatten die Reporter bei den Olympischen Spielen von Sapporo gearbeitet, das hatte zumindest Edison behauptet.

»Das ist zu viel.« Doch da hatte sie die Schachtel schon an ihre Brust gedrückt. Der neue Apparat war so viel leichter als Lillians Kriegsmaschinerie, und er gehörte ihr allein. »Viel zu viel.«

»Du beschwerst dich doch immer, dass deine Bilder über

Fotos nicht hinausgehen. Da habe ich mir gedacht, kannst du doch gleich Fotos machen.«

»Aber...«

»Was soll ich mit all den tollen Aufträgen, wenn ich damit nicht meine beste Freundin unterstützen kann?« Edison war vor Kurzem erst von einer Firma angeheuert worden, die auf den Bau von gläsernen Bürotürmen spezialisiert war. »Ich wollte schon immer Mäzen werden.« Er berührte sie am Arm, wo ein Bluterguss zu einem Grasfleckengrün verblasste. »Erlaub mir doch, mich um dich zu kümmern, ein bisschen nur.«

Sie hätte ihn beinahe gefragt, was er wusste, doch dann hätten sie mit der Antwort umgehen müssen. Sie hätte ihn auch beinahe gefragt, ob er diesem kanadischen Mädchen erzählte, dass er Geschenke für eine andere kaufte.

»Ich kenne niemanden, der die Welt anstarrt so wie du. Ich will sehen, was du siehst.«

Yuki berührte ihre Augenlider und dachte, ich starre?

Abends gab Lou mit *den Jungs* eine Party und spülte hinterher sogar ab. Yuki stand daneben und fotografierte den Schaum, der sich um seine Finger sammelte. Als sie später versuchte, den Film aus der Kamera zu nehmen, belichtete sie die ganze Rolle.

Sie versuchte es erneut. Sie fotografierte Lou beim Schlafen, seine Lederjacke über einem Bettpfosten. Sie fotografierte Lou, wie er doppelte Toastscheiben in seinen schwarzen Kaffee tunkte, und einen wütenden Lou, dessen Hände vor der Kamera verschwammen.

Beim dritten Film von Lou beim Frühstück sagte er: »Wer will schon Bilder von mir sehen. Außerdem ist mir egal, wie gut das Licht ist.« Doch das Licht war gut, so hell und klar wie Eiswürfel in Limonade. »Du brauchst eine Haltung. Sag etwas über die Welt aus, ansonsten interessiert das die Leute einen Dreck.«

»Oh, und was hat Monet mit seinen Seerosen ausgesagt?«

»Dass die Akademie, das Establishment, ein Haufen von

Scheiß-Künstlern ist. Und vermutlich auch was über das Licht. Hast du das in der Schule nicht gelernt?«

»Und ich kann nicht versuchen, mit deinem Gesicht etwas über das Licht zu sagen?«

Sie stand auf und küsste ihn auf die hellen Stoppeln an der Wange. Er zog sie an sich, und eine Weile sprachen sie dann nicht mehr über Kunst. Seine Lippen waren cremig von der Butter. Es dauerte, bis sie sich löste. »Hey«, sagte sie. »Ich komm zu spät zur Arbeit.«

Als sie an ihrem Tresen saß, versuchte sie, eine Haltung zu finden. Die *Paper* war voller Menschen, die eine Haltung äußerten. Das hätte also kein Problem sein dürfen, doch selbst ihr größter Kummer erschien ihr unscharf und verschwommen. Schließlich fiel ihr ein, wie ihr Lou mit dem Fingernagel über das Augenlid gefahren war. »Kleine Mädchen« wie du. Das sagte er nicht mehr. Er nannte sie nicht mehr sein kleines Mädchen, in der Art, wie ihn seine Freunde damit neckten.

Ihre Mutter war während des Zweiten Weltkriegs ein kleines Mädchen gewesen. Sie sprach nie über diese Zeit. Manchmal aber war Yuki wach geworden, und ihre Mutter hatte in einer Ecke ihres Zimmers gehockt und mit gehetztem Blick aus dem Fenster geschaut.

So harmlose kleine Mädchen wie du – als ob es eine Tugend wäre, wenn man sich nicht wehren konnte.

An einem Donnerstagnachmittag machte sich Yuki auf den Weg nach Chinatown. Sie legte sich die Kamera um den Hals, kaum dass sie das Büro verlassen hatte. Der Gurt umschlang sie. Vielleicht wäre es ihr eines Tages möglich, diese Fotos als bleibendes Dokument ihrer selbst vorzuzeigen. Die Menschen würden ihre Bilder anschauen und nicht ihr plattes Gesicht und das schlaffe Haar, sondern ihr wahres Selbst, die Yuki hinter den Pupillen wahrnehmen. Yuki, die Seherin, nicht die Gesehene. Dafür aber musste ihr ein substanzielles Bild gelingen.

Normalerweise mied sie Chinatown. Mit jedem Block reihten sich mehr Gesichter, die ihrem halb ähnelten, in den Strom der Passanten ein. Alte Frauen, von der Größe und Statur ihrer Mutter, in Kleidern, die ihre Mutter der Heilsarmee gespendet hätte, boten an Straßenständen Obst und Perücken an. Die fransigen Plastikhaare wehten im Wind. Die Obstverkäuferinnen riefen ihr – in Kantonesisch oder Fujianesisch, sie konnte es nicht unterscheiden – etwas zu und priesen ihre Früchte an. Yuki blickte zu Boden. Begriffen die Frauen, dass sie ihr Gesicht falsch gedeutet hatten, oder hielten sie Yuki für ein Mitglied dieser neuen, undankbaren Jugend? Die alten Frauen trugen übergroße Nylonjacken. Ein Lidschatten in kräftigem Violett zierte ihre Augen, ihre Lippen aber waren rissig.

Yukis in den grünen Kimono gehüllte Großmutter hatte sich mit winzigen Schrittchen vorwärtsbewegt. Ihre Stäbchen hatten kein Geräusch gemacht, wenn sie das letzte Reiskorn aus der Schale genommen hatte. Ihre Kalligrafie war wie Seide dahingeflossen. So hatte man es Yuki jedenfalls erzählt. Ihr waren die lauten Straßenhändlerinnen lieber. Sie machte ein Foto, doch die Frauen verscheuchten sie, fluchten und fuchtelten umher. Um sie zu befrieden, kaufte Yuki eine Handvoll Kirschen. Sie waren säuerlich und süß und schmeckten nach Frühling, obwohl der Winter kam. Yuki spuckte die Kerne in den Rinnstein.

Auf dem Spielplatz herrschte Trubel, die Kinder riefen in vielsprachiger Freude durcheinander. Kleine Hände klatschten Rhythmen, gedämpft durch dicke Fäustlinge. In diesem Herbst lag schon eine Eiseskälte in der Luft. Yuki dachte an ihr erstes Jahr an der Kirchenschule, als sie den gleichen Takt auf den Knien schlagen musste, weil ihr niemand seine Hände hingehalten hatte. Sie packte die Kamera fester. Was wohl wäre, wenn sie schwanger würde? Würde das Baby Lou ähneln? Würde er ihm vorsingen oder es anbrüllen?

Sie musste sich in Acht nehmen. Der Spielplatz stand unter

der Bewachung einer ganzen Reihe von Müttern mit identischer, glänzender Dauerwellfrisur. Es gab auf der ganzen Welt kein weißes Mädchen mit derart perfekt gelocktem Haar.

Hinter dem Gitter summte ein Mädchen mit einem handgestrickten Pandabären den Titelsong aus einem Kinderfilm. Der Kopf des Pandas kippte aufmerksam zur Seite. Yuki, die der Alchemie der Kamera noch immer nicht ganz traute, machte mehr Fotos, als sie brauchte.

Ihr Heimweg führte sie vorbei an Neonschildern, die staubig und ausgeschaltet auf die Nacht warteten, damit sie strahlen und OFFEN oder BAR buchstabieren konnten. Viele Schilder hatten chinesische Schriftzeichen. Sie waren den japanischen immerhin so nahe, dass Yuki ihren Sinn erraten konnte. Verstehen nicht, nur erraten: GOLD, GLÜCK, SCHÖN – ein schäbiger Laden nach dem anderen träumte denselben Traum.

Als sie nach Hause kam, war Lou schon da. Sie knallte die Kamera auf den Tisch und machte eine Kanne Tee.

»Warum bin ich nicht als Chinesin auf die Welt gekommen?« Yuki streckte ihre Finger. Der Wind hatte sie angenagt.

»Und ich nicht mit eins achtzig?« Lou legte die Füße auf den Tisch.

»Ich glaube, ich habe all mein Japanisch vergessen.«

»Dann sag etwas zu mir.«

»*Konnichiwa.*«

»Selbst ich weiß, was das heißt.«

»Siehst du.«

Yuki hatte ihr Japanisch nicht wirklich vergessen, doch sie hatte keine Erinnerung daran, wie es klang, wenn es von Ferne gerufen wurde oder eine ganze Straße einnahm. Ihr Japanisch war in dem überpolierten Apartment ihrer Eltern eingesperrt gewesen.

»Mach für mich mit.« Lou wies auf die Kanne. Yuki hatte ihm angewöhnt, Jasmintee zu trinken. Das war das Einzige, was er von ihr übernommen hatte. Sushi hielt er für Betrug: Je kleiner das Stückchen Fisch, umso teurer wurde es. Und noch immer zog er es vor, in einem Buch zu lesen, als in eine Ausstellung zu gehen. »Die Fotos werden sicher gut.«

»Woher willst du das wissen?«

»Weil du gut bist, Kindchen.« Es klang mehr nach Ende des Gesprächs als nach Kompliment.

»Woher willst du das wissen?« Nun fühlte sie sich wirklich wie ein Kind.

»Schön. Die Fotos werden schrecklich.« Er zwickte sich die Nase. »Es spielt doch sowieso keine Rolle, was ich glaube. Sie werden gut. Oder nicht.«

Er schlug ihr eine schwere Hand auf die Schulter. In ihr erwachte bebend jeder Nerv. Doch dann rieben seine Finger einen Kreis und noch einen. Sie dehnten und beruhigten. Yuki sank in seinen Halt. Seltsam, dass ein und dasselbe Paar Hände so viel Heil und so viel Unheil anrichten konnte.

Als sich Lou schlafen gelegt hatte, rief sie Edison an und erzählte ihm von ihren Fotos. Er sagte: »Du *bist* gut.«

»Störe ich? Du solltest sicher längst im Bett liegen.«

»Ich sitze an meinem Zeichentisch. Ich zeichne grade eine Treppe, dreihundert Einzelstufen. Ich hatte eine kleine Unterbrechung dringend nötig.«

»Aber wenn selbst mein Freund nicht weiß, ob es gut werden wird.«

»Yuki, Lou ist... Na ja, eben Lou.« Edisons Atem knisterte durch die Leitung. »Lou ist nun mal kein Künstler. Und er ist, na ja, auch nicht gerade sehr sensibel.«

Yuki dachte an die Achten, die seine Finger eben erst auf ihren schmerzenden Rücken gemalt hatten.

»Das Ganze ist ein bisschen komplizierter.«

»Sicher, aber falls du jemals...«

Eine Tür knallte. Lou ging pinkeln. Yuki senkte die Stimme. »Ich muss aufhören.«

»Mach weiter mit den Fotos«, sagte Edison und legte auf.

Die Schulmädchen auf der Upper East Side trugen Strohhüte und streng geflochtene Zöpfe. Doch abends waren sie so aufgelöst und aufgeregt wie alle kleinen Mädchen. Die puertoricanischen Mädchen trugen Ohrstecker. Yuki fing das Funkeln zwischen ihren Locken ein. In Harlem spielten die kleinen Mädchen Seilhüpfen über Kreidefeldern und bemühten sich, in die richtigen Kästchen zu springen. Die irischen Mädchen, im Sonntagsstaat, verbargen ihre Silberjacks in den Händen.

Als Lou ihre Fotos auf dem Tisch liegen sah, sagte er: »Du hast echt Glück, dass du so unschuldig wirkst, sonst würden dich die Leute glatt für eine weiße Sklavenhändlerin halten.« Er kniff ihr in die Wange.

»Au. Hör auf.« Sie scheuchte ihn davon. »Ich und eine weiße Sklavenhändlerin? Ich bin doch noch nicht mal weiß.«

»Nein. Meine Mom hat das immer so gesagt, wenn wir nicht artig waren – dass uns die weißen Sklavenhändler holen würden.«

Für das letzte Foto brauchte sie Hilfe. Um dieses Foto zu bekommen, konnte sie sich nicht einfach auf der anderen Straßenseite verstecken oder an einen Zaun lehnen. Dafür brauchte sie ein kleines Mädchen.

»Hat irgendwer von deinen Freunden Kinder?«, fragte sie Lou.

»Von dem Moment an, wo sie Kinder haben, sind sie meistens nicht mehr meine Freunde.«

»Kannst du dir das für dich vorstellen?« Yuki legte die Fotografien sorgfältig übereinander und richtete sie an den Kanten aus. Wie ihr Kind wohl aussehen würde? Das einzige japanisch-weiße Paar, das sie kannten, waren John und Yoko, aus Zeitschriften. Würde es ein Rotschopf? Es würde klein – das stand fest. Yuki hoffte, dass es sein schiefes Lächeln und seine starken Hände hätte.

»Mein Dad war nicht gerade toll. Keine Ahnung, ob ich das wäre.«

»Oh.« Sie biss sich auf die Innenseite ihrer Lippe. »Na, hey, ich habe sowieso nicht vor, in absehbarer Zeit Mutter zu werden.«

»Ich geb's auf«, sagte sie zu Edison, als sie auf einer Bank im großen Saal des Metropolitan Museums saßen. »Die Serie funktioniert nicht ohne sie.«

»Also, sie zu finden ist nicht schwer.« Yuki wies auf eine kleine Prinzessin im Puffärmel-Kleid, an der Hand einer Frau, die vermutlich ihre Großmutter war. »Sieh sie dir an.« Es war das typische amerikanische Püppchen – blond, blauäugig, ein Kind, das jeden Schönheitswettbewerb gewonnen hätte, wenn es nicht ein klein wenig zu gesund gewirkt hätte. »Aber keins dieser Mädchen hat Eltern, die mir erlauben, ein Bild von ihm mit diesem grässlichen Foto in der Hand zu machen.«

Yuki hatte die Zeitschrift schon seit einem Jahr aufgehoben und das Bild so häufig angeschaut, dass sie es jederzeit beschreiben konnte. Fünf Kinder laufen über eine kahle Straße. Die Füße werfen keine Schatten. Drei tragen weiße Hemden, was in Kriegszeiten seltsam förmlich wirkt, doch ein Mädchen läuft exakt über die Straßenmitte und ist – nackt. Unter ihrer Haut zeichnen sich sämtliche Knochen ab. Ihr zartes Schambein sticht vor. Und hinter dem Mädchen kommen die Soldaten und der Napalmnebel. Die Gesichter der Soldaten verbergen sich unter ihren Helmen. Yuki hatte sich gefragt, ob der Junge aus der Bar darunter war. Unwahrscheinlich. Doch irgendwo war er bestimmt, das Ahornsiruphaar abrasiert, und zerschmolz kleine Mädchen.

»Was kümmern mich die Leichensäcke? Alle reden nur darüber. Die Leichensäcke unserer Kinder kehren heim. Doch was ist mit diesen Kindern hier? Sie haben nicht einmal mehr Eltern, die ihre Knochen von der Straße kratzen können.«

»Psch.« Edison griff nach ihren Händen und streichelte sie. Seine Hände waren kühl. »Deshalb machst du doch die Ausstellung.«

Ihr Sitznachbar, ein alter Mann mit Baseball-Kappe, packte ein Hühnchen-Sandwich aus. Er schaute sich verstohlen um, doch in dem vollen Saal bemerkten ihn die Wächter nicht. »Mir hätte früher deutlich werden sollen, dass ich das nicht schaffen würde. Ohne dieses eine Bild funktioniert es nicht.«

»Was glaubst du, wie viele von denen hier aufgegeben haben?«

»Die meisten. Nehme ich an. Gilt das nicht als Zeichen von Reife? Dass man aufgibt?« Sie versuchte, ihren Worten einen hoffnungsvollen Klang zu geben, so als ob aufgeben etwas Gutes im Gewand von etwas Schlechtem wäre – wie eine Zahnspange oder Masernimpfung. Vielleicht konnte sie glücklich sein, als einfache Besucherin.

»Nein, die da meine ich nicht.« Edison wies in die Menge. »Ich meine die da, an den Wänden.«

Yuki kroch in ihren Mantel. Was für eine Anmaßung, sich mit denen zu vergleichen, die im Metropolitan Museum hingen! Das hier war zu groß. Obwohl es wohl das Einzige gewesen wäre, was ihr die Vergebung ihres Vaters eingebracht hätte. Sie biss sich auf die Lippen. Außerdem wusste sie sowieso nicht, wie sie »aufgeben« sollte. Wie sähe das aus? Wer und was wäre sie dann noch? Selbst eine gescheiterte Künstlerin war immerhin noch Künstlerin.

»Also, ich glaub, einer meiner ehemaligen Professoren könnte dir vielleicht helfen. Er ist ziemlich radikal, und ich habe ihn mit Frau und Kindern gesehen.«

Und so bekam sie ihr letztes Bild. Das Mädchen war zwar nicht blond, doch Löckchen und runde Marshmallow-Bäckchen hatte es.

Der Geschäftsführer des Diners erklärte ihr, dass sie ihre Bilder hinhängen könne, wo immer sie wolle: »Solang du meine Gäste nicht störst.«

Yuki packte ihre Bilder auf einem freien Tisch aus. Sie hatte sie sich in einer langen Reihe vorgestellt – alles sollte zu jenem letzten Mädchen führen, das sich die Zeitung vor den Mund hielt. Die Titelzeile und ihre scharfen Wimpern waren im Fokus, an den Rändern zerfloss das Bild in dunkle Abstraktion. Selbst unter dem Neonlicht des Diners liebte Yuki dieses Bild. Sie konnte es.

Die Wände waren mit Menü-Tafeln und signierten Fotos von Stars zugekleistert, doch an den Stellen, wo die Kunstledersitze an die Wand stießen, war reine, nackte Farbe. Neun Nischen, drei links, drei rechts und drei an der hinteren Wand. Yuki verschwand in der ersten freien Sitzecke, rutschte, kletterte, beugte sich über die Tischplatte aus Linoleum, doch dann justierte sie den Nagel und schlug ihn ein. Ihr Hämmern war kaum zu hören, so laut war das Geklapper aus der Küche. Yuki brauchte eine Stunde, um acht ihrer Bilder aufzuhängen. Die letzte Nische war von einem alten Mann besetzt, der offenbar entschlossen war, bis an sein Lebensende an seinem Bauernfrühstück herumzuessen. Endlich aber verlangte er nach einer Tüte für seine Essensreste. Yuki stürzte sich sofort auf die Nische.

Sie trat zurück. Sie hatte sich derart häufig auf den Daumen gehämmert, dass sie jetzt schon spürte, wie der Bluterguss unter ihrer Haut seine Wurzeln schlug. Die Fotos wirkten nicht. Allenfalls sahen sie aus wie ein Skizzenbuch. In der Nische des alten Manns befand sich Foto vier. Der Pandabär hing exakt in der Mitte und grinste fadenscheinig. Das Bild war drollig, weiter nichts. Es strahlte nichts aus.

Yuki bestellte einen Kaffee, schwarz. Die Gäste kamen und gingen. Yuki drehte eine Karte hin und her. Dafür war kein Platz mehr gewesen. Sie hatte von Hand zehn weiße Karteikarten mit dem Titel beschriftet und die jeweilige Nummer des Bilds dazu vermerkt. Sie glaubte zwar nicht, dass sich Lou daran erinnerte, doch seine Worte hatten in ihr nachgeklungen: *So Harmlose Kleine Mädchen Wie Du.* Es war wie ein Fluch. Sie hatte geglaubt, ihn mit der Ausstellung zu brechen, doch offensichtlich nicht.

Die Kundschaft ignorierte ihre Fotos. Doch die Fotos sahen zu ihr. Von jeder Wand aus schauten sie die Mädchen an. Alle, nur das Kind auf dem Zeitungsfoto nicht. Unter dieses Bild hatte Yuki sich gesetzt. Sie hatte nicht auf die Zeitung fokussiert. Sondern auf die strahlend weißen Zähne des Mädchens, das die Zeitung hielt. Der Körper des fliehenden Zeitungsmädchens war verwischt. Ein unscharfer Schmerz. Wieso hatte sie geglaubt, dass sie für dieses Mädchen irgendetwas tun könnte? Yukis eigene Probleme waren im Vergleich so klein, doch sie brachte doch schon kaum die Kraft auf, sie durch diese schöne Stadt zu tragen.

Um siebzehn Uhr kam Edison durch die Glastür und ließ sich mit seiner Aktentasche Yuki gegenüber in die Nische fallen.

»Ein Stück Kirschtorte mit Sahne, Eis und Erdbeersauce. Haben Sie Erdbeersauce?«

Als der Kuchen kam, sagte er: »Inzwischen habe ich diese interessanten Fotos hier bewundert.« Yuki trat in Richtung seines Beins, verfehlte es jedoch. Es war ein dünnes Ziel.

Als sich die Kellnerin mit ihrem Grinsen abgewandt hatte, fragte Yuki: »Gilt so was als Essen?«

»Natürlich gilt so was als Essen. Wonach sieht es aus? Nach Kunst? Also iss.« Er war so bemüht, ihr seine Fröhlichkeit aufzudrücken, dass er sich ihr mit dem ganzen Körper entgegenneigte. »Das ist deine erste Ausstellung. Das müssen wir feiern.«

»Mir ist übel.«

»Ich möchte dir eins abkaufen«, sagte er. »Und es über meinen Schreibtisch hängen.«

»Dafür sind sie nicht gemacht«, erwiderte Yuki. Obwohl sie wie niedliche Kinderbilder wirkten, die über den Schreibtisch passten. »Sie sollen zum Nachdenken anregen und nicht dein Büro schmücken.«

»Vielleicht will ich im Büro ja nachdenken.«

Er bemühte sich so sehr, dass es schon wehtat. Er hatte doch bestimmt Kollegen, andere Menschen, mit denen er sich anfreunden konnte. Warum ließ er nicht locker? Lou hatte sie seit zwei Monaten nicht mehr geschlagen – das würde sich ändern, wenn er sähe, wie sich Edison über den Tisch beugte und sie mit großen braunen Augen ansah.

»Es soll mich inspirieren. Eines Tages will ich selbst etwas bauen. Keine Büros, sondern Schulen, Spielplätze, Wohnhäuser. Räume für Menschen, in denen man etwas Wirkliches empfinden kann. Etwas Großes.«

Yuki fiel kein Korridor und auch keine Küche ein, in der sie sich jemals so gefühlt hätte. Auf der anderen Seite fühlte sie sich in dem Diner schlecht. Es war, als ob ihr zwanzig Gabeln ihre achtzig Zinken in die Adern drücken würden. Edison sagte: »Lass uns woanders hingehen. Du bist schon den ganzen Tag hier.«

Er hatte eine weit mächtigere Frage in seine Worte eingezwängt, die unter dieser Spannung beinahe platzten.

»Lou will mich nach der Arbeit abholen.« Dann würden sie gemeinsam mit der U-Bahn heimfahren.

Edison ging allein. Mit raschem Schritt, die Schultern einwärtsgedreht. Yuki verfolgte, wie er die Straße überquerte und zu einem dünnen Schatten wurde. Er wirkte niedergeschlagen. Als er ihr erzählt hatte, dass seine kanadische Freundin das Warten leid sei, hatte sich sein Körper nicht so traurig gekrümmt. Sie hätte sich geschmeichelt fühlen müssen. Dass er sie mochte, schloss sie aus der Art, wie er sie ansah. So, wie sie früher Kleider angesehen hatte, in der Hoffnung, dass das richtige sämtliche Probleme lösen würde. Sie hätte ihm sagen können, dass das nicht funktionierte. Sie war erschöpft; sie war erschöpft davon, sich immer wieder aufzurichten, Lou aus seiner miesen Das-letzte-Bier-im-Kühlschrank-Laune zu befreien, das Telefon abzunehmen und zu sagen, »Einen Augenblick, bitte«. Sie war zu erschöpft, um anzusprechen, was immer Edison sich wünschen mochte. Sie hoffte, dass er es für sich behielt.

Lou kam spät zu ihr ins Diner. Es war zehn nach elf. Er schaute fünf Minuten lang auf die Speisekarte und bestellte dann Spiegeleier. Auf die Bilder sah er nicht. Er wischte das verlaufene Eigelb mit den Fingern von seinem Teller und leckte sie einzeln ab.

»Hatte kein Mittagessen«, sagte er.

»Oh.«

»Die meinen, nur weil wir nicht nach Stunden arbeiten, stünden denen alle unsere Stunden zu.«

»Oh.«

Lou rief nach der Kellnerin und bestellte Toastbrot nach: Roggen, Butter, sonst nichts. Auf seiner Stirn war ein Pickel. Sie lebte mit einem pickeligen beinahe Vierzigjährigen zusammen, doch sie hätte ihm die Pest vergeben, wenn er nur unaufgefordert zu ihren Bildern aufgesehen hätte. Yuki überlegte, ob noch ein Kaffee ihre Kopfschmerzen lindern oder anfachen würde. Sie hob die leere Tasse an den Mund und schlug sie an die Zähne. Es war wie ein Morsecode. *Klick, klick, klickklickklick, klick, klickklick*: Ich hasse mein Leben. *Klickklick klick klickKLACK*: Wenn du noch ein Toastbrot isst, springt dir dein haariger Bauch aus der billigen Hose. *Klick*: Kann bitte irgendjemand auf ein Foto sehen? Ihre Zähne schmerzten. Ihr Zahnfleisch schmerzte. Ihre Knochen waren so kalt, als ob in deren Innerem Durchzug herrschen würde.

Die Kellnerin bat um die letzten Bestellungen von der Karte. Danach gab es nur noch das beschränkte Nachtangebot. Lou zog sein Portemonnaie aus der Tasche. Es war aus schwarzem Leder, eingerissen und mit braunem Klebeband geflickt. Er nahm einen Fünf-Dollar-Schein heraus. Selbst der Schein wirkte alt. Irgendjemand hatte ein rotes Herz darauf gekritzelt. Yuki fragte sich, ob die Hände verliebt oder nur nervös gewesen waren. Als der Schein auf dem Tisch lag, rollte er sich trotzig ein.

»Und, was sagst du?«, fragte sie.

»Etwas zu kalt, aber wenigstens war das Eigelb nicht zu fest.«

»Zu meinen Fotos.« Er hatte sie in der Wohnung schon gesehen. Er hatte Yuki sogar geholfen, sich zwischen dem Mädchen zu entscheiden, das sein Kätzchen, mit blauer Schleife am Hals, auf der Straße ausführte, und dem Mädchen, das von der Schaukel gefallen war und Sägemehl in seinen Haaren hatte. Doch nun, in der Öffentlichkeit, war das etwas anderes. Eine Ausstellung sollte etwas Größeres sein als die einzelnen Teile, genau wie ein Land. So als ob die Begegnung mit der Öffentlichkeit aus einer Ausstellung etwas Beeindruckendes und Visionäres machen würde.

»Sie sind toll.«

»Wirklich?«

»Ja.«

»Den ganzen Tag lang hat sie niemand angesehen.«

»Was hast du denn erwartet? Das ist ein Diner.«

Stille. Da endlich sah er auf und kniff die Augen zusammen. Sie folgte seinen Blicken durch den Raum. Er konzentrierte sich, eine Minute lang. Yuki schlug nervös die Füße übereinander. Dann rülpste er. Er legte nicht einmal die Hand vor den Mund. Yuki sah die dunklen Brotkrümel, die zwischen seinen rissigen Zähnen saßen.

»*Bakayarō*«, spie sie aus. Das Wort, bis eben noch vergessen, war von selbst erschienen. Ihr Vater hatte den Sohn seines Chefs, die amerikanischen Vertreter, die Betrunkenen, die sie auf der Straße angerempelt hatten, so genannt. Es kam leise, rau und mit einem kurzen Gefühl der Befriedigung aus ihrem Mund. Wozu ein Morsecode, wenn sie über eine Geheimsprache verfügte?

»Was?«

»Nichts.« Eine Geheimsprache machte keinen Sinn, wenn man sie mit niemand teilen konnte. »Dann hast du mir hierzu also geraten, damit ich mich erniedrige? Glaubst du, es ist einfach, wenn man ignoriert wird?«

»Das sind nur ein paar beschissene Bilder. Wozu das Theater?«

Vor ihrer Beziehung mit Lou hatte sie das Streiten nicht beherrscht. Sie hatte sich zurückgezogen, entschuldigt, in ihrem Zimmer versteckt, zumindest hinter ihrem Haar. Nun borgte sie sich Lous gemeine Rede.

»Oh, vielleicht sollte ich deine Gedichte kopieren und im Büro verteilen. Vielleicht lacht jemand mit mir drüber. Sind ja nur ein paar beschissene Gedichte.«

»Ich hatte mit dem Gedanken gespielt, deine Fotos in die nächste *Emily* zu bringen. Aber weißt du was? Ich glaube, du machst es dir mit deiner Kunst zu leicht.«

»Zu leicht.« Es kam dumpf und leise.

»Ja, zu leicht. Jeder weiß doch, dass der Krieg kleine Mädchen tötet. Tolle Neuigkeit! Und formal hast du auch nicht viel zu bieten, oder? Auch zu leicht. Egal. Ich geh pinkeln.«

Er stand auf. Sein Nackenhaar musste dringend geschnitten werden. Die anderen Gäste lärmten so unbeeindruckt wie zuvor.

Die Kellnerin kam und glättete den Fünf-Dollar-Schein, so sanft wie eine Mutter, die ihrem kranken Kind über die Stirn fährt. Sie ließ sich Zeit. Dann faltete sie den Schein in ihre Schürzentasche und holte aus der anderen das Wechselgeld hervor.

»Die Bilder sind von Ihnen?« Toll, die Kellnerin hatte sie gehört.

»Ja.«

»Hat mir der Manager gesagt. Meine Mam hat mir die Haare früher auch so gemacht, genau wie bei der Süßen da. Zöpfe und so. Jeden Tag. Als wär ich auf dem Weg zu 'nem Schönheitswettbewerb.«

»Oh, ja. Danke.« Yuki hatte ihren Vater und ihre Mutter nicht eingeladen, zu ihrer ersten Ausstellung. Vielleicht galt sie darum nicht. Ihre erste richtige Ausstellung, das wäre etwas, wozu sie ihren Vater einladen, sagen könnte, siehst du, ich habe Erfolg. Hatten ihre Eltern es zu leicht? Leicht. Das hier war zu leicht? Die Chemikalien, die in ihren Augen brannten? Die vielen Stunden in richtigen Galerien, in denen richtige Künstler ihre Werke zeigten, und immer wieder die Frage, was an ihnen besser war?

Lou kam aus der Toilette und nahm sich das Kleingeld.

»Nein. Überhaupt nicht leicht.« Das l verweilte auf der Zunge. »Ich mache es mir nicht zu leicht.«

Lou rührte sich nicht. Zwischen seinen Fingern glitzerten die Münzen.

»Ich mache es mir nicht zu leicht.« Jedes leicht war ein Echo seiner selbst, das immer lauter wurde.

Da schloss sich die Hand zur Faust. Seine Knöchel wurden weiß. »Wir gehen.« Die andere Hand griff Yukis Arm.

»Oder was? Was dann? Vor all den Leuten?« Es tat gut, eine Szene zu machen. Zu erleben, wie all diese gleichgültigen Menschen zu ihr aufschauten. Mochten sie auch ihre Kunst nicht sehen, sie selbst und das Neongrelle ihrer Wut, das sahen sie, hier, in diesem Augenblick.

»Du bist kindisch.« Er sprach schnell und ruhig.

»Ich bin nicht kindisch.«

»Dann«, er senkte die Stimme. In diesem Tonfall hätte er ihr auch sagen können, dass sie den Kessel aufsetzen oder seine Socken auf den Wäschestapel legen sollte. Es war eine Stimme, die erwartete, dass man ihre Weisungen befolgt. »Dann benimm dich auch nicht so.«

»Es ist schwer. Es ist sehr, sehr schwer.« Warum standen ihr nicht mehr Worte zur Verfügung? Sie dachte an das Nichts. Das Geistermädchen, Zähne in Orange. Türenschlagen. Unscharf an die Abfalltonne mit dem Essen ihrer Mutter, das sicher längst verrottet war. Und manchmal blitzte etwas auf, das größer war und strahlender als sie. Der Schwung einer Linie, das Klicken ihrer Kamera, das den Himmel Zentimeter nur nach oben hob. Doch jedes Mal stürzte er erneut herab. Yuki dachte an die Schmerzen in ihrem Gesicht, von seiner Hand. In ihrem Rücken, von der dünnen Matratze. Wie die Schläge des Minutenzeigers unerbittlich auf sie niedergingen, wenn Lou morgens früh um zwei oder drei noch nicht im Bett war.

Ein Kichern, hell, vergnügt. Yuki fuhr herum. Zwei Mädchen, in einer Nische. Die eine lachte sich an der Schulter ihrer Freundin aus. »Pscht, psch, hör auf. Hör auf«, sagte die andere. Das Gekicher wurde immer lauter.

Sie lachten über Yuki. Sie war lächerlich, mehr nicht. Sie sank auf ihren Sitz. Das Kunstleder quietschte. Sie hatte eine alberne Szene gemacht, genau wie ein Kind.

Lou wandte sich ab und ging schwerfüßig und schweigend Richtung Ausgang. Als Yuki ihm nacheilte, schlug ihr die gläserne Tür gegen die Hand. Sein gold-orangefarbenes Haar strahlte mit den Neonschildern an den Bars durch die Nacht. Sie legte ihre Hand in seine. Er zog sie weder fort, noch ergriff er sie. Ihre Hand fiel ins Leere. Er schaute sie nicht an. Im Zwielicht konnte sie nicht sehen, wohin er blickte, ob er überhaupt auf irgendetwas blickte. Seine Schritte marschierten voran.

»Lou.« Sie blieb stehen. »Lou.«

Nichts. Er ging weiter, immer weiter von ihr fort. Warum sollte sie ihm nachlaufen, wenn sie ihn doch nicht einholen würde? Sie suchte nach ihrer Wut, doch die war fort. Sie war nur noch müde. Lou war ihr so weit voraus, nicht größer als zwei Pinselstriche auf einem Blatt Papier. Ein Ansatz Kupfer, darüber etwas Grau, kaum mehr als ein Lichtreflex auf Wasser. Kaum eine Person. Doch wenn er keine Person war, was war sie dann? Ein Nichts.

Na, dann war es eben nicht so leicht. War das ein Grund, stolz auf sich zu sein? Sie sollte ihm nachlaufen. Sie sollte ihm versprechen, sich noch mehr anzustrengen, eine bessere Künstlerin, ihm eine bessere Freundin zu sein, denn das Nichts hatte seine Arme über die frühe Nacht gebreitet.

Es dauerte nur eine Sekunde, weniger noch. Etwas flackerte. In ihr. Ihr Gehirn war wie die Glühlampe im Bad; zu viel Feuchtigkeit. Als sie stürzte, öffneten sich ihre Augen.

Als sie am Boden lag, war ihr erster Gedanke, jetzt habe ich sicher Laufmaschen. Die Strümpfe aus dem Drogeriemarkt hatten einen Dollar gekostet. Billigere konnte sie nicht kaufen, weil die ihre Beine rötlich wirken ließen. Ihr zweiter Gedanke war, dass sie, wenn sie einfach liegen bleiben würde, keine neuen Strümpfe kaufen müsste. Gingen anderen Menschen auch derart banale Dinge durch den Kopf? Sie wollte liegen bleiben, nur für einen Augenblick. Die Kälte über sich hinwegfließen und sich sauber waschen lassen. Sie schloss die Augen. Es war nicht gut, nachts, als Körper, allein in New York. Sie öffnete die Augen trotzdem nicht. Rote Sechsecke tanzten hinter ihren Lidern.

Hände, an ihrem Arm. Sie riss sich sofort los und rollte sich ein. Ihre Glieder waren schwer und schlugen auf dem Boden auf.

»Lou?«

Seine Finger wanderten über ihren Kopf und suchten nach Verletzungen.

»Ich hab mich umgedreht, und plötzlich warst du unten.«

»Alles gut. Ich bin gestolpert.«

»Sicher?«

»Sicher.« Ein Lächeln zog an ihren Wangen, ihrem Hals, es dehnte selbst ihre Lunge. Er hatte sich umgedreht. Er hatte sich zu ihr umgedreht. Er legte beide Arme um sie und drückte sie an seine Brust. Wenn mehr nicht nötig war, damit er sie hielt und seine Arme um sie schloss, dann war das wirklich wenig.

»Mir geht es gut, ehrlich. Ich glaube, ich habe einfach nur vergessen, heute was zu essen.« Ihre Mutter hatte an einem niedrigen Blutzuckerspiegel gelitten und immer braune Zuckerwürfel in der Handtasche gehabt. Wenn ihr schwindelig geworden war, hatte sie sich hingesetzt und sich Zucker verabreicht. Manchmal hatte sie auch Yuki einen halben Würfel abgegeben. Yuki spürte noch, wie die scharfen Kanten zu Sirup zerflossen.

Der Fehlschlag war nicht das Einzige, das ihren Magen quälte.

»Du warst den ganzen Tag in einem Diner und hast nichts gegessen?« Er seufzte. »Wir gehen zurück. Und bestellen dir was.«

Sie lächelte und lehnte sich in einen Kuss. Was immer zwischen ihnen war, es gehörte ihnen ganz allein. In einem Land, dessen Bürgerin sie nur durch Zufall war, hatte er sie beansprucht und sie ihn. In dem Moment musste das genügen. Lou schlang einen Arm unter ihre Schulter.

»Tut mir leid, dass ich eben so mies drauf war. Aber ich habe heute erfahren, dass die Kunstseite an so 'nen jungen Typen geht, der auf diesem beschissenen Yale war, und das, obwohl jeder weiß, dass Reggie mir die Kunst vermacht hat. Als er seinen Schreibtisch ausgeräumt hat, hat er sein Adressbuch mir gegeben. Das war mein Ressort.«

»Ist schon gut«, sagte sie. »Aber das war wirklich nicht leicht. Mit den Fotos. Nicht für mich.«

»Ich weiß.« Er zog sie näher an sich. Sie lehnte ihren Kopf an seinen Hals, und er war weich. Lou massierte ihr sanft den Nacken mit dem Daumen, und wenn er mit dieser kleinen Bewegung weitergemacht hätte, auf und ab, auf und ab, hätte er in Yuki jeden Schmerz gelöscht.

JAY

10.

Berlin, Oktober 2016

Ich tippte 1989 in die Edelstahl-Tastatur, doch die Tür öffnete sich nicht. Die Wohnung hatte auf den Berliner Seiten von Airbnb gestanden. Das Geld hatte ich schon überwiesen. Ich versuchte es erneut. Schlug mit der Faust gegen die Tür. Toll. Der Himmel war so schwarz wie eine Ledersohle. Ich suchte in meiner Tasche nach dem Notizbuch, in dem ich mir den Zahlencode notiert hatte. Das Straßenlicht war schwach, ich musste mich auf mein Tastgefühl verlassen.

Ich hatte keine Lust auf ein Hotel gehabt und mir eine kleine Wohnung gemietet. Das alte Gebäude sah mit glasigem, gnadenlosem Blick auf mich herab.

Celeste miaute klagend durch die kalte Nacht. Da hatte ich es hingekritzelt: 1989. Ich hämmerte es wieder in die Tasten. Nichts. Celeste schlug gegen ihren Käfig. Oh. Wie blöd. Ich hatte das Hashtag vergessen, nur vier nachlässige Striche. »Tja, Hashtag Vergesslichkeit.« Celeste miaute nicht einmal über meinen Scherz.

Die Tür ergab sich meinem Code. Das gewundene Geländer war mit einer dicken, blasigen Farbschicht überzogen, in deren Weiß sich Staub gefressen hatte. Mein Koffer knallte gegen Stufen, es hallte durch das weite Treppenhaus. Schuldbewusst wie ein Kind schaute ich mich um, doch niemand kam, um mich zu schelten.

Ich befreite Celeste aus ihrer Transportkiste. Sie lief sofort zum Bücherregal und sprang über Hegel, Marx und J.K. Rowling hinweg nach oben. Sie kauerte sich hin und beäugte ihr neues Territorium. Die Küche war schmal, sie bestand nur aus Kiefernschränken und Geschirr. Ich stellte mich vor die Tassen und überlegte, aus welcher ich trinken sollte.

Die meisten Menschen sind sehr eigen, wenn es um »ihre« Tasse geht. Vielleicht, weil Tassen so häufig verschenkt werden oder weil sie flüssige Wärme enthalten. Auf meinen Reisen nach Europa war ich oft in ähnlichen Apartments und machte mir einen Spaß daraus zu raten, welche Tasse die Besitzer wohl als ihre betrachteten. Hier tippte ich auf die weiße Tasse mit dem Sprung, dem halb verblassten Aufdruck und den Teerändern. Also machte ich mir darin einen Heißer-Apfel-Tee. Auf der Vorderseite prangte John Lennon in seinem New-York-City-T-Shirt. Der Oberkörper war noch deutlich, das Gesicht jedoch grau und verschmiert. Ich legte den Daumen darauf. Die Bewohnerin hatte es allmählich weggerieben. War das ein nervöser Tic, oder hatte sie das Bild bewusst gestreichelt? Ich entschied mich für Letzteres. Und beschloss auch, dass die Person, die hier lebte, Studentin war. Sie lebte allein, hatte aber einen festen Freund, der an den Wochenenden zu ihr kam, das Badezimmer putzte und sie Mäuschen nannte. Sie ließ sich das gefallen, obwohl sie eine Dissertation über Fragen des internationalen Feminismus schrieb.

Ich rief Mimi an. Sie ging mit dem Telefon zu Eliots Wiege.

»Sie schläft, kannst du sie hören?«, fragte Mimi.

»Ja.« Ich dachte, ich hätte ein Atmen gehört, aber vielleicht war es auch nur ein Knistern. Welchen Sinn sollte das haben? Eliot kannte mich nicht und konnte mich nicht vermissen. Sie war eine Maschine, die Milch in Tränen wandelte. In ihr einen Menschen zu sehen gelang mir einfach nicht. Ob ich eines Tages wirklich zu einem dieser Väter werden würde, die vor Warhols Suppendosen stehen und ihrem Knirps das Elend der Massenproduktion erklären?

Irgendwann war ich eingeschlafen. Als ich wieder aufwachte, hockten zwei Krähen in grauer Weste auf dem Geländer des Balkons. Der Platz dort reichte gerade für ein Kind oder einen halben Erwachsenen. Aber vielleicht war der Balkon sowieso nur für Krähen angelegt. Celeste saß auf dem Bett und beäugte sie. Sie waren mindestens so groß wie meine Katze. Ich glaube nicht, dass sie auf unseren vielen Reisen jemals derart große Vögel gesehen hatte. Die rechte Krähe hielt eine lange Wurst in ihrem schwarzen Schnabel. Ihr Kumpan hüpfte vor und pickte nach der Wurst. Die rechte Krähe hüpfte zurück, die linke hinterher. Ich fieberte mit dem leeren Schnabel mit – für eine Krähe allein war die Wurst ohnehin zu groß. Die Krähen hüpften nach links. Nun konnte ich nur noch den hungrigen Kumpanen sehen. Seine stolzen Flügelfedern waren fransig. Um sie zu beobachten, setzte ich mich auf und öffnete das Fenster. Es quietschte. Ein scharfer Windstoß wehte in das Zimmer und blähte die Vorhänge auf. Ich musste blinzeln. Die beiden Krähen schossen in den Himmel auf und ließen die angepickte Wurst auf dem Balkon liegen. Ich holte sie ins Zimmer. Die Pelle war klebrig.

»Eine Wurst fällt vom Himmel.«

Celeste lachte nicht. Das tat sie nie. Auf der anderen Straßenseite befanden sich mehrere Dönerbuden, in denen es Kebab, Wurst und Bier gab. Die Beute der Krähen stammte sicherlich von dort. Ich zog mir das Laken an die Brust und zerrupfte die Wurst in Katzenbissen. Celeste aß mir mit heißem Atem aus der Hand. Katzenhaut und Menschenhaut fühlen sich gleich an. Der Rücken meiner Katze fühlt sich an wie die Beininnenseite eines Menschen. Der sanfte Pulsschlag ihres warmen Bluts erwärmte meins. Ich schob mir das runzelige Ende der Wurst in den Mund. Das Fleisch war zäh, kleine Grießstückchen blieben zwischen meinen Zähnen stecken. Ich ging in die Küche, um mir den Mund auszuspülen. Die Uhr an der Mikrowelle stand auf

13 Uhr. Ich rechnete zurück: 7 Uhr morgens in New York. Um die Zeit hatte Mimi das Baby schon gefüttert; bestimmt trank sie jetzt ein großes Glas Kaffee, schwarz, und checkte ihre E-Mails.

Ich setzte mich an den Tisch und befragte den Stadtplan. Die Galerie war fußläufig erreichbar; ich musste nicht einmal die U-Bahn nehmen.

Meine Mutter konnte mir nun nichts mehr tun. Ich war auch nicht nervös. Trotzdem quälte mich mein Magen, war da so ein leeres, gasiges Gefühl, also machte ich mir eine Tasse Instantkaffee und rief meine Frau an. Sie nahm nicht ab.

11.

Berlin, Oktober 2016

Viel war nicht zu tun: Ich musste in die Galerie gehen, die Telefonnummer meiner Mutter erfragen, sie die Urkunde unterzeichnen lassen, ihr die Urkunde geben und nach Hause fahren. Das war simpel. Nur, vorher wollte ich mit meiner Frau sprechen. Ich beschloss, mir die Wegbeschreibung ein zweites und ein drittes Mal anzusehen. Und es danach noch einmal bei Mimi zu versuchen.

Die Galerie lag nicht auf der neuerdings schicken Auguststraße, wo Quentin Taupe gerade eine Dependance eröffnet hatte. Sie lag in einem jener Winkel West-Berlins, wo Floristen, japanische Textildesigner und Jungbanker sich das Territorium der Dönerläden und Sexshops eroberten. Die Räumlichkeiten der Galerie duckten sich unter die S-Bahn. Irgendein Architekt hatte die freien Flächen unterhalb der Ziegelbögen mit Glas versiegelt. Umnutzung von Industriebauten – das hätte Dad gefallen. Die Erschließung von ungeliebtem Grund und Boden. Ich hatte es mir im Netz angesehen und mit Google Maps Street View einen Probespaziergang unternommen, die Kamera vorausgeschickt. Der flache weiße Himmel auf dem Bildschirm hatte fast wie der Himmel vor meinem Fenster ausgesehen.

Celestes Wasserschüssel war gefüllt. Ich war bereit zu gehen. Ich wählte Mimis Nummer. Es war noch immer früh in New York. Handy: nada. Festnetz: meine Stimme, die erklärte, man könne mich in der Galerie erreichen. Mimi war meine Frau, und sie hatte mir versprochen, in guten wie in schlechten Zeiten für mich da zu sein. Waren das gerade etwa keine schlechten Zeiten? Eigentlich hatte sie es nicht versprochen: Wir hatten uns bei unserer Trauung Gedichte vorgelesen und uns versprochen, unser Bestes zu geben. Mimi war, außer meinem Dad, der einzige Mensch, den ich liebte. Ich musste vor meinem Aufbruch ihre Stimme hören.

So aber nahm ich ohne den Segen meiner Ehefrau zwei Stufen auf einmal nach unten. Ich redete mir ein, dass das nicht so schlimm war. Yukiko Oyama war schließlich nicht meine Mom. Als Teenager hatte ich sie »Die Eispenderin« genannt. Ich käme auch ohne Mimis Zuspruch zurecht. Ich hatte eigentlich vorgehabt, in die Galerie zu gehen, doch meine Rückenschmerzen waren unerbittlich, ebenso mein Jetlag. Mein Gehirn schlang mir Achten um die Beine, es rannte dem einen Gedanken hinterher, kam zum anderen zurück, hechelte hinter Hölzchen und Stöckchen her. Ich brauchte Schlaf. Wo war meine Frau? Was zur Hölle sollte ich zu meiner Mutter sagen? Ich brauchte einen klaren Kopf und einen bitterstarken Kaffee.

»Americano, mit einem doppelten Espresso, bitte.«

Ich verzichtete auf Zucker und setzte mich auf einen hohen Hocker, dem Fenster gegenüber. Zu meiner Rechten war ein Spiegel. Ich sah in ein Gesicht, das sich bleich über den aufgeklappten Kragen meines Wollmantels erhob. Das unrasiert und scheckig war. Ich hatte vergessen, mir den Rasierer einzustecken, und das Versäumnis unter der Last des Jetlags und des Schweigens meiner Frau noch nicht behoben. Die kratzigen Stoppeln bildeten drei graue Ovale. Wie dreckige Fingerabdrücke, dachte ich und legte die Finger darauf. Ich rieb die Stellen, dann schüttete ich meinen Kaffee hinunter.

In einem Supermarkt kaufte ich mir einen Rasierer und griff in einen Kasten, auf dem *Laugenbrötchen* stand. Dazu gönnte ich mir Würstchen im Schlafrock. Das Fett war schon in den Teig gesickert, doch vor dieser Tortur musste ich mich noch einmal so richtig vollstopfen. Ich ging an Regalen voller amerikanischer Softdrinks vorbei, nahm jedoch ein Bier.

Als ich wieder in der Wohnung war, rasierte ich mich und aß mein frühes Mahl. Das Brötchen war knusprig und salzig, so als ob es mit Bier verzehrt werden sollte. Vielleicht war dem wirklich so. In drei großen Bissen war es fort. Ich machte mir das Bier auf. Die Kohlensäure zischte und seufzte durch mein Gebein. Meine Wangen wurden heiß. Mein Gesicht lief immer rot an, wenn ich trank, vermutlich ein Erbe meiner Mutter. Wenn Mimi trank, wurde sie so rosa wie das Zimmer einer Zwölfjährigen. Wenn wir gemeinsam etwas tranken, was seit dem Baby nicht mehr vorgekommen war, küsste sie mich immer auf die hitzig roten Stellen. Sie mochte sie, angeblich wirkte ich damit so zurückhaltend und schüchtern. Angeblich hatte ich so ausgesehen, als wir uns zum ersten Mal begegnet waren, obwohl ich damals nichts getrunken hatte.

Ich leerte die Flasche, warf sie fort, fuhr Celeste mit einer raschen Handbewegung über den Rücken und verließ das Haus erneut.

Der Weg zu ihrer Galerie war kurz. Vor mir führte eine Mutter ihre Zwillinge samt Bommelmützen aus. Die gelben Pompons hüpften wie zwei Elfen, die mich leiteten. Wir bogen um die Ecke, und da war die Galerie. Die Fassade war aus Milchglas, so weiß wie der Himmel, den sie reflektierte. Ich verharrte auf dem Bürgersteig, während die Zwillinge davontapsten. Hinter der Glasscheibe hing ein wandhohes Plakat. Ein Frauenkopf, darüber die Zeichnung einer riesigen Gedankenblase. Meine Mutter? Das Haar war schwarz-weiß meliert. Die weißen, kräuseligen Strähnen waren offensichtlich nicht mit Photoshop entfernt worden. In der Gedankenblase stand:

»Kacke bleibt braun.«

Der Fehler war diese kleine Pause. Das wurde mir klar, als ich blinzelte und sich mir das Milchglas vor die Augen schob.

Wenn jemand im Film in Ohnmacht fällt, dann geht das so: Man sieht alles doppelt, die Welt verschwimmt, und dann, bumm. Blackout. Eins: Atem anhalten. Zwei: Licht. Drei: Action. Man hört seinen Namen in der Dunkelheit, ein Mal, zwei Mal, drei Mal. Dann ein Gesicht, zunächst unscharf. Das Gesicht nennt deinen Namen. Dass man allein in Ohnmacht fällt, kommt im Film nicht vor. Ein Film kann das Gefühl nicht zeigen, wenn der Bürgersteig zu Treibsand wird. Die Füße immer tiefer in das Dunkel sinken. Ein Film kann das unangenehm Vertraute dieses Falls nichts zeigen.

12.

Berlin, Oktober 2016

Ich blinzelte. In mein rechtes Auge war Sand geraten. Wasser drang durch meine Jeans. Hoffentlich kein Schnee. Ich richtete mich auf und rieb mir das Auge, doch auch an meiner Hand waren diese Körnchen. Es stach. Niemand bereitet einen darauf vor, dass man auch umkippen und wieder zu sich kommen kann und niemand das zur Kenntnis nimmt. Man schaut auf die Uhr oder das Handy und stellt fest, dass man eine halbe Minute lang weg war.

Um mich zu beruhigen, drehte ich eine Runde durch die Galerie. Wenn sie ein Damien Hirst gewesen wäre, hätte sie nicht in einem einstigen Durchgang, in den früher jeder pinkeln konnte, ausgestellt. Aber wahrscheinlich war sie, wie die Gegend selbst, auf dem Weg nach oben. An den Wänden hingen Fotografien von weißen Tellern. Auf den weißen Tellern lagen weiße Lebensmittel: Blumenkohl, Reis, Milch, Käserollen, Brot ohne Kruste, geschälte Bananen, Pastinaken, traurige Streifen Hühnerbrust. Ein zweisprachiger Aushang erklärte das Konzept der Ausstellung, wonach die Künstlerin einen Monat lang nur weiße Nahrung zu sich genommen habe. Ein Foto ihrer Kacke gab es in *Kacke bleibt braun* nicht. Wofür ich sehr dankbar war. Um mir den Inhalt der Eingeweide meiner Mutter anzusehen, war es noch zu früh.

Sie wurde in dem Text als Japanerin bezeichnet. Ob sie inzwischen die deutsche Staatsbürgerschaft besaß? Es hieß, sie habe eine Weile in den Vereinigten Staaten gelebt, zu einer Zeit, als für eine Frau oder Nicht-Weiße Erfolg nahezu unmöglich war. Denjenigen, die beides waren, wurde der Zutritt zu allem verwehrt. Dann wurde man nie zu den richtigen Partys, in die richtigen Lofts oder Warehouses eingeladen. Gab es damals den Begriff *person of color* überhaupt schon? Der Pressetext pries offenbar ihr Bemühen, an verschlossene Türen anzuklopfen. Ich wusste selbst, wie unzugänglich diese Räume waren. Selbst gut vernetzte Künstlerinnen wie Yoko Ono oder Yayoi Kusama genossen erst seit Kurzem wahre Anerkennung. Auf mich wirkten die Anstrengungen meiner Mutter einzig und allein als Beleg absurder Hybris oder völliger Unkenntnis.

Ich ging zum Tresen. Der Junge dahinter sah genau wie der Junge aus, den ich am Tresen meiner Galerie allein gelassen hatte, groß und dünn, sehr viel Haar, saubere, robuste Halbstiefel. Mein Junge hatte vor Jahren bei mir ein Praktikum gemacht und teilte sich die Tage zwischen Zeitarbeit und Folksongs auf, die er selbst schrieb. Er hatte sich bereit erklärt, temporär den Platz des Jungen einzunehmen, den ich gefeuert hatte. Ich hatte ihn gebeten, ans Telefon zu gehen, mir in dringenden Angelegenheiten zu mailen und nichts in Brand zu stecken. Als ich ihm gesagt hatte, wohin ich fuhr, hatte er erwidert, ich müsse unbedingt ins Berghain gehen, einen Club in einem ehemaligen Heizkraftwerk mit Eisbar und zwei Absinth-Theken. Angeblich wurde die Hälfte aller potenziellen Gäste abgewiesen. Sein Vorschlag hatte mir geschmeichelt, bis er mir erklärte, der eigentliche Spaß bestünde darin, in der Schlange zu warten und zu sehen, ob man es hineinschaffte. Darauf könne ich verzichten, hatte ich gesagt und mich barsch und alt gefühlt.

Der deutsche Junge vor mir strich sich das Haar zurück und nickte, was ich als Gruß interpretierte. Hoffentlich fiel ihm der nasse Fleck an meiner Jeans nicht auf. Als ich von New York aus in der Galerie angerufen hatte, hatte man mir zwar die Adresse von Yukiko Oyama vorenthalten, aber versprochen, ihr von meinem Anruf zu berichten. Seither hatte ich nichts mehr gehört. Nun war ich da und setzte auf Josephines *persönlichen Kontakt*.

»Guten Tag. Sprechen Sie Englisch?«

»*How may I be of help?*« Sein Akzent war tadellos, doch er hatte die Angewohnheit der meisten Fremdsprachler, jedes Wort gleich zu betonen, es glatt wie Stahl zu bürsten.

»Ich benötige die Kontaktdaten von Ms Oyama.«

»Wir geben die persönlichen Daten unserer Künstler nicht heraus.«

Ich holte mein Portemonnaie hervor und reichte ihm eine Visitenkarte mit dem Namen der Galerie samt E-Mail-Adresse. Für Sammler schrieb ich meist meinen Namen und meine Telefonnummer handschriftlich dazu. Diese wohl kalkulierte Kombination aus Professionalität und persönlichem Touch gab ihnen das Gefühl, etwas Besonderes zu sein. Jede der Karten aus dünnem Furnier besaß eine andere Maserung. Den Preis von 1,05 US-Dollar pro Stück war das wert, aufgrund von Reaktionen wie der folgenden: Der Junge drehte die Karte um, bog sie und hielt sie sich unter die Nase. Dann fuhr er mit dem Daumen über die Schrift.

»Toll.«

»Ich bin ebenfalls in der Branche. Sie wird sich über meinen Anruf sicher freuen.«

Er drehte die Karte wieder um.

»Ich kann nicht. Galerie-Politik.« Dann steckte er meine Karte weg und sagte: »Aber ich kann sie gern für Sie anrufen.«

Ich dankte ihm und wartete, während er in einem Aktenschrank herumwühlte. Ich sah verbogene Ordner und zerfetzte Plastikhüllen. Galerien und Menschen sind selten so ordentlich, wie sie nach außen hin erscheinen. Schließlich zog er eine weiße Mappe aus der untersten Schublade.

»Was soll ich ausrichten, wer mit ihr sprechen will?«, fragte er.

»Es geht um einen Mr Edison Eaves. Und es ist dringend.«

Wenn sie mich für einen Anwalt hielt, konnte ich das bei unserer Begegnung richtigstellen.

Er blätterte rasch durch die Trennblätter aus Plastik, bis er die gesuchte Seite fand, und wählte ihre Nummer. Deutsch klingt wie kodiertes Englisch, und ich hatte immer das Gefühl, dass es sich mir erschließen würde, wenn ich mich nur ausreichend bemühte. Vergeblich.

»Ms Oyama fühlt sich nicht gut.«

»Sagen Sie ihr, ich muss sie sehen, es ist wirklich wichtig.«

Ein weiterer Wortwechsel.

»Bleiben Sie länger in der Stadt?«

»Eine Woche.«

»*Eine Woche.*«

Laute, die nach Zustimmung klangen.

»Sie können morgen in ihr Atelier kommen. Ich gebe Ihnen die Adresse.«

YUKI

1975, Caput mortuum

Ein violettstichiges Braun. Wörtlich: Totenkopf. So benannt aufgrund der farblichen Ähnlichkeit mit getrocknetem Blut. Es eignet sich für die Darstellung alter Früchte und abklingender Blutergüsse. Manchmal bezeichnet der Begriff auch wertloses Zeug.

»*The Paper*, was kann ich für Sie tun?« Yuki wünschte, dass nicht jeder diese Nummer herausgeben würde. Es gab Mädchen, deren Job es war, Anrufer an die richtigen Stellen weiterzuleiten, und dennoch landeten alle bei ihr.

»Bitte sprechen mit Oyama Yuki.« Die Worte waren mit vielen *u*s kanneliert, was auf einen japanischen Akzent verwies.

»Oyama-desu.«

»Yuki-chan.« Die Stimme beschleunigte in ein vornehmes Japanisch. »Hier ist deine Tante Reiko.«

Yuki versuchte, der Stimme ein Foto zuzuordnen. Welcher graue Fleck war diese Frau? Die Schwester ihrer Mutter, kleiner, größer? Sie bemühte sich, die Gesichtszüge zutage zu befördern.

»Dein Vater ist im Krankenhaus.«

»Ist Dad...«, sie suchte nach dem japanischen Begriff für krank, doch der war in einen entfernten Winkel ihres Gehirns gewandert. »Müde?«

»Er hatte einen Unfall.« Die Sonne dröhnte mit ohrenbetäubender Helligkeit durch das Fenster. Tante Reikos Stimme klang sehr weit entfernt. Yuki drückte so heftig auf den Stift in ihrer Hand, dass er davonsprang und über den Tresen hüpfte.

»Mom?«

»Sie sorgt für ihn.«

»Ein Unfall?«

»Ein schlechter Fahrer.« Welches Auto hatte ihren Vater zerschmettert? Was war schlimmer, wenn es eins von denen war, die er verkaufte, oder eins der Konkurrenz? Spielte das überhaupt eine Rolle?

Die Sonne kreischte immer noch. Wenn Yuki später an den März zurückdachte, dann als ein anhaltendes grelles Lärmen. Ende April waren ihre Ohren schon derart in Mitleidenschaft gezogen, dass sie es kaum noch hörte.

»Eine Erdbeere?«, wiederholte Amy, die Neue aus dem Schreibbüro. Die Beeren waren matschig. Sie hatten ihre Reife überschritten und malten dunkle Küsse an den braunen Pappkarton. Yuki nahm eine Beere. Das Gewicht drückte ihre Hand beinahe auf den Tisch. Neuerdings schien jeder Gegenstand eine zusätzliche Masse zu besitzen. Amy trug eine Zeitschrift unter dem Arm. Auf dem Cover sah man das Gesicht einer Frau, die Yuki Seitenblicke zuwarf. Jetzt bin ich eine echte New Yorkerin, dachte Yuki – ich habe den Verstand verloren. Amy lächelte sie vage an. Die Mädchen begegneten ihr nicht mehr mit Verachtung, oder sie waren noch zu neu und wussten nicht, dass sie der Verachtung wert war. Der korallenfarbige Lippenstift in ihrer Schublade war länger bei der *Paper* als die meisten dieser Mädchen.

»Darf ich das mal sehen?«, fragte Yuki.

»Meine Mom hat mir ein Abo geschenkt.« Amy runzelte ihr Näschen. An ihr war alles zierlich. Die Mädchen wurden mit jedem Jahr dünner – ihre Knochen nahmen ab. »Sie hat Angst, dass ich nicht weiß, wie man sich in der Großstadt kleidet. Als ob ich mir irgendetwas hiervon leisten könnte.«

Yuki strich das Cover glatt. Es war Odile. Nicht irgendein spitznasiges, grünäugiges Mädchen, sondern *sie*. Man hatte ihr die Augen mit Silber bestrichen und das Haar in einen blauen Seidenschal gewickelt.

Yuki war so gedrückt, als ob sie das zweidimensionale Mädchen wäre. Sie wartete schon lang nicht mehr vor Lillians Apartment. Die Liebesromane erschienen nach wie vor. Einen hatte Yuki sich gekauft, sie bewahrte ihn in ihrer Schublade am Tresen auf. Falls Lillian bittere Gefühle hegte, hatte sie diese strikt herausredigiert. Rauchte Odile immer noch ihre Zigaretten im Mundwinkel? Schlief sie immer noch mit durchgedrücktem Rücken und posierte selbst im Schlaf?

Odile. Odile, so blasiert und schön wie eh und je. »Ich habe sie gekannt«, sagte Yuki zu dem Mädchen.

»Cool«, sagte Amy. »Behalt das Heft, wenn du willst.«

Amy versuchte offenbar, sich bei ihr einzuschmeicheln. Mit ihren dreiundzwanzig Jahren gehörte Yuki nun zur alten Garde. Sie selbst empfand sich immer noch als neu, doch auf eine Weise, die sich wie ein Splitter tief in ihre Haut gegraben hatte und dort unsichtbar eiterte. Vor den Journalisten und den Korrektorinnen verheimlichte sie diesen Schmerz des Andersseins. Doch die Wunde breitete sich aus.

»Danke.«

Da polterte Lou durch die Doppeltür. Yuki schob das Heft auf ihre Knie. Es zischelte. Sie drehte es um und presste Odiles Gesicht in ihren Schoß.

»Ich gehe heute Abend mit *den Jungs* essen.«

»Oh. Okay.«

»Es wird spät.« Ein Abend ganz allein in ihrer Wohnung, mit Odiles grünen Augen.

»Was hast du da?«

»Nichts.« Sie hatte nicht bemerkt, dass sie die Hände auf das Heft presste. Sie wollte Lou nicht an die Zeit erinnern, in der sie für ihn unsichtbar gewesen war. Sie brauchte sein Gewicht, seine fassliche Präsenz. Seine Lesestimme, langsam, harzig. Das Hüpfen zwischen ihren Rippen, wenn sie seine biersanfte Stimme hörte. Vor allem aber brauchte sie die Verflechtung ihrer Leben. Also würde sie ihn sicher nicht an Odile erinnern.

Lou zerzauste ihr das Haar und ging in die Redaktion. Ein weiterer Abend ohne ihn. Gut. Es würde schon gutgehen. Es spielte keine Rolle, dass das Nichts seine Wangen an das Fenster presste.

Sie rief Edison an. Seit einigen Monaten hatte er eine Sekretärin. Yuki war nicht klar, welche Position er innehatte, als Junior-Junior-Partner. Die Sekretärin sagte, Mister Eaves sei nicht im Büro. Edison und Mister? Er nahm Sirup zum Kaffee, und seine Handgelenke waren derart schmal, dass ihm ihre Armreifen passten. Sie bat darum, dass Edison sie nach der Arbeit abholte.

Um neunzehn Uhr betrat er den Empfangsbereich, in einem schmalen schwarzen Anzug, silberne Drehbleistifte in der Brusttasche. Er kleidete sich neuerdings besser. Lag das an seiner Beförderung, oder gab es jemanden in seinem Leben? Er hatte keine Frau erwähnt, also war es vielleicht ein Mann. Das hätte die Geheimnistuerei erklärt.

»Ist etwas passiert?« Er beugte sich besorgt über den Tresen. Der Warteraum war leer, der Arbeitstag offiziell vorbei, obwohl die Redakteure das offenbar nicht wussten. Yuki hörte gedämpftes Rufen durch die Türen. Edison schaute auf die Erdbeere, die noch immer neben dem Telefon lag, und zog fragend eine Augenbraue hoch. Neben dem Stiel war ein feines Loch, und eine Seite hatte sich zu einem matten braunen Fleck zerdrückt. Als hätte sie den Blick gespürt, erhob sich eine Fruchtfliege.

»Nein, alles gut.« Yuki schlüpfte wieder in die steifen schwarzen Pumps. Hinter dem Tresen waren ihre Füße nicht zu sehen, und so lüftete sie den ganzen Tag lang ihre nackten Sohlen.

»Machst du dir wegen der Ausstellung Sorgen?« Edison warf die Beere in den Müll.

Dieses Mal, das hatte Lou versprochen, würde alles besser. Es war ein Café und kein Diner. Die Gäste wären gnädiger. Der Besitzer war wiederum ein Freund von Lou. In Diners vertat, in Cafés jedoch verbrachte man die Zeit, und das sei ein himmelweiter Unterschied, hatte er gesagt. Yuki hatte ihre Zweifel. Sie war keine Dichterin und verließ sich nicht auf den Unterschied des einen Wortteils. Außerdem war ihr Vater vor genau siebenundvierzig Tagen verstorben. Es war zu spät, um ihm etwas zu beweisen.

»Nein, nicht wegen der Ausstellung. Sieh dir das an.«

Sie zeigte ihm die Zeitschrift. Die Augen auf dem Foto waren eckiger und der Mund starrer, als es Yuki im Gedächtnis hatte. Entweder hatte sich ihre Erinnerung oder ihre Freundin verändert.

»Demnach läuft es bei ihr gut«, sagte Edison.

Edison hatte Odile nur damals im Park und später am Arm seines »Freunds« erlebt. Der »Freund« war ein Bekannter seiner älteren Schwester gewesen, zu dem er keinen Kontakt mehr hatte. Offenbar hatte der Fotograf im Trenchcoat einen allzu großen Appetit auf Whiskey und auf junge Mädchen gehabt, von denen Odile nur eine unter vielen gewesen war.

Edisons Gesicht befand sich ihrem direkt gegenüber. Sie hatte schon mehrfach versucht, ihn zu malen, doch seine Glätte ließ sich nicht fassen. Er hatte Haut wie Seeglas. Er berührte ihr Kinn und fuhr daran entlang.

»Hey, bei dir läuft es doch auch gut.« Er zwickte ihr ins Ohrläppchen. Sie lächelte, doch der fröhliche Ausdruck hielt nicht lang. Ihre Mundwinkel sanken und zogen die Stimmung mit herab.

»Findest du?« Den Wunsch, auf eine richtige Kunsthochschule zu gehen, hatte sie vor langer Zeit schon aufgegeben. Das hätte sie sich niemals leisten können, und was wäre dann mit Lou geworden? Er wäre ihr niemals nachgefolgt.

»Auch du warst in einer Zeitschrift.«

»*Emily* zählt nicht.« Lou und *die Jungs* hatten tatsächlich einige ihrer Fotografien veröffentlicht. Yuki war in die wenigen, traurigen japanischen Restaurants gegangen, die ihr Vater so gehasst hatte. In deren Halbdunkel hatte sie die Kamera mit Mühe auf übermariniertes Essen fokussiert, auf trockenen Reis mit feuchten Teriyaki-Happen. Ihr Vater hätte so ein Restaurant auf der Stelle verlassen. Sie hatte sogar ein Sashimi-Lokal entdeckt und dort *maguro* bestellt. Ihr Vater hatte ihr einmal erzählt, dass das Waldorf Astoria jeden Tag frischen Fisch aus Japan einfliegen ließ. Sein Arbeitgeber hatte ihn einmal dorthin eingeladen, anlässlich seiner Beförderung. So glücklich wie an jenem Abend war er niemals heimgekehrt. Von Thunfisch, weicher noch als Butter, hatte er geschwärmt. »Aber solchen Thunfisch werden wir in Japan jederzeit bekommen«, hatte er gesagt, was natürlich nicht stimmte. Das Stück, das sie fotografiert hatte, war blass und zäh.

»Uns haben Leute angeschrieben und nach den Adressen der Restaurants gefragt.« Yuki hatte die Briefe in fingernagelgroße Fetzen zerrissen. »Das waren keine Kritiken oder Rezensionen!«

»Ja, aber du hast auch diesen anderen Brief bekommen.« Er stammte von einem Collegestudenten an der NYU, dessen Familie aus Osaka kam. Er hatte ihr in schön geschwungenen Buchstaben geschrieben, die Fotos würden ihm *samishii kimochi* vermitteln – ein Gefühl von Einsamkeit. Doch der Satzbau gab nicht zu erkennen, ob er damit meinte, dass Yuki ihm selbst ein Gefühl von Einsamkeit vermittelt hatte, sie diesen Eindruck machte oder die Fotos eine Qualität an sich hatten, die von Einsamkeit sprach. Yuki hatte sich ihrer krakeligen Kinderschrift zu sehr geschämt, um ihm zu antworten.

»Die Fotos sind wahrscheinlich viel zu schwach, zu offensichtlich. Ich habe es mir wieder mal zu, zu ... leicht gemacht.« Lous Wort hatte sich in ihre Seite gebohrt und erschwerte ihr das Atmen. Offenbar wirkte an dem Leben, das ihr so schwerfiel, auf andere alles schwach und leicht. Wieso gelang es ihr nicht, auch nur eine Wölbung ihrer Schmerzen mitzuteilen?

»Zeig mir, was du hast.«

»Ich hab's zu Hause.«

Das meiste jedenfalls. Ein Blatt war in ihrer Schublade. Widerstrebend zog Yuki es heraus. Das kräftige Papier rollte sich von zu viel Nässe.

»Ich hab gedacht, ich versuch mal wieder was mit meinen Händen.«

Edison blickte auf das Aquarell. Yukis Mutter hatte ein Erinnerungsportrait geschickt. Sie hatte sicher nicht ernsthaft erwartet, dass Yuki einen Altar errichtete. Wie hätte Lou das seinen Freunden erklären sollen? Ihr Vater saß aufrecht in seinem blauen Wollanzug vor der Kamera. Das Foto musste aus dem Winter stammen. Nach diesem Foto hatte Yuki ihn gemalt. Er hatte immer nach Wolle gerochen. Er war ein warmer, kribbeliger Mensch gewesen. Sie hatte ihn nicht derart klein in Erinnerung gehabt. Er lächelte nicht. Sein Gesicht war schmal geworden, seine Ohrläppchen aber waren dick, lang und rosig, wie reife Pfirsiche. Aber vielleicht hatte er immer so ausgesehen und sie es nur vergessen.

»Das ist wundervoll.« Edison beugte sich über das Blatt, berührte es aber nicht. »Das ist dein Vater? Er fehlt dir.«

»Woher weißt du...«

»Ich sehe es. Ich sehe es in deiner Linienführung.«

»Ich hab es übertrieben.« Übertrieben *und* zu leicht gemacht. Das war ein Widerspruch und trotzdem wahr.

»Nein, hast du nicht. So, wie du die Farben übereinanderlegst.«

»Früher hatten wir einen Altar mit Fotos. Wir haben dort Essen geopfert. Ich hatte gedacht, ich könnte eine Serie daraus machen. Nicht nur mit Toten. Auch mit denen, die mir fehlen, und dem, was ich ihnen opfern würde, wenn ich könnte.«

Ihr Vater, ihre Mutter, die Mädchen aus dem Japanischkurs vor langer Zeit, Odile, die Züge von der Erinnerung verzerrt. Und zu jedem Foto das Gemälde der Mahlzeit, die sie dem jeweiligen Menschen gern darbringen würde: Aal, ein Eiskaffee, Tier-Cracker, eine Zigarette. Die Idee hatte sie hoffnungsvoll gestimmt, doch nun schmerzte es, wenn sie auf die Bilder sah. Dieses hier bewahrte sie in ihrer Schublade auf, denn wenn sie das Bildnis ihres Vaters rechtzeitig für die Ausstellung fertig bekommen hätte, hätte es vielleicht etwas bedeutet. Obwohl sie nicht wusste, was. Was blieb ihr übrig? Als sie im Reisebüro angerufen und gefragt hatte, was ein Ticket kostete, hatte sie erkannt, dass sie sich auf diese Weise nicht von ihm verabschieden konnte. Das Portrait war das Gekrakel eines Kindes, und nur ein dummes Kind hätte es vorgezeigt und einen Fleißstern erwartet. Yuki aber wollte einen Fleißstern. Ein kleines Funkeln nur, das sie an ihr Leben heften konnte.

»Es ist perfekt. Zeig mir die anderen.«

Sie schüttelte den Kopf.

»Nein, wirklich. Da ist so viel von dir drin. Das ist so ...« Er machte eine Pause. »Zart. Das ist so zart.« Er griff nach ihrer Hand, ließ sie sofort wieder los und fuhr sich durch das Haar. Yuki sah sich nicht als zartes Wesen. War das ein zartes Bild? Sie überlegte, welchen Dingen gegenüber sie Zärtlichkeit empfunden hatte, was ihr je etwas bedeutet hatte. »Ich lade dich zum Abendessen ein, damit wir feiern können«, sagte er. Nein, die Zärtlichkeit lag ganz bei ihm.

Sie dachte nach: Was hatte sie über das Gesicht ihres Vaters sagen wollen? Eins der Mädchen aus dem Korrektorat eilte vorüber und zog bei Edisons Anblick eine gezupfte Augenbraue hoch. Nein, der Eindruck täuscht, hätte Yuki ihr am liebsten hinterhergerufen.

Sie barg das Portrait wieder in der Schublade. Aus irgendeinem Grund gehörte ihr Vater nicht in Lous Nähe.

»Okay, gut, Dinner.«

Zwei Straßen vom Büro der *Paper* entfernt stand ihnen eine blonde Frau in einem Blumenkleid im Weg. Sie war groß und stämmig, und von hinten hielt Yuki sie für vierzig oder fünfzig, doch beim Blick in ihr weinendes Gesicht erkannten sie, dass sie kaum älter als Yuki war. Glitzernder Lidschatten schimmerte in ihren Tränen. Sie schaute auf ein Schaufenster, eine Wand aus Fernsehern. Neongrelle Aufkleber versprachen TIEFSTPREISE und BIS ZU 50% RABATT. Auf den Bildschirmen stiegen Hubschrauber auf und ab.

»Ma'am, ist alles in Ordnung?« Edison war wie immer Gentleman.

»Da ist mein Mann.« Sie wies auf die Fernseher, als ob das nicht verständlich wäre. »In Saigon. Die Botschaft wird evakuiert.«

Der Krieg hatte sich hingezogen, trotz der Friedensfeiern vor zwei Jahren. Nun aber gaben die Amerikaner auf und kehrten heim.

»Er kommt bestimmt in Sicherheit.« Edison zog ein gefaltetes graues Taschentuch hervor. Yuki starrte auf die Fernseher. Ein Menschengewimmel drängte sich an die Mauern, krabbelte sie hoch. Der Himmel war schleimgelb. In einer Bildschirmecke zog ein amerikanischer Soldat einen weißen Mann in einem blauen Hemd zu sich nach oben. Die Bilder oder die Fernsehapparate waren stumm. Die Kamera schaute hinab auf glänzend schwarzes Haar, kurzes Haar, langes Haar. So viele Köpfe, die dort zu entkommen suchten. Von ihnen rettete der amerikanische Soldat nicht einen.

Ihre Eltern hatten es gehasst, über ihren Krieg zu sprechen.

Die Welt war taub und hell und eng. So hatte sie seit dem Whitney nicht empfunden. Doch hier war keine Kunst. Lou war nicht da. Edison und die Frau in dem Blumenkleid schwankten. Die Blumen pulsierten, wenn sich ihr Atem ächzend hob. Es war ein heißer Tag, doch die Hitze kam aus Yuki und strahlte von ihr aus. In dieser Hitze würde Edison verbrennen, die fremde Frau verglühen, die Fernseher verglimmen und der Bürgersteig zerschmelzen. Sie dachte an den Ehemann der dicken Frau. War er auch so dick? Konnte sie ihn in sich spüren, wenn sie vögelten? Welches vietnamesische Mädchen hatte er gevögelt? Und was war mit diesem Mädchen geschehen? Lag es zerdrückt unter all den Füßen oder einfach tot auf der Straße, einem Feld, auf Fliesen? Wenn Yuki die blonde Frau gebissen hätte, hätte sie den Grund verstanden? Yuki schlug die Zähne aufeinander. Es dröhnte bis in ihre Schläfen.

Der blonden Frau fiel Edisons Taschentuch aus der Hand. Es hatte dieselbe Farbe wie der Bürgersteig. Edison bückte sich nicht. Er schaute nicht die Frau an. Er schaute Yuki an. Sein Gesicht war ihr so nah. Auf den Fernsehern waren graue Formen in Bewegung. Sie wünschte, er wäre weggegangen, weil ihre Lunge vollkommen verstopft war. Sie brauchte Luft. Die Hubschrauber im Fernsehen stiegen auf. Yuki wollte mit ihnen aufsteigen, höher, immer höher, aus sich selbst hinaus. Die Frau türmte sich vor Yuki auf. Schweiß schimmerte durch ihr kräftiges Make-up. Edison war Yuki plötzlich fremd. Sie wollte diese beiden Fremden von sich fortstoßen. Doch ihre Hände schmerzten, glühten von der innerlichen Hitze. Edison zog sie an sich, seine Silberstifte stachen sie. Auch die Frau berührte sie. Eine dicke Hand klopfte Yuki auf die Schulter.

»Mir geht es gut, gut, gut, gut. Wirklich. Sehr, sehr gut.« Die Worte, einmal entstöpselt, strömten hinaus.

Als sie *gut* sagte, begann sie, sich gut oder zumindest besser zu fühlen. Das Wort regulierte ihren Atem. Edison löste sich von ihr. Er war ihr Freund. Ihr Freund, und er kannte sie.

»Was war los?«, fragte Edison. Er wirkte aufgewühlt. Yuki sah hinunter auf ihre Sandalen. Sie bewegten sich vor und zurück. Sie befahl den Schuhen, damit aufzuhören.

»Ich hätte nicht gedacht, dass mir das noch mal passiert, tut mir leid.«

»Noch mal?« Er klang wütend, väterlich.

»Das ist mir ein Mal passiert, vor Jahren.«

Als ihr Gehirn wieder zur Ruhe kam, konzentrierte sich Yuki auf die Frage, was die Ursache dafür war. Die Fernseher, die dicke Frau, die alten Frauen mit ihren Koffern, die Hubschrauber, die niemals niedergehen und sie retten würden? Sie dachte an all die Protest-Poster, Anti-Vietnam-Parolen an den Hauswänden, an die schlecht gefärbten T-Shirts. Sie dachte an ihre *harmlosen kleinen Mädchen*. Sie hatte sie nie aus dem Gabelgeklapper und Bratfett befreit. Hatte sie sich je um sie gesorgt? Es überhaupt versucht? Edison hielt sie weiterhin an den Schultern, doch die Panik war gewichen. Die Leichen im Fernsehen waren tote Fremde. Kaum menschlich, eher Silhouetten, wie die Abdrücke, die Karl der Coyote in den Canyon schlug.

Sie fühlte sich beruhigter, aber klebrig, so ungeheuer klebrig.

»Ich werde auf unser Dinner verzichten. Ich muss schwimmen gehen.« Sie musste in schimmerndes kaltes Wasser tauchen.

»Nein«, sagte er. »Nicht hiernach. Ich lasse dich jetzt nicht allein durch New York laufen.«

»Schön, du kannst mich ja begleiten.«

»Nein, du musst was essen.«

»Das werde ich. Du kannst mir folgen oder nicht.« Er war so nett zu ihr, doch sie konnte ihn nicht ansehen. Er ähnelte denen, die von den Hubschraubern gerettet wurden, viel zu sehr. Und so folgte er ihr, bis zum YMCA. Er folgte ihr sogar ins Innere.

»Du kommst nicht mit.«

»Wieso nicht?«

»Edison.« Sie schubste ihn sanft mit der Hand zurück. »Ich muss nachdenken.«

»Ich verstehe nicht, was da eben geschehen ist.«

»Ich weiß. Bitte geh nach Hause.«
»Kommst du zurecht?«
»Versprochen.«

Sie kaufte sich neue Badesachen, einen schwarzen Einteiler, so wie ihn die älteren Frauen bei der Wasseraerobic trugen. Etwas anderes gab es im Laden des YMCA nicht, doch Yuki war es einerlei. War es ein warmer Tag in Vietnam? War es ein warmer Tag in Japan? Ihre Mutter schrieb ihr mittlerweile regelmäßig. Meist berichtete sie von ihren Nichten und Neffen. *Taro träumt davon, der erste Japaner auf dem Mond zu sein. Ich habe ihm gesagt, dass er sich dann aber in Mathe wirklich anstrengen muss, doch ich glaube, dass er es schaffen könnte. Er ist genauso stur wie dein Vater.* Die Erwähnung ihres Vaters waren kleine kummervolle Blasen, die ihre Mutter gleich wieder platzen ließ, indem sie über die Eierpreise oder eine amerikanische Fernsehsendung schrieb, die nun endlich synchronisiert worden war. Dennoch war sein Tod für Yuki nicht real. Für sie hatte sich nichts geändert. Sie hatte ihn seit Jahren nicht gesehen. Seit Jahren kaum gesprochen. Es war kaum vorstellbar, dass sie nicht mehr nur einen Flug von ihm entfernt war. Yuki hoffte, dass ihre Mutter, die zu ihrer Schwester gezogen war, von dem Verkauf des Hauses leben konnte. Lous Heim war nun wirklich das einzige, das Yuki beanspruchen konnte.

Sie zog den neuen Badeanzug an. Er kniff ihr in die Schultern. Sie fühlte sich von der Hitze aufgebläht und schlug sich unter Wasser auf die runde Trommel ihres Bauchs. Im Sommer hatte sie immer das Gefühl, sie wäre schwanger. Im September nahm sie wieder ab. Sie nannte diese Schwellungen ihre Sonnenbabys.

Alte Männer zogen ihre Bahnen, die Badekappen frühlingsgrün und knospengelb. Welche Kriege hatten sie gesehen? Ihre Haut war fahl und lose. In der stickigen Luft des Schwimmbads konnte Yuki ihren männlichen Geruch nicht riechen. Es roch nur nach Desinfektionsmitteln. Odile war wieder da. An diesem Tag der Geister hätte es sie nicht erstaunt, wenn ihr Vater in seinem blau gestreiften Badeanzug an ihr vorbeigeglitten wäre. Doch natürlich gab es Orte, von denen eine Rückkehr ausgeschlossen war.

1978, Elfenbeinschwarz

Auch als Knochenschwarz bekannt.

Die Geschäfte waren schon geschlossen, die Betrunkenen noch nicht unterwegs. Den ganzen Sommer lang waren Fruchtfliegen durch das Apartment geschwebt. Spiralen gelben Fliegenpapiers hingen von der Decke. Lou nahm sie auch dann nicht ab, wenn sich schon zehn oder zwanzig Fliegen in dem Harz verfangen hatten. Yuki pustete gegen eine klebrige Spirale. Sie trudelte. Sonnenstrahlen tanzten auf dem Tisch. Ein Flügel zuckte, aus einem allerkleinsten Todeskrampf heraus. War dieser winzige Tod das, was sie malen sollte?

Einer von Lous Freunden führte einen Club, der von Künstlern frequentiert wurde und in dem ein monatlicher Dichterabend stattfand. Jener Freund hatte ihre Café-Ausstellung gesehen und gesagt, dass sie ihre nächste Serie in seinem Club zeigen könne. An einem Ort, an den die Menschen am Abend ihre Sorgen trugen. Er hatte ihr das Gemälde ihrer Mutter zum Gegenwert von einem Paar Schuhe von Macy's abgekauft. Das war zwar etwas, dennoch hatte sie drei Jahre verstreichen lassen und in der Zeit nichts Erwähnenswertes geschaffen. Sie hatte sich wieder zu einem Aktkurs angemeldet, und obwohl ihre Proportionen sicherer waren, die Figuren nun entschlossen wirkten, sah sie immer noch nicht ein, warum sich irgendjemand für noch einen nackten Körper interessieren sollte. Seit dem Tod ihres Vaters konnte sie sich auf kein Sujet mehr konzentrieren. Nichts wirkte schlüssig. Sie hatte zwar Ideen, machte bei der Arbeit erste Skizzen, doch wenn sie abends nach Hause kam, war die Idee bereits versiegt. Sie rang schon seit so langer Zeit, doch nichts von dem, was sie schuf, würde auch nur ein Atemstocken bewirken.

Genau in dieser Woche hatte ihre Mutter ihr den Pinsel aus Ziegenhaar geschickt, mit dem ihr Vater kalligrafiert hatte. Vielleicht würde ihr doch etwas gelingen, was sie ihrer Mutter zeigen konnte. Sie wusch sich die Hände in der Spüle und benetzte sich das Gesicht mit dem harten, kalten Wasser. Wasserfälle tröpfelten über schmutziges Geschirr und regneten durch das Abtropfgitter. Sie nahm eine Tasse, füllte sie, spülte sie, füllte sie erneut, trank einen langen kühlen Schluck und füllte sie erneut. Sie brauchte sie für ihre Tuschearbeit.

Ein japanischer Pinsel muss senkrecht zum Papier gehalten werden. Die Borsten dürfen sich weder nach links noch nach rechts spreizen. Wenn der Pinsel mit der Spitze über dem Blatt schwebt, kann der Kalligraf ihn senken und den Strich breit oder schmal werden lassen. Ihre Hand hatte sich verwestlicht. Der Pinsel glitt in die nachlässige Neigung eines Stifts. Ihre Pinselführung war steif und hinterließ plumpe schwarze Striche. Wann hatten ihre Hände vergessen?

Sie warf die Windung des Fliegenpapiers aufs Blatt. Doch die Fliegen wirkten nur wie Flecken, und der Streifen des Papiers war viel zu dick. Ein feuchtes Fiasko. Also etwas Schlichteres. Sie versuchte es mit Bambus. Bambus bestand aus gestrichelten Linien. Im Gegensatz zu einem Vogel oder einer Blume war Bambus kaum lebendig. Das sollte ihr bestimmt gelingen. Die Tusche verlief und vernebelte das Blatt mit grauen Sprenkelwolken. Zu viel Wasser. Sie versuchte es erneut. Ein wenig besser. Sie konnte sich nicht erinnern, wo und wann sie zuletzt richtigen Bambus gesehen hatte. In dem chinesischen Dumpling-Restaurant standen drei gelbe Stöcke. Zwischen den rissigen Blättern hingen defekte Weihnachtslichter. Yuki hob die Pinselspitze an und versuchte, die Kabel nachzuziehen.

Ihr Vater hätte ihr vergeben, wenn er ihre erste richtige Ausstellung gesehen hätte. Wie hätte einer von ihnen den amerikanischen Ford im Dunkel einer Tokioter Straße voraussagen können?

Überfahren. Von einem Auto überfahren, einem Auto von der Konkurrenz. Auf den Tag vor genau drei Jahren. Es war wie ein schlechter Witz. Ihre Mutter hatte sie am Jahrestag besuchen wollen. Yuki hatte abgelehnt. Das Apartment war klein und dreckig, wo hätte ihre Mutter schlafen sollen? Doch selbst wenn sie ihre Mutter im Plaza hätten einquartieren können, in Yukis Leben gab es nichts, was einen Transpazifik-Flug gerechtfertigt hätte.

Sie musste es versuchen. Das war ihre Chance auf eine Ausstellung unter Künstlern und im Anschluss vielleicht in einer richtigen Galerie. Die Galerie würde geprägte Einladungskarten drucken lassen, die sie nach Tokio verschicken konnte. Yuki schlug sich sanft auf die linke Wange, damit das Blut in ihre Augen floss. Das machte sie ein wenig wacher, also schlug sie richtig zu. Es gab ein klatschendes Geräusch. Eine Hand, die klatscht, dachte sie und lachte nicht. Sie schlug sich wieder, immer wieder, in einem Anfall leidenschaftlichen Applauses. Ihre linke Wange wurde taub, also schlug sie auf die rechte. Wieso war Lou nicht da? Er war ein Arschloch, warum also tat er nicht das eine, wozu er wirklich zu gebrauchen war? Irgendwo hatte sie gelesen, dass Ärzte in viktorianischen Zeiten Frauen aus hysterischen Anfällen regelrecht herausgeschlagen hatten. Sie musste sich aus dieser Taubheit lösen. Doch in letzter Zeit kam Lou gar nicht mehr nach Hause. Wohin ging er? Selbst sie wusste, dass morgens früh um drei andere Spiele als Baseball gespielt wurden. Doch wenn sie ihn fragte, hörte sie nur, er sei mit *den Jungs* unterwegs. Waren ihm deren ewige Reimschemata wirklich lieber als die weiche Höhle ihres Betts?

Sie würde unter dieser schweren Traurigkeit noch ersticken.

Ihr blieb nur die Wahl zwischen Kampf und Flucht, doch ihre Glieder waren für beides viel zu schwer.

Sie rief Edison an. Keine Antwort. Er arbeitete wahrscheinlich noch. Er hätte gelächelt. Er hätte ihr gesagt, ihr Bambus mit den Weihnachtslichtern sei ein Kommentar. Zum Thema Verwestlichung, Kommodifizierung, was auch immer. Er hätte aus dem Geschmier etwas Schönes gemacht.

Sie legte die Pinsel zurück in ihre Schachtel. Die Schachtel war zu klein, zu klein für ihren Kunstbedarf, für das Papier, die Pinsel, Stifte, Bleistifte, Radierer und Gouachefarben. Yuki ärgerte sich jedes Mal, wenn sie sie öffnete. Lou beschwerte sich über Einmachgläser mit Farbrand und Fingerspuren in Chinacridon-Gold auf den Küchenschränken. Er verlangte, dass sie alles in dieser Schachtel aufbewahrte, doch sie reichte nicht. Montag erst war Lou auf eine Farbtube getreten und hatte sich den Schuh mit weißer Acrylfarbe befleckt. Es hatte wie Taubenscheiße ausgesehen. Yuki hatte auf den Fleck geschaut und daher die Hand, die sich genähert hatte, nicht bemerkt.

Als sie gestürzt war, hatte sich eine Ecke der Schachtel zwischen ihren Schulterblättern verkeilt und einen dreieckigen Bluterguss gemalt. Nach jedem Streit zitterten ihre Hände, doch mehr vom Adrenalin als vom Schmerz.

Ein Windzug wehte durch das Zimmer. Die Fliegenklebestreifen kreiselten und verstreuten goldene Lichtflecken auf dem Tisch. Wenn sie sich nicht gegen diese stumme Welt stemmte, würde sie darin ertrinken. Yuki ging zu Lous Aktenschrank und holte seine Gedichte hervor. Was war an diesen sinnlosen Worten so besonders? Wieso waren sie es wert, dass er sie in ihre Haut einschrieb? Sie hielt die Seiten dicht an ihr Gesicht und blickte auf die schamgelockten Buchstaben. In ihrem Mund wand sich der Zorn, ihr Gesicht zuckte. Sie begann mitten auf der Seite. Sie leckte das Papier mit der ganzen Zunge ab. Das Papier war klebrig und ein wenig säuerlich, wie unreine Haut.

Sie schloss die Augen. Kein Wunder, dass er sie schlug. Sie war verrückt. Er würde toben, wenn er die verschmierten Worte sah. Sie öffnete die Augen. Es war nichts verlaufen. Die Tinte war noch immer da. Das Papier war nur ein wenig grauer, dort, wo die Zunge es berührt hatte. Sie konnte es einfach trocknen lassen. Er würde es nie erfahren.

Erneut leckte sie die Seite ab. Wieder verlief die Tinte nicht. Die unsinnigen Worte hafteten auf dem Papier. Da zerfetzten ihre Finger die Seite in zwei Hälften. Sie warf, häufte, riss, ballte das Papier in ihren Fäusten. Tapezierte die Wohnung mit seinen Worten. Ein einzelnes Blatt verfing sich an dem Fliegenband.

Sie schloss die Augen und sank in das Zentrum des Papiersturms. Die Seiten lagen kühl unter ihren Händen. Sie rief. »Ko-chan, Ko-chan. Kindchen, Kindchen.« Die Briefe ihrer Mutter enthielten neuerdings nur noch Erinnerungen an die gemeinsame Zeit in Tokio. Offenbar hatte Yuki den Hund ihrer Großeltern geliebt: einen Shiba Inu mit Ringelschwanz und spitzen Ohren. Sie schrieb, der Hund habe nicht gewusst, wie man sich tot stellt. Doch als Yuki sich einmal mit geschlossenen Augen hingelegt habe, habe der Hund ihr die Augenlider abgeleckt und sie so lang gekitzelt, bis sie von den Toten auferstanden sei. Der Trick war noch besser.

Nun leckte ihr keine rosa Zunge das Gesicht. Also blieb sie liegen und wartete auf Lou und seine weißen Knöchel. Ein kläglicher Ersatz. Doch vielleicht würde sie dann das Richtige zu sagen finden, das Messer, das durch die gläsernen Wände in ihrem Kopf hindurchdrang. Dann würde sie hinausklettern und all diese Dichter, Saxofonisten und Künstler kennenlernen. Die Künstler in ihrer Vorstellung sahen nicht wie Lous Dichter aus. Sie hatten gar kein Aussehen, da stand nur das eine schillernde Wort – Künstler.

Schließlich kroch sie doch ins Bett. Sie wurde wach, als Lou nach Hause kam. Der Vermieter stellte nachts die Heizung ab.

Es war so kalt, Yuki hätte schwören können, dass sie in der Dunkelheit ihren eigenen Atem sah. Lou ließ das Wasser in der Küche laufen. Vielleicht machte er sich einen Kaffee. Angeblich konnte er dann besser einschlafen. Doch der Boiler sprang nicht an, also kein Kaffee. Was hieß, dass er nicht zu viel getrunken hatte. Yuki zog die Laken fester um sich und wickelte sich darin ein, damit Lou nicht darunterschlüpfen konnte. Sie wollte die Wärme für sich behalten. Sie schloss die Augen und zwang sich, ruhig und langsam zu atmen.

»Wach werden.«

»Mm.«

»Ich sagte, wach werden.«

»Wie spät ist es?«

»Wir müssen reden.«

Ihr schnürte sich die Kehle zu. Sie hatte gedacht, dass er die Laken haben wollte. Nun fiel ihr wieder ein, was sie angerichtet hatte. Wie ein mürrischer Teenager sagte sie: »Ich schlafe.«

»Tust du nicht.«

In die Laken eingewickelt setzte sie sich auf.

»Du musst ausziehen.« Sein Tonfall war derart gleichgültig, als ob er ihr gesagt hätte, dass sie neue Müllbeutel benötigten. Das alles wegen der Gedichte? Sie hätte sie verbrennen sollen. Yuki zog das dünne Laken über Mund und Nase. Als sie nicht reagierte, sagte er: »Morgen.«

»Es tut mir leid. Das war blöd. Ich war blöd. Ich setze sie wieder zusammen.« Yuki stand auf und ließ die Laken fallen. Die Kälte kniff sie in Bauch und Brüste. Yuki stolperte in Richtung Tür.

»Stopp«, sagte Lou. »Ich werde heiraten.«

»Du wirst was? Wen?« Ihr Denken war noch in der Logik der Träume gefangen. »Weil ich deine Gedichte gelesen habe? Ich mein, ich hab sie nicht gelesen. Ich wollte nur ...«

»Ich werde heiraten. Wir bekommen ein Kind.« Er sagte ihr,

dass er ein Kind bekam, und hatte nicht einmal das Licht eingeschaltet. An den Jalousien fehlte eine Lamelle. Ein Streifen gelben Straßenlichts legte sich auf sein Gesicht. Nur seine Augen waren sichtbar. So als ob er eine Skimaske aus Schatten tragen würde. Es war stimmig, dass er wie ein Krimineller wirkte.

»Ich dachte, du glaubst nicht an die Ehe.«

»Ich will es versuchen. Ich wollte es dir sagen, bald. Und was du hier getan hast, tja.« Er stieß einen überheblichen Seufzer aus. »Vermutlich ist es gut, dass du dein System davon mal befreit hast.«

»Mein System? Ich bin doch kein System mit Kisten und Tabellen. Du redest wie ein Fremder.« Er gab ihr keine Antwort.

Dann saßen sie gemeinsam in der Dunkelheit. Sie hörte seinen Atem nicht. Yuki legte eine Hand vor ihren Mund. Ihr Atem ging gleichmäßig und langsam. Sie fuhr sich mit den Fingern über die Wangen. Folgte dem Rund ihrer Augenhöhlen. Sie spürte keine Tränen. Nur Schlafkörnchen, die in ihren Augen saßen. Warum flossen keine Tränen? Sie kannte das Gefühl, in Wahnsinn zu verfallen. Doch nun sah sie meilenweit nur trockene Vernunft.

»Wir werden das Baby Avery nennen. Das passt für Jungen und für Mädchen.«

Yuki war immer davon ausgegangen, dass sie eines Tages ihn verlassen würde. Sie war jung. Ihre Zähne waren weißer, ihre Haut war weicher. Doch sie war geblieben. Er hatte ihrem Tag Struktur gegeben. Wenn man nur eine Uhr hatte, konnte man nicht wissen, ob sie vor- oder nachging. Trotzdem musste es ein Indiz gegeben haben.

»Hat sie rote Haare?«

»Woher...?«

»Als ich neulich den Fußboden geputzt habe, habe ich so ein Haar gefunden. Es war zu lang für eins von deinen. Ich hatte gedacht, einer von uns hätte es mit den Schuhen reingetragen.«

Sie war seltsam stolz. Sie hatte es nicht kommen sehen, doch zumindest wusste sie, was ein Beweis war. Sie stand auf. Sie fror nicht mehr.

»Ich gehe jetzt.«

Sie hatte immer noch den gelben Koffer, mit dem sie eingezogen war. Sie kippte den Inhalt ihrer Schachtel dort hinein. Ihre Fotos und Gemälde aber ließ sie in der Wohnung. Es waren nur Entwürfe. Sie war müde. Wieso fühlte sich ein Faustschlag ins Gesicht wie Starthilfe an, ein gebrochenes Herz jedoch wie ein Leck im Tank? Sie lachte. Wie hätte ihr Vater das Yuki-Auto beschrieben? Zuverlässig und verbrauchsarm war sie nicht. Sie war ein benzinfressendes Monstrum. Eine echte Amerikanerin.

»Worüber lachst du?«

»Geht dich einen Dreck an.« Er schlug sie nicht. Das würde er nie wieder tun. Ein seltsamer Gedanke. Yuki konnte seine Form noch nicht erkennen, ob es ein guter oder schlechter Gedanke war. Sie dachte an die diamantförmige Wunde auf ihrem Rücken, die rubinroten Blutergüsse an den Knien, die Amethyste an den Waden.

»Tust du mir einen Gefallen? Schlag nicht dieses Kind.«

Oh, sie hatte sich geirrt: *Das* war das letzte Mal, dass er sie schlug. Es war schmerzlich, so wie es einem Abschied eigen ist.

Der eigentliche Schmerz begann, als sie auf den Stufen vor dem Haus saß. Es war, als ob jeder einzelne Bluterguss noch einmal schmerzhaft zurückkommen würde. Mit einem Mal drangen sie alle wieder vor. Yuki legte den Kopf auf ihren Koffer. Der Griff bohrte sich ihr in die Wange. Sie hatte ihre Jugend gegen seine Treue eingetauscht. Der geteilte Schmerz hatte sie verbunden. Doch nun trug sie den Schmerz allein. Sie krallte die Zehen ein. Und löste sie. Sie konnte sich nicht dazu überwinden aufzustehen. Wohin sollte sie auch gehen?

Sie hatte nicht gedacht, dass dieser letzte Schlag so böse war, doch ihr Gesicht pulsierte. Bald schon würden auf ihrer Haut rote und violette Blütenblätter sprießen. Tränen fielen wie die Vorboten eines Regens auf die Stufen aus Beton. Yuki streckte prüfend eine Hand aus. Nein, der Himmel war trocken. Das war sie. Sie schob die Fäuste wieder in die Taschen. Dort klimperten Münzen für den Waschsalon.

Yuki fuhr hoch. Die nächste Telefonzelle stand fünf Straßen weit entfernt, der Koffer war schwer von Ölfarbe und Pastellen. Sie hatte keines ihrer Bilder mitgenommen. Das einzige, das sie behalten wollte, das Portrait ihres Vaters, lag im Tresen des Empfangs. Sie zerrte an dem Koffer, er schabte mit dem Boden über den Gehweg. Yuki setzte ihren ganzen Körper ein: als ob sie einen Leichnam zerren würde, dachte sie. Sie blickte rechts und links, hielt nach Fremden Ausschau in der Dunkelheit. Die Gegend, die nun nicht mehr ihre war, kam ihr mit einem Mal gefährlich vor.

»Mom«, sagte sie. »Ich bin's.«

»Yuki-chan.« Am anderen Ende der Leitung erklang ein tiefer Atemzug. Yuki schniefte. Sie wurde immer noch irgendwo erwartet. Andererseits hatte sie getrickst und Englisch gesprochen. Hätte ihre Mutter ihre japanische Stimme erkannt?

»Bist du krank? Mach dir ein Glas heißes Wasser mit Ingwer. Deinen Kusinen habe ich das auch geraten. Aber du bist ja in Amerika, da kannst du sicher etwas Besseres kaufen.«

»Mom, ich glaube nicht, dass die Drogerien hier besser sind.«

»Wusstest du, dass man hier nicht einmal Mozzarella bekommt oder Brie? Hier heißt alles Käse.«

Weitere Tränen fielen und besprenkelten den Boden der Telefonzelle. Woher sollte sie das wissen? Japan war nicht ihr Zuhause. Ihr Zuhause waren die gelben Pizzakäsefäden, die sich in die Länge zogen, die sich zwischen ihre Zähne setzten und an ihrem Kinn klebten, wo Lou sie abknabberte. Ihr Zuhause war der Streichkäse auf den Bagels, mit denen Lou von der Arbeit kam. Ihr Zuhause war Lou, der im Schlaf um sich schlug. Ihr Zuhause waren Lous schreckliche Gedichte. Ihr Zuhause waren sie beide.

»Mom, mir geht ...«, die Leitung piepte, »das Geld aus.«

Mit ihrer letzten Münze rief sie Edison an. Ihm hatte sie nie gehört, und doch hatte er sie nie verlassen. Als er abnahm, die Stimme schläfrig-brüchig, weinte Yuki nur.

»Lou, er ...«

»Was ist passiert? Geht es dir gut? Hat er dich verletzt? Ist er verletzt?« Wie hätte sie es ihm erklären sollen. Sie wartete. Sie wusste nicht, was sie sagen sollte. *Hat er dich verletzt?* Dieser Satz lähmte ihre Zunge. Edison klang so ernst und so lächerlich.

»Muss ich irgendjemandem eine reinhauen?«

Sie kicherte durch den salzigen Geschmack hindurch. Edison mit seinen Gummiarmen hätte nicht einmal sie schlagen können.

»Was ist passiert, Yuki?«

»Kann ich zu dir kommen?«

»Nein«, sagte er. »Ich hole dich.«

Als sie Seite an Seite auf seinem Bett saßen, hielt er ihr einen Eisbeutel an die Stirn. Der andere Arm schlang sich um ihre Schultern. Sie war erstaunt, dass Edison Eiswürfel im Kühlschrank hatte. Sie und Lou besaßen nicht einmal die entsprechenden Kunststoffformen dafür. Die scharfen kalten Kanten bohrten sich durch den Waschlappen.

»Heirate mich«, sagte Edison. Die Eiswürfel zitterten.

»Hey, du drückst zu fest.« Er lockerte den Druck.

Auf dem Schreibtisch lag seine Uhr, das Armband ordentlich unter das Zifferblatt geschoben. Es war spät, sehr spät. Und dennoch konnte sie nicht aufhören, über Avery zu sprechen. Das Baby, das Avery heißen würde, Avery, Avery. Havarie. Das Baby, das beinahe wie ein Unglück heißen würde.

»Lou will dich nicht heiraten, dann heirate mich. Ich wasch

mir meine Unterwäsche selbst. Ich kann zeichnen und die höheren Rechenarten. Ich bin Mitglied im Freundeskreis des Metropolitan Museums. Heirate mich.«

Sie lachte. Eine Ehe mit Edison kam ihr wie eine Sitcom vor. Er war reizend. Doch sie war keine Sitcom-Ehefrau. Eine Yuki hatte sie im Fernsehen nie gesehen. Sie hatte dort nicht einmal eine durch und durch amerikanische Yuki gesehen. »Wann?«

»An Silvester. Wir fahren Richtung Norden, wo die großen Anwesen stehen und die Galopprennbahnen vereisen. Wir verstecken uns unter Daunendecken und spielen Pilgerväter.«

»Und dann?«

»Dann suche ich uns ein Haus. Irgendwo in Connecticut. Ein Ort, an dem du unsere zwei Komma fünf Kinder großziehen kannst. Und ein Atelier hast.«

»Willst du denn kein Atelier?«

»Ach was, ich arbeite schon bei der Arbeit genug. Ich will nach Hause kommen und dir zusehen, wie du malst, und dir Pasteten backen, damit du bei Kräften bleibst.«

Sie versuchte, es sich vorzustellen. Sie bräuchte keinen zweiten Job und müsste auch nicht an den Rand von Queens ziehen. Edison, mit seiner perfekt gefalteten Unterwäsche und seiner französischen Kaffeepresse. Edison, der seine Stifte wusch, damit sie immer nagelneu wirkten. Edison, der Schnürsenkel mit Metallspitzen kaufte, weil er es nicht mochte, wenn etwas ausfranste.

»Lass doch zu, dass ich mich um dich kümmere.«

»Aber was, wenn ich deine teergrauen Krawatten mit deinen aschgrauen verwechsele?«

Schweigen in der grauen Nacht. Eine Hand griff ihre. Warme Finger. Sie hatte erwartet, dass er kühleres Blut hätte. Auch Lou hatte heiße Hände. Vielleicht war sie auch einfach kalt. Sie spürte den geriffelten Rand seiner Lippen an ihren Fingerspitzen. Die Haut war trocken, rissig. Yuki ließ die Hand lose hängen. Er drückte sein Gesicht in ihre Handfläche. Seine dünne Nase kitzelte. Aus ihrer Lunge kam ein leichtes, flirrendes Gelächter. Ihre Arme zuckten. Tief atmen. Augen zu. Das Gelächter sprudelte, unaufhaltsam. Yuki griff nach seinem Handgelenk, damit seine Hand nicht nach oben oder unten wanderte.

»Wie lang schon?«, fragte sie.

»Seit wir uns begegnet sind.« Seine Stimme war sehr fest.

»Und du hast auf mich gewartet?« Ein schlechter Folksong.

»Es gab da ein Mädchen, im Städtebau-Seminar.«

»Ich habe sie nie gesehen.«

»Es hat auch nicht gehalten.«

Die Laken raschelten. Er zog, wie eine Zeichentrickfigur, die dünnen Schultern bis an seine Ohren.

»Vielleicht.« Eine neue Kicherwelle drohte ihr den Hals hinaufzusteigen. Es gab sicher Schlimmeres, als einen Mann zu heiraten, dessen Achselzucken man in- und auswendig kannte.

Dann, volle drei Minuten nachdem er sie gebeten hatte, ihn zu heiraten, gab er ihr den ersten Kuss. Seine Nase grub sich seitlich in ihr Gesicht. Der Mund war weich und näherte sich schräg. Die Küsse waren klein, aber beständig, dazwischen kurze Atemzüge. Ihre Hände berührten seinen Hals. Das war kein Mann, den sie gewollt hatte. Es hatte sie noch nie nach ihm verlangt. Ihr Stift hatte nie gedankenfern sein Schlüsselbein auf einem leeren Blatt umrissen. Und doch kannten ihre Finger, als sie dorthin fanden, dessen Neigung.

Sie lachte, als seine Finger vor den Knöpfen ihrer Bluse kapitulierten und darunter fassten. Doch dann sah er sie mit einem solchen Ernst an, sein Gesicht gleich über ihrem. Edison wollte sie. Sie hatte recht gehabt.

»Wir müssen das nicht tun«, sagte er. Seine Finger hielten über ihren Rippen inne, lösten sich aber nicht.

»Es ist okay.«

Als Edison am nächsten Morgen bei der Arbeit war, fuhr Yuki mit der U-Bahn zu Lillian. Sie wollte ihr erklären, dass sie unbedingt Odile sprechen musste. Natürlich wäre Lillian wütend. Doch Yuki wollte Lillian zeigen, wie sehr sie bestraft worden war. Sie wollte ihr die trockene Rosine zeigen, die von ihrem Herzen übrig war.

Auf dem Weg kam Yuki an dem Club vorbei, in dem sie ihre Werke hätte zeigen sollen, doch der Besitzer war ein Freund von Lou und Yuki zu beschämt, um ihn zu fragen, ob das Angebot noch galt. Das Gebäude mit der Steinfassade kam in Sicht. Yuki ging zur Tür. Irgendjemand hatte eben erst auf der Vortreppe geraucht, der Zigarettenstummel glühte noch wie ein winzig kleiner Leuchtturm. Ein Zeichen der Hoffnung. Yuki griff nach der Tür, doch dann wurde ihr bewusst, dass sie keinen Schlüssel mehr besaß. Schön, sie konnte warten. Irgendjemand würde schon zur Arbeit gehen, dann konnte sie ins Haus schlüpfen. Auf der Straße herrschte reges Treiben, Männer und Frauen eilten ihren Angestelltenjobs entgegen, das Trappeln ihrer blanken Schuhe verlor sich im Gesumm der Großstadt. Ihr Tresen in der Zeitung bliebe leer; vielleicht würde der Chefredakteur nun endlich den Anruf seiner Geliebten annehmen, ohne dass Yuki sich dazwischenschalten musste.

Odile hatte Yuki in all den Jahren niemals angerufen. Sie hatte nie gefragt, wie es Yuki ging, oder ihr eine Postkarte aus Europa, von irgendeinem sterbenden steinernen Fragment geschickt. Trotzdem musste Yuki in die Leitung flüstern: Ich heirate. Ich fang neu an. Bist du glücklich?

Endlich federte ein junger Mann aus dem Gebäude. Yuki warf sich in die Tür.

»Entschuldigung«, sagte sie. »Ich hab mich ausgesperrt.« Das Apartment lag im vierten Stock. Yuki hatte vergessen, dass die Stufen wie alte Wäsche durchhingen. Sie drückte auf die Klingel: nichts. Sie war noch immer nicht repariert, typisch Lillian.

Yuki schlug mit der Faust an die Tür. Minuten vergingen. Schlief Lillian noch? Sie hämmerte erneut. Die Tür wälzte sich auf.

Ein alter Mann. Er bellte ihr etwas entgegen, was wohl Chinesisch war. Seine Nase war grobporig und von winzigen Bullaugen überzogen. In seinem Rücken stand das alte Mobiliar, hässlich und zerkratzt. Aber keine Schreibmaschine. Es roch auch anders, süß und köstlich. Mehr noch als das Gesicht des Fremden war es der Geruch, der Yuki verriet, dass Lillian fortgezogen war.

Sie rannte wie ein verstörtes Kind davon, sprang über die Stufen, eine Hand am Geländer. Auf der letzten Stufe stolperte sie, ihre Füße eilten ihr voraus. Sie landete auf dem Hintern. Ob sie eines Tages nicht mehr stürzen würde? Ihre Tränen waren rau und heftig, einem Husten ähnlicher als Kummer. Dann stand sie auf.

Sie fand Odile in jedem Heft, doch nicht in dieser Welt. Die Zeit der Liebe war begrenzt. Nun war es an der Zeit, Rosen für Edison zu kaufen.

JAY

13.

Berlin, Oktober 2016 / New York, Juni 2007

Ich schnippte das Telefonkabel an mein Bein. Es tat erstaunlich weh. Wahrscheinlich bildeten sich nach meinem Sturz die ersten Blutergüsse. Auf Pflastersteinen landete man nicht gerade weich. Der Hörer war kalt und durch eine geringelte Kunststoffschnur mit dem Apparat verbunden. Wollte die Besitzerin dieser Wohnung ihren Sinn für Ironie beweisen, indem sie so ein Telefon behielt? Jedes Mal, wenn der Wählton jaulte, schlug ich mir das Kabel gegen meinen Schmerz. Mimi nahm nicht ab.

Sie arbeitete von zu Hause aus. Es war halb elf. Da sollte sie an ihrem Schreibtisch sein. Ich versuchte es auf ihrem Handy. Nichts. Sie war nicht da, wenn ich sie so dringend brauchte. Wahrscheinlich fütterte sie das Baby. Celeste pochte an mein Hosenbein, und ich hob sie auf den Schoß. Angeblich landen Katzen immer auf den Füßen, doch ich hatte nie die Probe aufs Exempel machen müssen. Mit Celeste im Arm fiel ich nicht in Ohnmacht. Nicht einmal in meiner schlimmsten Phase voller Hysterie und Würgereiz. Es geschah einfach nicht.

Celeste biss mir in die Hand. Sanft, dennoch schmerzte der unblutige Biss. Katzen überschätzen die menschliche Leidensfähigkeit. Aber fairerweise muss man sagen, dass auch Menschen diesen Fehler oft begehen.

»Oh, du willst ein zweites Frühstück?«

Das magenfreundliche Bio-Katzenfutter war in meiner Tasche. Celeste sollte eigentlich Diät halten, doch ich selbst wurde auf Reisen immer hungrig und erbarmte mich. Ich kniete mich auf den fleckigen Teppich und fütterte sie mit einem Löffel. Von Mimi nahm sie so kein Fressen an. Nach jedem kleinen Häppchen drehte sie den Kopf nach rechts und links.

Danach ging ich aus dem Haus, um mir selbst etwas zum Mittagessen zu besorgen. Am Ende der Straße war ein Dönerstand. Das Halal-Fleisch drehte sich hypnotisierend im Kreis. Ich blieb im kalten Wind stehen und sah zu. Als mich der Besitzer auf Deutsch ansprach, schüttelte ich den Kopf und ging weiter. In meiner Einfallslosigkeit kaufte ich mir ein Sixpack Bier und eine Tüte Brötchen, die ich willkürlich aus dem Plastikbehälter des gleichen Ladens wie am Vortag nahm. Mimi hätte geschimpft; ich brauchte Vitamin C und Proteine. Also griff ich zu Schinkenscheiben und Bananenchips. Enthielten Bananen überhaupt Vitamin C? Ich war nicht sicher.

Den Rest des Tages wanderte ich von -straße zu -berg und zurück zu -straße. Ich hatte geplant, mich in der Mischung aus Vorkriegs- und Nachkriegsarchitektur zu verlaufen, meine Kopfschmerzen an das Nebeneinander der Bäckereien und Cafés abzugeben. Doch ich bog zu häufig rechts oder auch zu häufig links ab und landete in Straßen, die mir bekannt vorkamen, bei denselben verknoteten Bäumen und vor derselben Reinigung mit ihrem Schaufenster voller Plüschteddys. Als es dämmerte, ging ich in die Wohnung zurück und checkte obsessiv meine E-Mails. Von meiner Frau sah ich nichts. Ich rief wieder an. Nichts. Wieder. Nichts. Ich spielte mit dem Gedanken, Annika anzurufen und zu fragen, ob sie etwas gesagt hatte, ließ es aber bleiben. Sie war die letzte Person, der ich mich erklären wollte.

Als Mann wird man nicht darauf konditioniert, über die Liebe nachzudenken. Wenn man ein Mädchen nach Hause bringt, fragt doch niemand: *Und, liebst du sie?* Vor Mimi hatte ich die Frauen für eine Kunstgattung gehalten. Und Kunst hatte ich studiert. Ich hatte die Aufmerksamkeit, die ich ihnen widmete, für eine Art Respekt gehalten; ich registrierte Rocklänge,

Haarschnitt, Sprachtic. Nie vergaß ich eine Augenfarbe, den Geburtsstein und das Sternzeichen. Ich könnte sie noch immer katalogisieren.

Hana, japanisch-amerikanische Prinzessin, Provenienz: LA
New Yorker Periode, 2002

Leicht glänzende Haut mit einem Hauch Zinnober. Höhe: 165 cm.
Ein besonderes Exemplar ihrer Gattung. Hohe feste Brüste, beinahe vollkommen symmetrisch, fein ausgearbeitete Augen- und Mundpartie. Vollständig lackiert und gewachst. Die überproportional langen Beine machten aus ihr ein ganz besonderes Stück.

Linnea, alias Pookle, WASP, Unterkategorie Manhattan
New York, 1999–2002

Von zartem, elegantem Knochenbau, der an Schlüsselbein und Schulterblatt besonders ausgeprägt ist. Eisenoxide sorgen für eine helle, wellenförmige Musterung im Haar. Aufwendiger Faltenwurf der Lippen. Eine schmale, jedoch hervorstehende Nase vereint auf raffinierte Weise das Feminine und das Maskuline.

Als ich Mimi traf, erschien auch sie mir wie ein Sammlerstück, wenn auch ein sehr ausgefallenes. Das war lange bevor ich meine Galerie besaß. Ich arbeitete damals für Quentin Taupe in seiner Galerie in Chelsea. Er hatte sich auf Künstlerinnen spezialisiert und galt daher als Feminist, auch wenn er in meinen Augen lediglich ein lüsterner Schmierlappen war. Mich hatte er eingestellt, weil sein letzter Rezeptionist, vermutlich aus einer erotischen Kränkung heraus, unmittelbar vor einer wichtigen Eröffnung abgehauen war.

Mimi kam in einem fast durchsichtig blauen Kleid, durch das ich den Abschluss ihrer Unterwäsche ahnen konnte, in die Galerie. Ich lehnte mich in dem Aeron-Stuhl zurück.

»Willkommen im Taupe.« Keins der beiden Mädchen reagierte. Mimi war in Begleitung von Agatha, die ich damals schon nicht mochte. Ich mochte sie noch weniger, als ich erfuhr, dass sie Agatha hieß. Das klang, als hätte sie sich diesen Namen in einem Trödelladen ausgesucht, als schlechten Scherz. Mimi hatte einen wunderschönen Namen. *Miranda Cecily Liang*: 3-3-2, der Rhythmus eines Tangos. Jede Silbe ein starker Schritt, ein festes Auftreten. Aber damals wusste ich noch nicht, wie sie hieß.

Mimi und Agatha hatten nicht vor, zehntausend Dollar für die Tuschezeichnung einer Ultraschallaufnahme auszugeben. Sie waren gekommen, weil die Galerien in Chelsea nicht um »freiwillige« Spenden baten und auch keine Taschen auf die Whiskeyflasche hin kontrollierten, die sich deutlich in Agathas Beutel abzeichnete. Mimi hatte mir den Rücken zugewandt. Sie trug das Haar so kurz wie ein Mann, im Grunde so wie ich. Ihre Schulterblätter lösten das Kleid ein Stück vom Rücken und schufen einen Schlitz, in den ein Mann seine Hand stecken konnte.

»Es gibt auch einen kleinen Katalog.«

Das mit dem Katalog war ein kläglicher Versuch. Ich hatte nie den Mumm gehabt, an einem nüchternen, sonnigen Samstag ein Mädchen oder einen Typen aufzureißen. Und auch Mimi wirkte nüchtern, trotz Agatha. Sie stand da wie eine Ballerina. Das wäre nie etwas geworden. Wenn es nicht genetisch Bingo! gemacht hätte.

Mimi wandte sich um, als ob sie mich gerade erst zur Kenntnis nähme. Sie lächelte, als hätte sie in der Dienstleistungsbranche gearbeitet, höflich und absolut unverbindlich.

»Gern, das wäre großartig«, sagte sie.

Es war Agatha, die nach Luft schnappte. Sie wollte gleich ein Foto machen. Sie hatte eine Spiegelreflex mit einem Blitzgerät, das fast so groß war wie ihre Whiskeyflasche. Mimi hielt sich die Hände vors Gesicht.

»Bitte, Süße, bitte. Du siehst toll aus. Aber im Ernst, der Typ da könnte dein Zwilling sein.«

Und tatsächlich. Es war nicht nur die Frisur. Wir hatten beide dicke Buddha-Ohrläppchen, ein spitzes Kinn, einen etwas zu großen Augenabstand; keiner von uns hatte die von so vielen ersehnte zweite Lidfalte. Wenn wir später die Arme aneinanderlegten, die Finger verschlangen, uns umeinanderwanden, konnten wir nicht mehr sagen, wer von uns wer war. Wir waren passende Farbmuster. Unsere Haut hatte den Ton des Vanille-Bananen-Puddings, den ich ihr zu ihrem Geburtstag ans Bett brachte. Agatha war die Erste, der es aufgefallen war, doch sie sollte nicht die Letzte bleiben. Eine meiner Exfreundinnen sagte, wir würden sie an die Siamkatzen in *Susi und Strolch* erinnern.

»Macht es Ihnen etwas aus? Sie gibt sonst keine Ruhe.« Mimi klang eher genervt als um Verständnis werbend.

»Nur, wenn ich einen Abzug bekomme.«

Es war ein Flirtversuch, doch Agatha sagte, ich solle ihr meine Adresse geben, sie würde mir einen Abzug schicken. Ich winkte Mimi zu mir. Sie ließ zu, dass ich sie auf meinen Schoß zog. Ihre Füße reichten nicht bis auf den Boden, sie baumelten in der Luft und kitzelten meine Waden. Sie trug Flip-Flops. Auf den Zehen goldenen Nagellack, der bereits abblätterte. Schwarzer Dreck hatte sich an ihren Nägeln abgesetzt. Es war ein kindlicher Schmutz, der reiner wirkte als die erwachsenste Hygiene.

Mädelsfilme haben nur zur Hälfte recht: Selbst Arschlöcher verlieben sich. Sie übersehen allerdings, dass ein Arschloch, das sich verliebt, ein Arschloch bleibt. Ich sah ihr prüfend hinten in den Ausschnitt, und, nein, ihr BH passte nicht zur Unterhose. Er war schwarz und glatt, mit weißen Punkten.

»Nur eins noch.«

Meinetwegen hätte Agatha den ganzen Film verschießen können. Doch genau in dem Moment sprang die damals noch jugendlich-wilde Celeste unter dem Tisch hervor und in Mimis Schoß. Sie hatte die Ohren angelegt und fauchte. Ich durfte sie mit zur Arbeit bringen, zum Teil, weil ich nachweislich an einer Beeinträchtigung litt, und zum Teil, weil Celeste wie eine Galerie-Katze wirkte. Meist hielt sie sich unter dem Schreibtisch versteckt, zwischen meinen Füßen, mein atmender Schatten. Doch sie hatte das Revierverhalten eines Rottweilers, und von Liebhabern jeglicher Art musste ich sie fernhalten. Es war, als ob sie übersinnliche Kräfte besaß, die ihr sagten, wie sehr ich mich zu jemandem hingezogen fühlte. Bei meinen Freunden bezog sie wachsamen Posten unter einem Stuhl, Sammler ignorierte sie, auf meine Affären pinkelte sie, wenn er oder sie schlief, und biss ihnen beim Frühstück in die nackten Zehen. Von daher hätte Mimi die zwanzig Krallen als Kompliment verstehen müssen. Was sie nicht tat. Ich lief zum Erste-Hilfe-Kasten. Ich drückte einen Wattebausch in ihre Wunde und legte die andere Hand über die Rundung ihres bleichen Knies. Ich war nicht unglücklich, dass sich so früh ein Vorwand bot, ihr derart nahzukommen.

War dieses erste Zusammentreffen eine unheilvolle Konstellation? Hätte eine weniger blutige Begegnung in meinem Leben Platz für Frau, Baby und Katze gelassen? Celeste fasste schließlich ein wenig Vertrauen zu Mimi, Mimi aber schaute bis heute mit dem Argwohn einer Frau, die an einem Bein eine Malen-nach-Punkten-Narbe hat, auf Celeste.

Ich versuchte es bei Annika. Sie nahm beim ersten Klingeln ab.
»Geht es um das Whitney?« Das Whitney. Oh, Gott. Scheiße. Ich musste mir etwas einfallen lassen. Was hatte ich mir bloß dabei gedacht? Hatte ich wirklich geglaubt, ich bekäme sie ins Whitney?
»Ich arbeite auf einen Termin hin. Die Kuratoren klingen ziemlich interessiert. Aber es geht um meine Frau. Hast du von ihr gehört?«

»Miranda? Schon länger nicht.«

»Na ja, sie reagiert weder auf Telefon noch auf E-Mail. Den ganzen Tag schon nicht. Ich dachte, vielleicht… nach dieser Sache.«

»Oh, das. Nein. Ich meine, ich doch nicht. Ich würde niemals etwas sagen. Ich meine, du bist mein Galerist.«

Ja, auf Eigennutz und Selbstschutz war Verlass. Sie hätte nichts gesagt. Weder zu Miranda noch zu sonst jemandem. Sie war auch so schon recht empfindlich, wenn sie sich als Künstlerin nicht ernst genommen fühlte.

»Okay, danke. Tut mir leid. War nur eine Frage.«

»Aber du sagst Bescheid, wenn du mit den Whitney-Leuten sprichst.« Keine Rede mehr davon, mich wegen Quentin zu verlassen. Und falls ich versagte, hätte das aus ihrem Mund niemand erfahren, dafür war sie viel zu stolz.

»Im selben Augenblick.«

Die Wohnung wirkte fremd und leer. Wieder bereute ich, dass ich meinen Schwanz in Annika gesteckt hatte. Ich überlegte, ob wir in der Galerie irgendeine Spur hinterlassen hatten. Ich hatte persönlich den Müll hinausgetragen, das schlaffe Gummi inklusive. Es war sechs Monate her. Da konnte nichts mehr übrig sein; selbst ihre Hautschuppen sollten im Staub nicht mehr zu finden sein. Ich schickte Mimi noch eine SMS. Bat sie, mich bitte, bitte anzurufen.

Ich öffnete ein Fenster und lehnte mich hinaus; irgendjemand in der Nähe rauchte Gras. Es roch beruhigend und säuerlich, genau wie der Aufgang zu meinem eigenen Heim am Ende eines Sommers.

Dann kroch ich ins Bett. Celeste drapierte sich um meinen Hals. Ganzkörperumarmung. Umschlungen von meiner kahlen Katze schlief ich ein.

14.

Berlin, Oktober 2016
Connecticut, August 1996

Mein Vater sprach nur ungern über meine Mutter. Geschichten erzählte er mir nie, ich bat ihn auch nie darum. Natürlich war ich neugierig, doch dann fing er immer an: »Deine Mutter, deine Mutter, tja, ihr Name war, ist, Yukiko. Und sie. Tja, deine Mutter. Sie war Künstlerin.«

Als Kind ist es beängstigend, wenn ein Erwachsener leidet. Als Teenager ist es peinlich, was lediglich ein anderes Wort dafür ist. Ich hatte gelernt, keine Fragen zu stellen. Doch natürlich googelte ich sie.

Mit fünfzehn fand ich sie zum ersten Mal. Die Website wirkte, als ob sie nach einem halbstündigen Abendkurs in HTML entworfen worden wäre: schwarzer Text, weißer Screen, mehrere blau unterlegte Links. Hinter einem verbarg sich ein Artikel mit einem Audiofile. Es ging um ihren Durchbruch, bei einer Ausstellung irgendwo im Osten Deutschlands, in einer alten Lagerhalle, nun ein »Ort für Kultur«. Sie hatte Reproduktionen berühmter Werke aufgehängt. Jeder Besucher hatte einen Audioguide erhalten, einen von den alten Dingern mit knisternden Kopfhörern und Zahlencode. Daraus stammte die Audiodatei.

Ich sehe noch heute vor mir, wie der blaue Balken wuchs und die geschätzte Download-Zeit im Schneckentempo abnahm. Auf halber Strecke war ich aufgestanden, um mir ein Sandwich zu machen, doch ich hatte an der Küchentür gleich wieder kehrtgemacht und den Download bis zum Ende überwacht.

Und das hört man auf dem Band: Ein Baby weint. Das Mikrofon knistert bei dem Versuch, es dem Pegel des kindlichen Geheuls anzupassen. Eine Frau, sie spricht deutsch, beginnt, das Baby zu beruhigen. (In dem Artikel stand, dass die Mutter ihrem Baby einen Dürer beschreibt, die berühmte Radierung mit den gefalteten Händen. Zitat dazu: »*Sehen diese Hände nicht genau wie Daddys Hände aus?*«) Doch das Baby hört nicht auf zu weinen. Sein Tonfall schraubt sich in die Höhe. Die Beschwichtigungen verwandeln sich in Zischen. Das Baby wird noch lauter, die Frau stößt einen langen Wortschwall aus. Manches davon sind eindeutig Flüche. Dann, mit schwerem deutschen Akzent: »FUCK.« Das Baby hört nicht auf zu weinen, doch jetzt weint auch die Frau. Das Geschimpfe geht weiter, trotz Tränen und schlechter Technik.

Ich glaube nicht, dass es die Stimme meiner Mutter war. Keine Ahnung warum – vielleicht sah ich sie einfach nicht mit einem Baby. In meiner Vorstellung ist sie die, die das Mikrofon hält. Die Ausstellung hieß *Real Art Real People*. In meinem zweiten Jahr im College verschwand die Website, doch die Datei wanderte mit mir, von Festplatte zu Festplatte. Das war weniger bedeutungsvoll, als es erscheinen mag. Ich fand nur, dass man versuchen sollte, die Spur seiner Mutter zu verfolgen.

Ich hatte die Datei jahrelang nicht angehört, doch in dieser Nacht dröhnte ihr Geheul durch meine Träume.

15.

New York, September 2016

Das einzige andere Wissen, das ich über meine Mutter besaß, stammte von dem Tag, an dem eine fremde Frau in meiner Galerie erschien: »Ich bin hier, um mein Beileid auszusprechen.«

Dad war seit zwei Tagen tot, und ich lief auf Kaffee und Körperautomatik. Das Geschäftstüchtige in mir setzte surrend seine Zahnräder in Bewegung. Potenzielle Käufer zu erkennen ist ein Muss, und ich hatte diese Fähigkeit auf eine Weise perfektioniert, dass auch meine Melancholie daran nichts änderte. Die Unbekannte wirkte wie eine Sammlerin, zumindest wie die Ehefrau eines Sammlers. Ich schätzte sie auf fünfzig oder sechzig. Sie hatte eine Haut wie Glacéhandschuhe, wie aus der Vitrine eines historischen Museums, glatt, doch von der Zeit verfärbt. Ihr Bob glänzte nach teurem Frisör. Ich konnte den Reichtum einer Frau am Zustand ihrer Haarspitzen und ihrer Nagelbetten ablesen.

»Sie kannten meinen Vater?«

»Erkennst du mich nicht mehr?«

Und dann tat ich es. Odile Graychild, das Ex-Model. Sie hatte wenige Jahre nach meiner Geburt ein Label gegründet, das Seidentaschen in neutralen Farben produzierte. Viele meiner besten Sammlerinnen trugen sie.

Doch kennengelernt hatte ich sie auf anderem Weg. Sie war eines Tages aufgetaucht, als ich noch sehr jung war. Daran erinnere ich mich bis heute. Sie hatte einen roten Turban auf dem Kopf. Ich hatte noch nie eine weiße Frau mit einem Turban gesehen, nicht einmal im Fernsehen. Der Turban passte zu ihren Lippen. Ich hatte es nicht klingeln hören, doch als ich aus dem Garten kam, saß sie an unserem Küchentisch und fragte, wo mein Vater sei. Mein Vater hatte das Haus tagsüber nie verschlossen; ich war sehr geschickt darin, mich auszusperren.

Es ist eine dieser Geschichten, die mit den Jahren nur noch seltsamer werden. Als Kind kommt einem beinahe alles, was Erwachsene tun, pervers und undurchsichtig vor, daher hatte es mich damals nicht sonderlich beschäftigt. Ich kann nicht sagen, ob ich den Scotch im Nachhinein hinzugedichtet habe, als Erklärung für ein Verhalten, das mir seltsam erschien. Ich hatte meinen Vater gerufen, der mich aus dem Zimmer schickte. Sie waren in der Küche geblieben und hatten endlos geredet. Als sie herausgekommen waren, hatte sie geschwankt, und mein Dad hatte gesagt, dass er in die Stadt fahren müsse; ob ich so gut sei und bitte Bernie, meinen besten Freund, anrief und fragte, ob ich den Nachmittag bei ihm bleiben könne?

Dad hatte gesagt, dass er mich unterwegs absetzen würde. Odile hatte einen silbernen Wagen mit schwarzem Rennstreifen. Dad war gefahren, sie hatte sich auf den Beifahrersitz gesetzt und am Radio herumgespielt.

Später hatte Dad gesagt, dass sie eine Freundin meiner Mutter sei. Er war nicht ins Detail gegangen, doch danach hatte ich Odiles Gesicht immer wieder in der Stil-Rubrik der *New York Times* gesehen und nebenher verfolgt, was sie tat. Offenbar hatte auch sie mich im Auge behalten. Denn einige Jahre später hatte ich eine teure Digitalkamera per Postpaket erhalten. Wieder Jahre danach eine Uhr. Es waren die obligatorischen, unpersönlichen Geschenke einer reichen Tante, doch ich wusste nicht, was der Anlass dafür war.

»Sie kannten meine Mutter.« Für Nebensätze reichte meine Energie nicht aus.

»Mm, deinen Vater auch, aber du hast recht, deine Mutter habe ich besser gekannt. Ich habe die Anzeige gesehen.«

Er hatte einen Nachruf bekommen, keinen langen, aber trotzdem. Er war ein ziemlich erfolgreicher Architekt gewesen. Er hatte zwar nie einen Wolkenkratzer gebaut, aber eine avantgardistische Schule in Brooklyn und ein botanisches Zentrum auf Long Island. Er hatte im ganzen Staat seine Grabsteine errichtet.

»Danke.«

»Wofür?«

»Für Ihr Beileid.«

»Ach, ja. Übrigens siehst du aus wie sie. Um die Augen und die Stirn herum. Du hast ihre Stirn – sie hat sie immerzu gerunzelt. Deine Mutter war mal meine beste Freundin. Sie hat sogar bei mir gewohnt und das ganze heiße Wasser aufgebraucht. Und sie hat sich beileibe nicht nur am Wasser bedient.«

Odile Graychild lachte kurz, über die billige Dramatik ihrer Worte beglückt.

»Sie hat Sie bestohlen?«

»Kein Geld. Moms Freund. Widerlicher Hurensohn. Mir wäre es ja egal gewesen. Doch als ich mit Italien fertig war, hatte sich Mom einen Toyboy geangelt, der noch schlimmer war.« Odile machte eine Pause, so als ob sie Anlauf für den nächsten Ausbruch von Empörung nehmen müsste. »Wissen Sie, dass mich meine beste Freundin niemals angerufen hat, als ich in Italien war? Deine Mutter. Sie hat niemals angerufen. Ich glaube nicht einmal, dass sie jemals nach meiner Nummer gefragt hat. Ich habe damals mitternächtliche Anrufe von Männern bekommen, die mich aus New York kannten. Ich war schön und auch sexy, doch das verblasst mit der Entfernung. Ich hatte diesen Männern nichts zu sagen. Das wurde alles öde.«

»Wie alt war sie damals?«

»Sechzehn, siebzehn.« Odile lachte ihr scharfes Lachen. »Moms Freund war Mitte dreißig. Ihr Kids seid bei solchen Sachen ja heute so puritanisch. Uns hat das damals weniger gestört.«

Odile Graychild zog eine Zigarette hervor und zündete sie an. Als sie die Lippen um den Filter schloss, kräuselten sich kleine Fältchen an den Wangen. Ich erklärte ihr, dass sie in der Galerie nicht rauchen dürfe. Ihr BlackBerry tönte. Die brennende Zigarette im Mundwinkel, ging sie an ihr Handy.

»Dann erklärst du ihnen eben, dass sie neu anfangen müssen. Wir setzen auf Leder. Punkt. Deren Job ist es herauszufinden, *wie* man die Marktakzeptanz dafür schafft.«

Ich sah förmlich, wie sich der Rauch in meine Kunst fraß. Doch die böse Fee Odile schimpfte unbeeindruckt in ihr Telefon und tappte mit dem Stiletto-Fuß. Die rote Sohle zwinkerte mir zu. Manchmal wünschte ich, meine Mutter hätte den Anstand besessen, im Wochenbett zu sterben und kanonisiert zu werden.

Unterdessen rotierten meine Geldrädchen weiter. Dieser Teil meines Gehirns kalkulierte jedes Mal, wie viel ich jemandem für einen Tampon aus Bronze abnehmen könnte. Wenn man weiß, wie viel jemand für einen Künstlertampon zahlen würde, weiß man alles: Hat derjenige Sinn für Humor? Ein Problem mit seiner Wut? Will er als klug gelten? Klüger als ich? Hatte er eine Mutter, die mit Geschirr geworfen hat?

Odile Graychild wirkte nicht wie der Typ für Körperflüssigkeiten. Was nicht heißen soll, dass meine Künstler in meinen Augen teuren Mist produzierten. Meine Künstler waren Menschen, die gelernt hatten, mit Raum und Licht zu spielen. Sie alle lieferten sich ein Rennen, doch die Bahn war so verdammt verschlungen, dass man kaum erkennen konnte, welcher Mann, welche Frau, welche Strömung grade vorne lag. Die meisten Sammler waren der Typ, der auf die Rennbahn geht und wettet. Sie hatten keine Ahnung, was es heißt, das Pferd, nur noch Schweiß und Sauerstoff zu sein.

Also holte ich die Kataloge. Odile Graychild könnte Annikas Arbeit tatsächlich ansprechen. Das Minimalistische könnte ihr gefallen.

»Ich muss los, aber mein Beileid. Und sorry, ich schaff es nicht zur Beerdigung.«

Sie drückte ihre Zigarette auf meinem Glastisch aus, zog eine Packung Mentholzigaretten hervor, die grüne Folie schimmerte im hellen Licht der Galerie, und steckte die halb gerauchte Zigarette dort hinein. So etwas hatten meine College-Freunde getan, sich eine Zigarette über Tage eingeteilt, aber bei einem Erwachsenen hatte ich das noch nie gesehen. Besonders nicht bei einer Erwachsenen, der weltweit teure Handtaschenläden in zwei von drei Zeitzonen gehörten. Es war ein trauriger Anblick – der aschene Kopf, der über die Folie hinausragte. Sie drückte ihn in die Packung zurück und steckte die Packung in die Innentasche ihres Mantels. Ihre Hand lag schon auf der Tür. Ich konnte nicht anders. »Warum sind Sie wirklich hier?«

»Um mein Beileid auszusprechen.«

»Warum all das Zeug über meine Mutter?«

»Ich wollte wohl nur wissen, ob du nach ihr geraten bist. Ich hatte ihn schon fast vergessen, und dann hab ich ihn in der Zeitung gesehen. Edison Eaves, den Namen vergisst man nicht. Und außerdem hat mich der Kumpel von deinem Daddy in seiner Dunkelkammer flachgelegt. Hat mich nicht einmal zuvor geküsst. Ich war ein Kind, und er hat mich gefickt.« Sie machte eine Pause. »Buchstäblich. Gefickt. Darum hätte ich den Namen deines Vaters sicher nie vergessen, wie immer er geheißen hätte.«

»Was?«

»Deine Mom kennt deinen Dad, weil sein Freund mich fotografieren und mir zwischen die Beine wollte.«

Sie funkelte mich an. Sie wartete auf Widerspruch. Meiner Erfahrung nach gewinnt ein Streit, wie gutes Fleisch, mit dem Alter an Geschmack. Dennoch stand mir nicht der Sinn danach.

»Was soll ich sagen. Ich war ja damals noch nicht auf der Welt.« Es war schroff, aber zutreffend.

Sie drehte sich mit dramatischer Geste zur Tür. Das dunkelgraue Cape flatterte. Noch bevor ich ihre Asche vom Tisch wischen konnte, riss sie schon die Tür auf.

»Na, jedenfalls, richte deiner Mutter einen Gruß aus.« Sie hielt inne und wandte sich halb zu mir zurück. »Übrigens, was ich hier eben gesagt habe, war vertraulich. Ich will das nicht in der *USA Today* lesen.« Ich hatte ihr Gesicht seit Jahren nicht mehr in der Klatschpresse gesehen.

»Meine Mom und ich stehen uns nicht nahe«, sagte ich in die leere Galerie hinein.

YUKI

1979, Gesso

Keine Farbe im eigentlichen Sinn. Gesso wird als Grundierung auf die Leinwand aufgetragen. Es eignet sich auch, um einen Fehler zu kaschieren und von Neuem zu beginnen.

Sie annoncierten es in der *New York Times* und in der *Paper*. Eine Zeit lang wartete Yuki darauf, dass Lou ihr schrieb. Er tat es nicht. Odile schickte ein signiertes Foto ihrer selbst, ohne Brief und Absender. Der Kugelschreiber hatte sich so fest in das Papier gedrückt, dass sie ihr eigenes Schlüsselbein verunstaltet hatte.

Edison buk ihr zwar keine Pasteten, doch das Haus war in Connecticut. Im Vorgarten stand eine Magnolie mit einer Schaukel. Das Brett war an zwei Seilen befestigt. Yukis Hüften waren derart schmal, dass sie sich dazwischen zwängen konnte. Selbst unter ihrem Gewicht neigte sich der zarte Ast. Ein Blütenblatt fiel ihr in den Schoß, doch der Ast hielt. Edison hatte zum Abendessen Pfannkuchen gemacht. Die leeren Teller standen noch auf der Veranda. Auf den Silbergabeln schimmerte das letzte Licht.

Edison schmirgelte die Tür ab, weil er sie neu lackieren wollte.

»Such dir eine Farbe aus«, sagte er und schlug sich ein Insekt aus dem Nacken.

»Keine Ahnung«, sagte sie. »Entscheide du.«

»Du bist die Künstlerin.«

»Du der Architekt.«

Das Haus befand sich außerhalb der Innenstadt. Zur einen Seite lag ein alter Friedhof mit gepflegtem grünen Rasen und

Grabsteinen in Reih und Glied. Vom Schlafzimmer aus schaute man darauf. Der Blick von der Schaukel war durch Pappeln verstellt. Ihre dunklen Blätter schnitten ein blaues Spitzenmuster in den Himmel. Der Kirchhof war nun leer. Fast liebte Yuki die Wochenendbesucher: die Mädchen in ihren Jeans, die mittelalten Männer mit den Blumen von der Tankstelle, die Frauen mit den Windeltüten.

Edison griff zu feinerem Sandpapier. Seine Bewegungen waren geübt, das Papier seufzte in einem fort. Auf der Farm seines Vaters hatte er häufig Zäune gesetzt und die Scheunen angestrichen.

Yuki fragte: »Und du wolltest wirklich nie in einem Haus leben, das du selbst gebaut hast? Nicht einmal als Kind?«

»Ich bin Architekt, weil ich alte Gebäude mag. Manchmal glaube ich, einige meiner Kollegen haben diesen Beruf nur, um sie abzureißen.« Ein metallener Türklopfer in Schwalbenform prangte an der Tür; Edison schleifte behutsam um die Flügelspitzen herum.

»Vielleicht brauchen sie einfach etwas Neues«, erwiderte sie.

Sie hatten in einer Kirche in Kanada, in der Nähe des Wohnorts seiner Eltern geheiratet. Mr und Mrs Eaves hatten sie an Edison erinnert. Sie waren liebenswürdig und methodisch. Ihre einzige Extravaganz bestand darin, dass sie ihren Sohn nach dem Genius der Elektrizität getauft hatten. Als sie gesagt hatten, ihr einziger Wunsch sei es, dass ihr Sohn glücklich werde, hatte Yuki ihnen das geglaubt. Dieser Wunsch kam ihr so schlicht und doch auch so gewaltig wie das weite, leere Land rings um ihre Farm vor. Ihre eigenen Wünsche setzten ihre Nerven unter Strom, und sie versuchte sich gerade beizubringen, nicht an ihnen zu rühren.

»Bist du hier glücklich?«, fragte Edison.

Der Umzug war ein Leichtes gewesen. Es hatte keine tränenreichen Abschiede gegeben. Lous Freunde hatten sich – wie immer – nicht um sie gekümmert. Nur Maude aus dem Büro hatte ihr eine Karte überreicht.

»Wie wäre es«, sagte Yuki, »mit Schwalbenblau?«

In ihrem Atelier, einem viereckigen Raum mit großem Fenster, machte Yuki sich daran, ihre Leinwand mit Gesso zu grundieren. Sie trug die weiße Masse mit einem Anstreicherpinsel auf. Das erforderte ihre volle Konzentration. Wenn sie zu hastig war oder sich in Tagträumen verlor, bildeten sich Narben und Klumpen, die später durch ihr Werk hindurchscheinen würden. Sie begann in der oberen Ecke und bewegte sich nach rechts. Ihre Striche überlappten sich gekonnt. Das Radio lief, doch sie hörte nicht hin.

Edison hatte eine Haushaltshilfe eingestellt, ein junges Mädchen aus einer weniger wohlhabenden Gegend. Sie kam jeden Mittwoch und reinigte die Badewanne und die Böden. Yuki musste lediglich malen.

Sie trat zurück und schaute auf das perfekte weiße Rechteck. Wenn es trocken war, würde sie es in die Ecke stellen, vor all die anderen perfekten weißen Rechtecke, die sie seit ihrem Einzug schon gemacht hatte. Wenn sie zu malen bereit wäre, war die niedrige Arbeit schon getan, dann bliebe nur noch die flüssige Übertragung eines Bilds aus dem Gehirn ins Leben. Sie hatte die besten Farben, und die Leinwand stand bereit.

Yuki berührte den Turm der Farbschachteln und strich über die Haut der Leinwand. Sie war ein wenig rau, wie eine Fußsohle. Yuki wusste nicht, was sie malen sollte. Auf dem Tisch lagen Skizzenbücher, in allen Größen. Edison brachte sie ihr in sämtlichen Papierstärken mit, doch ihre Skizzen waren leer und austauschbar, Gesichter wie von Crashtest-Dummys.

Dennoch war sie überzeugt, dass sie, wenn sich dieses Haus erst einmal wie ein Heim anfühlte, in diesem friedlichen Atelier endlich herausfinden würde, welche Form ihre Kunst annehmen sollte. Edison pflichtete ihr bei. Er war ein liebevoller Mann. Sie versuchte, ihn nicht mehr als Jungen zu sehen, denn einen Jungen konnte man nicht heiraten. Er sagte Danke, wenn sie das Abendessen kochte, und bestellte etwas außer Haus, wenn sie es vergaß. Wenn sie in den Pfannkuchenteig Babykarotten schabte und das Resultat Karottenkuchen nannte, bat er sie um Nachschlag. Das mit dem Kochen war okay. Sie schaffte es, zum Kühlschrank zu gehen und mit dessen Palette zu experimentieren. Sie mischte Dosenthunfisch mit Joghurt und nannte es einen Dip. Die fleischige Farbe gefiel ihr. Es war nicht der Ton gesunder Haut. Eine solche Haut stammte aus dem Innern eines Bauchnabels und war bläulich-weich. Zu ihrem Glück beklagte Edison sich nie, denn er war ihr einziges Publikum.

Weder sie noch Edison besaßen viel, ihr Heim wirkte wie ein Musterhaus. Yuki ging in den Vorgarten. Wenn sie von außen auf das Haus sah, auf die schwalbenblaue Tür – von Edison sorgfältig lackiert –, erschien es wie ein Haus, in dem die Menschen glücklich waren.

Edison kam immer um zwanzig Uhr nach Hause.

Im Vorgarten gab es keine Blumenbeete. Dort schichteten sich Kieselsteine. Als sie zu Edison gesagt hatte, dass Blumen sie mit der Pflege womöglich überfordern würden, war ein Mann mit einem LKW gekommen und hatte dort, wo Gras und Blumen wuchsen, Feuerstein verteilt. Yuki hatte gesagt, sie brauche keine Blumen, die Magnolie mit ihren weißen Blüten werde reichen. Die Menschen der Jungsteinzeit hatten aus Feuerstein Pfeilspitzen hergestellt. Die zerborstenen Steine offenbarten tiefe blaue Adern. Sie hatte das Haus mit urzeitlichen Waffen umgeben. Das konnte nur schlechtes Feng-Shui bedeuten, doch was verstand sie schon davon? Andererseits waren die Magnolienblüten unbeschreiblich weich und weißer noch als Leinwand. Sie hatte sich richtig entschieden. Bestimmt.

Yuki kehrte zu ihrer Schaukel zurück. Der Ast hielt. Das Seil war bemoost und roch nach Regen. Yuki hatte das junge Mädchen aufgesucht, das Lous Kind in sich trug. Sektbläschen-Haar war herausgerutscht, dass das Mädchen im Silver Spoon Café arbeitete. Yuki hatte einen Kaffee bestellt, den ihr das Mädchen mit einem Lächeln samt Zahnlücke serviert hatte. In seinem langen roten Haar hatte ein grünes Tuch gesteckt. Vermutlich stammten seine und Lous Vorfahren von demselben nassen Felsen, irgendwo in Irland.

Als Edison Stunden später heimkehrte, saß sie noch immer auf der Schaukel. Er brachte sie ins Haus. Sie setzte sich auf den Küchentisch, während er das Abendessen kochte.

»Ich hab dir ein Geschenk mitgebracht.« Er griff in seine Tasche. Es war eine winzige Frau, knapp drei Zentimeter groß. Sie hatte schwarzes Haar. »Weißt du noch, wie du mir mal erzählt hast, dass du schrumpfen willst? Na ja, wir haben neue Figuren bekommen, und da hab ich dir eine geklaut.«

Yuki fuhr mit dem Finger über die dicke Plastiknaht.

»Vielleicht kannst du ja was mit ihr machen, wenn du so weit bist.« Yuki legte sich das Mädchen auf die ausgestreckte Hand. Die Figur war so leicht, mit geschlossenen Augen hätte Yuki geglaubt, ihre Hand sei leer.

»In meinem Kopf ist einfach nichts«, sagte sie. »Nur Rauschen. Ich denke immer, noch eine Minute, nur noch eine Minute, dann habe ich die Idee.« Sie schloss eine Faust um die Figur.

»Einer meiner Professoren für Malerei hat uns jeden Tag ein Bild von uns selbst zeichnen lassen. Das sollte unsere Kreativität wecken, uns zwingen, uns auf immer neue Weise selbst zu sehen.«

»Hat es funktioniert?« Edison belegte keine Malkurse mehr.

»Kann sein, aber ich glaub, ich war nicht sonderlich an mir interessiert. Wenn ich dich hätte ansehen können...« Er zwinkerte und gab einen Schuss Olivenöl in die Pfanne.

»Idiot.« Sie hätte sich so gern in diesem ehelichen Spiel verloren.

Sie öffnete die Hand. Das Mädchen war entzwei, ein Arm war abgeknickt.

»Selbstportrait Nummer eins.« Sie lachte. Auf ihrer Handfläche zeigte sich ein Tropfen Blut, und der Schmerz war klar und rein. Edison rannte los, um ein Pflaster zu holen. Yuki sah auf das siedende Öl. Wie lange es wohl dauern würde, bis es brannte?

1980, Zinkweiß

Früher Chinesischweiß genannt, ist es das Weiß von Augäpfeln, das Weiß von Hochzeiten, das Weiß von Geistern, das Weiß von Wundsalben. Gewitterblitzweiß.

»Sie haben ideale Fußgewölbe«, sagte der Podologe. »Weder zu hoch noch zu flach.« Er zeigte ihr mehrere Abbildungen und legte seinen Finger auf das Bild eines dicken rosa Fußes. Um den Knöchel wanden sich lange braune Haare.
»So sollte ein Fußgewölbe aussehen.«
Yuki dehnte die Füße, krallte die Zehen ein und ließ sie locker.
»Und, schauen Sie, so sehen Ihre aus.« Ihre Füße waren klein, schmutzig weiß und grün geädert. Sie hatten keine Ähnlichkeit mit dem rötlichen Körperglied auf dem Foto.
»Was also stimmt dann nicht?«, fragte sie. Gegenüber an der Wand hing ein Poster, Frauen, die lachend über einen Strand liefen. Ihre gestählten Leiber glänzten in Orange. Sie verspotteten den lahmen Narr auf dem Patientenstuhl.
»Manche Menschen haben hin und wieder Phantomschmerzen. Das müsste sich legen. Mit Ihren Füßen ist alles in Ordnung.«
Geisterhände bogen und verdrehten ihre Füße Tag und Nacht. Phantomnägel gruben sich in jeden Zentimeter Fleisch. Yuki ging es gar nicht gut.
»Und denken Sie daran, auf dem Weg nach draußen meiner Sekretärin Ihre Versicherungangaben dazulassen.«
Jeder Halt und Start des Wagens war ein Stich in ihre Zehen. Es schmerzte so sehr, dass sie an den Straßenrand fahren und

den Kopf auf das Lenkrad legen musste. Geisterschmerzen. Ihre Mutter hatte ihr erklärt, wie wichtig es sei, die Ahnen zu ernähren, weil die Toten hungrig blieben. Sie sehnten sich nach Wärme, Licht, nach Nahrung und Getränken. Ein hungriger Geist war ein zorniger Geist. Yuki zog die Füße auf den Fahrersitz. »Ich kann keine hungernden Geister nähren«, sagte sie.

Als sie aufschaute, bemerkte sie, dass sie vor der kommunalen Galerie stand, wenn man es so nennen wollte. Sie war einmal dort gewesen, doch sie hatte die Gegenwart der gleichgültigen Gemälde mit ihren Flüssen und Vögeln, die zum Fliegen noch zu unbeholfen waren, nicht ertragen. Vom Auto aus wirkten die Gemälde wie blaue, braune, gelbe Blutergüsse. Bestimmt fand sich selbst in Westport Schönheit, doch das waren nicht die Künstler, um sie freizulegen. Andererseits – sie auch nicht.

Edison schob die Finger zwischen ihre Zehen, rieb im Kreis um ihre Knöchel und massierte die kalkigen Ränder ihrer Fersen mit dem Daumen. Sein Griff war fest und stark, am Zeichentisch erprobt.

»Ich liebe dich«, sagte Edison.

»Wieso?«, fragte sie. Er hatte ihr in diesem Monat schon jeden Abend die Füße massiert.

»Aus dem gleichen Grund wie gestern.« Seine Nägel waren kurz, perfekt für die Massage. Yuki ließ ihre Nägel ungleichmäßig wachsen. Der rechte Ringfinger geriet zu einer scharfen Klaue, der linke Daumen war gerissen, der rechte Zeigefinger abgebrochen. Darauf zu warten, dass sie brachen, war eine Möglichkeit, einen Tag vom anderen zu unterscheiden.

»Weil du du bist. Kennst du einen besseren Grund?«

Es musste einen geben, irgendwo. Sie sah auf ihn hinunter. Die Liebe vernebelt meine Ehe, dachte sie. Er kann mich durch den feuchten Dunst nicht sehen. Und ich ihn nicht. Ich sehe seine Füße, seine Hände. Ich rieche den Erdbeertee, den er mir ans Bett stellt. Doch ihn kann ich nicht sehen. Sie zog die Füße an und rückte dicht an Edison, bis sie Auge in Augen waren. Draußen quakten Enten in der Dunkelheit. Sie drückte ihr Gesicht an seins.

»Verlass mich.« Es klang so sanft wie Koseworte.

»Nein.« Er küsste sie, und der Kuss bestand aus Zähnen.

Sie hielt sich an seinem Gesicht und seinen schiefen Ohren fest. Sie hatte schon so oft versucht, ihn zu portraitieren. Die Haut rings um seine Augen war bläulich. Über den Rücken zog sich eine Reihe Sommersprossen. Doch wo war diese Liebe? Welche Proportionen hatte sie?

Er hielt sie an den Schultern und drückte sie aufs Bett. Ihre Füße schmerzten immer noch, als sie sie anzog. Edisons Verlangen war ein heftiges. Ein oder zwei Mal hatte sie sogar gewimmert, und er hatte nicht gefragt, ob alles gut sei. Er schloss die Augen, sein Kinn neigte sich zur Decke. In der letzten Minute öffneten sich seine Augen auf riesige Pupillen hin. Seine Nägel gruben sich in ihren Rücken, und sie fragte sich, was er dann sah. Sex war der einzige Anlass, bei dem er gewaltsam war, doch Yuki nahm an, dass alle Männer ein gewisses Maß an Gewaltbereitschaft in sich trugen. Manche schlugen ihre Frau mit Schweigen, andere verließen sich auf ihre Fäuste. Edisons Zorn zu spüren, nicht länger in seiner falschen Sanftheit zu ruhen, war ihr stets eine Erleichterung.

Als er fertig war, war ihr Tee kalt.

»Soll ich dir eine neue Tasse machen?« Seine Stimme hatte wieder in ihren sanften Ton gewechselt, so als ob seine Hände sie nicht derart festgehalten hätten, dass sie immer noch seine Finger an den Rippen spürte. Sie sagte sich, dass es Verlangen war, nicht mehr.

»Nein, danke.« Sie schaute zu ihm auf. Sie war seine Ehefrau und wusste nicht, ob er ihr Schmerz oder Lust bereiten wollte.

Sei nicht dämlich; seine Hand an ihrer Schulter war nichts außer liebevoll.

»Ich muss noch etwas arbeiten. Kommst du klar? Brauchst du irgendwas?« Sie hatte sich auf den Laken ausgestreckt. Er nahm die Tasse samt Untertasse vom Tisch. An der Tür blieb er stehen und sah sie an.

»Geh nur. Alles gut.« Wasser gurgelte. Sie besaßen zwar eine Spülmaschine, doch er wusch gern von Hand ab. Er reinigte die Spülmaschine häufiger, als dass er sie benutzte.

Am nächsten Morgen waren die Schmerzen in ihren Füßen stechender als je zuvor. Sie bohrten sich bei jedem Schritt vom Bett ins Atelier tiefer in ihr Fleisch.

Es war der 365. Tag: das letzte Mal, dass sie in den verkratzten Spiegel an der Atelierwand starren würde. Das letzte Mal, dass ihre Gesichtszüge in Weiß, Rosa und Gelbem Ocker widerhallen würden, eine Abwandlung der Farbmischung, wie *Aquarellieren für Anfänger* sie für das Inkarnat empfahl. Ihre Haut war gelblicher und auch grünlicher als der »Hautton«. Sie hatte sich winzig klein und lebensgroß gemalt, eine fünfzig mal fünfzig Zentimeter große Leinwand einer einzigen verlorenen Wimper gewidmet. Sie hatte sich gestickt, aus Abfall und aus Dollarscheinen collagiert: 364 Iterationen ihrer selbst – eine jede fader und flacher als die letzte. Das Leben nach Strichliste war ihr so zuwider. Früher hatte es sich zwischen Ursache und Wirkung, zwischen Tat und Konsequenz bewegt, war jeder Tag mit dem folgenden verknüpft gewesen. Nun hatten sich die Tage aus den Angeln gelöst, und Türen ohne Angeln waren keine Türen, sondern Feuerholz.

Mit Lou hatte es Tage der Dürre gegeben, wenn er sie aus der Bahn geprügelt hatte. Doch manchmal hatten seine Fäuste auch ein Bild in ihr hervorgerüttelt. An den hässlichen Tagen, wenn sie im Dunkeln wach geworden war und das ganze Zimmer nach dem Gelb seines Atems gestunken hatte, hatte sie ein großes, hässliches Geschmier produziert, war aus ihren Fingern ein Meer von Farbe geflossen, eine Flut, die so stark war, dass sie ihr aus Augen und Haarwurzeln gedrungen wäre, hätte sie sie nicht herausgelassen. Im Büro hatte sie den Müll mit Skizzen angefüllt. Sie waren nie so geworden, wie sie es sich vorgestellt hatte, doch sie waren besser als diese Robo-Frauen hier. Diese starren Bilder einer Vorstadtfrau.

Für diesen Tag plante sie eine schlichte Zeichnung. Sie wollte mit der Pilzkopf-Frisur beginnen und mit dem Seemannspullover mit den Farbklecksen enden. Und unterwegs würde sie herausfinden, wie sie ihre kurzen Wimpern und die sich ankündigenden Falten über ihren Lippen wiedergeben konnte.

Der neue Schmerz hatte gar nichts Geisterhaftes. Ein Schlag in den Magen. Hitze in den Ohren. Sie ließ den Pinsel fallen und rannte ins Bad. Schleimiger, klebriger Ausfluss zwischen ihren Beinen. Das verklumpte Braun am Grund des Farbeimers. Eine Periode war ausgeblieben, die zweite spät. Nun drängte es aus ihr heraus. Ihre Füße waren angeschwollen, riefen nach Beachtung; Yuki trat die Hausschuhe von sich. Zwei Monate. Mehr Blut, als dort sein sollte. Und brauner, so als ob in ihr etwas verrottet wäre. Das war nicht das Braun alter Farbe. Das war das Braun der Flüssigkeit, die sich am Grund des Küchenabfalls sammelte, wenn sie vergaß, ihn fortzutragen. Lillian hatte immer gesagt, Odiles Geschwister hätten sich verflüssigt. Ihr Körper habe nach dem ersten einfach dichtgemacht. Wenn sie davon sprach, hatte ihr Gesicht einen harten Ausdruck angenommen. Kapitel fünfzehn meiner Memoiren, hatte sie gesagt.

Yuki fuhr mit einem Finger durch die braune Flüssigkeit, die in ihre Strümpfe sickerte. Sie war warm. Warst du ein Mensch? Dieser Tag war nicht der Tag, an dem sie ihr Gesicht malen konnte.

1981, 鼠色

Das japanische Wort für Grau lautet: 灰色, *aschefarben. Es kann auch* 鼠色, *mausfarben, sein. Selbst als ich mein Japanisch fast vergessen hatte, das wusste ich noch immer. Wahrscheinlich, weil ich in grauen Wolken immer dicke Mäuse sehe. Doch manchmal verdüstert sich der ganze Himmel, und dann denke ich: Wolfshimmel.*

Edison liebte ihre Rundung. Er liebte es, dass sie so stramm war. Er hatte sich ihre Tusche genommen und malte ihr damit eine Spirale auf den Bauch. Die schwarze Zeichenspur verlief über die Wölbungen, die ihre Hüftknochen gewesen waren, und wand sich um ihre Beine. Seine Finger waren kalt. Sie schauderte und ließ den Strich erbeben.

»Ich bringe ihr Zen bei«, sagte Edison.

»Du hast von Zen doch keine Ahnung.«

»Mag sein.« Er blies in Yukis Bauchnabel. Ihre Knie zuckten und trafen ihn seitlich am Kopf. Er wich zurück, noch immer lächelnd, doch nun rieb er sich die Schläfen.

»Was, verdammt, soll er dadurch lernen?«, fragte sie.

»Freude.« Er schaute eindringlich auf ihren Bauchnabel. »Ich hoffe sehr, du bist ein Mädchen.«

»Hoffentlich nicht«, sagte Yuki.

Sie hatte nicht geglaubt, dass das Baby bis zum fünften Monat in ihr bleiben würde. Sie hatte der Säure in ihrem Mund, der Schwellung ihrer Brustwarzen und den Schmerzen in den Füßen nicht getraut. Sie hatte nicht ihre Mutter angerufen. Doch das Baby wurde immer schwerer.

Da hatte sie das Gemälde angefangen. Und in ihren Gedanken nannte sie es nur *das Gemälde*.

Edison sagte, wenn das Baby erst einmal auf der Welt sei, würde sie nichts mehr daran hindern, auf eine Kunsthochschule zu gehen. Er war in seiner Firma zum Partner aufgestiegen. Nicht zum Juniorpartner, sondern zum richtigen Partner. Er hatte Talent, doch sie sah in seinen klaren, dünnen Linien nur Fensterkreuze, dunkle Treppenhäuser, die sich in die Höhe wanden, Irrwege aus Büros, in denen sich das Leben verlor. Doch diese Fallen würden ihr Farben und Paletten, Professoren und Skizzenblöcke zahlen. 365 Tage in der einsamen Gesellschaft ihres eigenen elenden Gesichts waren mehr als genug.

Auch jetzt, mit neunundzwanzig, ging sie immer noch als Studentin durch. Sie musste manches Mal ihren Ausweis zeigen. Ihr pfiffen sogar Schüler nach. Und selbst wenn die anderen sie komisch fänden, na und? Sie war immer sonderbar gewesen.

Sie würde ein Fahrrad malen, dass ihnen die Blicke übergingen. Der Fahrradladen lag am Stadtrand, in der Post Road, wo in jedem Garten Bäume standen und schmucke Äpfel grünlich glänzten. Auf den hellen Radkränzen und den stählernen Spiralen der Fahrradständer vor dem Laden funkelte die Sonne. Die Rennräder verharrten angriffslustig, die Lenker gewunden wie ein Widderhorn. Sie trug den verblassten blauen Yukata ihres Vaters. Sie hatte ihre Mutter in einem Brief darum gebeten. Ihre Mutter hatte gleich drei perfekt gebügelte gesandt und sich in ihrem Brief entschuldigt, dass der gute Yukata an einen Neffen gegangen sei. Der, den sie nun trug, hatte ein Loch im Ärmel, das ihre Mutter sorgfältig mit gleichmäßigem Stich geflickt hatte. Er war Yuki sowieso lieber. Auf diese Weise hatte sie Mutter und Vater am Leib. Nach ihnen verzehrte sie sich mehr als nach irgendeinem Essen. Ob es das Baby war, das nach seinen Großeltern verlangte? Yuki hatte ihre Mutter endlich zu einem Besuch in ihr nunmehr respektables Leben eingeladen. Doch die

Gesundheit ihrer Mutter ließ eine solche Reise nicht mehr zu. Yuki war zu feige, nach dem Grund zu fragen; die Angst, das zu hören, was sie ohnehin befürchtete, war zu groß. Sie hatte die Fotos einer Mutter gesehen, die die Schwelle der mittleren Lebensjahre überschritten hatte, doch die Mutter aus ihrer Erinnerung war jünger, als Yuki es nun selbst war. Diese Veränderung zu sehen ertrug sie nicht.

Das lockere Oberteil, das für einen Mann geschnitten war, war in der Sommerhitze ausgesprochen angenehm. Sie bewegte sich mit Leichtigkeit darin. Sie trug weiße Turnschuhe aus Leder, mit denen sie bequem Auto fahren konnte und die ihre Fußgewölbe unterstützten, und Edisons blaue Pilotenbrille. Niemand ließ sich so in Westport blicken. Doch da sie in der Stadt keine Freunde hatte, hatte sie auch keine zu verlieren.

Der Junge, der aus dem Laden kam, trug helle Jeans, aus einem Riss im rechten Knie hingen Fäden, und sein T-Shirt war mit Öl verschmiert.

»Kann ich Ihnen helfen, Ma'am?«

»Ich will ein Fahrrad kaufen.«

»Soll es für Sie sein? Hatten Sie an ein Rennrad gedacht oder an ein Damenrad? In welcher Preisklasse? Aus England? Japan? Alle unsere Spitzen-Räder haben schon die neueste Shimano-Gangschaltung.« Der Junge sprach sehr schnell und zog dabei an seinem Haar, so als ob er dessen Wachstum beschleunigen wollte.

»Keine Ahnung.«

Der Junge wischte sich den Schweiß von der Stirn.

»Ich sehe mich erst einmal um«, setzte sie nach.

Der Junge lehnte sich lässig an den Türrahmen und verfolgte, wie sich Yuki über die heißen Gummireifen bückte und sie prüfend befühlte. Sie waren klebrig, doch ihre Finger blieben sauber. Als sie ein Rad berührte, begann es sich zu drehen. In ihren Gestellen schwebten die Räder leicht über dem Boden, das Raleigh schien fast durch die Luft zu fahren. Yuki stieß es an und lauschte auf das Zischen. Die Speichen klickten leise, grillenartig. Sie ging die ganze Reihe ab, streichelte, stieß die Räder an und gab sich ganz dem Surren hin. Manchmal brachte sie ein Rad mit einem Fingerstreich zum Stillstand, andere ließ sie schwirren. Sie schloss die Augen und lauschte dem Schwarm aus Metall und Geschwindigkeit.

Die befestigten Fahrräder wirkten so viel schneller als der Honda, den ihr Edison zum Geburtstag gekauft hatte. Yuki schaute auf das Auto, das grün und staubig auf dem Parkplatz stand. Sie rieb sich das Becken und dachte an die Schmerztabletten in ihrem Handschuhfach. Der Junge behielt sie unter seinen dünnen, hängenden Lidern im Blick.

Sie entschied sich für ein rotes Raleigh-Rad. Es sah wie ein Rad aus einem Traum, wie die platonische Idee eines Fahrrads aus. Im Ladeninnern kämpften die Ventilatoren mit der staubigen Luft. Yuki zahlte mit der Karte, die ihr Edison gegeben hatte. Der Junge trug ihr das Fahrrad zum Wagen und schob es auf den Rücksitz. Während der Heimfahrt schaute Yuki unentwegt in den Rückspiegel. Sie hatte so viele Fahrräder gezeichnet, doch niemals eins besessen. Im Village war es für ein kleines Mädchen auf zwei Rädern zu gefährlich gewesen.

Sie hatte keinen präzisen Plan für das Rad. Sie wollte es nur kennenlernen, das Ding an sich, nicht die Idee. Vielleicht konnte sie bei ihrer Bewerbung auf Duchamp anspielen, doch anstelle des einen kastrierten, an einen Hocker angeschraubten Rads das ganze Fahrrad einsenden, in all seiner Freiheit und Beweglichkeit, dazu ein Manifest im Fahrradkorb. Oder vielleicht auch nicht.

Westport war hügelig und waldreich, und die einzige flache, leicht zu befahrende Strecke führte am Saugatuck River entlang. Dort zogen die Sumpfvögel Larven aus dem Schlamm, dort begann die Main Street, in der übertreuerte Seidenschals an die überteuerten Ehefrauen von Hedgefondsmanagern verkauft wurden. Für die Viertelmeile brauchte sie kein Fahrrad. Doch hierbei ging es um die Kunst.

Yuki hatte keine Lust zu kochen, also hielt sie am Diner und bestellte Tee und Toast mit Butter. Im Diner war es kühl. Kinder tranken durch einen langen Strohhalm ihre Milchshakes. Das Diner war meilenweit von New York entfernt; hier ging es gemächlich und nicht hektisch zu. Hier drang kein vergnügtes Spanisch aus der Küche. Ein paar Mädchen verrenkten sich die Hälse über einer Zeitschrift. Wieder war Odile auf dem Cover. Yuki hatte sie schon am Zeitungsstand gesehen; ihr goldenes Haar war derart auftoupiert, dass es nicht mehr auf die Seite passte. Odile lächelte, senkte eine Augenbraue, scherzte mit dem Leser, auch wenn Yuki nicht wusste, worüber. Hatte sie es je gewusst? Sie fühlte sich verfolgt. Sie rutschte von dem Gelächter und den Mädchen fort, deren Gesichter so nah beieinander waren, dass sie dieselbe Luft atmeten. Von ihrem neuen Platz aus sah sie ein Paar, zumindest nahm sie an, dass es eins war, ein Junge mit katzenartigem Gesicht und langen Grübchen, die sich wie Schnurrhaare bogen, und ein großes, vollbusiges Mädchen, dessen Hände er umschlungen hielt. Im Stillen segnete Yuki die beiden. Seltsame Paare mochte sie. Sie sah an sich hinunter; selbstverständlich war sie auch schon alleine seltsam genug.

Sie holte das Fahrrad aus dem Auto. Das Licht fiel niedrig, die Blätter warfen Malvensilhouetten auf die Straße. Sie stützte sich auf den Lenker und drückte das Rad nach unten. Die Räder waren fest und gaben ganz leicht nach. Wie Brüste, dachte sie; es wäre lustig, Edison mit der Bemerkung zu schockieren.

Ihr Haus stand auf einer kleinen, aber steilen Anhöhe. Edison sagte, der Friedhof sei auf dem Hügel gebaut worden, damit die Seelen näher bei Gott waren oder die Fluten des Saugatuck nicht die Leichen an die Oberfläche spülten. Vermutlich hatte ihr

Haus früher einmal dem Pfarrer gehört. Jedenfalls neigte sich der Hügel steil bergab, und Yuki spürte, wie die Schwerkraft am Lenker ihres Fahrrads zog.

Sie raffte ihren Yukata und schwang ein Bein auf die andere Seite. Es war anstrengend, und ihr Bauch brachte sie zusätzlich ins Schwanken. Ihr linker Fuß berührte das linke Pedal, sie hob den rechten vom Boden – und stürzte. Die Kiesel bohrten sich in ihre Hand. An ihrem Knie erschien ein Blutfleck. Der Bürgersteig war noch immer warm.

»Zurück aufs Pferd«, sagte sie zu niemandem. Diese amerikanischen Sprichwörter. Sie bezweifelte, dass sie jemals reiten würde.

Dieses Mal gelangen ihr zwei Umrundungen der Räder, bis sie auf die rechte Seite stürzte. Blut befleckte den Yukata. Es war altes Blut; die erste Wunde nässte. Wieder stieg sie auf das Rad und wieder. Mit jedem Mal nahm das Pochen ihrer Schmerzen zu. Doch sie hielt sich länger oben, bekam ein besseres Gleichgewichtsgefühl. Langsam, mit viel Gezitter links und rechts, schaffte sie es den Hügel hinunter. Sie musste nicht einmal in die Pedale treten, die Schwerkraft tat das ihre. Als Yuki unten angekommen war, schob sie das Rad erneut hinauf. Die Kunst war vergessen. Die Frage, was sie malen würde. Es erforderte viel zu viel Konzentration, jeden einzelnen Körperteil in der richtigen Position, Rücken und Ellenbogen gerade zu halten. Es war ein gutes Gefühl.

Sie schwitzte, als sie das Rad erneut bis nach oben an den Hügel schob. Die Sonne malte ein letztes Zitronengelb an den Himmel. Das war das letzte Mal, dafür aber wollte sie in einem Schwung bis ganz nach unten kommen. Sie stieg langsam auf. Kratzer und Wunden schraffierten ihren Körper. Der Sitz vibrierte unter ihr. Die Sonnenstrahlen tanzten auf der Fahrradklingel. Sie schaute nach vorn. Im Nacken kitzelten sie lose Haare. Es ging so schnell. Doch am Ende des Abhangs hielt sie nicht, sondern trat in die Pedale, um das Tempo beizubehalten. Dass man angeblich nie vergaß, wie das ging, war kein Wunder.

Das Auto bog sehr rasch um die Kurve. Die letzten Sonnenstrahlen fielen auf die hellen Kotflügel. Yuki bremste und stürzte auf den Bürgersteig. Ein loser Ast traf sie an der Stirn. Das Kreischen des Autos ging im Dröhnen ihres Sturzes unter, doch sie roch verbranntes Gummi.

Edison stand über ihr, die dünnen Augenbrauen eng beieinander.

»Große Güte!« Seit drei Jahren waren sie ein Paar, doch sie hatte ihn noch niemals brüllen hören. Nach einem schlechten Tag bei der Arbeit ging er direkt in die Dusche. Nun aber brüllte er. Das Fahrrad drückte sich ihr in die Seite, doch er machte keine Anstalten, es aufzuheben. Er stand über ihr. Sämtliches Blut aus seinem Gesicht floss in seine Lippen. Seine Wangen wirkten beinahe grün. »Was verdammt ist mit dir los?«

»Hilfst du mir?« Sie glaubte, ein zweiter Ast hätte sie am Bein verletzt. Er hob das Fahrrad hoch. Sie stand ohne seine Hilfe auf und stützte sich auf den Fingern ihrer rechten Hand ab. Die Innenseite war verletzt. Es war so schnell gegangen. Sie stand. Sie hatte einen Turnschuh verloren und mit ihm die Balance.

»Wie konntest du?«

Wäre er doch näher gekommen. Hätte er doch mit den Fäusten, zu denen seine Hände sich bereits geballt hatten, sie mitten ins Gesicht geschlagen. Yuki wollte fallen, ein Mal noch, ein allerletzter Sturz. Sein Schmerz hätte durch seine Hände in sie übergehen können. Dann hätten sie ihn teilen können. Er trat einen Schritt zurück und hob die Faust. Doch die Hand löste sich. Er strich sich das Haar aus der Stirn. Ruhig fragte er: »Legst du es darauf an, unser Baby zu verlieren?«

JAY

16.

Berlin, Oktober 2016

Ich wurde spät wach. Wir hatten keine Uhrzeit ausgemacht, doch ich merkte, dass ich völlig aus dem Rhythmus war. Ich war im Laufe der Nacht drei Mal von Eliots Weinen aufgewacht, was Irrsinn war; nicht einmal Fledermäuse können über Ozeane hinweg hören. Vor meinem Fenster saßen keine Krähen. Ich suchte die dünnen, flachen Wolken ab. Endlich entdeckte ich in einem Baum in der Ferne einige schwarz geflügelte Knospen, die sich in den oberen Ästen drängten. Das Brot hatte ich aufgegessen, also legte ich ihnen eine Scheibe rosa Schinken über das Geländer. Schließlich waren die Krähen meine einzigen Verbündeten in Deutschland.

Dann brach ich zu meiner Mutter auf, samt Celeste in ihrer Box. Die S-Bahn war voll; ein großer Junge mit Schafsfelljacke stieß dauernd an den Käfig. Jedes Gewicht, wie klein es auch sein mag, strengt nach längerem Tragen an. Wenn dieses Gewicht jedoch aus Kunststoff und Metall besteht und die Katze enthält, der man eigentlich entwachsen sein sollte, stärkt es den Bizeps. Als ich der heißen Bahn entkommen war, schaute ich mich auf der Straße um. Dies war der ehemalige Osten, doch die Bauten stammten aus vorsowjetischer Zeit. Auf einem leeren Spielplatz bog sich ein Baum unter seinen Beeren. Ich schaute auf jede einzelne Hausnummer und dachte, lebt sie hier? Oder hier? Ich schalt mich selbst, dass ich mich so albern wie ein Dreizehnjähriger auf dem Weg zu seinem ersten Date benahm. Ich war da, um mir Dokumente unterschreiben zu lassen und wieder zu gehen.

Das Gebäude, in dem Yukiko wohnte, war ganz mit Stuck verziert, mit rosa Anstrich, hölzernen Rollläden und Pflanzen in Keramiktöpfen. Vom zweiten Stock an aufwärts hätte es für einen Reisekatalog getaugt. Die untere Hälfte aber war mit Graffiti übersät: träge Tags, Edding-Kritzeleien. Sogar die Tür diente gelangweilten Kids als Kratzblock: Schnörkel, Herzen, wer liebt wen. Die Spitze eines Sterns verdeckte teilweise ihren Namen auf dem Klingelschild. Ich setzte Celeste auf dem Boden ab und drückte auf den Knopf neben »-yama«.

Dann geschah nichts. Ich hatte das Gefühl, dass niemand kam. Ich presste meinen Kopf an die vernarbte Tür. Kein Geräusch. Was sollte ich nun tun? In der Galerie hatte es geheißen, sie sei den ganzen Tag zu Hause. Ich war müde, das kalte Licht schmerzte in den Augen. Ganz Deutschland schien entschlossen, mir zu widerstehen. Ich stand vor der Tür zur Wohnung meiner Mutter und spürte nichts von ihrer Gegenwart.

Auf dem College hatte ich Seminare in Kunstgeschichte belegt – damals hatte ich noch Ostasiatische Kulturen studiert, und das Fach war Pflicht. Wir alle waren entschlossen, Pollock nicht zu mögen. Es war aus der letzten Reihe gekommen: »So was kann doch jede Taube hinscheißen.«

Unsere Tutorin hatte erwidert, dass die Farbe die Spur des Malers sei, dass man spüren könne, wie er über der Leinwand schwebt. Sie hatte mit den Händen gewedelt und mit Luft um sich geworfen. »Jeder Farbklecks war für ihn eine Bestätigung seiner selbst. Der Energie in seinen Muskeln und in seinen Knochen. Denkt an die blutigen Abdrücke auf den Höhlenwänden. Das heißt nichts anderes als: WIR SIND DA. Es ist dasselbe auf Toilettenwänden und bei Pollock. Mit dem einen Unterschied: Pollock weiß, dass er ein Verb ist, ein Tun, eine Bewegung, und das zeichnet er auf.«

Während sie gestikulierte und redete, hatte ich gegen einen Red-Bull-Schluckauf angekämpft und deshalb mein Rumgekritzel unterbrechen müssen. Ich musste mit eingezogenem Kinn nach vorn schauen, und dadurch hatte ich jedem Wort gelauscht. Als ich später einmal mit einem Mädchen ins MoMA gegangen war, hatte ich versucht, es zu sehen, wie die Hände lebten, wie sich der Körper über die Leinwand beugt, während der Pinsel Farbe verspritzt. Und tatsächlich. Ich habe es gesehen. Ich habe in den Farbspritzern die Verlängerung seines Körpers, seiner selbst gesehen, bis hin zu seinem Atem und den Fußgewölben. Es war Bewegung, in Malerei fixiert. Seither kommen mir Sargent, Klimt oder da Vinci wie Reliquien vor.

Die Ausstellung meiner Mutter aber hatte mir keine Idee davon vermittelt, wen oder was ich zu erwarten hatte. Das Gebäude tat es auch nicht. Ich sah keine unsichtbaren Hände, die den Messingknauf umfassten. Ich lehnte mich an das Graffiti, und plötzlich ging die Tür auf. Ich stolperte und blickte hinab auf eine Frau. Mit meiner katzenfreien Hand versuchte ich mich an einem Gruß. Die Frau hatte ein kleines Gesicht, ihr Hals ertrank in Schals. Sie stand einen Schritt von der Tür entfernt. »Guten Morgen.«

»Yukiko Oyama? Wir sind verabredet. Ich komme in der Erbangelegenheit Ihres Ehemanns.«

Ihre Wohnung hatte niedrige Decken. Sie war minimal ausgestattet – beinahe nackt. In so einer Wohnung lebten Kunststudenten, meine Mutter aber war über sechzig. Die einzige Unterbrechung in der schmutzig weißen Wand war ein großes Fenster, durch das Licht von Norden her hereinströmte. Licht, das von Norden kommt, ist das wenig schmeichelhafte Licht, das bei Malern »ehrlich« heißt. Das Fenster hatte nicht einmal Doppelglas – es herrschte ein kräftiger Durchzug. Mir kam es in der Wohnung kälter als draußen auf der Straße vor.

»Tee – wie wäre es mit einem Tee?«

»Wie bereits erwähnt, ich bin in der Erbangelegenheit von

Mr Eaves hier.« Keine Reaktion. »Sie waren mit ihm verheiratet. Richtig? Er ist kürzlich verstorben. Er hat Ihnen das Haus hinterlassen, in dem Sie früher gelebt haben. Sie müssen nur den Eintrag ins Grundbuch unterschreiben. Haben Sie einen Stift? Erbschaftssteuer fällt natürlich auch an. Aber die können Sie aus dem Verkauf des Hauses begleichen. Wenn Sie also hier und hier unterzeichnen würden.«

Ich sah in das kleine Gesicht und suchte nach Trauer, nach irgendeiner Regung. Sie hustete in den Ellbogen. Sie schniefte, doch es war nur Schnupfen.

Als sie sich über die Dokumente beugte, um ihren Namen darauf zu setzen, schaute ihr zarter, kiefernfarbener Hals aus den Schals hervor. Winzige Knochenwucherungen saßen unter ihrer Haut. Am liebsten hätte ich ihr die Schals zurechtgezupft, sie wieder eingepackt und die Knöchelchen vor dem kalten Zug geschützt. Ich hätte sie aber auch genauso gern mit den Schlangen aus Wolle erwürgt.

»Und mein Sohn?«

Ja. Ja. Ja.

»Wo ist er?«

Ich hatte angenommen, dass sie mich erkennen würde. Ich hatte ein sehr prägnantes Gesicht. Das sagte jeder. So wie ich sehen nicht gerade viele aus, doch mein Gesicht schien sie nicht zu interessieren. Sie hatte nicht einmal den Käfig bemerkt, der schwer an meiner Seite hing, weder einen Blick auf die gelben Aufkleber noch auf meine Katze geworfen. Dabei gelten Künstler doch als aufmerksame Beobachter.

Ich dachte an mein eigenes Kind. Eliots Geburt hatte sehr lang gedauert, aber vermutlich finden alle Eltern die Geburt zu lang. Mimi hatte die Zähne gefletscht, die Lippen wie ein krankes Tier eingerollt und mit ihrem Griff meine linke Hand regelrecht gemartert. Als die Wehen vorüber waren, war ich völlig neben mir und übermüdet; meine Hand blutete. Als mir dann mein Baby in den Arm gedrückt wurde, war es bloß etwas Schweres. Ein warmes Bündel aus Handtüchern. Dann hatte ich auf sie hinabgeschaut. Eliot war nicht das Schönste, was ich je gesehen hatte. An ihrer Stirn hatte feuchtes schwarzes Haar geklebt. Ihre Haut war runzelig, rot, wie eingelegte Früchte. Die Hebamme hatte sie offenbar gesäubert, doch in ihrem Ohr war noch irgendetwas Klebriges. Placenta? Scheiße? Sie war nicht einmal das Zehntschönste, was ich je gesehen hatte. Trotzdem werde ich niemals ihr Gesicht vergessen.

Ich fuhr mit den Fingern über die feinen Narben, die meine Frau in meine linke Hand gegraben hatte. Und Yukiko erkannte mich nicht? Ich war davon ausgegangen, dass sie mich in all den Jahren wenigstens gegoogelt hätte, so wie ich umgekehrt ihr nachgestellt hatte. Doch sie sah mich nur mit schlafverklebten Augen an. Ich war versucht zu lügen. Jay ist von einem LKW überfahren worden. Er hat sich aus Einsamkeit mit fünfzehn umgebracht. Er hat auf dem College mit Heroin angefangen, weil er immer so eine beschissene Angst hatte, dass sich jeder von ihm abwenden, ihn verlassen würde, und jetzt haben ihn tatsächlich alle aufgegeben.

All das sagte ich nicht. Ich sagte: »Hier.«

17.

Berlin, Oktober 2016

Nach drei unerbittlichen Momenten wurde mir bewusst, dass niemand weinen würde. Sich umarmen würde. Wir saßen einfach da, zwei Menschen an einem Tisch. Celeste, so als ob sie das gänzlich Unangebrachte des Moments gespürt hätte, hustete in ihrem Käfig. Ich stand auf. Mir war nicht schwindelig. Vielmehr hob das Malerlicht jeden Ton derart scharf und reliefiert hervor, dass ich Kopfschmerzen bekam.

»Ich muss ins Bad.«

Das musste ich tatsächlich. Die grässliche Macht des Körpers. Meine Leistengegend schmerzte heiß. Vielleicht war es das Bier zum Frühstück, vielleicht die Kampf-oder-Flucht-Reaktion. Sie wies auf eine Tür. Das Bad war klein und fensterlos. Auf einem Bord über der Toilette stand ein Aschenbecher, von Pillenflaschen flankiert. Noch immer spuckte eine Kippe einen dünnen Rauchstrahl aus. Mein Dad hatte Zigaretten gehasst. Als er mich ein Mal beim Rauchen erwischt hatte, hatte er zwei Wochen lang nicht mit mir gesprochen. Am ersten Tag hatte ich das genossen; mit fünfzehn hatte ich mir nichts Besseres vorstellen können, als dass sich mein Dad seine verdammten Kommentare zu meinem Leben sparte. Die folgenden dreizehn Tage waren unheimlich gewesen. Er hatte nicht einmal mehr die Zeitung gelesen, um mir die Freude des Raschelns zu verweigern.

Ich legte mir den Stummel zwischen die Finger. Ausreißerin, Diebin und dann auch noch Raucherin. Dann fiel mir wieder ein, dass ich eigentlich pinkeln musste. Was ich tat.

Neben der Toilette befand sich eine zweite Tür, die ich mit dem Instinkt eines Kindes, das mit Geheimnissen groß geworden war, öffnete. Ich hatte nicht gedacht, dass irgendein Zimmer noch schrecklicher sein könnte als das, in dem ich gerade gewesen war. Dieses aber war es. Die Bodenfläche war kaum größer als die Matratze, die dort lag. Die Laken waren vergilbt, auf Kopfhöhe neben der Matratze standen zwei schmutzige Tassen. Mitten in den schmuddeligen Laken saß ein roter, einäugiger Strick-Affe. Benutzte Taschentücher rahmten dieses Stillleben ein. Es roch nach feuchtem Brot. Kein Wunder, dass sie krank war, wer würde das unter diesen Umständen nicht werden?

War sie wirklich derart arm? Ich hatte sogar einmal etwas im *Artforum* über sie gelesen, eine kurze, aber positive Besprechung. Ich rief mir die anderen Artikel ins Gedächtnis und versuchte, als Galerist und nicht als Sohn zu denken, erst recht nicht als wütender, verlassener Sohn. Erfolg, ja, aber wenige verkäufliche Arbeiten. Arbeiten, die man teilen, verlinken, weiterleiten konnte, aber wenig, was man in eine Lobby oder ein Haus hängen konnte. Denn während es unter den Malern immerhin so viele erfolgreiche gibt, dass man dieses Verhältnis als gestaffelte Pyramide darstellen kann, muss man sich die Performancekunst wie eine Linie mit einem Punkt darüber vorstellen. Die Linie wird aus dem Großteil der Künstler gebildet, nur einige wenige, wie zum Beispiel Marina Abramović, schaffen den Sprung darüber hinaus, in den punktuellen Ruhm. Meiner Mutter war das nicht gelungen. Wenigstens eignete sich ihre aktuelle Galerie-Ausstellung für die Wand. Vielleicht konnte sie sich, falls sie etwas verkaufte, ein Sofa oder ein paar Vorhänge für die nackten Fenster leisten. Ich rief mir ins Gedächtnis, dass sie mein warmes und beheiztes Zuhause geerbt hatte.

Als ich in das andere Zimmer zurückkam, saß Yukiko inmitten ihrer Schals da. Ich setzte mich ihr gegenüber. Es war an ihr zu sprechen. Sie tat es nicht. Ich verkraftete nicht noch eine

Frau, die mich hinhielt. Auf meinem Handy war nicht ein einziger verpasster Anruf, nicht einmal eine SMS von meiner Frau, während Hunderte nutzloser Apps mein Datenvolumen auffraßen. Also blieb ich einfach vor Yukiko sitzen und inventarisierte ihr Gesicht. Es war nicht ausgeschlossen, dass ich sie erneut dreißig Jahre lang nicht sehen würde. Augen: groß, ringsum schwere Tränensäcke. Die Nase: klein, breit. Der Mund: runzelig, wie eine alte Apfelsine. Schmaler Knochenbau. Die Arme: mit braunen und violetten Brandspuren übersät.

»Vom Löten.«

»Was?«

»Das kommt vom Löten.«

Ich war noch dabei, Details zu registrieren, und so lauschte ich mehr auf ihre Silben als auf ihre Worte. Obwohl ihr Tonfall eindeutig amerikanisch war, verfiel ihr *s* in die weiche deutsche Aussprache. Keine Ahnung, was ich erwartet hatte. Der deutsche Einschlag überraschte mich, doch er war nur natürlich. Schließlich hatte sie fast mein gesamtes Leben hier verbracht. Sie rollte die Ärmel hoch, um mir zu zeigen, dass die Brandspuren an den Ellbogen endeten. Ich glaubte ihr nicht. Die Narben wirkten absichtsvoll und wanden sich an den Unterarmen hoch.

Meine Mutter verletzte sich selbst, das war offensichtlich. Unter ihrer Haut malten sich die Adern ab, in einem hellen Grün. Sie hatte die Arme einer älteren Frau, mit rauer Haut, der einen oder anderen Falte und weißen, rissigen Ellbogen. Unterhalb der violetten Flecken verliefen dünne weiße Streifen, Narben. Ich kannte das von meinen Kommilitonen aus dem College und von meinen Praktikanten. Viele junge Leute haben das Verlangen, sich zu ritzen, darum gibt es in meinem Büro immer eine Tube Bepanthen-Salbe. Ich habe nie zu jemandem gesagt, dass er damit aufhören soll, aber infizieren muss sich auch niemand.

Ich hätte Yukiko bemitleiden müssen. Sie war so klein und die Leinwand ihrer Haut so befleckt. Doch ich war wie betäubt. Es war die Taubheit, die ich auch bei Performancekünstlern empfand, die mit ihrem Schwanz herumwedelten – über den Punkt des Schocks, den Punkt der Traurigkeit hinaus. Würde Eliot eines Tages ihre roten Hände gegen die eigene Haut richten? Vermutlich. Wenn die Zeit kam, konnte ich wohl nichts dagegen tun. Oder wäre ich, so wie meine Mutter, zu diesem Zeitpunkt längst geflohen? Vielleicht definierten sich eine gute Mutter oder ein guter Vater dadurch, dass sie so verblendet waren zu glauben, sie könnten der Hand, die sich selbst verstümmeln will, Einhalt gebieten. Kinder aber reißen sich im Dunkeln selbst in Stücke. Die rosa Runzeln an den Armen meiner Mutter schauten zu mir auf. Mich packte die Wut. Wie konnte sie es wagen, diese Traurigkeit an Eliot zu vererben? Oder mich?

Dass das irre war, war mir wohl bewusst. Am liebsten hätte ich Celeste auf den Arm genommen, um ihren schnellen Herzschlag zu spüren. Selbst alte Herzen schlagen schnell. Beine erlahmen, Arthritis zehrt an den Gelenken, doch das Herz flattert stets voran. Ich zog den Käfig näher.

Ich setzte meinen Tee ab. Der Tisch erzitterte.

»Ich könnte das eben ausbessern, den Tisch, wenn du ein Stück Papier hast«, sagte ich.

»Nein, kannst du nicht.«

»Kann ich nicht?«

»Die Beine sind nicht ungleich – die Platten schließen nicht.« Sie fuhr mit dem Finger über eine Naht, die mitten durch den Tisch verlief. Es war ein Ausziehtisch, wofür in diesem Zimmer gar kein Platz war.

»Wenn du Geld brauchst, ich kann mich um das Haus kümmern und dir das Geld auf dein Konto überweisen lassen. Oder falls es schneller gehen soll, könnten wir auch eine Hypothek aufnehmen?«

Sie schwieg. Ihr Nagel bohrte sich in das Holz. »Mein Vater ist bei einem Autounfall umgekommen«, sagte sie.

»Oh.« Als Kind hatte ich Grandmère und Grandpère jedes Jahr in den Sommerferien besucht. An das japanische Pendant hatte ich fast nie gedacht. Bei Großeltern geht man, im Gegensatz zu Müttern, davon aus, dass sie verschwinden. Hatte ihr Vater noch gelebt, als ich auf die Welt gekommen war? Ich versuchte, ihn mir vorzustellen, doch vor meinem geistigen Auge erschien nur Tony Leung, der Filmstar aus Hongkong. »Das tut mir leid«, fügte ich hinzu. Der Rand ihres Nagels bog sich, als sie ihn noch fester in die Tischplatte bohrte.

»Es war in Japan«, sagte sie. »Ich habe seinen Leichnam nie gesehen.«

»Wir haben Dad beerdigt.«

Sie zupfte an den langen Fäden, die die Wolle an ihren Schals gezogen hatte. »War er glücklich? Als er gestorben ist?«

»Er hat dich geliebt.«

»Ich weiß.« Es war idiotisch, mit jemandem über Dad zu reden, der ihn nicht gekannt hatte. Der nicht gewusst hatte, mit welcher Sorgfalt er einen Baseballhandschuh zugeschnürt, mir die genau richtige Lampe fürs College und die richtige Wiege für seine Enkelin geschenkt, mir gezeigt hatte, wie man mit einem Galerieraum umgeht, damit zwischen den einzelnen Bildern Platz zum Atmen ist.

»Hängt die Schaukel noch?«, fragte sie.

»Dad hat sie abgeschnitten, als ich sieben war.«

Eines Tages war ich aufgewacht, und da hatten die Seile lose am Ast gebaumelt und der Sitz neben den Mülltüten gelegen. Er hatte mir dafür nie eine befriedigende Erklärung gegeben, doch am selben Wochenende hatte er begonnen, mir ein Baumhaus zu bauen, ein Haus auf vier Beinen mit einem richtigen Fenster aus Glas, das sich öffnen ließ. Der Magnolienbaum, in den er es so demonstrativ hineingebaut hatte, wuchs zu einer Seite und war eher dekoratives als strukturelles Element. Ich habe oft mit meinen Freunden in dem Haus ein Lager aufgeschlagen, und später habe ich dort zum ersten Mal vorsichtig die Brustwarze eines Mädchens angefasst, während Blütenblätter durch das Fenster fielen und sich rings um uns herum verfärbten.

»Ich brauche das Haus nicht. Behalte du es«, sagte sie, und mir wurde erst nach einer Weile bewusst, dass sie nicht von meiner Baumfestung, sondern dem eigentlichen Haus sprach.

Sie nahm einen langen Schluck Tee. Ich auch. Leider hat Tee nicht die narkotisierende Wirkung von Bier, und als wir ausgetrunken hatten, waren wir koffeiniert und nüchtern. Ich hatte ihr Schlafzimmer gesehen. Sie brauchte wirklich Geld. Sie musste das Haus verkaufen, sich ein Bettgestell anschaffen und eine professionelle Reinigungsfirma kommen lassen. Die halb unterschriebenen Dokumente lagen vor uns auf dem Tisch. Sie verknotete und entknotete den Saum ihres Schals. Ich sprach in die Stille.

»Ich lebe mit meiner Frau – ich bin verheiratet – inzwischen in New York, also nicht wirklich, aber in Brooklyn, in Wassernähe, die Szene da ist ziemlich groß, na ja, natürlich weißt du das, und die Schulen sind da auch besser. Wir haben ein Baby, ein Mädchen. Eliot. Sie ist für ihr Alter ziemlich schwer, aber nicht zu sehr, der Arzt sagt, es steckt alles in den Muskeln.«

»Das Haus gehört mir nicht«, sagte sie und legte die Hände aneinander, so als ob sie beten würde. Zum ersten Mal erhob sich ihre Stimme, und sie brach fast. »Ich habe es verwirkt. Ich habe nicht getan, was ich hätte tun sollen.«

Ich konnte nichts erwidern, denn aus dem Katzenkäfig kam ein keuchender Schrei. Ich befreite Celeste und setzte sie auf meinen Schoß. Sie fühlte sich ungewohnt heiß an. Ich massierte ihr die Flanken, ließ die Fingerknöchel über ihren Rücken fahren. In letzter Zeit hatte sie Mühe gehabt, einen Haarball hervorzuwürgen, und der Tierarzt hatte mir einige Handgriffe beigebracht. Katzenmassage. Celeste rollte die Lenden von links nach rechts. In ihrem fortgeschrittenen Alter saß die Haut schon ziemlich locker und wanderte über den Muskeln hin und her. Ihr Unterbauch fühlte sich verspannt an. Dann legte sie die Ohren an, bäumte sich und wurde steif. Wenn Katzen ohnmächtig werden, landen sie nicht auf den Füßen. Ihr schmaler Körper fiel nach links, so plötzlich, dass ich sie nicht auffangen konnte und sie seitlich auf dem Boden aufschlug. Flatternd hob und senkte sich ihr Brustkorb.

»Ruf einen Tierarzt. Bitte.«

Sie führte mehrere Telefonate, alle auf Deutsch. Mir fiel auf, dass sie keinen Computer hatte. Kein Google. Eine derartige Missachtung der Gegenwart erschien mir unglaublich verantwortungslos, so als ob man sich der Grippe-Impfung verweigern oder in einen Eimer scheißen würde, anstatt für fließendes Wasser zu bezahlen. Ich schaute auf mein Handy, doch es zeigte nur einen Balken, kein Netz, kein 3G. Schließlich aber griff Yukiko nach einem Zettel und zeichnete, das Telefon zwischen Schulter und Ohr geklemmt, eine einfache Karte. Sie legte auf. Ich versuchte, ihr die Karte abzunehmen, doch sie sagte: »Ich komme mit. Nicht alle Taxifahrer sprechen Englisch. Die meisten stammen aus Albanien. Und lernen erst noch Deutsch.«

Ich trug Celeste in eins von Yukikos fadenscheinigen Handtüchern gewickelt in das Taxi. Wo waren die Drei Könige, um uns zu segnen? Ich kicherte panisch in mich selbst hinein. Ein irres, eindeutig unmännliches Kichern. Yukiko reagierte nicht. Als ich mich setzte, merkte ich, dass das Handtuch leicht feucht war. Dass es auf meiner Hose lag, machte mir nichts aus, doch für Celeste war das bestimmt nicht gut. Ich wickelte sie aus. Sanft, ganz sanft fuhr ich mit den Händen über ihre vogelgleichen Rippen und wärmte sie.

Als wir durch einen hässlicheren Teil der Stadt fuhren, ließ ich einen Redeschwall auf meine Mutter los und erzählte ihr alles, was es zu Celeste zu sagen gab. Nicht, weil mir an ihrer Reaktion gelegen hätte, sondern weil mich die Worte von einer Sekunde zur nächsten trugen, ohne in Panik zu verfallen. Zu unseren Seiten hockten brutalistische Betontürme. Gelegentlich setzte sich eine alte Fassade mit rissigem, fleckigem Anstrich durch. Meine Hände lagen an Celestes Flanken, damit ich ihren Atem spürte.

Ich hatte wirklich nicht über meinen Fick mit Annika reden wollen. Ich hatte es keinem meiner Freunde in New York erzählt. Vor Dad hätte ich mich viel zu sehr geschämt. Doch ich erzählte es Yukiko, und sie nickte. Ich fragte mich zum wiederholten Male, ob sie meinen Vater betrogen hatte. Ich suchte mein Gesicht in ihrem, so als ob die Antwort im Knochenbau zu finden wäre. Ich hatte immer gewusst, dass ich ihre Augen hatte. Europäer haben nicht solche Augen, wie ich sie habe. Doch ich hatte nicht gewusst, dass die hohen, flachen Wangenknochen ebenfalls die ihren waren und dass die leichte Asymmetrie meiner Augenbrauen – die linke neigte sich nach oben – in den Genen lag. Ererbte Unebenmäßigkeit.

18.

Berlin, Oktober 2016 / New York 2007

Als das Taxi scharf um eine Kurve bog, rutschte meiner Mutter der leere Käfig quer über den Schoß.

»Und jetzt geht Mimi nicht ans Telefon.«

»Also wirst du es tun?«

»Nein. Na, ja. Vielleicht.« Ich erklärte ihr, dass Celeste mein Lot war, sie mir zeigte, wo die Schwerkraft war. »Von mir zu verlangen, sie zu töten, ist nicht fair.«

Sie nickte. »Nein, das nicht. Aber wofür willst du dich entscheiden? Frau oder Katze? Katze oder Baby?«

Sie sprach die Worte Katze, Frau und Baby derart ruhig aus, als ob sie mich vor die Wahl Tee oder Kaffee gestellt hätte.

»Das ist doch offenkundig, oder?«

»Ist es das?« Sie lächelte.

»Aber ich werde ohnmächtig.«

»Dann wirst du eben ohnmächtig.«

»Erwachsene Männer fallen nicht in Ohnmacht«, sagte ich.

»Und halten sich auch keine Katzen.«

»Es gibt viele Männer, die sich Katzen halten.«

»Du liebst deine Frau also nicht?«

Aus ihr klang kein Vorwurf, sondern reine Neugierde. Genauso gut hätte sie fragen können: *Du trinkst nicht?* Oder: *Du hast kein Handy?* Als ob es eine interessante Exzentrizität wäre, seine Frau nicht zu lieben.

»Natürlich liebe ich meine Frau. Ich liebe sie so sehr, dass es beinahe peinlich ist. Deshalb habe ich sie geheiratet.«

Es war tatsächlich so. Ich glaube, dass sich die Meisten nichts anderes wünschen, als jemanden zu finden, den sie so sehr lieben, dass es ihnen peinlich ist, darüber zu reden. Oh, und jemanden, der diese Liebe auf ebenso peinliche Weise erwidert.

Beim ersten Schneefall in unserem ersten gemeinsamen Jahr lagen wir im Bett und sahen zu, wie sich die bauschigen Flocken auf unserer Fensterbank in silberne Pfützen transsubstantiierten, und beschlossen, dass wir uns beide krankmelden würden. Sie stand nackt in der Küche. Ihr kleiner, flacher Bauch war aufgebläht – wir hatten im Bett Pfannkuchen gegessen. Ich machte heiße Schokolade; Marshmallows hüpften und schwitzten im Topf. Sie hatte Ezra Pounds *Die Cantos* aufgeschlagen. Wir schwelgten damals noch in dem langsamen Entzücken, die Gedankenwelt des anderen zu konsumieren.

> ›und wegen der Verschrobenheiten unsres Freundes
> Mr. Hartmann,
> Sadakichi, ein paar mehr von dem Schlag,
> wenn so was auszudenken wäre, hätten das Leben
> Manhattans bereichert‹

Wegen Sadakichi Hartmann mochte sie beinahe, was sie sonst als »konzeptuellen Mist« bezeichnete. Sadakichi, halb Japaner, halb Deutscher, hatte sich in sein Geburtsland Japan verliebt, es aber nie mehr dorthin zurückgeschafft. Er starb allein und alkoholkrank in der Wüste Kaliforniens. Davor hatte er noch eine gescheiterte Geruchsoper dirigiert und die ersten englischen Haikus geschrieben.

Miranda schloss das Buch und sagte: »Gertrude Stein hat einmal gesagt: ›Sadakichi ist Singular, niemals Plural‹. Das war als Kompliment gemeint, doch mich hat das immer traurig gemacht. Er hat nie jemanden getroffen, der so war wie er.«

Miranda schniefte, und ich wusste, dass der Grund weniger die Hausarbeit zu Studienzeiten als die abstrakte Einsamkeit ihrer Kindheit in Wisconsin war, wo sie inmitten einer Horde aus stämmigen, blauäugigen Menschen aufgewachsen war. Sie kratzte ihre Tränen fort. Auf ihren roten Wangen erschienen weiße Nagelspuren.

»Ist das albern. Ehrlich. Er ist schließlich tot, verdammt.«

Ich machte den Herd aus, dann küsste ich sie auf ihre hinreißenden Schultern.

»Hey, hey, du. Wir können doch zusammen einen Singular bilden. Ich I«, dann berührte ich ihre Nase, »und Ich II.«

Und ich begann, sie unterhalb ihrer gold gesprenkelten Augen zu küssen, die so strahlten, als ob Gott ihr damit seine Bewunderung hätte aufdrücken wollen. Ich küsste sie, bis sie nicht mehr weinte und der Geruch von verbrannter Schokolade durch die Wohnung zog.

Es wurde unser Privatwitz. Morgens weckte ich sie mit einem Tee und »Hello Me – Hallo Ich« auf. Mit der Zeit wurde daraus »Me Me – Ich Ich« und schließlich »Mimi«, ein alberner Name, wie für ein kleines Haustier. Doch irgendwann kam mir nur noch dieser Name in den Sinn, wenn ich an sie dachte, an ihre gesprenkelten Augen und ihre zuckende Unterlippe. Anfangs waren unsere Freunde irritiert, doch auch sie gewöhnten sich daran. Mimi war buchstäblich mein Fürwort – so sehr liebte ich meine Frau.

19.

Berlin, Oktober 2016

»Na, dann musst du es einschläfern lassen.«

Celeste war noch nie ein Es, ein Tier gewesen. Niemand, nicht einmal Mimi, bezeichnete Celeste als Es.

»So simpel ist das nicht.«

Ich hatte durchaus vor, Celeste einschläfern zu lassen. Wirklich. Irgendwann. Aber ich hatte gerade meine Mutter wieder getroffen. War das nicht schon traumatisierend genug? An so einem Tag brauchte ich Celeste. Ihr Herz rasselte in meiner Hand. Ich beugte mich über ihren schwachen, ausgestreckten Körper und inhalierte den Geruch meiner lebendigen Katze. Meine Mutter hustete, es klang tiefer und kehliger als bei Celeste. Doch was blieb mir übrig? Yukiko hatte recht. Es war lächerlich, Celeste jetzt zu retten, wenn ich sie eine Woche später doch einschläfern lassen musste.

In dem Moment streckte Celeste eine Pfote nach mir aus. Ihr Rücken wölbte sich. Und dann sah sie mit großen blauen Augen zu mir auf. Ich hörte regelrecht, wie sie sagte: *Et tu, Brute?* Ja, auch ich.

Genau aus diesem Grund, weil ich zu den Irren gehörte, die mit ihrer Katze imaginäre Gespräche auf Latein führten, war es mir nicht möglich, diese eigentlich simple Wahl zu treffen.

»Das Leben ist eine Folge mieser Entscheidungen«, sagte Yukiko, die schon aus dem Taxi ausgestiegen war. In ihren Worten lag ein aphoristisches Achselzucken, das keinerlei Erwiderung benötigte.

In der Praxis des Tierarztes wurden wir erwartet. Es roch nach Desinfektionsmitteln und nach Sägespänen. Das Mädchen am Empfang hatte ihre weißblonden Haare zu einem strengen, hohen Pferdeschwanz gebunden, dem keine einzige Strähne entkam. Sie besprach sich kurz, leise und drängend, mit Yukiko. Die Wände waren mit Cartoons von Katzen und Hunden bemalt, die Hüte und Schnallenschuhe trugen, was mich, wäre ich ein krankes Tier gewesen, zutiefst verstört hätte.

Der Tierarzt war jünger als ich. Mir machte diese neue Lebensphase, in der die Menschen, mit denen ich beruflich zu tun habe, wie Kinder aussehen, Angst. Der Tierarzt war ein großes Kind von arischem Äußerem; mein Misstrauen war sofort geweckt. Er führte uns in den Behandlungsraum und blickte von einem zur anderen. Yukiko stand mit sehr geradem Rücken da. Sie äußerte einige kurze, klare Sätze und wies auf Celeste. Ihr Deutsch klang so viel autoritativer als ihr Englisch.

»Bitte setzen Sie die Katze auf den Tisch«, sagte er.

Ich tat, wie mir befohlen. Er leuchtete Celeste mit einer Lampe in die Augen. Er hielt seine Finger an ihren Oberschenkel und zählte ihren Puls. Celeste machte keine Anstalten, ihm das Gesicht zu zerkratzen, was ich als Zeichen ihrer Schwäche deutete. Sie ließ sich nicht gern anfassen, außer von mir. Ihr Kopf lag schlaff auf ihren Pfoten.

»Wie alt?«, fragte er auf Englisch.

»Siebzehn.«

»Siebzehn?«

»Ja. Außerdem hat sie Diabetes, falls das hier womöglich eine Rolle spielt.«

Er sah fragend zu meiner Mutter. Sie übersetzte es ihm.

»Zuckerkrank. Diabetisch.«

»Die Katze ist siebzehn Jahre alt und diabetisch?«

»Ja.«

Er wechselte wieder in ein rasches Deutsch, wobei er sich

erneut an meine Mutter wandte. Ich kam mir wie ein Kind beim Zahnarzt vor, das darauf wartet, dass der Vater entscheidet, ob es eine Zahnspange braucht oder nicht. Der Tierarzt gestikulierte angesichts der Tatsache, dass er ein Rektalthermometer in der einen Hand hielt, ziemlich heftig. Wir waren erschöpft. Yukiko nickte im Takt zu seiner Strafpredigt.

»Er sagt, dass deine Katze vermutlich keine neue Krankheit hat. Dass Katzen einfach nicht so lange leben sollten. Wenn du willst, kann er sie gleich einschläfern, er hat jetzt eine halbe Stunde Zeit vor dem nächsten Termin.«

Celeste saß auf dem Tisch. Ich fragte mich, ob es wirklich eine Gnade für das Tier wäre, so wie alle sagten. Besser wäre es in jedem Fall. Da war Mimi, die nicht mit mir sprach. Da waren die Rechnungen für Celestes Tabletten und das Bio-Futter. Und die Gebühren für die Waldorf-Kinderkrippe, von der Mimi sagte, dass sie genau das Richtige für Eliot sei. Doch da war auch die schwere Wärme, wenn Celeste in überklimatisierten, fremden Zimmern auf meinem Bauch lag. Der Karton meiner Nike-Sneakers, in dem sie während unserer ersten gemeinsamen Woche im College geschlafen hatte.

In dem Moment kreischte mein Handy. Mimi. Das Display glühte zu mir auf.

»Da muss ich rangehen.«

Ich nahm ab. Wir redeten gleichzeitig. »Wo bist du… Jetzt ist alles gut… Was?«

Es war etwas mit Eliot gewesen, diesem sensiblen Fleischsack. Kaum hatte ich mich auf den Weg zum Flughafen aufgemacht, hatte sie begonnen, sich zu übergeben. Es war nicht der übliche Milchschleim gewesen. Sondern eine rosa Flüssigkeit. Mimi hatte die letzten beiden Tage mit Eliot im Krankenhaus verbracht und auf drei aneinandergestellten Stühlen geschlafen. Eliots Husten hatte dort auf der Stelle aufgehört. Trotzdem war sie gründlich untersucht worden. Die Lunge war demnach in

Ordnung, der Herzschlag aber leicht erhöht. Die Ärzte hatten entschieden, Eliot zur Sicherheit dazubehalten. Mimi hatte ihr Handy zu Hause vergessen und, ehrlich gesagt, auch gar nicht daran gedacht, mich anzurufen oder irgendetwas anderes zu tun, als auf unser Baby und die unergründlichen grünen Linien auf dem Monitor zu schauen. Nach zwei vorkommnisfreien Tagen hatten die Ärzte sie heimgeschickt.

Eliots Gesicht schob sich vor mein geistiges Auge. Ihre Knopfnase und ihre runzeligen Lider, zwei winzige Akkordeons, umtanzten sich im Kreis. Warum hatte ich nicht häufiger und länger in das Gesicht meines Babys geschaut? Warum hatte Mimi erst gar nicht versucht, mich anzurufen? Hatte sie geglaubt, dass ich sowieso nicht helfen könnte? Es nicht wissen müsste? War ich denn kein Vater?

Am liebsten hätte ich geweint. Große, dumme Tränen, wie bei der Beerdigung meines Vaters, heftige, keuchende, lächerliche Panik. Ich würde niemals gehen. Das war mir nun klar.

Doch mit dem Baby war alles in Ordnung. Mimi hatte es gesagt: »Jetzt ist alles wieder gut.« Meine Hand suchte nach Celeste, doch ich verbot es mir und krallte mich an die kalte Kante des Behandlungstischs. Ich hatte niemals umkippen wollen. Spaß hatte mir das nie gemacht. Es war nicht so, dass man sich dagegen wehren konnte. Und doch wehrte ich mich nun, drückte meine Nägel auf das klinische Metall, konzentrierte mich auf den Hinterkopf des Tierarztes und weigerte mich, das goldene Haar aus den Augen zu verlieren. Mein Blick verschwamm und wurde wieder klar. Ich spürte Yukikos Hand an meinem Ellbogen, ignorierte sie aber und vergrößerte meinen Beobachtungsradius. Der Tierarzt saß an seinem Computer und schaute auf das Raster einer Excel-Datei. Auf seinem Schreibtisch stand ein Bild, ein Mädchen mit einem Retriever. Auf den Regalen über ihm standen Bücher, mit neonfarbenen Haftzetteln.

Ich klammerte mich an mein Handy und sagte meiner Frau, dass ich sie liebte. Meinem Baby ging es gut. Meiner Frau ging es gut. Doch sie waren in Bedrängnis gewesen, während ich Bier getrunken und Krähen gefüttert hatte. Celeste sprang vom Tisch und rieb sich an meinen Beinen. Ihre Ergebenheit war beinahe hundeartig. Sie wusste immer, wann ich Hilfe brauchte.

»Sag ihm, er soll es tun. Er soll Celeste einschläfern.«

Ich hielt das Handy derart fest, dass es mir wie Seife aus der Hand glitt. Es fiel auf den Boden. Der Tierarzt schaute auf. Meine Magenflüssigkeit gerann, meine Zunge schmeckte sauer. Er fragte mich, ob ich dabeibleiben wollte, und ich sagte Ja. Das war das Geringste, was ich tun konnte. Ich bückte mich, hob Celeste auf den OP-Tisch und staunte ein letztes Mal über den drängenden Takt ihres Herzens. Der kalte Stahl war ihr an den Ballen sicher unangenehm. Sie strampelte und wimmerte.

Yukiko sagte etwas auf Deutsch, mit Schärfe und Nachdruck. Dann sagte sie zu mir: »Jay. Wir gehen nach Hause. Um deine Katze werde ich mich kümmern.«

Celeste hatte sich auf die Seite gelegt, ihre gerunzelte Haut drängte sich am Hals. Sie hatte die Augen geschlossen, doch ihre Zunge schoss hervor und schmeckte die Luft. Roch sie diesen Umschwung der Gefühle?

»Danke.«

Sie zerdrückte ein Lächeln. »Eine verrückte Alte bin ich schon. Höchste Zeit für eine Katze.«

Wir nahmen die S-Bahn, zwei Mal umsteigen, bis wir zu Hause wären. Ich trug Celeste in meinen Armen. Kinder zeigten und starrten auf ihr knochiges Gesicht. Yukiko wirkte steif, fast, als wäre sie verärgert. Doch nachdem wir am Alexanderplatz umgestiegen waren, streichelte sie Celeste vorsichtig zwischen den Ohren, ein Mal nur. Und ich begriff, dass meine Mutter scheu war.

YUKI

1982, Zinnoberrot

Im Mittelalter wurde es aus Quecksilber und Schwefel hergestellt. Warum waren die leuchtendsten Farben immer auch die giftigsten?

Das Baby war eine rote, rohe Wunde. Yuki wand sich, wenn Fremde nach ihm griffen. Wenn es schrie, ging es ihr durch Mark und Bein. Sie saß in ihrem einstigen Atelier und sah zu, wie das Baby auf sie zurobbte. Die Old-Holland-Ölfarben, die Edison ihr zu ihrem Hochzeitstag geschenkt hatte, hatte sie entsorgt. Zu giftig. Ihre Cutter hatte sie einen nach dem anderen in eine schwarze Plastiktüte geworfen. Danach hatte sie sich die Küchenmesser vornehmen wollen, doch Edison hatte sie daran gehindert. »Wovor hast du solche Angst?«

Jay kroch über die glänzenden Dielen auf sie zu. Sein Haar wand sich nach oben wie das Frosting auf einem Cupcake. Seine Augen waren groß und schwarz und hatten nur eine Lidfalte. Edison hatte gesagt, er habe ihre Augen. Hatte sie jemals so traurig ausgesehen? Ein Baby sollte nicht traurig aussehen.

Sie hätte ihn hochnehmen und sein heißes Gesicht an ihren Busen drücken sollen. Doch sie hatte Angst, dass der Schmerz, der ihre Brust umstrahlte, ihn verseuchen könnte. Yuki hielt das Fläschchen auf dem Schoß und verfolgte, wie er näher kam.

Sie hatte ihn Toshi nennen wollen. Das bedeutete Intelligenz, und so hatte ihr Vater geheißen. Doch Edison, der ihr sonst alles erlaubte, hatte sich geweigert. Es sei schwer genug gewesen, Edison zu heißen.

Er hatte Matthew, Mark, Luke und John vorgeschlagen. Gesagt, dass er auch mit Jasper, Jackson, Roy und Andy einverstanden sei. Doch einen fremden Namen werde er sie nicht wählen lassen, nichts, was die Kindergärtnerinnen nicht korrekt über die Lippen bringen und die anderen Kinder unglücklich abkürzen würden.

Als sie sich zum ersten Mal begegnet waren, hatte er gesagt, dass sie ihn Eddie nennen solle. Sie hätte wissen müssen, dass sie zu einem Eddie keine enge Bindung aufbauen konnte. Und ein Andy und ein Matthew waren nicht ihre Babys. So jemand liebte Touch Football. Ihr Sohn aber würde zierlich, so wie Edison und sie. Mit überdimensioniertem Gehirn und präzisen Augen. Solch einen jungen Mann konnte man nicht Andy nennen. Selbst Warhol konnte diesem Namen nicht das Robuste nehmen.

Am Ende hatte sie ihn nach einem Vogel benannt. Der eurasische Häher, im englischen Jay, besaß teebraune Federn mit Spitzen aus Lapislazuli. Es war, als hätte er sie aus der bebilderten Enzyklopädie regelrecht angesungen. Ein Glücksbringer. Wenn sie schon ein Baby bekam, dann konnte sie ihm auch Flügel schenken. Dann konnte er sie verlassen, so wie die Vögel Westports es im Winter taten, wenn sie an schönere Orte flogen. Das wünschte sie auch ihm. Mehr konnte sie nicht tun.

Edison war skeptisch gewesen. »Ist das nicht ein bisschen mädchenhaft?«

»Sagt der Mann, der Vanille-Schaumbäder nimmt.«

»Das ist etwas anderes«, hatte er erwidert. »Außerdem gilt der Eisvogel als Glücksbringer, nicht der Häher.«

Die Entdecker hatte sie sämtlich abgelehnt: Christopher, Francis, Lewis, Clark. Den amerikanischen Präsidenten traute sie nicht, und aus britischen Rock 'n' Rollern machte sie sich nichts. Edison hatte aufgegeben.

»Yu-i, Yu-i«, brabbelte Jay, während er sich mit Händen und Knien auf dem Teppich vorwärts zog. Sein Kopf wippte mit jeder Silbe. Yuki dachte an den britischen Akzent ihrer Grundschullehrerin, die ihrer Klasse beim Gehen immer etwas nachgerufen hatte. »Yu-i, das habe ich ganz vergessen, bringst du morgen bitte...«

Yuki machte eine Faust um die Flasche mit dem Muttermilchersatz. Jay war ein Jahr alt und das sein einziges Wort. War das normal? Sie sollte mehr mit ihm sprechen. Edison bestückte die Küche mit frischem Obst und Gemüse, das darauf wartete, verrührt zu werden, doch zum Schneiden und Schälen hatte Yuki nicht die Energie. Milchpulver war einfacher, sauberer. Sie nahm sich vor, wenn er das nächste Mal versuchen würde aufzustehen, dann würde sie ihm einen Brei machen. Doch er wurde sichtlich müde, und seine Windel zischte unheilvoll über den Boden.

Es fiel ihr schwer, sich vorzustellen, dass dies einmal ihr Atelier gewesen war. Seit Jays Geburt hatte sie nichts gemalt. Edison hatte ihr ein Buch über postnatale Depressionen gekauft. Es lag auf ihrem Nachttisch, jungfräulich und unberührt. Es zu lesen erforderte mehr Kraft, als sie besaß. Sie hätte nie geglaubt, dass sie einmal zu den Menschen gehören würde, die ein Nachttischchen besaßen. Es war das Anhängsel in Möbelform, ohne Bett war es nicht überlebensfähig. Es war nicht einmal ein Tisch. Niemand setzte sich daran, schrieb daran, aß daran.

Kieselsteine unter Autoreifen knirschten in die Stille. Edison, jetzt schon. Yuki sprang auf und eilte zu Jay. Er gurgelte leise. Dafür, dass er erst ein Jahr alt war, war er sehr schwer. Ihr schmerzte das Kreuz, wenn sie mit ihm stehen musste. Sie drückte ihm den gelben Nuckel zwischen die Lippen. Er saugte heftig an der Flasche, seine Brust hob und senkte sich.

»Wie geht es meinen beiden Lieblingsmenschen?«, fragte Edison.

»Aus welcher Fernsehsendung hast du das denn?« In ihrem Haus gab es keinen Fernseher. Die Nachrichten zu verfolgen war ein Gesellschaftsspiel für Erwachsene, die die Stille in ihrem Leben mit dem Austausch von Informationen bekämpfen mussten.

Sie drückte Jay seinem Vater in die Arme. Jays Fäustchen öffneten sich wie Gänseblümchen in der Morgensonne. Auch ohne Sprache wusste dieses Baby, wer auf seiner Seite war.

»Sollte er nicht feste Nahrung essen?«

Yuki wandte den Blick von Jay ab. Er fiel auf Edisons Hemd, das sich über den Gürtel bauschte. Er hatte sich gerundet, so als ob er das Baby bekommen hätte. Ein Labrador, dachte sie, treu und dick. Eines Tages würde das Kind einen Hund wollen, und dann hätte sie zwei dicke dumme Geschöpfe im Haus. Wenigstens musste sie die Scheiße von diesem hier nicht anfassen.

»Es gibt kein Abendessen«, sagte sie.

Wann war sie zu einer derartigen Last geworden? Dass sie selbst in ihren Ohren unerträglich und gefühlskalt klang?

»Ist schon gut. Ich bestelle was.«

Er war nicht dumm, sondern fürsorglich. Das konnte nur jemand verwechseln, der innerlich verrottet war.

»Aber keine Pizza. Von dem Geruch wird mir schlecht.« Jays Gelassenheit konnte nur von Edison herstammen. In ihr weckte sie das Schlechteste. Es drängte sie, die Hände in diese Ruhe einzutauchen und an deren Grund nach Felsen zu suchen.

»Nach soundso vielen Jahren Ehe weiß ich das.«

»Nach soundso vielen?« Sie wusste, dass er keine Geliebte in New York hatte. Er kam immer pünktlich heim, doch welcher Mann mit klarem Verstand wäre zu so etwas pünktlich heimgekommen?

»Vier Jahre. Vier. Glaubst du, das vergesse ich?« Er sah verärgert und besorgt aus. In der Zeit hätte sie ein Kunststudium abschließen können. Doch was hatte sie gelernt? Dass ihre Hände und ihr Verstand schwach waren, dass Babyscheiße ein wundervolles Farbspektrum von fauligem Zitronengelb bis

Motoröltiefschwarz besaß, dass selbst ihr Baby seinen Vater lieber hatte.

»Nein, natürlich nicht.«

Sie hatten keine Flitterwochen mit Bitte-nicht-stören-Schild verbracht. Sie waren nach Wien gefahren und hatten in einem hübschen Zimmer mit taubengrauen Vorhängen gewohnt. Zu den Frühstücks-Croissants hatte es winzige Marmeladengläser gegeben. Sie hatten sich Kunst, unglaublich viel Kunst angesehen – Gemälde vom Boden bis zur Decke, Werke von Dürer, die sich in den Korridoren, und Rubens, die sich in den Ecken drängten. Sie hatten sich ein Auto gemietet und waren in das Dorf gefahren, aus dem Egon Schiele verbannt worden war. Sie hatte den Ort auf der Suche nach den Häusern auf der Postkarte durchstreift, die früher an ihrer Wand gehangen hatte. Wann hatte sie die Karte verloren? Doch nirgendwo zerborstene Fensterscheiben, und die einzige Wäsche, die sie gesehen hatten, war ein Plastikständer mit Kissenbezügen gewesen. Edison hatte die steilen Schieferdächer bestaunt. Es war alles sehr intellektuell gewesen.

Manchmal dachte Yuki, dass sie und Jay eigentlich permanent in einer Art Flitterwochen waren: zwei Menschen hinter verschlossenen Türen, die sich in einen Taumel trieben. Zumindest tat er das mit ihr. Meist fühlte sie sich taub, manchmal aber drängte sich der Hunger in ihr Blickfeld und machte sie schwindelig.

Sie sah auf ihren Sohn. Er war ein Hunger. Eine hungrige Wunde. Gab es so etwas? Vielleicht ein Mund. Seiner war so klein und speichelschimmernd.

Edison schaukelte Jay, den Acht-Kilo-Mund, hin und her.

»Möchtest du ihn füttern?«, fragte sie. Jay sollte mehr essen. Sie empfand ihn zwar als schwer, doch ihr war bewusst, dass er für einen Einjährigen nicht genügend wog.

»Klar, holst du mir den Brei?«

Sie hatte keinen gemacht. Yuki ging zum Kühlschrank und blickte auf geschossförmige Äpfel, Karottenklingen und die Überreste des letzten Mittagessens, an dem sie sich versucht hatte – Makkaroni, die sich zu gelben Babyfingern rollten. Sie hatte ein einziges Fingerchen gegessen und den Rest dann kalt gestellt. Es gab keine Odile mehr, für die sie sich verzehren konnte, doch Yuki hatte sich an Entbehrung gewöhnt. Wenigstens ein Schmerz, den sie kontrollieren konnte.

Edison war im Wohnzimmer und sang dem Baby etwas vor. Wie sollte sie erklären, dass sie selbst bei den simpelsten Pflichten versagte... Doch da, ganz hinten, glitzerte der goldene Deckel. Sie hatte das Gläschen in der Vorwoche gekauft, wegen des vergnügten Babys auf dem Etikett.

»Das hier soll sehr nahrhaft sein.« Sie baute ein Mami-gleiches Lächeln auf und gab Edison das Glas. Tätschelte Jay. Edison hielt ihn in der Armbeuge, seine Schultern und sein Kopf zeigten in seine Richtung; jede Linie seines Körpers führte zu Jay. Sie wirkten so friedlich wie ein Gemälde der Madonna mit dem Kind. Sie bildeten eine perfekte Familieneinheit, ohne sie. Trotz allem war Jay ein vergnügtes Kind. Doch wie lange noch?

Nachdem Edison den letzten Kratzer Brei in Jays winzigen Mund geschoben hatte, legte er ihn in den Laufstall. »Und jetzt müssen wir dich füttern.« Er schloss die Arme um sie, wickelte sie in seinen großen, fleischigen Schal, der viel zu heiß für das Wetter war. »Ich ruf den Sushi-Laden an.« Im Sushi-Laden arbeiteten ausschließlich Koreaner. »Zwei California Rolls und eine Philadelphia Roll bitte«, sagte Edison ins Telefon. »Ja, die übliche Adresse.« Sushi mit amerikanischen Namen enthielten keinen rohen Fisch und konnten daher das Baby nicht vergiften. Ihr Vater hatte sie Inside-out-Sushi genannt – der weiße Reis kam nach außen, damit es der weißen Kundschaft behagte.

Edison dehnte die Handgelenke. »Übrigens muss ich morgen ins Büro. Ist das für dich okay?«

Der nächste Tag war ein Samstag. »Natürlich.« Er sah sie mit dem aufmerksamen Blick eines Vaters an, dessen Kind das Fahrradfahren lernt. Er hatte losgelassen, stand jedoch bereit, mit den Pflastern hinterherzueilen.

»Nimm ein Bad, entspann dich, ich mach auf, wenn das Essen kommt«, sagte sie.

Als er im Bad verschwunden war, ging sie in den Keller. Das Fahrrad lag auf der Seite, so als wäre es verletzt. Sie richtete es auf. Das Bild hatte sie nie vollendet. Im Keller war es immer kalt. Sie rollte das Rad in einem großen Kreis umher und lauschte, wie die rostigen Speichen quietschten. Offenbar kam Feuchtigkeit durch die Wände.

Yuki horchte auf Edison und Jay. Doch sie hörte nur ihre nackten Füße, das seufzende Gummi und das kreischende Metall.

Was immer Edison auch sagte, sie würde nie auf eine Kunsthochschule gehen. Es war zu spät. Im Vergleich zu ihr wären all die anderen Studenten Babys. Die sich erst von ihren ängstlichen Eltern abnabeln mussten.

Früher waren sie am Wochenende nach New York gefahren und hatten sich Ausstellungen, Museen und Galerien angesehen, doch nie war ein Kurator mit einem geprägten Umschlag auf sie zugekommen: Willkommen in der Kunstwelt. Es hatte jedes Mal geschmerzt, die Stadt wieder zu verlassen. Alle Künstler hatten ein Zuhause, einen Toaster voller Krümel und ein Bett, das gemacht werden musste. Doch in Yukis Vorstellung lebten sie in jenem glückvollen Übergang von Inspiration zur Ausführung und saßen nicht in einem Auto Richtung Vorstadt. Zu Hause zu bleiben war einfacher – kunstlos.

Ihr Schicksal waren der fensterlose Keller und das kreiselnde Rad. Erneut drehte sie die Runde. Die Architekturmodelle aus

Edisons Anfangsjahren standen staubig aufgestapelt da. Sie schob das Fahrrad durch das Grab einer Traumstadt, Runde um Runde um Runde.

Ihr Vater war tot. Ihre Mutter und ihre Tante hatten ein amerikanisches Café in einer Tokioter Vorstadt eröffnet. Ihre Mutter schickte grünstichige Fotos von gebürsteten Holztischen, karierten Decken und Geranien. Ein Neffe hatte das Grobe übernommen. Die Gesundheit ihrer Mutter hatte sich stabilisiert, trotzdem würde sie niemals ihren Enkel sehen. Yuki würde ebenso wenig nach Tokio reisen wie auf die Kunsthochschule gehen. Sie wollte nicht, dass ihre Mutter sie so sah. Ihre Mutter hatte ihr jeden Tag das Haar geflochten und ihr dann mit der Hand über den Kopf gestrichen, als Schlusssegen. Nun fiel Yuki das Haar fahl und strähnig ins Gesicht, so als ob es nie gebürstet worden wäre. Ihre Mutter sollte nicht sehen, dass jedes Jahr der Liebe vergeudet worden und in einer Mülltonne im East Village verblieben war.

»Yuki.« Es war Edison. Er hockte auf der unteren Stufe. Spinnennetze webten Wand und Boden aneinander.

Sie drehte ihre Runde.

»Du ruinierst dir deine Hose«, sagte sie.

Er stützte die Ellbogen auf die Knie und beugte sich vor. Im Keller funkelte kein Licht aus seinen dunklen Augen.

»Ich schaue nur, ob es verrostet ist.« Sie versuchte sich an einem fröhlichen Singsang.

»Ich bin kurzsichtig, nicht blind. Dir geht es gar nicht gut.« Er fasste an die Brille, die in seinem wirren Haar steckte, und lächelte ihr wie ein Moderator im Kinderfernsehen zu. Wieso hielt er sie für ein liebes Kind, dem man zulächelte?

»Mach dir meinetwegen keine Sorgen.«

»Hör zu«, sagte er. »Du brauchst Hilfe.«

»Wobei?«

»Wir könnten eine Nanny einstellen, jemanden, der dir die

Last abnimmt. Dann hättest du Zeit, mit jemandem zu sprechen.«

»Mit wem sollte ich denn sprechen?« Sicher nicht mit ihm. Ihm hatte sie nichts zu sagen, so wie sie ihrer Mutter nichts zu schreiben hatte. In der Beziehung mit Lou war sie wenigstens nicht die einzige Versagerin gewesen. Er saß an Texten über verschwitzte Suspensorien fest und würde nie Kulturredakteur, und sie war absolut keine Künstlerin. Doch die Kommunion des Schmerzes hatte sie geeint. Eine Hand, die an eine Wange schlug, war zumindest eine gemeinsame Unternehmung.

»Mit jemand Professionellem. Du könntest jemand aufsuchen. Das können wir uns leisten. Du isst überhaupt nichts mehr. Ich spüre schon deine Hüftknochen, wenn wir, wenn ich ...«

»Wenn wir vögeln?«

»Ja.«

Wenn sie einen knusprigen Bagel oder einen Sommeraal bekommen hätte, hätte sie auch wieder Hunger gehabt. Doch die Bagels in Westport waren weich und fade. Und ganz sicher gab es dort keinen Aal. In New York hatte sie sich weniger dünn als leicht gefühlt. So leicht. So als ob ihr Leben davonwehen könnte. Nun sieh, wie frei sie gewesen war, ohne es zu wissen.

»Dann wäre jemand für meine Laune zuständig, so wie für die saubere Badewanne und das Abendessen. Warum hast du nicht gleich ein ganzes Komitee geheiratet?«

In dem Moment war ihr, als hätte sie einen komplizierten Knoten entwirrt. Man konnte von allen Seiten daran ziehen, doch fand man den entscheidenden Strang, löste sich das Ganze auf. Es wäre gar nicht mal so schlimm, wenn sie ginge. Viele Eltern ließen ihre Kinder in einem Park, im Disneyland, am Straßenrand zurück. Pflegeeltern gaben Kindern im McDonald's zu essen und fassten sie unsittlich an. Edison aber hätte Jay niemals verlassen. Ihr Sohn wäre in der Obhut seines Vaters.

»Yuki...«

»Und außerdem müssen wir die Hypothek abbezahlen, oder?« Die Antwort war bedeutungslos. Sie durfte nur ihre Offenbarung, ihren Geistesblitz nicht preisgeben. Sie hatte Angst, dass er den Schimmer in ihren Augen sah.

Yuki würde nicht auf die Kunsthochschule gehen, doch sie würde einen Ort der Ruhe finden. Sie konnte nach Wien gehen oder nach Berlin, der ärmeren Verwandten Wiens. Und billige Kartoffeln essen. Sie würde nie wieder ein Fahrrad malen, doch sie könnte deutsche Gesichter zeichnen. Wien lag in Egons dünnen Strichen und verzweifelten Pinselhieben. Es wäre ein Ort, der sich auf Wut und Verlust verstand, so wie sich Westport, Connecticut, auf geschmackvolle Tischdekoration verstand.

Da peitschte sie der Schmerz erneut. »Wo ist Jay?«, fragte sie.

»Ich habe ihn ins Bett gebracht.« Ja, bei diesem guten Mann war ihr Sohn bestens aufgehoben. Sie musste es nur wagen.

1983, Terpentin

Wird aus dem Harz lebender Bäume gewonnen. Terpentin verdünnt Ölfarben, zerfrisst Aquarellfarben und vergiftet Menschen.

Im Haus war etwas Ranziges. Verrottetes. In Jays Kinderzimmer dürfte sich nichts Essbares befinden. Richtig, das Zimmer war sauber. Seine Laken waren weiß und frisch, das Mädchen, das einmal in der Woche kam, hatte sie gewaschen. Und die blauen Tupfen, die Yuki mit dem Schwamm auf die Wände aufgetragen hatte, ihr finales Gemälde, waren sicher nicht verdorben.

»Häschen, riechst du das?«

Jay nuckelte, ohne aufzusehen, am Schwanz von Mr Monkey, seinem Affen. An Jays Spucke-Kinn klebten Wollwürmer. Yuki hatte das Stofftier in einem Anfall hoffnungsvoller Mütterlichkeit gestrickt. Und Jay, als ob er die Besonderheit dieser Energie gespürt hätte, war ganz auf seinen neuen Freund fixiert. Mr Monkey begleitete sie in den Laden, in dem sie Fertiggerichte für die Mikrowelle kauften, in den Garten und ins Bad. Wenn er Mr Monkey nicht im Blick hatte, brach er in wilde Tränen aus und schlug mit winzigen Fäusten auf sie ein. Mr Monkey hatte immer eine Laufmasche, befand sich in der ständigen Gefahr der Auflösung. Einmal hatte Yuki zwecks Ausbesserung nach Mr Monkey gegriffen, und da hatte Jay sie gebissen.

Der Gestank war zu penetrant, er konnte nicht aus einem anderen Zimmer kommen. Yuki schaute argwöhnisch auf den Affen. Die Knopfaugen, eine potenzielle doppelte Verschluck-Gefahr, funkelten sie tückisch an.

»Jayjay. Kann ich mal mit Mr Monkey tanzen?«

Jay kniff die Augen zusammen. Seine Wimpern waren dick wie Pinselborsten. »Meiner.« Er umklammerte den Affen fester.

»Bitte, Jayjay.« Jay blickte sie finster durch seine lockigen schwarzen Haare an. Sie reichten ihm bis über die Ohren. Sie musste etwas unternehmen. Mittlerweile bekam sie schon Komplimente für ihre reizende Tochter. Yuki nahm Mr Monkeys stummelige Pfote. Jay ließ widerwillig los. Yuki vermutete insgeheim, dass Jay das Affentier beiden Elternteilen vorzog. Yuki und Mr Monkey drehten sich im Kreis, in einem roten Wirbel ging es rundumher. Yuki sang: *Ringel, Ringel, Reihe, wir sind der Kinder dreie, wir sitzen unter'm Holderbusch und machen alle husch, husch, husch.* Beim letzten *Husch* zog sie Mr Monkey an sich und gab ihm einen schmatzenden Kuss. Sie roch an ihm, das Garn kitzelte. Er war es nicht. Gott sei Dank war es nicht der Affe. Mr Monkey roch nach Spucke und nach Erdnussbutter, faulig aber nicht.

Der Gestank, der im Zimmer hing, hatte eine süßliche Hauptnote, mit einer Beimischung aus Schimmel, Knoblauch und ranziger Milch. Es war nicht etwa ihr Sohn? Sie hob ihn zu sich auf den Schoß. Er war kerngesund, trotz des ersten dünnen Jahrs. Er saß inzwischen schon am Küchentisch und schälte Bananen. Er roch nach frischem Obst. Sie behielt ihn etwas länger auf dem Schoß und fuhr ihm mit den Händen durch das lange Haar. In seiner Dienstags-Spielgruppe hatte es einen Läuse-Ausbruch gegeben. Bislang zeigte Jay keine Anzeichen dafür, dass er sich kratzte, dennoch hielt Yuki Strähne für Strähne ans Licht.

An den Dienstagen, wenn Jay spielte, ging sie zu einer Frau, einer ausgebildeten Psychologin und Edelsteintherapeutin. Yuki fragte sich, ob sie der Edelsteintherapeutin von dem Gestank berichten sollte. Doch woher sollte die Therapeutin wissen, ob der Geruch von Wahnsinn oder alten Rohren kam, wenn sie nicht im Haus gewesen war?

Yuki drehte sich von dem Geruch der Magen um.

»Jayjay, ich glaube, Mr Monkey will ins Diner gehen. Was meinst du?«

Seit dem Winter ging sie mit Jay regelmäßig ins Diner. Durch Edisons schönes, altes Haus drang kalte Luft. Das Diner hatte in der frühen Dunkelheit so golden wie ein Hopper gestrahlt, und darum hatte sie sich auf die tückisch glatten Straßen vorgewagt. Die Kellnerin, eine ältere Dame, die ihr Gesicht puderte, hatte sie gefragt: »Sind Sie die Babysitterin?« Yuki hatte gelacht und den Irrtum aufgeklärt. Jays Nase war den ganzen Winter lang gelaufen. Yuki hatte sie mit einer Serviette sauber gewischt. »Meiner, inklusive Schnupfen.«

»Sie sind so jung.« Der bebende Kugelschreiber hatte Yuki verraten, dass die Kellnerin wirklich überrascht war.

»Ich bin dreißig«, hatte sie erwidert. Doch vermutlich wirkte sie tatsächlich jung. Sie konnte sich nicht vorstellen, sich zu pudern.

Nun war Sommer, und als sie die Tür aufstieß, schlugen ihnen die Deckenventilatoren entgegen. Sie waren etwa einen Monat nicht mehr dort gewesen, das Tagesangebot hatte gewechselt. Von Apfelkuchen zu Apfelplätzchen. In letzter Zeit hatte Yuki die Energie, Jay in seinen Kunststoffsitz zu heben, nur mit Mühe aufgebracht. Wenn sie den Gurt schloss, schmerzten ihre Finger, und ihre Hände zitterten auf dem warmen Kunststoff ihres Lenkrads.

»Was darf ich Ihnen bringen?« Yuki bestellte einen Kaffee und eine Schokoladenmilch mit Sahne. Die Kellnerin mit ihrem allzu pinken Lippenstift war noch da. Der Puder hatte sich in ihre Fältchen gesetzt. »Kommt sofort.« Sie wandte ihnen barsch den Rücken zu.

Hatte sie Yuki vergessen? Im Diner war nur wenig los. Yuki fasste sich an die Wange. Sah sie immer noch so jung aus? Sie schaute auf ihr Kleid. Es war von rosa Blüten durchstochen. Sie hatte ihre Yukatas fortgeräumt und kleidete sich neuerdings in das Kostüm der Hausfrau. Vielleicht war sie deshalb nicht erkannt worden – Camouflage.

Sie versuchte, die Zeitung zu lesen, doch Jay fragte, wieso Mr Monkey kein Getränk bekam.

»Weil Affen Bananenwasser trinken.« Jay schaute argwöhnisch zu ihr auf. Auf seiner hohen, glatten Stirn zeichnete sich jede Regung ab. »Für Affen ist Schokolade Gift, sie bekommen davon Bauch-Aua, also trink dein Glas schön leer.« Es war beinahe keine Lüge. Für Hunde war Schokolade Gift, oder? Natürlich wollte ihr Sohn nun wissen, wovon Affen noch so alles Aua bekamen.

»Von Milch, Tee, Kaffee, Leim, Weizenmehl, Parfüm, Saft, Reis...«

Der Kaffee schmeckte dünn. Yuki hielt sich die Tasse ans Gesicht, ein Moment der Wärme unter dem Schub der Klimaanlage und den beharrlichen Ventilatoren.

Edison hatte ihr die *New York Times* vom Vortag mitgebracht. Sie schaute eine Weile auf den Titelkopf. Das *T* mit seinem dicken Bauch mochte sie am liebsten. Die Buchstaben gaben sich so seltsam mittelalterlich: Sollte eine Zeitung nicht von heute sein? Es war das perfekte Blatt für die alte-neue Stadt.

Doch sie hatte nicht viel Zeit. Lang würde Jay sich nicht mit seiner Schokoladenmilch beschäftigen. Yuki blätterte gleich zum Feuilleton. Sie hätte den Autor beinahe übersehen. Lous Artikel für die *Paper* drangen nicht bis nach Connecticut, und *Emily* war lediglich in drei Buchhandlungen erhältlich, die sämtlich im Village lagen. Sie hatte Lous Namen seit Langem nicht gedruckt gesehen. Doch da war er, in der *New York Times*, noch dazu im Kulturteil. Sein Beitrag war drei Zentimeter breit und sieben Zentimeter lang und stand ganz unten auf der Seite. Der Druck war schwach, die Buchstaben verblichen an den Rändern. Yuki strich über den Text. Das Papier war so weich wie ein

Dollarschein. Die Worte machten sich selbständig und krochen wild umher, ihre Pfade kreuzten sich: modern, Berlin, Galerie, sensationell, konzeptuell, Dekade, Künstler. Nur Lous Name, in Großbuchstaben, unterhalb der Titelzeile, hatte sich an seinem Platz eingebrannt. Lebte er jetzt in Berlin, oder war er nur kurz dort gewesen? Hatte er seine Tochter mitgenommen? Also hatte er es tatsächlich ins Feuilleton der *Times* geschafft. Und sie? Sie war nach Connecticut gezogen. Jay hatte Sahne in den Haaren.

Der Geruch stieg wieder auf und würgte sie. Er war sicher nur in ihrem Kopf. Olfaktorische Halluzinationen waren ein Symptom für epileptische Anfälle. Sie hielt ihr Handgelenk. Es zitterte nicht. Ein Geruch verfolgte einen nicht. Er schlich sich nicht über die Straße. Er stand nicht da, lauerte und wartete darauf, dass man sich angreifbar machte.

Während der Rückfahrt kaute Jay auf Mr Monkey herum. Seine Lippen schimmerten speichelnass. Warum hatten alle Babys derart glänzende Münder?

Sie fuhr sich mit der Zunge über ihren eigenen, trockenen Mund. Die Haut war steif und wellig.

»Schlafenszeit.«

»Nein.«

»Doch.«

»Nein.«

Sie hob ihn hoch. Er war viel zu schwer, doch sie schaffte es, mit schlurfenden Pinguinschritten. Vielleicht, so dachte sie, vergessen wir unsere eigene Kindheit, damit wir auch vergessen, wie schrecklich Babys sind. Zwischen sie und Jay drängte sich der Geruch, und er war so stark und beißend, dass sie Jay beinahe fallen ließ. Schließlich erreichten sie das Bett.

»Nein.« Doch sein Kopf rollte sofort auf sein T-Shirt. Von Milch wurde er immer schläfrig.

Am folgenden Wochenende war sein Geburtstag. Jay wünschte sich ein Affenkostüm. Also, seine genauen Worte auf die Frage,

was er zum Geburtstag wolle, hatten so gelautet: »Will Affe sein!«
Edison hatte einen Ballen roten Fleece aus dem Stoff-District mitgebracht. Er wollte Yuki beim Abstecken und Zuschneiden helfen. Das würde schön, so wie früher, im Zeichenkurs. Und wenn sie ihn ansehen würde, würde sie ihren Freund und nicht diesen Fremden in Anzug und Krawatte sehen. Yuki öffnete den Spielzeug-Schrank, zog den roten Ballen heraus und drückte das Gesicht in die Noppen. Der Stoff roch gut. Nach Baumwolle und frischer Farbe. Am liebsten hätte sie das Gesicht nie mehr davon gelöst.

»Riechst du das?«

Edison war noch dabei, sich die Schuhe aufzuschnüren. Sie waren aus einem steifen Leder, das nach einem langen und glänzenden Schuhanzieher verlangte.

»Was?«

»Ich glaube, es kommt aus den Leitungen. Vielleicht liegt es am Wetter.«

Er richtete sich auf und schnüffelte. Es kam ihr vor, als ob seine Nase seit der Hochzeit länger geworden wäre. Als ob sich an der Spitze mit jedem Jahr mehr Fleisch anhäufen würde, wie bei einem Stalaktiten, der nach unten wuchs. Er zog die Augenbrauen zusammen.

»Schatz, wann hast du das letzte Mal gebadet?«

»Oh.«

Sie hob die Armbeuge ans Gesicht. Da war er, der penetrant beißende Geruch. Kein Wunder, dass die Kellnerin ihr nicht in die Augen gesehen hatte. Der einzige Mensch, auf den sie nicht abstoßend wirkte, war Jay, der zu klein war und nichts anderes kannte. Wieso hatte Edison ihr nicht gesagt, dass sie vermoderte?

Das Gesicht noch im Ellbogen weinte sie, leise, unterdrückt. Sie wollte Jay nicht wecken. Sie schwankte. Edison nahm ihr stinkendes Selbst in die Arme. Er führte sie zur Couch, doch sie wollte sich nicht setzen und weitere Teile des Hauses infizieren.

»Warte hier. Ich lasse dir ein Bad ein«, sagte Edison.

Die große Jacuzzi-Badewanne hatte weiße Noppen, aus denen es heraussprudeln sollte. Doch nach einem Monat hatten die Düsen schwarze Flocken ausgespuckt, und seither schalteten sie den Wasserstrahl nicht mehr an.

Edison setzte sich hinter sie und verteilte Badesalz. Ein Schwall von Orange und Jasmin stieg aus dem warmen Wasser auf. Edison hatte ihr das Salz vor Monaten als Happy-Monday-Geschenk mitgebracht. Sie hatte genickt und gelächelt und gedacht, dass ihre Maskerade als Vorstadtfrau damit perfekt war. Dann aber hatte sie dem Salz keinerlei Beachtung mehr geschenkt. Die Gläser schmollten vorwurfsvoll am Wannenrand. Wieso hatte sie vergessen, sich zu baden? Sie dachte an den langen Sommer, als sie in Odiles Badewanne beinahe gewohnt hatte. Wenn sie die Augen schloss, konnte sie den bräunlichen Kalkring noch immer nachziehen.

»Du hättest etwas sagen sollen«, sagte Yuki.

»Es tut mir leid.« Er umarmte sie. »Ich wollte dich nicht traurig machen. Noch trauriger.«

»Ich kann nicht die Ehefrau sein, die du dir erhofft hast.« Sie lehnte sich an seine Brust. Schaum umringte ihre Knie. Seine Arme waren beinahe unbehaart, aber stark.

»Habe ich mir eine kluge, schöne, künstlerische Ehefrau erhofft? Wollte ich eine Frau mit einem besonderen Blick auf die Welt? Denn die habe ich.« Er fuhr ihr mit den Fingern durch das Haar und den Dreck darin.

»Untertauchen und nass machen«, sagte er. Millais hatte Ophelia gemalt, wie sie im Gestank der Blumen ertrank. Yuki schloss die Augen, drehte die Handflächen nach oben und hielt sie aus dem Wasser, genau wie die Ophelia auf dem Gemälde.

Der ranzige Geruch war fort. Im Geist sank sie immer tiefer in die Hitze.

»Und jetzt hoch.«

Er massierte ihr seifige Kreise auf den Rücken. Runde um Runde.

»Dreh dich zu mir.« Der Schwamm küsste sie auf Brustwarzen und Schenkel. Es war ein Natur-Schwamm, von Kratern übersät und so groß wie eine Faust. Ein Etwas, das einmal gelebt hatte. Edisons Lippen küssten sie nass auf den Mund. In dem heißen Raum war es, als ob ihre Gesichter ineinanderschmelzen würden.

»Alles wieder gut, Kiki.«

Wie war er bloß auf Kiki gekommen? Das war schlimmer als Yoko, wie die Journalisten sie genannt hatten, schlimmer noch als »du«, wie Lou sie manches Mal gerufen hatte: »Hey, du! Bring mir doch ein Bier mit.« Aber Kiki. Oh, Kiki war so unbeschreiblich blöd. Kiki ging einmal in der Woche ins Nagelstudio. Und hatte einen Hund mit Blasenschwäche. Kiki war die dumme Kuh, die Edison besser geheiratet hätte.

»Ich meine das ernst, was ist mit dir los? Fehlt dir schlicht das Vorstellungsvermögen, oder was? Jeder Mann bei klarem Verstand hätte sich längst scheiden lassen. Wäre längst abgehauen. Oder hätte mich gar nicht erst geheiratet. Hat das was mit Selbstvertrauen zu tun? Hast du geglaubt, etwas Besseres als Lous Abgelegte kriegst du nicht? Ist es das?«

Er griff nach ihren Händen.

»Fass mich nicht an.« Sie stand in dem lauwarmen Wasser schwankend auf und sah auf ihn hinab. Er hatte ein so schwächliches Gesicht. Sein Kinn war immer noch so spitz wie das eines Mädchens. Seine Augen waren die eines sterbenden Hundes – voll rührseliger Treue. Er hievte sich nach oben. Das Wasser floss an seinem neuen Bauch hinab. Sein Körper und die Glaswand hielten sie gefangen.

»Yuki…«

»Weg.«

Sie schubste ihn fort. Ihre Hände klatschten gegen seine unbehaarte, von der Hitze rot gefleckte Brust. Doch bei dem Stoß rutschte Yuki aus und glitt über den Grund der Badewanne. Ein roter Schmerz bohrte sich in ihren Hinterkopf. Sie war an den Hähnen aufgeschlagen. Ihre Finger ertasteten kein Blut.

»Alles in Ordnung?«

»Kannst du dich nicht wie ein verdammtes menschliches Wesen benehmen?« Ihre Stimme war voller Hohn: »Alles in Ordnung, Yuki? Yuki, soll ich dir was holen? Yuki, sollen wir jemanden bezahlen, damit alles besser wird? Yuki, alles gut, ich muss nicht vögeln. Ich liebe dich doch, Kiiiekie. Es ist ekelhaft.«

Sie stand wieder auf. Ihm klebte das Haar, das jetzt schon dünn wurde, an der Stirn. Yuki litt und schwitzte. Er würde keine Gegenworte äußern, die ihren Zorn zu einem reinigenden Feuer hätten auflodern lassen. Er dämpfte alles. Doch sie musste brennen, sonst würde sie verfaulen.

»Geh mir aus dem Weg!« Sie schlug ihm ins Gesicht. Seine Stoppeln kratzten. Er schwankte über den Badewannenrand. Schockiert, blinzelnd.

»Yuu-i?« Es war Jay. Edison hatte ihm seinen bananengelben Strampler angezogen. Das Badewasser war über den Fußboden geschwappt, Mr Monkey lag mit dem Gesicht in einer der Pfützen.

Yuki drängte sich an Edison vorbei und rannte nackt und ohne Handtuch aus dem Bad. Sie schlug die Tür des Schlafzimmers hinter sich zu. Wie hätte sie in dem Moment zu Jay gehen können? Sie schlug sich mit den Fingerknöcheln an die Stirn. Sie hatte ihren Ehemann geschlagen. Lous Schläge waren wie siedend heißer Kaffee gewesen. Sie hatten gebrannt, an ihren Nerven gerüttelt, doch wenigstens hatte sie sich wach gefühlt. Doch nun war ihre Hand taub. Versuchsweise bewegte sie die

Finger. Es ging. Sie fühlte sich beinahe verraten. Wieso waren ihre Nerven nicht verdorrt und ihre Muskeln nicht gelähmt? Die Haut nicht vernarbt? Warum sah ihre Hand immer noch wie eine Hand aus, eine weiße, weiche Form aus Fleisch? Sie hatte ihren guten Ehemann geschlagen. Ihren Ehemann vor ihrem Kind geschlagen. Seine väterlichen Beschwichtigungen drangen süß und leise durch die Badezimmertür. Süß und leise, sagte die dumme Kuh in ihrem Kopf, und so künstlich wie Sucralose. Doch an seiner Rede war nichts künstlich. Yuki war diejenige mit dem nachgeahmten Lächeln, mit der nachgeahmten mütterlichen Stimme, und sie imitierte nicht einmal besonders gut.

»Mommy und Daddy haben ein Spiel gespielt. Oh, sieh mal, jetzt ist Mr Monkey nass. Armer Mr Monkey. Er will doch bestimmt nicht nass sein, oder? Sollen wir ihn trocknen?«

Der Föhn summte tröstlich bis zu ihr. Edison war ein guter Vater. Jay ein gutes Kind. Sie war eine schlechte Mutter. Was an diesem Dreisatz passte nicht?

Edison deckte sie zu.
»Du erkältest dich.«
»Warum musst du immer so verdammt perfekt sein?« Sie war erschöpft, nun, wo ihre Wut verflossen war. »Es gibt so viele kluge, schöne Frauen. Ich bin eine beschissene Mutter und eine noch miesere Künstlerin.« Sie hatte seit Jays Geburt nicht einmal ein Auge oder einen Apfel gemalt.

Edison kroch ins Bett und schmiegte sich an sie.
»Ich liebe dich.«
»Aber wieso?«
»Ich liebe dich, weil du du bist. Weil dich so vieles bekümmert. In meinem Job ist alles gut. Mit meinen Kollegen ist alles gut. Bei meinen Eltern ist alles gut. Mit dem Wetter ist alles gut. Aber du leidest wegen eines Lichteinfalls. Eine Farbe ändert

deine Stimmung. Natürlich bist du oft traurig, doch du bist so schön, wenn du traurig bist.«

»Ganz ehrlich?« Diese Ansprache hörte sie nicht zum ersten Mal. Es war eine Tautologie. Ich liebe dich, weil du du bist. Doch es ging ihr gut, wenn sie diese Worte hörte. Besser. Meistens jedenfalls. In diesem Moment fragte sie sich, ob er an einer Unzulänglichkeit litt, weil es ihn derart drängte, sich um zwei zu kümmern. Oder nun um drei.

»Ganz ehrlich.«

Aber, nein, es war nicht seine Schuld. Sondern ihre. Sie versuchte zu schlafen, in einem Nicht-Empfinden zu versinken. Auf dem Bettgestell aus Messing glühte Licht. Sie mochte das Bett nicht. Das gewundene Metall erinnerte sie an ein viktorianisches Krankenhaus, an Bettpfannen und hustende Kinder. Edison hatte recht. Es waren die Kleinigkeiten, die sie bekümmerten. Sie zerrieben sie.

Sein Atem zerknüllte und entknüllte sich. Edison schlief, wenn er gestresst war. Er konnte von einem Moment zum anderen abschalten, wie eine Glühlampe. Sie jedoch vibrierte.

Sie schlich sich aus dem Bett und in Jays Zimmer. Auch er schlief. Vater und Sohn sahen sich so ähnlich – beide hatten sie die glatte Stirn und das schlafzerzauste Haar. Jay lag auf der Seite. Seine kleinen Fäuste öffneten und schlossen sich und griffen nach Luft.

»Ich liebe dich. Ich liebe dich«, sagte sie.

Er musste es hören. Angeblich nahmen Kinder vieles unbewusst in sich auf. Sie würde gehen. Nicht lang, nur für eine Weile. Sie musste ihre Gedanken ordnen. Dann würde sie zurückkommen und ihm eine richtige Mutter sein.

Den Hartschalenkoffer, mit dem sie Lous Leben bezogen und verlassen hatte, hatte sie vor langer Zeit fortgeworfen. Doch Edison besaß einen silbernen Samsonite, mit dem er zu seinen Konferenzen fuhr. Yuki holte ihn aus dem Schrank im Korridor, dann suchte sie nach Ausweis, Scheckbuch, Brieftasche und Schlüsseln. Edison schlief, und sie hatte Angst, sie würde ihn wecken, wenn sie Schubladen öffnen und Unterwäsche abzählen würde. Außerdem hasste sie ihre Kleidung.

Sie blickte auf ihr Gepäck. Nicht einmal der Boden des Samsonite war bedeckt. Sie war seltsam glücklich. Der Koffer war eine Leere, die sie füllen konnte, wie sie wollte. Noch nie hatte in ihrem Geist eine solche Reinheit geherrscht.

Yuki zog es zurück zu ihrem Sohn. »Ich liebe dich«, sagte sie ein letztes Mal.

Sie würde womöglich einen ganzen Monat fortbleiben. Vielleicht sogar zwei oder drei. Er sollte einen ausreichenden Vorrat an Liebe besitzen. Mr Monkey krümmte sich in einer Ecke des Betts. Das Nachtlicht malte ihm rote Pupillen auf die Knopfaugen. Wie hatte sie etwas derart Dämonisches schaffen können, damit es über ihren Sohn wachte? Sie bückte sich, sie wagte nicht, Jay zu berühren, und fuhr mit einem Finger über Mr Monkeys plumpen Kopf. Die Ohren klebten von Jays ständigem Genuckel. Sie hob Mr Monkey aus der Wiege. Sie umarmte die wollene Kreatur so fest und dringlich, als wäre es ihr Sohn. Sie wollte den Affen gerade wieder in das Bettchen legen, da erstarrte ihre Hand. Nein, Mr Monkey würde sie begleiten – sie würde seine Löcher flicken, und dann würden sie gemeinsam und gestärkt nach Hause kommen.

Sie ging in die Küche und nahm einen Stift aus der alten Tasse, in der die Kugelschreiber für ihre Einkaufslisten standen.

Als sie mit dem Schwung des J begann, stockte und verstummte die Tinte. Yuki bohrte den Stift fester in das Blatt – nichts, dann ein blauer Hieb, quer über das Weiß. Von vorn. Nicht einmal ihr Abschiedsbrief gelang. Sie begann auf einem neuen Blatt ein zweites Mal.

Jayjay,
Mr Monkey und Mami sind zu einem Abenteuer aufgebrochen.
Wir kommen bald zurück. Wir lieben dich so sehr!

Xoxoxoxoxoxoxoxoxoxoxoxoxo
Mami

Sie faltete das Blatt in der Mitte, schrieb seinen Namen darauf und verschlang den Bogen des Y zu einem Herzchen. Es wirkte falsch, wie eine Geburtstagskarte. Doch wie konnte dieser Brief überhaupt richtig wirken? Nicht auf Edison. Sie hielt inne, den Stift noch in der Hand. Für Edison wäre es ein Dolchstoß. Der Stift war schäbig, doch vielleicht war das billige Plastik angemessen. Sie war eine schäbige Ehefrau. Sie drückte auf den Knopf, der Stift klickte leise. Was sollte sie Edison nur sagen? Er war gut zu ihr gewesen. Liebevoll. Was hatte ihr gefehlt? Würde er verstehen, dass es sie erschöpft hatte, durch die leeren Stunden ihres Lebens zu waten? Einst hatte es goldene Untiefen gegeben, doch die Wasser hatten sich verdunkelt. Sie spürte, wie sie unterging. Eine schäbige Ausrede. Doch welche Ausrede war nicht schäbig, wenn man von seinem Sohn und seinem Ehemann davonlief? Als sie Edison geschlagen, als ihre Hand sein Gesicht getroffen hatte, hatte sie seine Wange nicht einmal gefühlt. Sie hatte nur ein Geräusch und eine Hitze wahrgenommen. Jay hatte sie mit so großen Augen angesehen. Edison sagte immer, er habe ihre Augen, doch sie wollte nicht, dass er heranwuchs und die Welt mit ihren Augen sah. Also schrieb Yuki ihre schäbigen Worte:

Ich werde mich bessern.
Y.

Sie musste nur einen klaren, reinen Ort zum Nachdenken finden. Und dort würde sie lernen, so zu lieben, dass sie niemanden verstümmelte. Und dann, sobald sie dieser Menschen wert war, käme sie zurück.

Sie klemmte sich Mr Monkey unter den Arm. Würde Jay ohne ihn zurechtkommen? Vielleicht sollte sie den Affen doch zurücklegen. Sie rieb mit einem Daumen über das lose Knopfauge, an dem ihr Sohn so häufig nuckelte. Sie spürte die Rillen, die Spuren seiner Zähne. Nein, wenn sie noch ein Mal auf Jays schlafsanften Mund blicken würde, würde sie bleiben. Und wenn sie bleiben, wie ein Geier über ihrem Kind lauern würde, müsste es unter ihrem schwarz geflügelten Schatten leben.

Am Horizont erblühte grünes Licht. Die Tannenluft war kühl. Yuki trat auf die Veranda und ließ die Luft über ihr T-Shirt rieseln. Es diente ihr als Nachthemd. Das Logo von Edisons Firma war auf ihrer Brust eingeprägt. Ihre Flip-Flops klatschten laut über die Steinplatten, doch das Haus verharrte schlafend.

Kein Licht ging an, als der Wagen knurrend wach wurde. Noch war es nicht zu spät, wieder hineinzugehen, doch eines Tages wäre es zu spät zu gehen. Ihre Fingerspitzen rochen nach dem Badesalz. Nach Jasmin und Orange. Wie lang der Duft wohl halten würde? Sie setzte Mr Monkey auf den Beifahrersitz. Auf der Straße war das Auto ganz allein, ihre Reise würde ruhig. Die Scheinwerfer strahlten jeden Grashalm an. So klar hatte sie nie gesehen. Sie blickte zurück, um zu wenden. Das Haus lag dunkel da, doch als ihre Scheinwerfer das Küchenfenster trafen, malten sie einen neuen Mond aus Gold. Ihr Baby war ein gutes

Baby. Edison ein liebevoller Mann. Bald würde auch sie lernen, liebevoll zu sein.

»Wir fahren nicht lange weg, sonst würde Jay uns viel zu sehr vermissen.«

JAY

20.

Berlin, Oktober 2016

Wir hielten uns nicht an den Händen und sprachen nicht über Vergangenes. Doch gemeinsam kauften wir ein Tempur-Katzenbett und einen Halbjahresvorrat an Katzenfutter. Ich hätte gern noch mehr gekauft, doch meine Mutter gab zu bedenken, dass man so weit nicht in die Zukunft sehen könne. Ich schrieb ihr Celestes Futter-Katzenstreu-Medikamente-Plan auf und ließ ihn laminieren. Meine Mutter sagte, ich würde mich wie eine Mom benehmen, die ihr Kind zum ersten Mal in die Schule schickt. Daraufhin entstand eine seltsame Pause, denn mir fiel ein, dass mein Vater jedem Lehrer, der Kantinenfrau und sogar dem Hausmeister seine Visitenkarte gegeben hatte, nur für den Fall.

Wir gingen in ein Geschäft, wo ich meiner Mutter Marken-Multivitamine kaufte, wogegen sie sich sträubte, doch ich sträubte mich gegen ihr Sträuben. Auf einem Wochenmarkt kaufte ich für Mimi Gläser mit kandiertem Ingwer. Ich füllte ganze Tüten mit Spinat und krausem Kohl, um meiner Mutter eine Suppe für ihren Hals zu kochen. Sie sagte, dass sie in all den Jahren gut zurechtgekommen sei und ich genug getan hätte. In einem Supermarkt ließ ich sie Putzmittel, Desinfektionsspray und Rohrreiniger übersetzen. Ich sammelte die Taschentücher in ihrem Schlafzimmer ein. In dem Moment, als ich das erste zerknüllte, hätte ich mir ihre Krankheit fangen können – doch es machte mir nichts aus. Ich war stolz, als mein honigsüßer Tee ihren Hals linderte. Ingwertee. Sie sagte, so habe ihn mein Vater auch gemacht, dann sagte ich, ich weiß, und wir schnieften beide, als sich der Dampf seinen Weg durch unsere Nasenhöhlen bahnte.

Ich schleppte ihre Wäsche in die Reinigung, in meiner Tasche. Ihre Garderobe schien zur Hälfte aus Wollsäcken zu bestehen, der Rest zu einem Drittel aus Schals.

»Ich erkälte mich ziemlich oft.«

Also zog ich sie auf dem Rückweg von der Reinigung in ein derart teures Geschäft, dass das Logo in Weiß auf der weißen Fassade stand. Meine Mutter blieb im Eingang stehen und berührte nichts, während ich mich umsah. Hohe Kunst wie auch hohe Mode werden in einer leeren Umgebung präsentiert. Und genau dafür bezahlt man – für die Luft zum Atmen. Oben auf einem Regal aus Walnussholz thronte eine zart rosa Tasche. Getüpfeltes, genopptes Straußenleder, so als hätte jemand eine Gänsehaut. Ich musste lachen. Der Witz war wirklich alt. Die Tasche als Vagina-Symbol. Wer war zuerst darauf verfallen, die Dadaisten oder Freud? Dann sah ich das blassgoldene Tattoo direkt über dem Griff – **GRAYCHILD**, in zartem Sans Serif.

»Sie war neulich in der Galerie.«

Meine Mutter sah mich fragend an.

»Odile Graychild. Sie hat gesagt, ihr kennt euch. Dass ihr Freundinnen wart.«

Meine Mutter blinzelte, als stünde sie davor, einen schwierigen Knoten zu entwirren. »Da waren wir sehr jung, das war noch vor deiner Geburt. Wir – tja, ich bin erstaunt, dass sie sich an mich erinnert.«

Ich hörte noch die Worte dieser Frau und das Klackern ihrer Schuhe auf dem Boden meiner Galerie. Dennoch, ihr Streit ging mich nichts an. Wenn Odile Graychild nach Berlin fliegen, die Stufen hinaufsteigen und an die Tür meiner Mutter klopfen wollte – ich würde sie nicht daran hindern. Aber ich, wir hatten auch ohne sie genug zu klären.

Ich kaufte meiner Mutter einen Schal mit Yakwolle, den sie

tragen konnte, während ihre virenverseuchten Schals in der Reinigung waren. Er kostete beinahe so viel wie ein One-Way-Ticket nach New York, und als meine Karte durch das Gerät gezogen wurde, dachte ich: Dad, ist es das, was du im Sinn hattest?

Und dann, sehr bald schon, war meine Abreise nur noch einen Tag entfernt.

Als ich auf dem wackeligen Stuhl stand und ihr hohes Fenster putzte, sagte sie: »Ich habe dir eine Nachricht hinterlassen.«

»Eine Nachricht?«

»Als ich weggegangen bin.«

»Die hat Dad mir nie gezeigt.« Es war zu spät, ihn nach dem Grund zu fragen. Ich putzte und putzte und kreiste um die Sonne, die sich in das Glas bohrte. Hatte er mich schützen wollen? Sie? Ich schmeckte süße Wut. Was hätte sie schreiben können, um ihr Gehen zu entschuldigen? Keine noch so große Zahl an Worten hätte gutgemacht, wenn ich Eliot verlassen hätte. Welchen Nonsens hätte sie schon kritzeln können? Dad hatte also sie geschützt. Die Frau, die uns im Stich gelassen hatte.

Ein trockenes Husten kam von Celeste, ihr gesamter Körper bebte. Einen Augenblick später räusperte sich meine Mutter in den Ellbogen. Die Katze jaulte. Meine Mutter nieste. Und ich lachte. Lachte über uns drei, hier in diesem halb geputzten Zimmer, und ich hörte schon Mimis trällerndes Gekicher, wenn ich ihr davon erzählen würde, während sich unsere Körper unter den Laken zu einem Komma verschränkten.

Yuki schaute nicht zu mir, sondern aus dem Fenster, so als ob sie nach dem Wetter sehen wollte. »Er hatte mir gesagt, dass du eine Katze bekommen hast. Es mir geschrieben. In einem Brief. Und auch, dass es dir gut geht. Dass du auf eine gute Schule gekommen bist.«

»Was?«

»Dein Vater. Er hat mir regelmäßig geschrieben. Ich hatte

nach dem Namen deiner Katze fragen wollen. Denn er hat ihn nie genannt.«

»Warum hast du nicht gefragt?«

»Dann hätte ich zurückschreiben müssen. Ich ... Es klingt so dumm. Ich wollte nicht stören. Ihr habt auf den Fotos immer so glücklich ausgesehen.«

»Du bist doch Künstlerin. Und du glaubst ...« Und du glaubst, dass ein Foto dir die Wahrheit zeigt? Doch ich fragte sie das nicht. Als Galerist sollte ich wissen, dass Künstler sich selbst gegenüber niemals ehrlich sind. »Ich möchte Celeste etwas zum Abschied kaufen.«

Wir machten uns zu einem teuren Tierbedarf in einem Modeviertel auf. Ich wollte Celeste einen Pullover kaufen. Doch selbst in diesem Laden in diesem reichen Teil der Stadt, mit seinen bienenwachspolierten Dielen und Kratzbäumen aus Hanf, gab es keine Pullover. Ich befühlte ein Halsband aus weichem schwarzen Lammleder. Es sollte hundert Euro kosten, laut dem winzigen, von Hand beschrifteten Schildchen. Der Laden hatte ein Konzept: *Es gehört zu unserem Konzept, dass wir sämtliche Produkte von regionalen Designern herstellen lassen und die Materialen von deutschen Bauernhöfen aus der Region beziehen.* Ich fragte mich, was deutsche Bauernhöfe chinesischen überlegen machte.

Ich war versucht, das Halsband zu erstehen. Es war Irrsinn, doch irgendetwas musste ich für meine Katze tun. Meine Mutter nahm mir das Halsband aus den Fingern und legte es zurück zu seinen Verwandten in Lapislazuli und Pfirsichrosa.

»Ich habe eine Idee«, sagte sie.

Wir gingen in die erste Zoohandlung zurück, in deren Teich ein toter Karpfen trieb und wo es drei Futterpackungen zum Preis von einer gab. Wir machten vor den Käfigen mit den Nagetieren halt. In einem der Kästen wimmelte es von Mäusen, und das Sägemehl war schwarz von Kot.

»Als ich von zu Hause weggegangen bin, hat mir deine Großmutter ein riesiges Bento eingepackt. Reis, gebratenes Huhn, gedünstetes Huhn, Teigtaschen mit Shrimps, süßer Aal, Bällchen mit Bohnenpaste und einen Apfel, den sie in traurige Spalten geschnitten hatte.«

»Und?«

»Wie wäre es also mit einem besonderen Dinner für Celeste?«

Da war ich zum ersten Mal betrübt, dass diese Frau nicht meine Mom, sondern nur meine Mutter war. Ich fragte sie nicht, ob sie mir etwas zu essen gemacht hatte, bevor sie weggegangen war. Ich kaufte drei Mäuse. Der Verkäufer schaufelte die Handvoll Fell in eine weiße Pappschachtel, zwei weiße und eine blechgraue Maus, alle drei die Nase in Radiergummirosa. Ich spürte, wie sie in der Schachtel hin- und herliefen, ihre Pfoten trappelten. Manche Leute sagen: »Ich bin zwar kein Vegetarier, aber ich könnte niemals *selbst* ein Huhn töten.« Ich konnte diese Mäuse töten. Ich konnte sie so leicht töten, wie ich früher mit meinen kanadischen Onkeln Fische gegen Steine geschlagen hatte. Als sie mich zum ersten Mal zur Jagd mitgenommen hatten, hatten sie mir sanft zwei rote Striche ins Gesicht gemalt, einen auf jede Wange. Vielleicht hielt ich meine Mutter und ihren Vorschlag aus diesem Grund nicht für verrückt. Das Töten verbindet Menschen. Und darum hielt ich die kleine Schachtel voller Leben, als wir die Spree mit der U-Bahn überquerten, fest in meinen Händen.

Celeste lag in ihrem festlichen Pullover auf dem Sessel meiner Mutter, den Schwanz unter den Pfoten. Sie wirkte in Gegenwart meiner Mutter sehr entspannt, so als ob sie wüsste, wer ihre Retterin war. Ich schloss eine Maus in meine Hände. Sie war leichenstarr, aber warm. Ich hielt sie Celeste direkt vor die Nase, dann machte ich die Hände einen Spaltbreit auf, damit sie ihr Geschenk sah. Sie drehte den Kopf auf eine Seite. Für eine Sphynx-Katze hatte Celeste ausgesprochen scharfe Augen, sie waren nicht geschlitzt und traten nicht hervor. Sie waren ein trübes Blau. Sie blinzelte. Ich vergrößerte den Spalt. Der pelzige Halbmond lag ganz still. Ich öffnete die Hände noch weiter. Nichts. Ich legte Celeste die Maus zwischen die Vorderpfoten. Der eingerollte Mond aus weißer Maus blieb zehn Sekunden schreckensstarr, dann zuckte er und sauste wie ein Blitz in Richtung Bad.

Yukikos Gekicher wurde zu einem entzückten Gackern. Ihr angeschlagener Schneidezahn – wie war das geschehen? – tanzte kühn. »Lass mich mal.«

Sie packte die zweite Maus am Schwanz. Das Tier krallte in die Luft, seine winzige Lunge pumpte wie hysterisch. Yukiko senkte die Maus immer tiefer, bis die transparenten Schnurrhaare Celeste an der Nase kitzelten. Celeste zog den Hals ein, die Haut legte sich in Falten, und dann, schlangengleich, schnappte sie zu. Zwischen den Fingern meiner Mutter baumelte der abgetrennte Schwanz. Sie legte ihn behutsam auf den Küchentisch.

»Vielleicht werde ich ihn malen.«

»Du bist seltsam.« Ich hatte das nicht laut sagen wollen. Ich lächelte, damit sie sah, dass ich scherzte.

»Du auch.« Es klang sachlich, nicht vorwurfsvoll.

»Vermutlich.«

Ob Eliot sie zum Lächeln bringen würde? Ich dachte, dass sie möglicherweise die gleiche Nase hatten. Die letzte Maus drückte sich an den Karton, sie hatte kein Versteck. Meine Mutter wies auf das zuckende Komma aus grauem Fleisch.

»Es ist dein Abschiedsgeschenk, nicht meins.«

Ich packte die Maus am Schwanz, doch sie wand sich mit Macht aus meiner Hand und zog die winzigen Beinchen zu einem großen Satz in Richtung Badezimmer ein.

»Ich hätte die Tür zumachen sollen.«

»Kein Problem. Im Keller leben Ratten, die so groß wie Babys sind. Und außerdem habe ich ja jetzt eine Katze.«

»Bei Ungeziefer hat sich Celeste nie besonders nützlich gemacht.«

Und als ob sie mich gehört hätte, reckte sich Celeste, sprang auf den Boden und tapste Richtung Badezimmertür; dort legte sie sich quer über die Schwelle, das Kinn auf den weißen Kacheln. Meine Mutter grinste. »Man kann sich auch im hohen Alter noch zum Killer entwickeln.«

»Du weißt, dass du da leben könntest. In dem Haus, meine ich. Er wollte doch, dass du es hast. Und du könntest Eliot regelmäßig sehen.«

»Ich kann nicht. Tut mir leid.« Sie stand auf und fuhr sich mit den Händen durch das Haar. »Tee?«

21.

Berlin, Oktober 2016

Yukiko bestand darauf, mich zum Flughafen zu begleiten. Die Sonne streichelte ihr Gesicht durch die schmutzige Scheibe des Taxis hindurch. Sie war nicht geschminkt, trotzdem saßen helle Farbtupfer in ihren Mundwinkeln. Sie war eine Pinsellutscherin, ein letzter Fakt über meine Mutter.

Uns flankierten glänzende Flottillen neuer Autos. Kein Wunder, dass hier so viele Galerien eine Dependance eröffneten. Ich hatte sie natürlich durchwandert und mir einen Sockenpuppen-Hitler, ein Huhn, das an ein KFC-Kreuz genagelt war, und neonfarbene Leichensäcke angesehen. Trotz des ständigen Gejammers der Künstler – ein Künstler, der nicht jammert, war mir nie begegnet – lag hier eine Hoffnung in der Luft, die ich in New York nicht fand. Die Rezession hatte aus den New Yorkern, einst stolze Träger der Kampfesnarben ihres großstädtischen Lebens, Invaliden gemacht. Wer sich nun über die Miete oder den Müllgestank oder die fehlenden Schulen beschwerte, tat das ohne Stolz in seiner Stimme. Eine Stadt der wandelnden Verwundeten. Ich konnte mir eine zweite Galerie in Berlin nicht leisten. Eines Tages vielleicht, jetzt aber nicht; jetzt musste ich meine Tochter in eine Waldorf-Krippe schicken.

Das Etikett in der ausgebeulten Bluse meiner Mutter hatte sich verdreht und scheuerte im Nacken. Ich schob es an seinen Platz zurück. Ihre Haut war warm, und nachdem ich meine Hand weggezogen hatte, berührte sie die Stelle, an der meine Hand gewesen war.

Ich gab dem Fahrer Geld, damit er meine Mutter heimfuhr. Wir standen an dem kalten Drop-off-Point, umkreist von Autos, die einen Parkplatz suchten. Ihr Haar wehte, ihre beiden Schals verschlangen sich im Wind. Ich schloss Yukiko in die Arme. Ich spürte ihre Schulterblätter durch die Kleidung. Als ich zurückwich, waren alle Augen trocken. Celeste, die im Taxi schlief, warf ich einen Kuss zu. Meine Mutter griff in ihre Tasche und gab mir die Papiere für das Haus.

»Es ist dein Zuhause«, sagte sie und blickte auf die Füße. »Es, es tut mir leid.«

»Sag Celeste, ich werde sie besuchen. Ich bemühe mich zurückzukommen. Bald.« Ohne Käfig waren meine Arme seltsam leicht. Meine rechte Hand hatte nichts zu greifen, nur Luft. Doch dann mir fiel ein, dass ich sehr wohl etwas hatte, das ich festhalten konnte: eine Frau und eine Tochter.

Yukiko beugte sich mit gesenktem Kopf zu einer weiteren Umarmung, so als ob sie mir einen Kopfstoß verpassen wollte. Ich tätschelte verlegen ihren Rücken. Sie drückte mich sehr fest, doch als sie losließ, stand der Flor meines schweren Wintermantels noch immer so aufrecht, als ob meine Mutter niemals dort gewesen wäre. Sie nahm meine Hand. Um uns herum kreischten Säuglinge und Autos.

»Geheimnisse sind schwerer, wenn sie nicht geäußert werden. Sprich mit Miranda.«

Ich hielt meine Ehe für ein Geschenk des Gottes, an den ich nicht recht glauben konnte. Über den Rest der Bevölkerung machte ich mir keine Illusionen. Die Partnersuche war wie die Reise nach Jerusalem. Alle liefen im Kreis, bis irgendjemand, mit Ende zwanzig, die Musik ausstellte. Dann schnappte sich jeder den nächstbesten Stuhl. Mit Ende vierzig setzte die Musik von Neuem ein, mit wackeligen Stühlen und der halben Zahl der Mitspieler. Ich wollte da nicht wieder mitspielen.

Die Opferung Celestes hätte sie vielleicht besänftigt. Doch

wie sollte ich das formulieren? Schatz, ich habe eine unserer Künstlerinnen gevögelt, aber dafür sind wir die Katze los?

Meine Mom stand neben der offenen Taxitür. Ich wollte ihr noch irgendetwas sagen, etwas Wichtiges von mir erzählen. Doch es gab nichts.

»Bist du glücklich?«, fragte ich. »Hast du bekommen, was du wolltest?«

»Nicht mehr oder weniger als alle anderen auch.« Sie schloss ihren Mantel vor dem Wind. »Ich habe getan, was im Rahmen meiner Möglichkeiten ging.«

Für mehr war in diesem brodelnden Verkehr keine Zeit. Das weiße Taxi mit den schlammbespritzten Türen fuhr davon und ließ mich mit meinem Handgepäck allein. Es war leichter als bei meiner Ankunft. Kein Futter, keine Katze und auch keine Mutter.

Ein Abschied ist ein Anlass für bedrückende Betrachtungen. Man steigt in einen Käfig aus Metall und reist an einen Ort, an dem die Sonne anders untergeht. Man sieht nicht mehr den Mond wie die, die man verlässt, weil man in das Tageslicht schauen wird. Doch Flughäfen sind für die Abreise gebaut, sind Ablenkung in Stein: Sie bieten Warteschlangen, Lautsprecherdurchsagen und Monitore, die unsere ständige Aufmerksamkeit verlangen. Als ich endlich mein Gate erreicht hatte, war ich ganz verwirrt. Ich schaute aus den großen Fenstern und suchte nach dem Flughafen-WLAN. Ging es Mimi und dem Baby gut? Ich war nicht überzeugt, dass eine Krankheit einfach so verschwand. Die Ärzte hatten das, was sie gehabt hatte, nicht benannt. Woher wussten sie, dass es nicht noch in ihr lauerte?

Endlich WiFi. Keine Nachrichten von Mimi, aber ich schickte ihr ein »<3« und ein »Du fehlst mir«. Eine neue Nachricht auf Facebook. Im ersten Moment wusste ich nicht, wer das kesse Mädchen mit den Sommersprossen war. Dann fielen mir die silberne Brille und die Statement-Kette auf. Das Whitney, natürlich.

Ja. Echt lang her. Lass uns einen Kaffee trinken. ☺ Wollte eh mal in die Galerie kommen. Glückwunsch zu dem *Guernica*-Artikel.

Steige grade in den Flieger. Wie wär's Dienstag?

Ich musste Annika dazu bewegen, mir einige ihrer neuen Lampen zu bringen.

Ein älterer britischer Gentleman winkte seiner Frau mit einer Tüte Salt-and-Vinegar-Chips zu. »Suchet, so werdet ihr finden.« Sie sagten es zusammen, und obwohl meine Bibelkenntnisse nicht reichten, um das Buch oder den Vers zu nennen, so erkannte ich doch die heilige Beglückung durch das Ritual. Die Frau lächelte, schob ihre Handtasche zur Seite, damit ihr Mann neben ihr Platz hatte, und reichte ihm den Teil der Zeitung, in dem sie zuvor gelesen hatte.

Meine Mutter hingegen war allein. Ihr brachte niemand Chips oder hielt ihr die Tür zu ihrer Wohnung auf. Doch was wusste ich? Vielleicht hatte sie einen Liebhaber in München und verbrachte mit ihm wilde Wochenenden. Eine polizeiliche Suchmeldung hätte ich verfassen können: klein, Asiatin, Silberblick. Aber keinen Nachruf. Ich kenne keine Anekdoten, nichts, was ich als »typisch Mom« bezeichnen könnte. Und das werde ich auch nie.

Im Rückfluss der kalten Flughafenluft traf ich die Entscheidung, dem Rat meiner Mutter nicht zu folgen. In unserer Hochzeitsnacht hatte Mimi mich gefragt, ob ich sie auch noch mit weißem Haar und Krähenfüßen, Zornesfalten, schlaffem Hals und Hintern lieben würde. Ich hatte ihr gesagt, dass ich sie auch dann noch lieben und sie vögeln würde, wenn sie hier einen Altersflecken hätte, dort und da und, oh, da auch. Ich hatte mich über ihren Körper hinweggeküsst, bis ich zu beschäftigt war, die Stellen zu benennen.

Ich werde Mimi bis in alle Ewigkeit belügen. Ich werde lügen, bis die Lüge die Gediegenheit der Jahre trägt. Sie Bauchröllchen und Doppelkinn bekommt. Ich werde lügen, bis Mimi und ich so gediegen wie die Lüge selbst sind. Es wird eine Lüge, in deren Obhut man die eigene Tochter geben würde. Und wegen dieser Tochter – werde ich nicht gehen. Ich will kein Wochenenden- oder Jeder-zweite-Mittwoch-Vater werden. Ich will ihr die Sterne vom Himmel holen.

Als der Getränkewagen kam, bestellte ich Kaffee mit Zucker. Es gab so viele Gründe, wach zu bleiben.

Epilog

Ich habe dunkle Tage, Erdbeermonde und ein oder zwei goldene Stunden gesehen. Ich hungerte danach, jedes einzelne Pigment zu dekodieren. Doch erst nach vielen Jahren wurde mir bewusst: Wer eine Nachricht begreift, muss auch eine Antwort schreiben.

Der Sonnenaufgang wehte durch das Zimmer. Yuki hielt eine Tasse blauschwarzen Kaffees in den Händen und schaute auf die Zeichnung ihres Sohnes. Die Spuren des Radierers verschatteten die Augen. Die Mundwinkel zeigten nach unten. Jay hatte beim Anblick ihres Apartments die Stirn gerunzelt. Er hatte nicht verstanden, dass es ihres war, nicht gemietet, nicht geborgt oder ererbt: wirklich ihres.

»Soll ich ihm das schicken? Seine Adresse habe ich ja jetzt.«

Die Katze drückte ihren Kopf an Yukis Bein.

»Du hast recht«, sagte Yuki. »Er hat schon ein Gesicht.« Das Gesicht hatte sie angeschaut. Mit fragenden Augenbrauen. Er hatte eine Entschuldigung, eine Erklärung gewollt, natürlich. Sie hatte ihm keine gegeben. Geben können. Sie hatte nur die gemeinsamen Jahre, in denen ihre Farben ineinanderliefen. Die goldenen Jahre, die sich in das Schwarz mischten. Und alles strudelte hinab in den großen Abfluss der Zeit.

Sie hatte vorgehabt zurückzukehren, doch nichts hatte sich in ihr verändert. Ein Jahr verging. Sie hatte sich bei jeder Ausstellung gefragt, ob irgendjemand sah, was sie sah. Zwei weitere Jahre. Es schien falsch zurückzukehren, ehe es ihr besser ging. Zehn Jahre rauschten vorbei. Als sie endlich ihren Frieden im Geplapper der Tauben und der deutschen Sprache fand, die nach all den Jahren zu ihrer Sprache wurde, war ihr Sohn bereits erwachsen. Durch das Fenster kam die Sonne und goss Licht auf ihren Arbeitstisch. Sie besaß nicht viel, doch sie hatte diesen leuchtenden Begleiter und nun auch einen zweiten Freund.

Sie brach eine Büchse Grau Schlemmer-Töpfchen Katzenfutter auf. Das runzelige Tier aß so hungrig wie ein Kind. Es tat gut, sich zu kümmern. Das, das konnte sie für Jay tun. Sie war bereit, diese nackte Katze zu umsorgen – sonderlich, gebrechlich und prekär wie sie selbst.

Danksagung

Danke, dass Sie dieses Buch gelesen haben. Die Welt ist bunt und grell – und Ihre Zeit ist ein Geschenk.

Es macht Angst, sich an künstlerischer Arbeit zu versuchen, und allein ist es noch schwerer – wenn nicht gar unmöglich. Zu meinem Glück musste ich das nicht. Da war der erste Freund, der mir überhaupt gesagt hat, dass ich schreiben könnte, der Freund, der mir die Furcht vor dem Dialog genommen und zu einem Theaterstück geraten hat, und auch der Freund, der sich in der letzten Fassung auf die Jagd nach den verirrten Kommata begeben hat: Ich hatte so viel Glück. Danke. Danke. Danke.

Danke all den Menschen aus der Welt der Bücher, die an mich geglaubt haben – das gesamte Team von Alexander Aitken, besonders Lucy Luck, meine wundervolle Agentin, sowie Nicola Chang, Nishta Hurry, Sally Riley und Anna Watkins. Danke allen bei Hodder and Sceptre, namentlich Francine Toon, Nikki Barrow, Caitriona Horne, Joanna Kaliszewska, Natalie Chen und Jacqui Lewis. Sie haben sich so gut um mich und dieses Buch gekümmert. In den Staaten waren es vor allem Jill Bialowsky und Amy Cherry bei Norton, die mich so herzlich aufgenommen haben.

Danke für das Zimmer in den Elfenbeintürmen der University of East Anglia, der University of Wisconsin-Madison und der Columbia University. Das Columbia Writers House war der erste Ort, an dem ich je gewagt habe, mich als Autorin zu bezeichnen. Ein Dank auch meiner dortigen Familie.

Danke allen meinen Lehrern – Richard Martin und Matthew Judd, die auf den mürrischen Teenager vertraut haben. Benjamin

Anastas, Amy Benson, Sonya Chung, Stacey D'Erasmo, Sam Lipsyte und Alan Zeigler waren mir ein Vorbild auf dem Weg. Ein Danke an Dorla McIntosh, dass ich in ihre Seminare durfte. Danke Lynda Barry, Jesse Lee Kercheval, Ron Kuka, Judith Claire Mitchell, Lorrie Moore und Timothy Yu, für die Hilfe, dieses Buch zu beginnen. Danke Henry Sutton, für die Hilfe, dieses Buch zu beenden. Ich musste vieles lernen, und ich habe längst noch nicht ausgelernt.

Ein Danke meiner MFA-Klasse – Liv Stratman, Steven Wright, Kevin Debs, Ladee Hubbard und Steven Flores.

Danke dem Asian American Writers Workshop – Ken Chen, Jyothi Natarajan, Nadia Ahmad, Brittany Gudas, allen hinter den Kulissen und den vielen Praktikanten. Meine große Zuneigung gilt meinen kollegialen Kollegen Wo Chan und Muna Gurung. Mein brillanter Mentor Alexander Chee hat mir geraten, Rot zu tragen, wenn ich dieses Buch versende – und es hat geholfen! Danke Gina Apostol, Ihre Unterstützung war so unerwartet. Sie alle haben mir geholfen, meinen Traum zu leben und nie den Mut zu verlieren.

Danke der Millay Colony und dem Landmark Trust für das Geschenk des kreativen Rückzugs. Danke dem New York State Summer Writers Institute und der Word Factory, es waren mir Oasen der Sprache und Gemeinschaft.

Ein Dank den Zeitschriften, die meine Arbeit publiziert haben: *The Tin House Open Bar*, *The Harvard Review*, *Public Books*, *The Indiana Review*, *Selected Shorts*, *TriQuarterly* und natürlich *No Tokens*.

Ein Dank auch allen anderen, die dieses Buch auf seinem Werdegang gelesen haben. Danke, dass ihr mir gesagt habt, wenn etwas funktioniert und etwas gar nicht funktioniert hat – Lizzie Briggs, Jacob Berns, Joe Cassarà, Stephen Chan, Kyla Cheung, Tony Fu, Paul Hardwick, Chloe Krug Benjamin, Jonathan Lee, T Kira Madden, Ilana Masaad, Hannah Oberman-

Breindel, Eric Pato, Jacob Rice, Irene Skolnick, Shira Schindel, Ian Scheffler, Leah Schnelbach, Ted Thompson, Danielle Wexler und Lindsay Wong.

Danke allen, die mich ernährt haben. Danke allen, die mich an schweren Tagen aufgerichtet haben. Danke allen, die Seite an Seite mit mir geschrieben haben. Wenn ihr das Gefühl habt, dass ihr auf dieser Seite stehen solltet, solltet ihr das auch. Auch wenn ihr nicht an diesem Buch beteiligt wart, so habt ihr mich doch innerlich gestützt.

Meiner Familie: Danke dir, Grandma. Danke dir, Daddy. Danke dir, Mommy. Danke dir, James. Danke euch, Gloria und Peta, die ihr uns zusammenhaltet. Ich liebe euch alle.

Dr. Edith Eva Eger

Ich bin hier, und alles ist jetzt

Warum wir uns jederzeit für die Freiheit entscheiden können

480 Seiten, gebunden, btb 75696

»Ich lade Sie ein, die Entscheidung zu treffen, frei zu sein.«

Die erfolgreiche Psychologin und weltweit gefragte Rednerin Dr. Edith Eger ist eine der letzten Überlebenden des Holocaust. Ihre erschütternde Geschichte ist ein zutiefst bewegendes Zeugnis des Sieges der Menschlichkeit über den Hass und zeigt uns, dass wir im Leben immer die Freiheit haben, uns zu entscheiden.

»Diese Buch ist ein Geschenk an die Menschheit. Eine dieser seltenen und kostbaren Geschichten, die einen verändert zurücklassen.«
Desmond Tutu

btb